UN PARFUM DE SCANDALE

Jessica Fellowes est une auteure, journaliste et conférencière internationale. Elle a publié cinq guides officiels sur la série *Downtown Abbey*, créée par son oncle Julian Fellowes, tous des best-sellers. Ses romans de la série « Les sœurs Mitford enquêtent » (*L'Assassin du train*, *Le Gang de la Tamise*, *Un parfum de scandale* et *Une funeste croisière*) ont quant à eux été nommés pour plusieurs prix littéraires en Angleterre, en France, en Allemagne et en Italie, et ont été vendus dans dix-huit pays.

Paru au Livre de Poche :

L'Assassin du train

Le Gang de la Tamise

JESSICA FELLOWES

Un parfum de scandale

Les sœurs Mitford enquêtent

TRADUIT DE L'ANGLAIS
PAR VALÉRIE ROSIER

ÉDITIONS DU MASQUE

Titre original :
THE MITFORD SCANDAL
publié par Sphere, Little, Brown Book Group, Londres.

Arbre généalogique : Julilo Design

ISBN : 978-2-253-24188-1 – 1re publication LGF

Pour ma sœur, Cordelia
et ma nièce, Elody

LA FAMILLE MITFORD

DAVID FREEMAN-MITFORD
(1878 - 1958)
« Farve »

SYDNEY BOWLES
(1880 - 1963)
« Muv »

NANCY (1904 - 1973)
Romancière à succès à la plume ironique, elle tombe amoureuse de la France et vit longtemps à Paris et à Versailles.

PAMELA (1907 - 1994)
Plus réservée, elle fait tout de même scandale en se mariant en noir. Elle se lance avec vigueur dans la défense de la cause animale.

THOMAS (1909 - 1945)
Seul fils de la famille, mort au combat pendant la Seconde Guerre mondiale.

DIANA (1910 - 2003)
Connue pour sa beauté époustouflante, elle épouse le chef des fascistes anglais, et passe trois années en prison.

UNITY (1914 - 1948)
Fascinée par l'Allemagne nazie et amie d'Hitler. À la déclaration de la guerre, elle fait une tentative de suicide.

JESSICA (1917 - 1996)
Elle participe à la lutte des Républicains contre les forces de Franco et devient journaliste d'investigation aux États-Unis.

DEBORAH (1920 - 2014)
Duchesse du Devonshire et propriétaire du plus grand château d'Angleterre, elle y consacre une pièce entière à Elvis Presley.

PREMIÈRE PARTIE

1928

1

La soirée du mardi, lors du bal donné chez les Guinness en pleine saison londonienne, commença de façon parfaitement prévisible. Qui se serait douté qu'elle se terminerait aussi tragiquement, avec un cadavre à la clef?

Louisa Cannon travaillait comme servante en extra dans les cuisines du quartier chic de Grosvenor Place, une situation transitoire, ainsi qu'elle aimait à se le rappeler. Certes c'était un emploi honorable, mais, pour être franche, elle aurait voulu dire adieu une bonne fois pour toutes à sa carrière de domestique. Pourtant il fallait bien gagner sa croûte et payer son loyer. Hyde Park était sorti d'un long hiver en une explosion printanière, tout comme les jeunes filles en fleur qui faisaient leur entrée dans le monde cette année-là, décidées à traverser la saison toutes virevoltantes dans leurs pimpantes corolles. Si leur chasse au mari n'intéressait guère Louisa, le tourbillon de mondanités qui en résultait procurait du travail en plus pour quelques mois, ce qui lui convenait parfaitement.

En cette soirée du mois de juin, l'hôtesse, lady Evelyn, avait décoré sa demeure dans un style médiéval.

De petits bouquets champêtres plantés dans des pots en étain étaient disposés de-ci de-là, ce qui changeait des roses à longues tiges qu'on trouvait communément dans les salles à manger de Mayfair. On avait cloué aux plafonds de fausses poutres noircies de fumée, et les pièces étaient éclairées par des ampoules jaunes de faible intensité imitant des bougies dégoulinantes de cire, tandis que dans les cheminées les feux couvaient et fumaient au lieu de flamber. Le décor baignait dans une douce lueur flatteuse, même pour les décolletés des douairières les plus décaties. L'intendante avait prié Louisa de monter pour retrouver un valet de pied qu'elle avait vu emporter par erreur un plateau de pruneaux lardés sur toasts, réservés au « breakfast » qui serait servi à 1 heure du matin. Or minuit allait bientôt sonner, et Louisa s'efforçait, aussi discrètement que possible, de dénicher l'insaisissable valet de pied. Autour du hall central, il y avait plusieurs grandes pièces où les gens s'entassaient dans la semi-pénombre. Elle traversait la bibliothèque quand soudain une apparition la fit se figer sur place : Nancy Mitford.

Nancy était accompagnée de sa cadette, Diana. Cela faisait deux ou trois ans que Louisa ne les avait pas vues, et si Nancy n'avait guère changé, Diana était métamorphosée. À peine esquissée sur son visage d'adolescente, sa beauté avait pris l'éclat d'un portrait à l'huile brossé magistralement de touches rose pâle et crème. En pleine conversation avec un autre invité, les deux sœurs ne remarquèrent pas leur ancienne bonne d'enfants, qui s'était vite cachée derrière une colonne. Peut-être aurait-elle dû aller les saluer, mais elles avaient si belle allure et tant d'assurance que Louisa n'avait guère envie de se montrer à elles dans sa tenue de domestique. À leur connaissance, elle était montée à Londres pour vivre en femme moderne et indépendante. Or les lettres qu'elle avait adressées à Nancy n'avaient guère démenti cette brillante vision, assez éloignée de la réalité.

— Si vous étiez un biscuit, disait Nancy à leur compagnon, vous seriez un gâteau sec au gingembre.

— Dans quel sens ?

— Sous des dehors inoffensifs, vous cachez bien votre jeu, avec un arrière-goût qui met la bouche en feu.

Il sourit et avala une gorgée de son cocktail au gin.

— Ça me va. Quant à vous, vous seriez un éclair au chocolat. Chaque bouchée est délicieuse, mais quand on mord dedans, on s'en met partout.

— Je ne sais trop comment le prendre. Dois-je être ravie ou choquée ?

— Eh bien… vous avez la réponse : les deux à la fois.

Diana prit une pose avantageuse en inclinant un peu son cou de cygne et en cambrant le dos.

— Et moi, monsieur Meyer, que suis-je donc ?

Louisa le vit la détailler du regard avant de répondre en prenant son temps.

— Un florentin. Beau, mais friable.

Un peu déconfite, Diana se redressa et recula d'un pas. Elle s'apprêtait à réagir quand Nancy lui intima le silence.

— Chut. Regardez. Voilà Bryan Guinness, dit-elle en leur désignant d'un coup de menton un jeune homme fluet à l'autre bout de la salle, qui parlait de façon démonstrative avec une femme tenant un cornet acoustique.

— Bon, et alors ? dit Diana d'un ton désinvolte, puis elle fit signe à un valet qui passait et prit une coupe de champagne.

— Ne fais pas l'innocente, tu as dansé avec lui tout l'été. Stop, ajouta Nancy en lui prenant alors la coupe des mains. Tu n'as que dix-sept ans, deux verres, c'est amplement suffisant.

Diana feignit d'être en colère, mais elle obtempéra sans rechigner.

— J'aurai dix-huit ans dans trois jours et c'est un merveilleux danseur, voilà tout, expliqua-t-elle. C'est pourquoi il figure autant sur mon carnet de bal. Qu'importe. Je vais aller lui dire bonjour.

Tandis qu'elle s'éloignait, Louisa rentra encore dans l'ombre. Elle aurait dû s'esquiver, mais sa curiosité l'emporta.

Nancy suivit sa sœur du regard avec une petite moue ironique, puis elle se rembrunit.

— Pourquoi faites-vous cette tête ? demanda M. Meyer d'un air faussement apitoyé.

— Oh, ça va ! C'est déjà assez dur à encaisser d'avoir une sœur cadette si belle que tout Londres en reste baba, sans qu'elle aille en plus épouser un type riche comme Crésus alors qu'on ne m'a pas fait l'ombre d'une demande. D'ailleurs, Muv ne le permettrait pas.

— Et pourquoi non ?

— Trop d'argent. C'est ruineux.

— Eh bien, moi je sais comment…

— Oui, oui, on connaît le refrain. Toute votre ambition dans la vie, c'est de vous la couler douce, allongé sur une chaise longue, à vous gaver de raisin. Vous êtes si provincial.

Il s'ensuivit un silence gêné, puis M. Meyer tenta une autre approche.

— Plutôt décevante comme soirée, non ? Qu'allez-vous en dire ?

— Je ne sais pas. C'est la clique habituelle. Oh, voilà Evelyn Waugh, ajouta-t-elle en s'animant un peu. Un romancier prometteur. Sauf que j'ai déjà fait un papier sur lui. Les Mulloney sont censés être là ce soir, peut-être pourrais-je en tirer un bon article.

— Les Mulloney, dites-vous ?

— Oui, Kate et Shaun Mulloney, un couple de jeunes gens dans le vent. Beaux, amusants… Sauf qu'il n'y a pas grand-chose de plus à en dire, soupira-t-elle en reprenant sa mine boudeuse.

Grand, élancé, élégant dans un costume bien coupé, M. Meyer aurait pu attirer l'attention si ses traits, bien qu'agréables vus de près, n'avaient été aussi quelconques. Louisa se demanda si elle l'avait déjà croisé, ou si ce type de visage passe-partout donnait toujours cette impression. Il se mit à parcourir la salle du regard en faisant à mesure l'inventaire des personnalités.

— Princesse Mary, lady Lascelles, le duc et la duchesse d'Abercorn, la duchesse du Devonshire, particulièrement élégante ce soir, même si l'on ne saurait s'attendre à moins venant de…

— La Maîtresse de la garde-robe de la reine Mary, compléta Nancy en faisant chorus avec lui.

— Pourquoi la femme la plus riche d'Angleterre doit-elle travailler ? J'avoue que cela me sidère. La duchesse de Portland, la duchesse de Rutland…

— Ce n'est pas un travail, le reprit vertement Nancy. C'est la plus haute fonction occupée par une dame de la maison royale.

En entendant ce commentaire, Louisa songea que Nancy était bien la fille de son père. Malgré toutes les disputes qui les opposaient, ils étaient tous deux aussi à cheval l'un que l'autre sur l'étiquette.

— Bien madame, répondit M. Meyer en lui adressant un coup de chapeau imaginaire. N'empêche, si j'étais la femme la plus riche d'Angleterre, je passerais mon temps sur une chaise longue à manger des grains de raisin tendus par un jeune et dévoué Adonis en toge, au lieu de faire de la lèche à une vieille prune ridée, fût-elle de sang royal.

Connaissant la rengaine, Nancy ne daigna pas réagir.

— Je suppose que je ferais mieux d'aller téléphoner à mon rédacteur en chef, déclara-t-elle. Il doit ronger son frein. Et puis j'irai parler à ce Bryan. Histoire de mettre un petit grain de sable dans les rouages de cette idylle.

Elle s'éloigna, sans doute en quête d'un téléphone pour appeler le magazine mondain qui l'engageait à l'occasion pour publier une chronique. Elle avait avoué à Louisa que le peu d'argent qu'elle en récoltait ne valait pas l'ennui de voir ses amis faire le signe « bouche cousue » quand ils la voyaient approcher.

Planté là, M. Meyer se mit à errer d'un air nonchalant à travers la salle de bal tandis que Louisa, ayant enfin repéré le valet de pied fourvoyé, suivait son chemin.

Sous la salle de bal, les quartiers des domestiques bourdonnaient eux aussi d'une intense activité à laquelle chacun prenait part en une suite de mouvements bien orchestrés. Les employés percevaient un faible écho des rythmes jazzy venant d'au-dessus, mais ils n'avaient guère le temps d'y prêter l'oreille. On avait engagé beaucoup de valets en extra pour la soirée, et ils montaient et descendaient les escaliers en un flux ininterrompu, chargés de plateaux argentés garnis de coupes et de verres à offrir ou à récupérer. Dans les cuisines, l'aide-cuisinière et les servantes avaient préparé, puis débarrassé, le dîner que la famille avait pris avec quelques amis choisis avant le bal, mais pour elles la nuit était loin d'être finie. Il fallait maintenant préparer le *breakfast*. Les tranches de bacon étaient prêtes à rissoler dans les fours les plus bas, et une servante avait pour mission de casser cent cinquante œufs dans un énorme saladier de cuisine. Sur la haute table en bois qui dominait la pièce, des mottes de beurre attendaient d'être détaillées en copeaux, et des miches de pain d'être tranchées, puis toastées. Une servante prenait garde de remuer constamment l'énorme marmite de kedgeree au safran qui tiédissait déjà sur le fourneau, afin d'empêcher le riz pilaf au poisson d'accrocher au fond. À cause des fours et de la vapeur, il régnait une chaleur intense dans la pièce, et, par-dessus les bruits de vaisselle entrechoquée que lavait la fille de cuisine, résonnaient les ordres impérieux de la cuisinière en chef et de l'intendante.

Au milieu de la cacophonie qui accompagnait cette chorégraphie savamment réglée, peut-être n'était-il pas surprenant que Louisa ait été la seule à entendre frapper à la porte de service. Ne voyant alentour ni l'intendante ni la cuisinière, elle se décida à aller ouvrir. D'allure négligée, l'homme qui se tenait sur le seuil avait les mains fourrées dans les poches de son manteau et un feutre rond vissé sur la tête, malgré la tiédeur de la nuit. Il la regardait avec tant d'insistance que Louisa songea à lui donner quelques pièces pour le faire déguerpir, mais en fait il ne demandait ni pain ni argent.

— Je suis un ami de Ronan, marmonna-t-il.

— Pardon ? fit Louisa, déconcertée, ce qui sembla également décontenancer le visiteur.

— Et Rose, elle est pas là ?

Ignorant les prénoms de toutes les filles engagées ce soir-là, Louisa se demandait laquelle pouvait bien être Rose, quand une jeune fille la frôla pour se poster à côté d'elle.

— Merci, mademoiselle, c'est pour moi, lui dit-elle, et comme Louisa restait plantée là, ne sachant trop comment réagir, la jeune fille s'adressa au visiteur nocturne. C'est moi, Rose, déclara-t-elle, puis elle remercia de nouveau Louisa.

Étant plus jeune qu'elle, elle n'osait la congédier, même si, manifestement, elle mourait d'envie que Louisa débarrasse le plancher.

— De rien, dit aimablement Louisa.

Elle s'éloigna, mais se retourna juste à temps pour voir l'homme tendre un petit paquet à Rose, que la jeune fille s'empressa de ranger dans la poche de son tablier.

Peu après, deux jeunes servantes traversèrent les cuisines, portant chacune de leurs bras frêles un plateau surchargé de verres sales. Elles les déposaient près de l'évier quand Mme Norris, l'intendante, les interpella. En voyant les sombres cernes qui leur mangeaient la figure, l'intendante soupira. Elles étaient sûrement levées depuis l'aube afin d'aider aux préparatifs de la fête.

— Vous feriez mieux d'aller vous coucher, jeunes filles. Nous aurons besoin de vos services tôt demain matin pour tout ranger, leur dit-elle.

— Merci, madame Norris, pépièrent-elles en chœur.

Avant de quitter les cuisines, l'intendante adressa un petit signe de tête à Louisa, lui témoignant ainsi un peu de connivence et de respect. Louisa contempla autour d'elle les autres employées, chacune absorbée dans sa tâche, et elle sourit intérieurement. Certes elle avait besoin d'argent, mais aussi de compagnie.

Elle surprit le clin d'œil que les deux jeunes servantes firent à leur collègue casseuse d'œufs tandis que l'une d'elles volait quelques pruneaux enrobés de lard sur le plateau.

— Hé, ils sont pour le jeune M. Guinness ! s'écria alors l'aide-cuisinière tandis que les deux coupables filaient par l'escalier de service vers l'étage.

En les entendant pouffer d'un rire complice, Louisa eut un petit pincement au cœur, car cela faisait longtemps qu'elle-même n'avait pas partagé ce genre de camaraderie bon enfant.

Malgré leurs pieds endoloris, les deux jeunes filles furent irrésistiblement attirées par la musique et le brouhaha des conversations, tandis qu'elles montaient l'escalier de service situé à l'arrière de la maison. À un moment, elles eurent un aperçu de la piste de danse et des belles élégantes dont les robes en perles et en strass scintillaient en suivant les ondulations des corps. Dot donna un petit coup de coude à Elizabeth.

— Tu t'imagines avec une robe comme ça sur l'dos ? lui murmura-t-elle en admirant un modèle or et argent dont les longues franges se balançaient autour des jambes galbées de la danseuse.

Au quatrième étage, elles retrouvèrent leur amie Nora, une fille de cuisine, qui allait elle-même se coucher. Toutes les trois restèrent un instant immobiles à tendre l'oreille vers la musique qui leur parvenait faiblement. Elizabeth se lança dans un compte-rendu détaillé de ce qu'elle avait vu du bal.

— Je crois bien avoir aperçu le prince de Galles, conclut-elle.

— Non, tu plaisantes ! dit Nora en lui pinçant le bras malgré son envie d'y croire.

C'était possible, après tout. Leurs maîtres étaient richissimes, et toutes sortes d'aristos franchissaient la grande porte qu'on briquait tous les jours.

— Je sais d'où on pourrait les regarder, proposa soudain Elizabeth en indiquant le grand puits de lumière entouré de quatre balustrades qui se trouvait sur leur palier, et les autres filles vinrent l'y rejoindre pour s'y pencher.

— D'ici, on ne voit rien, dit Nora en faisant la moue.

Elle était lasse, affamée, et déçue d'avoir manqué le spectacle. C'était un peu comme si elle s'était rendue au Regal Cinema de Marble Arch et avait dû rester dehors devant les portes à écouter les éclats de rire tonitruants du public.

À dix-huit ans, Dot était la plus âgée des trois et se sentait un peu responsable des deux plus jeunes. À leur entrée en service, certaines des servantes n'avaient pas plus de quatorze ans, et leurs sœurs aînées leur manquaient… Car généralement c'étaient elles qui les avaient élevées, tandis que les mères s'occupaient des derniers-nés. Dot se plaisait à leur prodiguer de l'affection tout en leur inculquant le sens de la discipline, pour les aider à grandir plus vite. Elle ouvrit la grille.

— Qu'est-ce que tu fais ? s'écria Nora en mettant la main devant sa bouche.

— Tout va bien, répondit Dot. Je vais me tenir à la rampe. On pourra juste se pencher un peu plus pour regarder. Tu n'as pas envie de voir le prince de Galles ?

— Il est pas là, dit Nora, qui semblait au bord des larmes. Et si Mme Norris arrivait ?

— Mais non, elle ne risque pas de monter, répliqua Elizabeth. Elle a encore du travail.

Dot passa la grille en se tenant à la rampe derrière elle et se déplaça le long du bord en marchant sur la pointe des pieds. Soudain elle eut un coup de chaud, son front se couvrit de sueur, et elle sembla plus pâle que le ruban ivoire enfilé dans sa coiffe. Rassemblant son courage, Elizabeth passa aussi la grille, tandis que Nora espérait encore que l'une d'elles renonce à cette folie. Un bruit de pas la fit se tourner sur le côté et elle vit une autre servante monter l'escalier, qu'elle ne reconnut pas comme un membre du personnel attaché à la maison. Pourvu qu'elle n'aille pas les dénoncer, songea-t-elle.

Dot plia les genoux et se tortilla un peu, une main cramponnée à la rampe derrière elle, l'autre appuyée sur la verrière. Sous la vitre opaque, des ombres bougeaient, entourées de points de lumière flous ressemblant à des lucioles dans la nuit. Elle eut un petit moment de frayeur en sentant sa main glisser un bref instant sur la rampe, mais elle s'accrocha et persista à avancer, bien décidée à aller jusqu'au bout.

Elizabeth l'avait rejointe et elle s'apprêtait à s'appuyer d'une main sur le verre. Tandis qu'elles se penchaient encore, la musique résonna plus fort à leurs oreilles et elles eurent enfin un point de vue fascinant sur les noceurs, dont les éclats de rire suraigus rappelaient ceux des hyènes du zoo de Londres.

À minuit et demi, le message fit le tour des cuisines : le *breakfast* serait bientôt servi. L'aide-cuisinière envoya de nouveau Louisa à l'étage supérieur pour informer les valets de pied qu'on aurait besoin d'eux pour servir le kedgeree et les œufs brouillés en temps et en heure.

Dans le hall central, où débouchait l'escalier qui menait aux quartiers des domestiques, les gens circulaient en un flux régulier, certains arrivant d'une autre soirée londonienne, d'autres s'y rendant en quittant celle-ci. Une nuit au moment de la Saison, c'était comme un jeu de l'oie où l'on passait de Knightsbridge à Mayfair, pour revenir en arrière sur un coup de dés. Alors qu'elle se trouvait au pied de l'escalier, Louisa fut surprise de voir la servante Rose échanger quelques mots avec une jeune femme qu'elle reconnut : Clara Fischer, l'une des anciennes amies de Nancy. C'était une jolie actrice dans le genre de Clara Bow, et l'une des rares parmi les intimes des sœurs Mitford à s'adresser à Louisa sans prendre le ton impérieux du maître donnant un ordre à un domestique. Louisa vit Rose se fondre dans la foule, puis Clara tendre son verre à son compagnon pendant qu'elle fouillait dans sa pochette de soirée. Ce dernier avait des cheveux noirs lissés en arrière, et ses yeux d'un bleu saphir papillonnaient sans jamais se poser sur Clara. Louisa estima que ce n'était pas le moment d'aller saluer Mlle Fischer ; étant américaine, elle ne se serait sans doute pas formalisée qu'une domestique vienne l'aborder au cours d'une soirée, mais son compagnon n'apprécierait peut-être pas cette désinvolture. Elle s'apprêtait à aller prévenir d'autres valets de pied quand elle vit Nancy s'approcher du couple.

— Shaun chéri, lança-t-elle, prenant au dépourvu l'interpellé qui manqua de lâcher les verres qu'il tenait dans chaque main.

C'était sûrement le beau garçon dont Nancy avait parlé plus tôt dans la soirée. Peu désireuse de se trouver nez à nez avec elle, Louisa traversa la salle de bal pour prévenir un ou deux valets, puis elle gagna un vestibule où les femmes s'asseyaient jusqu'à la prochaine danse quand leur carnet de bal n'était pas rempli. Il faisait plus clair ici que dans le reste de la maison, grâce à de hauts murs couleur crème et à la présence d'un grand puits de lumière en verre opaque. Du milieu du plafond, au bout d'une longue chaîne, pendait un lustre dont les gouttes de cristal semblaient flotter dans les airs.

Malgré le brouhaha et la musique, Louisa crut entendre un craquement venant d'au-dessus, aussitôt suivi d'un cri. Intriguée, elle discerna des ombres qui bougeaient sur la verrière. Il y en avait plusieurs, et elles étaient trop grosses pour n'être que des chats de la maison. Serait-ce des gens, là-haut sur la vitre ? Le verre n'était certainement pas assez solide pour en supporter le poids. Paniquée, Louisa regarda autour d'elle sans savoir au juste ce qu'elle espérait trouver. Devait-elle crier pour donner l'alerte ? Elle hésitait, craignant de provoquer inutilement une scène, alors que quelqu'un s'occupait peut-être de réparer quelque chose. Quel terrible embarras si jamais…

Sans s'en rendre compte, Louisa avait bougé sans cesser d'observer la verrière, et elle sentit qu'on lui prenait le bras. C'était M. Meyer qu'elle avait failli télescoper, même si lui ne connaissait pas son nom à elle, bien évidemment.

— Attention, lui dit-il, puis il leva les yeux en suivant la direction de son regard et elle l'entendit hoqueter de surprise.

— Qu'est-ce qu'il y a là-haut?

— Je ne sais pas, répondit-elle, le cœur battant.

Avant qu'aucun d'eux ait pu lancer l'alerte, il y eut un grand fracas, puis un horrible bruit tandis que le verre explosait et qu'une pluie d'éclats tranchants tombait sur les invités en contrebas. Les hommes tentèrent de protéger de leurs bras les épaules nues des femmes, qui se cachaient le visage de leurs mains, et vint alors le son le plus affreux de tous : celui d'un corps heurtant le sol.

Une jeune servante gisait là. Morte, de toute évidence.

Au-dessus d'eux, une jeune fille était cramponnée au lustre. Livide, le visage maculé de sang, elle serrait les paupières, la bouche ouverte en un cri de terreur muette.

2

Chaque personne présente dans le hall resta un bref instant pétrifiée en découvrant le corps inerte et désarticulé qui gisait au milieu des éclats de verre, tandis qu'une mare de sang s'étalait sous son crâne. Dans la salle à côté, la musique et le brouhaha des conversations n'avaient pas diminué et formaient un bruyant fond sonore qui donnait à l'ensemble le caractère d'une farce macabre. Enfin les invités qui étaient à proximité du cadavre s'animèrent et, à mesure que la nouvelle se répandait, le bruit baissa jusqu'à cesser complètement. Dans le silence qui suivit, des gens intervinrent, certains pour couvrir le corps d'un manteau, d'autres pour crier qu'on appelle une ambulance et qu'on aille prévenir l'intendante ainsi que M. Guinness. Au milieu de cette panique, quelques domestiques et invités montèrent l'escalier pour secourir la deuxième servante ; elle avait été blessée par les éclats de verre et restait accrochée à la chaîne, les doigts raides de terreur. Certaines femmes ayant éclaté en sanglots, on leur prodiguait quelque réconfort ; l'une d'elles avait eu une crise d'hystérie, et on l'avait vite emmenée dans une autre pièce à l'abri des regards. Le fort brouhaha provenant de la salle de bal reprit de plus belle, sans la musique toutefois.

Bryan Guinness avait été le premier de sa famille à réagir aux cris d'alarme provenant du hall. Il s'y précipita en courant, tendit son verre à un ami et s'accroupit près du corps, au mépris des bris de verre qui risquaient de déchirer son pantalon et de lui entailler les genoux.

— Que s'est-il passé ? demanda-t-il en scrutant les visages livides de celles et ceux qui l'entouraient.

Un homme d'un certain âge le prit fermement par le coude et l'obligea à se relever.

— Apparemment, les jeunes filles ont voulu regarder la fête à travers le puits de lumière, et elles sont passées à travers la vitre.

— Morte ? demanda Bryan, ce que l'autre lui confirma d'un hochement de tête. Pauvre fille, déplora-t-il d'un air chagrin.

Durant les minutes qui suivirent, ses parents arrivèrent précipitamment sur les lieux et entraînèrent Bryan loin de la scène aussi vite qu'ils le purent, en exhortant tous les autres à les suivre. Deux valets de pied furent chargés de tenir les gens à distance du cadavre jusqu'à ce que l'ambulance arrive. Heureusement cela ne tarda guère, et les infirmiers emmenèrent la défunte ainsi que la deuxième servante. En état de choc, elle était agitée de tremblements irrépressibles malgré l'épaisse couverture dont on l'avait enveloppée. Lady Evelyn et Walter Guinness se postèrent ensuite près de la porte pour dire au revoir à leurs invités sur le départ, en se répandant en excuses pour les troubles causés par ce regrettable accident.

Dans le hall au sol carrelé de marbre blanc et noir de Grosvenor Place, Guy Sullivan s'émerveillait de la fraîcheur de l'atmosphère. Dehors, il avait transpiré abondamment dans son costume, même s'il échappait heureusement à l'uniforme en laine que devaient porter ses pauvres collègues tout au long de l'année. Au-dessus de lui, la verrière aux bords déchiquetés béait sinistrement et la chaîne pendait, inutile, le lustre ayant été décroché. En bas, il ne restait aucun vestige du malheur qui avait frappé la maison. Les lieux reluisaient de propreté, il y avait des fleurs partout, et la lumière du soleil brillait à travers les fenêtres. Tandis que son supérieur, l'inspecteur principal Stiles, interrogeait M. Guinness, Guy avait fait le tour des quartiers des domestiques, du sous-sol à l'escalier de service, puis jusqu'au quatrième étage, en songeant que leur vie se passait principalement à monter et descendre des marches. Un examen approfondi de la rambarde qui entourait le puits de lumière n'avait rien signalé de suspect, elle s'était avérée aussi solide qu'une porte de prison. Il consultait une liste des noms des invités présents ce soir-là, accompagnés de leurs titres honorifiques, quand son œil s'arrêta sur deux noms familiers : Nancy et Diana Mitford, 26 Rutland Gate.

Cela faisait plus de deux ans qu'il ne les avait pas vues. Il s'était alors rendu à Asthall Manor, la résidence de leurs parents située dans l'Oxfordshire, où il enquêtait sur un meurtre. En fait, il n'était pas chargé officiellement de l'enquête, mais il avait fini par découvrir le coupable. Ce succès inespéré lui avait valu d'être rapidement intégré au CID, le département chargé des enquêtes criminelles. Diana n'était alors qu'une adolescente de quinze ans, mais il avait bien connu Nancy. Leur première rencontre datait de l'époque où elle n'était encore qu'une débutante tout juste sortie de la nurserie, chaperonnée par son ancienne bonne d'enfants, Louisa Cannon.

Louisa… songea Guy avec nostalgie, car penser à elle lui faisait toujours autant d'effet. Pourtant elle s'était comme volatilisée, ce qu'il n'arrivait pas à comprendre. Ils étaient amis depuis si longtemps, même si, pour sa part, il avait toujours espéré davantage. Ils s'étaient connus en de fâcheuses circonstances, alors que Louisa venait de sauter d'un train en marche pour échapper à son oncle Stephen. Une demoiselle en détresse qui avait piètre allure, avec ses vêtements fripés et son chapeau tout cabossé, pourtant, ce qui avait tout de suite frappé Guy, c'était combien elle était jolie. Puis il avait admiré son esprit combatif. Ensuite, ils étaient devenus proches, à mesure que les circonstances conspiraient à les réunir de nouveau. Elle pouvait être exaspérante à ses heures, car elle restait toujours vague quant à ce qu'elle ressentait. Pourtant, même s'il ne savait jamais sur quel pied danser avec elle, ils n'avaient encore jamais perdu le contact, sauf les derniers temps.

D'après le peu qu'il en savait, Louisa avait eu pour projet de quitter son emploi chez les parents des sœurs Mitford, lord et lady Redesdale, afin de retourner à Londres pour y trouver du travail, avec l'ambition de sortir de sa condition de domestique. Ne sachant où elle s'était installée, il lui avait écrit à Asthall Manor dans l'espoir que, même si elle n'y demeurait plus, les lettres qu'il lui écrivait lui seraient transmises. Mais il n'avait jamais eu le moindre retour. Soit elle avait refusé qu'on lui transmette son courrier, soit elle n'avait tout simplement pas daigné y répondre. Et si elle avait rencontré quelqu'un d'autre ? Peut-être qu'elle s'était mariée et n'avait pas eu envie de le lui dire. Cela, il pouvait le comprendre, car il lui avait clairement déclaré ses sentiments, même s'il n'était pas certain qu'elle les partageât.

Une forte tape sur l'épaule sortit Guy de sa rêverie.

— C'est bon, on rentre au poste. Mieux vaut coucher tout ça par écrit, que le rapport soit prêt pour l'enquête. Elle devrait avoir lieu d'ici un jour ou deux.

L'inspecteur principal Stiles était grand et mince, toujours vêtu d'un complet gris pâle avec une cravate couleur pastel. Quand on les voyait l'un à côté de l'autre, le contraste entre les deux hommes était saisissant. Ils avaient la même taille et la même corpulence, mais la ressemblance s'arrêtait là entre Guy, avec ses lunettes aux verres épais, son sourire aimable, et Stiles, dont les cheveux argentés étaient lissés en arrière et la moustache si bien taillée et cirée qu'elle semblait peinte. D'après la rumeur, l'homme avec qui il vivait n'était pas son frère. Guy appréciait surtout son supérieur parce qu'il n'était ni pédant ni prétentieux, malgré les apparences. En fait, Stiles était rétif à tout ce qu'il apparentait au snobisme, et il avait pris Guy en affection. Au fil des derniers mois, ils en étaient venus à former une sorte de tandem non officiel. Guy n'arrivait pas à s'ôter de l'idée que c'était dû en grande partie au fait que lui-même était plus enclin que Stiles à approfondir le travail de terrain lorsqu'ils étaient sur une affaire, surtout quand son supérieur avait l'occasion de boire un coup.

Comme de bien entendu, leur dialogue se poursuivit ainsi :

— Ça ne vous fait rien si je vous passe mes notes, hein, mon vieux ? lui demanda Stiles. J'ai un rendez-vous prévu de longue date au Dog and Duck d'ici une demi-heure.

— Pas de problème, monsieur, répondit Guy, qui connaissait par cœur sa réplique et ce qui lui restait à faire : quitter Grosvenor Place pour retourner seul au poste de police.

Le lendemain matin à Pavilion Road, le poste de Knightsbridge auquel il avait été affecté quand il avait été promu inspecteur, Guy tapait consciencieusement les notes prises par Stiles et par lui-même. Bien que tragique, l'affaire était en apparence relativement simple. Plus tôt, Guy avait interrogé Elizabeth, la servante qui avait survécu à l'accident. Certes elle était bouleversée, mais aucune responsabilité ne pouvait lui être imputée. Elle lui avait rapporté comment Dot et elle avaient eu envie de regarder les belles robes de ces dames et comment elles s'étaient avancées sur le puits de lumière pour scruter à travers la petite ouverture située au milieu du verre. Mais leurs doigts avaient glissé, et ce qui n'était au départ qu'une distraction inoffensive avait tourné au drame. Un bref entretien avec Nora, la troisième servante, avait confirmé sa déclaration. Un détail cependant intriguait Guy : Nora avait vu monter à l'étage une quatrième servante qu'elle n'avait pas reconnue, car elle ne faisait pas partie de la maison. « C'était sans doute l'une de celles qu'on avait engagées en extra pour la soirée, avait ajouté Nora. Mais je ne sais pas ce qu'elle faisait là-haut. Je ne l'ai pas revue après l'accident. »

Cette servante inconnue pouvait s'avérer être un témoin important. Guy devrait donc vérifier la liste de l'ensemble du personnel que l'intendante lui avait donnée pour déterminer son identité, ce qui prendrait du temps, car il y avait plus d'une soixantaine d'employés travaillant ce soir-là, dont la plupart étaient embauchés pour l'occasion. Or, comme l'enquête conclurait probablement à une mort accidentelle sans circonstances suspectes, Guy n'aurait sans doute pas l'autorisation de pousser plus loin ses investigations.

Un élément nouveau intervint alors, que Guy n'aurait pu qualifier exactement de coup de chance, car, en fait, il n'augurait rien de bon. L'inspecteur principal Stiles le rejoignit et lui tendit un numéro de téléphone inscrit sur un papier, celui d'un pub dans le Yorkshire, le Queen Victoria. Guy devait appeler à ce numéro et laisser un message pour un certain Albert Morgan en indiquant une heure à laquelle ce monsieur pourrait le rappeler.

— On me l'a donné parce que c'est moi qui dirige l'enquête sur le décès de la servante, mais je dois absolument m'absenter, lui dit Stiles avec un clin d'œil. Alors faites ça pour moi, d'accord ?

Intrigué, Guy s'exécuta, et le rendez-vous téléphonique fut fixé à midi. M. Morgan avait un accent de terroir prononcé, et il semblait en plein désarroi. Il commença par se présenter longuement comme étant un simple fermier pour qui les mœurs des gens de la capitale restaient une énigme, tant et si bien que Guy dut insister pour qu'il en vienne au fait.

— C'est ma fille, Rose. Elle a disparu. Sa maman et moi, on n'a aucune nouvelle et elle n'est pas allée à son travail. Quelqu'un de la grande maison qui l'emploie nous a appelés pour nous demander si elle était chez nous, mais elle est pas rentrée.

Guy nota quelques informations : Rose travaillait depuis un an comme domestique pour une certaine lady Delaney habitant au 11, Wilton Crescent. Mais elle avait été embauchée comme servante en extra à une grande soirée, la veille ou l'avant-veille.

— L'intendante nous a dit qu'à la soirée en question il y avait eu un terrible accident. Une servante est morte. Ce n'était pas Rose, je le sais, mais on l'a pas revue depuis, précisa le père dont la voix se fêla.

Cependant, il se reprit vite et poursuivit.

— Ça ne lui ressemble pas de ne pas dire où elle est. Elle sait comme on est inquiets de la savoir perdue dans la grande ville. On voudrait juste lui dire qu'elle peut rentrer chez nous, qu'on n'est pas fâchés contre elle. Elle n'a que dix-sept ans, ce n'est encore qu'une gamine.

Guy le rassura en lui disant qu'il ferait tout son possible pour la retrouver.

— Je suis sûr qu'elle va très bien, monsieur Morgan, et je vous tiendrai au courant. Pourrai-je appeler à ce numéro quand j'aurai besoin de vous joindre ?

— Oui, quelqu'un du pub nous transmettra le message à moi ou à ma femme, et un de nous vous rappellera. On n'a pas le téléphone, à la ferme. Je suis plutôt contre, d'habitude, mais là, je suis bien content que ça existe.

Guy le remercia en le rassurant du mieux qu'il le put, mais en son for intérieur il n'était pas si tranquille quant à la sécurité de la jeune fille. Tout en raccrochant, il secoua tristement la tête, car son métier de policier lui avait enseigné que le fil d'une vie pouvait brutalement se trancher. Guy avançait en âge ; à près de trente ans, il n'était toujours pas marié et vivait encore dans la maison où il était né. C'était dur de la quitter alors qu'il s'inquiétait tant pour sa mère. Son père était toujours en vie, mais il perdait la tête, et sa mère passait ses journées à se faire du souci pour lui, incapable de le laisser, ne serait-ce qu'une minute, par crainte qu'il sorte et aille errer sur la route sans jamais retrouver le chemin du retour. Seul Guy, dernier des quatre frères encore avec eux, pouvait lui accorder un peu de répit, le temps de souffler pour aller faire des courses ou rendre visite à une voisine.

Pourtant, sa mère l'aimait et ne souhaitait que son bonheur. Peut-être le moment était-il venu de réagir pour tenter de combler le vide qu'il ressentait dans sa vie et avancer dans la bonne direction, celle qu'il savait lui convenir ? Oui, il est temps que je me marie, décida-t-il. Et je sais exactement à qui faire ma demande.

3

Une semaine environ après la soirée chez les Guinness, Louisa Cannon attendait sur le trottoir devant Albert Hall, en regrettant de n'avoir pas mis un manteau plus léger. Elle aurait volontiers traversé la route et envoyé valser bas et chaussures pour marcher pieds nus dans l'herbe. Le mois de juin avait été pluvieux, mais juillet arrivait, et avec lui, la chaleur. Elle avait rendez-vous avec Nancy et Diana et était impatiente de les voir. Déjà dix minutes de retard, constata-t-elle en consultant l'heure à sa montre, ce qui la fit sourire.

Louisa avait été leur bonne d'enfants pendant cinq ans, mais elle était partie plus de deux ans auparavant, début 1926, pour refaire sa vie à Londres. Depuis la fin de la guerre, la ville avait changé, et, pour les gens de son milieu, elle offrait de nouvelles perspectives, bien meilleures que toutes celles qu'avait pu connaître la génération précédente. Louisa avait emménagé dans une chambre à Chelsea, près du quartier où elle avait grandi, même si Mme Cannon était partie depuis longtemps habiter chez la tante de Louisa dans le Suffolk. Quant à son père, il était mort des années plus tôt. Il n'y avait donc pratiquement plus personne de son ancienne vie dans son entourage ; seulement son amie Jennie, mais elles se voyaient rarement. Encore moins depuis que Jennie s'était mariée et avait eu un enfant.

Au début, Louisa avait pris tout ce qui se présentait en refusant toutefois de s'engager comme employée de maison, dans l'espoir de tomber sur un travail plus intéressant. En premier lieu, elle avait demandé à suivre une formation pour entrer dans la police, mais ce projet était vite tombé à l'eau. Plus jeune, et sous l'influence de son oncle Stephen, elle avait écopé d'une ou deux accusations pour de menus larcins. Louisa avait croisé les doigts en espérant qu'aucune trace n'en ait été conservée, ou que personne n'en tiendrait compte s'il existait un dossier, après l'aide qu'elle avait depuis apportée à la police. Hélas, cela n'avait pas été le cas. On lui avait opposé un refus ferme et définitif. Elle avait songé à invoquer l'argument selon lequel, pour comprendre quelqu'un, il faut lui ressembler ; d'autant plus quand il s'agit d'arrêter des criminels… Mais elle s'était ravisée en se doutant qu'il ne jouerait guère en sa faveur. Honteuse et confuse, elle avait rompu tout contact avec ses connaissances et fini par trouver un emploi de couturière pour une enseigne de mode de Mayfair. Reléguée dans l'arrière-boutique en compagnie de deux autres petites mains, elle effectuait des retouches pour les clients. Ce n'était pas si mal. Elle avait sa liberté, sans plus être obligée de demander la permission de sortir à Nanny Blor ou à lady Redesdale. Et la vie à Londres était excitante, après toutes ces années passées à la campagne, au fin fond des Cotswolds. Il y avait des boîtes de nuit, des restaurants, des galeries et des musées, sans parler des théâtres et des cinémas.

Sauf qu'elle sortait rarement. Toutes ces distractions coûtaient cher, et même si elle était parvenue à mettre assez d'argent de côté, comment sortir toute seule, non accompagnée ? C'eût été non seulement cafardeux à souhait, mais inconvenant. Impossible d'aller seule au restaurant, ou encore dans une boîte de nuit, sans cavalier. Et moins elle voyait de monde, plus sa solitude s'accentuait. À vingt-six ans, Louisa avait l'impression de passer à côté de ce qu'il y avait de meilleur dans la vie.

Lorsqu'elle allait voir sa mère, âgée à présent, car elle avait eu Louisa après avoir longtemps espéré avoir un enfant, elle avait droit à un feu nourri de questions tournant autour de la principale : quand donc allait-elle se marier ?

— Je n'en sais rien, maman, répondait Louisa en s'efforçant de ne pas céder à l'exaspération. Je n'ai encore rencontré personne qui me plaise.

— Et ce policier dont tu m'as souvent parlé ?

Guy Sullivan. Oui, c'était un brave gars, et Louisa l'appréciait beaucoup. Mais elle avait été si mortifiée après le rejet de sa candidature pour entrer en formation dans la police qu'elle avait coupé court à leur relation. D'autant qu'elle s'était imaginée lui faire la surprise de frapper à sa porte et qu'il ouvre pour la découvrir en uniforme sur le seuil. Il lui avait écrit plusieurs fois, mais elle n'avait jamais répondu et, aujourd'hui, il avait dû tirer une croix sur elle. En admettant qu'il refasse une tentative, il ignorait sûrement que les Mitford avaient quitté Asthall Manor pour s'installer à Swinbrook House. Pourtant Guy lui manquait.

Louisa changeait alors de tactique.

— En plus, si je me mariais, je ne pourrais plus travailler.

— Mais si, tu le pourrais, lui répliquait vertement sa mère. Moi, j'ai bien travaillé toute ma vie.

Louisa n'insistait pas. Comment lui expliquer qu'elle voulait plus qu'un simple emploi pour survivre, qu'elle désirait progresser, avancer dans la vie en changeant de condition ? Sa mère avait travaillé des années en tant que blanchisseuse, son père en tant que ramoneur : Mme Blanc et M. Noir, comme Jennie et elle les avaient surnommés, et Louisa était fière d'eux. Mais elle désirait mieux pour elle-même ; le travail avait épuisé et aigri ses parents. Ce qu'elle avait vu quand elle était au service de lord et de lady Redesdale lui avait démontré que la vie était pleine de tant d'autres possibilités… Et les années d'après-guerre avaient promis du changement, pour les gens de sa condition : une rupture avec le passé, une chance de fonctionner différemment. D'ailleurs, beaucoup de choses avaient indéniablement changé. La circulation était si dense que les policiers qui la régulaient semblaient bien fragiles, avec leurs longues manches blanches indiquant les quatre directions aux voitures, bus et fourgons. Le téléphone était partout : chez les gens, et dans les cabines rouges installées aux coins des rues. On pouvait appeler à l'autre bout du monde. Beaucoup de femmes travaillaient, et pas seulement comme lingères ou vendeuses. Il y avait des secrétaires et des standardistes, dans de grands bureaux grouillant de personnel des deux sexes. Certaines faisaient même des choses étonnantes. Une ou deux semaines plus tôt, Amelia Earhart avait traversé l'Atlantique en avion. Louisa avait vu aux actualités du cinéma Mlle Earhart agiter la main en signe d'adieu. Elle était splendide dans sa tenue de pilote, avec son casque en cuir, ses lunettes, et sa drôle de culotte qui semblait avoir des ailes. Elle n'avait pas elle-même conduit l'avion, mais elle était assise derrière le pilote, et serait sans doute aux commandes la prochaine fois. Combien Louisa avait eu envie de voler à travers l'écran pour rejoindre Mlle Earhart sur le Fokker F.VII ! En réalité, elle n'était jamais allée plus loin que Dieppe, en ferry, et en compagnie des sœurs Mitford.

Tout cela pour dire que, lorsqu'elle avait reçu un message de Nancy expliquant que Diana faisait son entrée dans le monde cette Saison et lui proposant de les rencontrer durant leur séjour à Londres, Louisa avait décidé de dire oui. Comme de bien entendu, elles étaient en retard. Leur père, lord Redesdale, était un maniaque de la ponctualité, c'était lui qui limitait la durée du sermon du pasteur à dix minutes et lui faisait signe dès qu'il excédait de quelques secondes. Il était donc naturel qu'en réaction et par esprit de rébellion ses filles ne tiennent pas compte du temps dès qu'il n'était plus dans les parages. Louisa se faisait cette réflexion alors qu'un bus numéro 9 s'immobilisait devant l'arrêt. Parmi les passagers qui en descendaient, elle aperçut Nancy.

L'aînée des six filles n'avait guère changé : pas très grande, mais élancée, vêtue d'une élégante robe rose pâle et d'un manteau léger d'une nuance plus sombre, qui lui arrivaient tous deux juste sous les genoux ; des sourcils finement arqués, de grands yeux aux paupières un peu tombantes, mais habités d'une lueur malicieuse qui leur enlevait toute douceur. Ce fut surtout Diana qui surprit Louisa, à présent qu'elle pouvait la détailler de plus près que lors de la soirée mondaine. Au lieu de la desservir, son menton rond et sa mâchoire presque carrée donnaient de la force à des traits par ailleurs réguliers et harmonieux. C'était une beauté frappante, encore renforcée par des cheveux blonds coupés très court au carré, juste au niveau du lobe des oreilles. Avec ses yeux d'un bleu de glace, elle aurait pu servir de figure de proue à une nef viking. Il émanait d'elle une sorte de force tranquille, malgré la vivacité de ses mouvements. Diana était le galet lisse que l'on jette à l'eau, et Nancy, les remous qui s'ensuivent.

— Lou-Lou ! lança Nancy alors qu'elles la rejoignaient en clignant des yeux à la lumière du soleil. Chérie, sommes-nous en retard ?

Oui, de vingt-cinq minutes, pensa Louisa, mais elle secoua la tête.

— Qu'importe. Je suis si contente de vous voir. Mademoiselle Diana, vous êtes…

— Une grande personne, maintenant. Oui, je sais, grimaça Diana. J'ai grandi, j'ai mûri. Cela fait des semaines que j'ai droit à ce genre de remarques.

— Bon, d'accord. N'empêche, je suis ravie de vous voir.

— Nous aussi, dit Diana. C'est drôle, hein ? Maintenant que vous n'êtes plus à notre service, c'est comme si vous étiez l'une d'entre nous.

Louisa ne sut que répondre, mais, fort heureusement, Nancy, un peu plus subtile, changea de sujet.

— Marchons jusqu'à South Ken, proposa-t-elle. Il y a là-bas un gentil petit café où nous pourrons prendre une tasse de thé. Je dois avouer que nous ne sommes pas levées depuis très longtemps.

— On a dansé jusqu'à l'aube, ajouta Diana d'un air radieux. Muv était épuisée, quand nous sommes rentrées à la maison.

— Oh, ça ne lui déplaît pas, dit Nancy. D'ailleurs rien ne l'y oblige, maintenant que je suis pratiquement une vieille fille de vingt-quatre ans. Je pourrais très bien te servir de chaperon.

— Je ne suis pas certaine que Muv serait rassurée de me confier à toi.

Louisa prenait plaisir à les écouter se renvoyer la balle comme à une partie de tennis. Nancy avait la langue bien pendue, mais Diana avait appris à aiguiser la sienne. Elles avaient tourné pour s'engager dans Exhibition Road quand elles entendirent quelqu'un les appeler. Un jeune homme était penché à l'arrière d'une Bentley noire qui s'était garée près de l'arrêt d'autobus.

— C'est Bryan Guinness, dit Nancy. Bon, je vais aller le saluer.

— À mon avis, c'est moi qu'il a envie de voir, fit remarquer Diana en rougissant un peu, et elle s'éloigna d'un pas vif pour rejoindre la voiture avant son aînée, qui eut du mal à cacher son désappointement.

Diana se pencha à la vitre de l'automobile, et, après un bref échange, la Bentley s'éloigna.

— Eh bien, dit Nancy tandis que Diana les rejoignait. Il n'a même pas dit bonjour. Tu sais que c'est moi qui l'avais invité à Swinbrook l'an passé ? Tu n'étais encore qu'une gamine, tu n'as même pas assisté à cette fête.

Diana haussa les épaules, mais elle semblait aux anges.

— Il m'a demandé si j'allais au bal de Westminster lundi.

Louisa tendit l'oreille, car cela lui rappelait quelque chose. Il lui faudrait consulter son agenda, mais c'était peut-être bien à cette soirée que l'agence devait l'envoyer travailler.

— Et tu vas y aller ? s'enquit Nancy d'un ton impérieux.

— Eh bien oui, maintenant.

Les voitures fonçaient dans Exhibition Road en klaxonnant les piétons avec impatience. À cause du bruit et de la chaleur, Louisa eut un moment de lassitude, mais la compagnie des deux sœurs lui remonta le moral. Certes elle n'était pas aussi élégante qu'elles, avec ses vêtements bon marché, mais leur joie de la revoir était visible, et cela lui faisait chaud au cœur.

— Qui c'est, ce Bryan Guinness ? s'enquit-elle d'un ton qui aurait passé pour de l'effronterie du temps où elle travaillait chez les Redesdale, mais pas aujourd'hui.

— Une perle rare, répondit Nancy en soupirant. Riche et beau, mais surtout, d'une incroyable gentillesse. Des partis comme lui, il n'y en a pas beaucoup.

— Oh mais si, il y en a plein d'autres, objecta Diana avec un sourire qui découvrit ses dents blanches. Il n'y a qu'à se baisser : ils tombent comme des mouches.

Retrouvant momentanément son rôle de bonne d'enfants, Louisa jugea qu'il valait mieux ne pas encourager ce genre de propos.

— Est-il apparenté aux Guinness chez qui ce terrible accident s'est produit, le mois dernier ? Quand deux servantes sont tombées à travers une verrière ?

Elle avait un peu honte de sa fourberie, mais elle

n'avait pas envie d'avouer qu'elle-même travaillait aux cuisines, ce soir-là. Pourtant cette tragédie avait été si éprouvante qu'elle ressentait le besoin d'en parler avec d'autres personnes qui l'avaient vécue. Sauf que, manifestement, les deux sœurs n'éprouvaient pas le même besoin.

— Oui, répondit allègrement Nancy, c'était vraiment affreux. Nous y étions, même si aucune de nous n'a vraiment vu ce qui s'est passé et qu'on nous a rapidement évacuées.

— Pauvres filles, dit Louisa. Elles n'avaient que dix-huit ans.

Nancy et Diana murmurèrent une vague approbation, mais visiblement cet accident appartenait pour elles à un passé révolu.

— Sinon, quoi de neuf ? lança-t-elle en prenant joyeusement Diana par le bras. Racontez-moi tout. Comment est la nouvelle maison ? Et Nanny Blor, comment va-t-elle ? Est-ce qu'elle lit toujours ces terribles histoires de meurtres ?

Diana se mit à rire gaiement et elles repartirent d'un bon pas, comme si aucune d'elles n'avait le moindre souci et qu'un avenir radieux leur tendait les bras. La jeunesse ne tient guère à voir les nuages qui assombrissent l'horizon.

4

À 9 heures du soir le lundi suivant, Louisa reprenait son rôle de soubrette engagée en extra dans une grande maison. Les cuisines étant une véritable fournaise, elle s'était portée volontaire pour sortir l'une des poubelles pleines à ras bord, histoire de prendre l'air. Elle était donc sur le trottoir tandis que des jeunes gens escortant des jeunes femmes en robe de soirée et boa gravissaient les marches en pierre de l'hôtel particulier du duc de Westminster.

Sachant que la Saison arrivait à son terme, Louisa se demandait si, pour toute cette jeunesse, elle se conclurait par un heureux *happy end*, qui viendrait prolonger pour la vie les nuits passées à danser le charleston, quand elle vit justement un couple sortir dans la rue. Tiens, Bryan Guinness et Diana Mitford en personne. Cédant à la curiosité, Louisa se pencha en faisant mine de renouer les lacets de ses bottines, comme pour s'abuser elle-même sur ses véritables intentions, qui étaient de tendre avidement l'oreille. Il ne faisait pas nuit noire ; le ciel clair de la journée était resté sans nuages, les étoiles venant piqueter de longues traînées bleu marine.

Sur le seuil de la demeure, aussi éclairé qu'une scène de théâtre, les épaules nues de Diana avaient un éclat laiteux, mais comme elle penchait le cou, son visage restait caché. Alors que Bryan la prenait par la main pour l'entraîner plus loin sur le trottoir, dans l'ombre, Louisa sentit à distance la nervosité du jeune homme. En plus d'être un brin plus petit que Diana, l'air implorant qu'il prenait en s'adressant à sa blonde compagne ne jouait guère en sa faveur. Ils étaient juste un peu plus loin quand Bryan obligea Diana à se tourner pour l'attirer à lui. Tapie près d'un arbre de l'autre côté de la rue, Louisa vit leurs têtes se confondre le temps d'échanger un baiser. Puis les deux profils se scindèrent. Il y eut ensuite des murmures qui s'amplifièrent à mesure que le ton de Bryan se faisait plus empressé.

— Vous voyez bien que je suis fou de vous. La nuit, le jour, je ne pense qu'à vous.

— On croirait les paroles d'une chanson écrite en décasyllabes, le taquina Diana.

— Chérie, je ne plaisante pas. Voulez-vous m'épouser ? M'aimez-vous assez ?

Leurs silhouettes restèrent séparées, avec entre elles les briques blanches de la maison.

— J'ai beaucoup d'affection pour vous, répondit Diana.

— Oui, mais m'aimez-vous ? insista Bryan. Vous m'avez embrassé, ajouta-t-il, comme aucune réponse ne venait rompre le silence.

— Un baiser, ça ne veut rien dire.

En entendant ces mots, Louisa sentit son cœur se serrer de compassion pour le prétendant.

— Je fais ça sans y penser, comme j'embrasse les

membres de ma famille, expliqua Diana en conservant un ton léger, sans doute à dessein.

— Je ne suis pas votre frère, dit Bryan sans prendre la mouche, ce que Louisa trouva admirable, et il saisit la main de Diana. Rentrons, maintenant. Mais promettez-moi que vous y réfléchirez.

— C'est juré, assura Diana en opinant du chef. Bon, allons rejoindre les autres. Cecil m'a promis de danser un black-bottom avec moi.

Tous les deux quittèrent donc les coulisses pour retourner sur scène, en pleine lumière.

DEUXIÈME PARTIE

1929

5

Pour le mariage mondain de l'année, comme avaient titré les journaux bien qu'on ne fût encore qu'en janvier, une grande foule attendait en trépignant, massée le long de la route qui menait à l'église Sainte-Marguerite de Westminster. Cette union entre l'héritier d'une grande fortune et une jeune femme dont on vantait la beauté avait suffi à alimenter les chroniques du gotha depuis des mois et à susciter nombre de rumeurs improbables. Dans l'allée qui menait à la porte de l'église avançaient les privilégiés venus assister au mariage, vêtus de leurs plus beaux atours : jeunesse dorée, hommes d'État et douairières, tous membres des familles aristocratiques du pays.

Parmi eux, de mise bien plus modeste, mais soulagée de voir ses appréhensions toucher à leur fin, il y avait Louisa Cannon. Elle avait trouvé terrifiant tout ce battage qui avait entouré l'événement, en partie parce que ce mariage marquait aussi un tournant important dans sa vie. Pour l'heure, elle se réjouit de trouver dans l'un des rangs du fond une place à côté de Nanny Blor, une présence qu'elle avait toujours trouvée réconfortante.

Elles déplorèrent toutes deux l'absence des demoiselles d'honneur Decca et Debo (surnoms donnés par la famille à Jessica et Deborah), les deux sœurs cadettes de Diana âgées de douze et neuf ans, victimes dans la nuit d'une attaque de scarlatine.

— Du moins, c'est ce qu'a diagnostiqué le docteur venu à leur chevet, mais ce n'est pas le médecin de famille, évidemment, puisqu'on est à Londres, commenta Nanny Blor en reniflant d'un air sceptique. Moi, je crois que c'est la coqueluche.

— En tout cas, elles ont dû être terriblement déçues de ne pas assister au mariage, murmura Louisa. Je sais que Mlle Diana regrette vivement leur absence.

Nanny Blor et Louisa étaient arrivées une bonne heure avant la cérémonie, et elles évoquaient complaisamment tour à tour chacun des enfants Mitford ainsi que tout ce qui se passait au village de Swinbrook.

— Elles sont inconsolables, les pauvres chéries, confirma Nanny Blor.

(En réalité elle s'appelait Laura Dicks, mais c'était Nanny Blor depuis que Nancy l'avait baptisée ainsi, presque quinze ans plus tôt ; d'ailleurs, aucun membre de la famille Mitford ne pouvait concevoir qu'elle ait une vie en dehors d'eux, encore moins sous un autre nom.)

Il y avait trois hommes en jaquette près de la porte, qui piétinaient sur place et étaient pris de quintes de toux. Louisa crut voir l'un d'eux lui jeter un regard insistant et, comme il touchait son chapeau pour la saluer, elle fit de même. Le sien était tout nouveau tout beau, et lui avait coûté presque la moitié de ses gages de la semaine ; ce n'était pas un achat superflu, mais nécessaire, car il renforçait son entrain et sa confiance en elle. D'ailleurs, dès demain, elle n'aurait plus à payer ni gîte ni couvert.

Pendant qu'elles conversaient aimablement, l'église s'était remplie. Toute la crème de la haute société anglaise suivait des yeux Diana tandis qu'elle remontait l'allée centrale au bras de son père, lord Redesdale, avec onze demoiselles d'honneur dans leur sillage, dont Nancy. Louisa repéra Unity, née quatre ans après Diana et son opposé physiquement, avec ses cheveux blonds et raides qui rebiquaient. Elle tirait sur sa robe et jetait des coups d'œil alentour comme si elle craignait d'être la cible des regards. Quant à Pamela, qui était née entre Nancy et Diana, au lieu de figurer parmi les onze jeunes filles en robe lamé or, elle était assise au premier rang, à côté de leur frère Tom et de leur mère, lady Redesdale. Louisa ne comptait pas assister à la cérémonie, mais Nancy et Diana avaient gentiment insisté, et puis un élément nouveau était entré en jeu, qui avait tranché la question.

Deux semaines avant Noël, Louisa avait reçu un mot de Diana l'invitant à venir le lendemain prendre le thé à la maison de Rutland Gate. Il n'avait pas été facile d'obtenir de quitter son travail à la boutique plus tôt que prévu, et elle avait dû prétexter une soudaine rage de dent. Car Louisa avait l'intuition que ce rendez-vous ne serait pas une simple distraction. Par ailleurs, même si elle avait quitté son emploi chez les Mitford deux ans plus tôt, elle ne pouvait résister à toute requête venant d'eux.

— Chère Lou-Lou, avait commencé Diana après avoir servi le thé en surprenant Louisa par ses manières adultes et son emploi du surnom que Nancy était jusqu'à présent la seule à lui donner. Tout le monde a enfin accepté que Bryan et moi convolions en justes noces. Nous allons donc nous marier dès que possible et, ensuite, nous emménagerons dans une petite demeure, une vraie maison de poupée dans Buckingham Street. Nous avons envie de faire les choses à notre guise, et nous sommes tous deux d'accord là-dessus. Donc, plutôt que de nous encombrer de domestiques inconnus pouvant s'avérer une vraie plaie, nous allons engager nos préférés.

Louisa l'écoutait parler, une tasse de thé remplie à ras bord en équilibre sur les genoux, et elle avait dû se forcer à se concentrer sur ce que disait Diana plutôt que sur le tapis bleu clair qu'elle menaçait de tacher irrémédiablement.

— Bryan, enfin, M. Guinness, amène une servante de chez ses parents, et Farve a accepté que je prenne Turner, de Swinbrook, continua Diana.

— Turner ?

— Oui, comme chauffeur. Oh, il a dû entrer à notre service après votre départ. C'est une crème. Mais pour tout dire, Louisa, j'aimerais que vous veniez aussi.

— Moi ? réagit-elle, consciente que c'était un peu court.

— Oui. En tant que femme de chambre. En fait, je n'ai pas vraiment besoin d'une femme de chambre, c'est une idée assez absurde, j'en conviens avec vous, dit Diana alors que Louisa n'avait encore rien dit ni même changé d'expression, du moins pas consciemment. Mais tout le monde insiste en disant que j'aurai besoin de quelqu'un pour m'aider, poursuivit Diana. Ne serait-ce que pour faire mes bagages, déjà, car Bryan veut voyager souvent à l'étranger. Moi aussi, évidemment. Et puis il y a des mondanités sans fin, Bryan a tant d'amis adorables, et nous allons chaque soir au théâtre. Or c'est toujours la croix et la bannière pour que les vêtements que j'ai envie de porter soient prêts à temps…

Elle laissa sa phrase en suspens en souriant d'un air bienveillant tout en braquant ses yeux bleus sur son ancienne bonne d'enfants. Louisa ne savait toujours pas comment réagir ni que répondre. Au fond, elle ne savait trop que penser de cette proposition.

— Le fait est que vous seriez pour moi un visage ami, et mon entourage n'a pas tout à fait tort, reprit Diana d'un ton plus assuré. Je n'ai encore jamais tenu de maison, et même si ce ne doit pas être bien compliqué, un peu d'aide me serait utile. Nous vous verserions un salaire généreux. Bry… M. Guinness est très libéral, dans ce domaine. Qu'en dites-vous, Louisa ?

Sous le charme, incapable de réfléchir plus avant, Louisa se vit aussitôt accepter, ou presque.

— Et lady Redesdale ? Qu'en pense-t-elle ? Elle n'approuve peut-être pas cette idée, objecta-t-elle. On ne m'a pas exactement priée de donner mon congé, mais…

Le visage de Diana changea soudain d'expression.

— Lady Redesdale n'est plus en position de me dicter ma conduite. Je serai bientôt une femme mariée, avec ma propre maison. Si je décide que je souhaite vous prendre à mon service, cela ne regarde que moi, affirma-t-elle avec une trace de bouderie enfantine, car, après tout, elle n'avait que dix-huit ans.

Louisa se crut obligée de souligner tous les obstacles qui se dressaient sur le chemin.

— Je vais devoir en informer la boutique où je

travaille. Il se passera peut-être des semaines avant que je puisse commencer.

— Dans ce cas, vous pourrez commencer le jour de mon mariage, à savoir le 31 janvier. Ce sera pour nous tous un nouveau départ absolument divin.

Et voilà. C'est reparti pour un tour, se dit Louisa, et elle se demanda quelles nouvelles aventures l'attendaient encore et quels combats elle aurait à mener au service de la famille Mitford.

6

Une fois l'office terminé, les invités s'étaient rendus à pied ou en voiture chez les Guinness, à Grosvenor Place, certains préférant ne pas courir le risque de se faire tremper, car de gros nuages gris se rassemblaient et le ciel était menaçant. Quant à Louisa, elle était restée avec Nanny Blor en adaptant son pas au sien, une allure tranquille qui leur permettait d'entendre, l'air de rien, les bavardages des invités. Ce n'était pas souvent qu'elle marchait sans se faire remarquer parmi les gens de la haute. Nanny Blor restait silencieuse, ce qui ne lui ressemblait guère, et Louisa se crut donc autorisée à tendre l'oreille comme lorsqu'elles écoutaient leur programme radiophonique préféré. Les commentaires allaient bon train sur la beauté de Diana, ses cheveux dorés, son teint laiteux, les femmes étant aussi sensibles que les hommes à ses charmes tout en s'attachant à des détails tels que le satin blanc cassé de la robe qu'elle portait, le voile en dentelle ancienne de Bruxelles, ou encore le bouquet de lis blancs cultivés sous serre, insolite en cette froide saison, autant d'éléments qui échappaient à leurs compagnons. Eux étaient plutôt enclins à faire des remarques caustiques sur le fait que Diana ne fêtait pas son mariage dans sa maison de famille… N'était-elle pas assez vaste ? ironisaient-ils. Lord Redesdale serait entré dans une rage folle en entendant ces ragots déprécier l'ambitieuse demeure qu'il avait fait construire, même si Louisa savait que la famille la détestait et regrettait amèrement Asthall Manor, qu'il avait fallu vendre. Nanny Blor lui avait raconté qu'il faisait si froid dans les chambres que l'eau de la cuvette qui servait à sa toilette gelait pendant la nuit.

Autour d'elles, Louisa reconnaissait certains des visages qu'elle avait vus à la fête chez les Guinness l'été précédent, d'autant qu'elle les avait revus depuis en photos dans les pages mondaines des journaux : le biographe Lytton Strachey, l'artiste Dora Carrington, Evelyn Waugh, le romancier dit prometteur, les brillants M. et Mme Mulloney, lady Lascelles, ainsi que la femme qui était au service de la reine, dont elle avait oublié le nom. Mais pourquoi leur prêter autant d'intérêt ? se demanda-t-elle. Serait-ce qu'elle enviait son travail à Luke Meyer, dont elle avait repéré la signature dans les journaux ? D'ailleurs, le verrait-elle aujourd'hui ? En fait, Louisa en serait contente. Faire partie de la maison de Diana lui donnait de l'audace, et l'envie de nouer de telles amitiés.

En approchant de la maison, elle vit la foule de photographes qui se pressaient sur le trottoir, et sentit Nanny Blor lui donner un petit coup de coude.

— Ce matin, j'ai dit à Mlle Diana qu'elle passerait inaperçue, mais je me demande si je ne me serais pas trompée, pour une fois ? lui lança-t-elle en ouvrant de grands yeux.

Douce et bonne Nanny, que les filles aimaient autant, sinon plus, que leur mère.

— Pour une fois, vous vous êtes trompée, Nanny, ça ne fait aucun doute, répondit Louisa.

Et elles se mirent à rire doucement en regardant la jeune fille qu'elles connaissaient depuis l'enfance sourire dans les éclairs des flashs même s'il commençait à pleuviner, au bras d'un mari dont l'air digne et compassé montrait qu'il appréciait moins d'être la cible de toutes ces attentions.

Quand elles furent entrées par la grande porte (Louisa avait convaincu Nanny Blor de ne pas emprunter la porte de service), elles virent que plus de cent cinquante personnes étaient déjà rassemblées dans le grand hall. À travers la forêt de chapeaux à large bord ornés de fleurs et de dentelles, on n'y voyait goutte. Fort heureusement, les hommes avaient ôté leurs hauts-de-forme. Nanny laissa Louisa pour aller rejoindre les filles. Certes l'ambiance avait radicalement changé, depuis la dernière fois où elle s'était trouvée en ces lieux : il faisait jour, c'était l'hiver, et l'on fêtait un beau mariage. Pourtant la nervosité la prit quand elle regarda vers la verrière à travers laquelle Dot avait fait une chute mortelle, même si on l'avait réparée depuis. Soudain elle sentit quelqu'un se cogner contre elle, avant d'entendre un cri suivi d'un fracas quand deux coupes de champagne explosèrent en heurtant le sol. Instinctivement, elle se pencha pour ramasser les débris aussi vite que possible, et lorsqu'elle se releva, elle se trouva face à M. Meyer, qui avait l'air fort embarrassé.

— Mon Dieu, je suis désolé, bafouilla-t-il. Attendez, laissez-moi…

— C'est bon. J'ai tout ramassé. Tendez vos mains, lui dit-elle.

M. Meyer obéit et elle déposa les éclats de verre sur ses paumes ouvertes. Il allait protester quand elle l'arrêta d'un geste.

— Je regrette, mais c'est vous qui m'avez bousculée, alors c'est le moins que vous puissiez faire. Regardez, je suis trempée.

— Bien sûr. Pardon. Je vous en prie, dites-moi comment vous vous appelez.

— Louisa Cannon.

— Luke Meyer. Je vous serrerais volontiers la main, mais…, dit-il en haussant les épaules, puis il la dévisagea. Pardon, mais nous sommes-nous déjà rencontrés ?

— Si l'on peut dire. C'était quand…

Elle leva les yeux vers le plafond.

— Mon Dieu, oui. C'est ce que je regardais quand je vous ai percutée par mégarde. Cela fait drôle de se retrouver ici, après ce qui est arrivé, non ? ajouta-t-il en faisant mine de murmurer comme on fait au théâtre.

Ne voulant pas se montrer déloyale envers la famille de son nouvel employeur, elle acquiesça sans se permettre d'en dire davantage. Tous les deux se rendirent dans une autre pièce où ils trouvèrent un valet de pied qui emporta les débris. En attendant qu'il revienne avec deux nouvelles coupes, ils restèrent dos au mur à regarder les invités.

— De quel bord êtes-vous ? demanda Luke, une question classique lors des mariages.

— Celui de la mariée, répondit Louisa, mais je ne suis pas une amie. Enfin, un peu quand même, ajouta-t-elle.

Luke lui adressa un sourire de sympathie ; était-il comme elle une sorte d'*outsider* ?

— Je travaille pour la famille, précisa-t-elle. Je me suis occupée des filles lorsqu'elles étaient enfants, et Mme Guinness m'a récemment demandé d'être sa femme de chambre.

— Vous l'avez donc connue dans son enfance ? D'ailleurs, cela ne fait guère longtemps qu'elle en est sortie, remarqua-t-il, et Louisa acquiesça en hochant la tête.

— Oh, voici nos coupes. C'était un plaisir de tomber sur vous, ironisa-t-elle, puis elle sourit et s'apprêtait à s'éloigner quand Nancy arriva droit sur eux, dans sa robe de demoiselle d'honneur en lamé or.

— Bonjour, Lou-Lou. Hé, vous, ajouta-t-elle en enfonçant un doigt sur la poitrine de Luke. Remontez-moi le moral.

— Et pourquoi ça ? répliqua-t-il en faisant de même. C'est le mariage de votre sœur, proclamé par les journaux comme étant le grand événement mondain de 1929, même si on n'est encore qu'au mois de janvier. Où sont passées vos autres sœurs ? D'habitude, vous aimez bien vous en prendre à elles, histoire de vous distraire.

— Il y en a deux de malades. Unity est trop jeune, elle n'a aucune conversation. Quant à Pamela, elle est fagotée comme l'as de pique, et elle ne peut compatir à mon sort.

— Pourquoi n'était-elle pas avec les demoiselles d'honneur ?

— Parce qu'elle est fiancée à Togo… Oliver Watney, expliqua Nancy devant l'expression perplexe de Luke. Un gars qui n'a pas inventé la lune.

— Famille de brasseurs ?

— Vous saisissez vite. Eh oui, il y a de l'argent dans la bière. C'est tellement injuste, soupira Nancy. Moi aussi je suis fiancée, mais personne ne le prend au sérieux.

— Sans véritable demande ni bague de fiançailles, ça peut se comprendre, répondit Luke, un peu sèchement.

Nancy ne releva pas et Louisa se sentit désolée pour elle. Après l'annonce des fiançailles de Diana, Nancy s'était empressée d'annoncer qu'elle-même était fiancée à un certain M. Hamish St Clair Erskine, suscitant ainsi des rumeurs qui étaient parvenues jusqu'aux oreilles de Louisa. Hamish avait la réputation d'être un type charmant et amusant, mais peu porté vers l'autre sexe. Bref, il n'était guère sensible au charme de Nancy, qui n'en manquait pourtant pas.

— Vous pouvez parler, c'est quand même mieux que rien, lui lança Nancy avec hargne, mais Luke ne prit pas la mouche.

— Je sais. Je déçois tout le monde, sauf moi-même, déclara-t-il avant de jeter à Louisa un regard en coin. Figurez-vous que ma tante a cru que j'allais demander Diana en mariage. Incroyable, non? Mais dites-moi, Nancy, où est votre frère Tom ?

— Il rentre tout juste de Vienne, où il apprenait l'allemand. Il est par là, sans doute à abrutir un pauvre diable de longues tirades dithyrambiques sur la Rhénanie, ironisa-t-elle, non sans tendresse.

— Votre fiancé et lui n'étaient-ils pas élèves dans le même établissement ?

À ces mots, Nancy se hérissa et Louisa devina qu'on entrait là sur un terrain délicat.

— C'est possible, je ne lui pose pas de questions sur ses toquades d'enfant. Êtes-vous toujours obsédé par les vôtres ? Pauvre chou, conclut-elle en vidant sa coupe. Bon, je vais aller m'en chercher une autre. Au revoir, Louisa. Monsieur Meyer.

Luke se tourna vers Louisa en faisant la moue.

— Je sais, je n'aurais pas dû. Mais comment résister ?

Louisa aurait voulu lui lancer un regard réprobateur, mais elle n'y parvint pas.

— Je ferais mieux d'y aller aussi, reprit-il. Je suis ici avec ma tante et elle n'aime pas me perdre de vue trop longtemps. D'autant que c'est grâce à elle que j'ai été invité à cette fête.

— N'êtes-vous pas un ami de Mme Guinness ?

Venant d'elle, une telle question pouvait paraître déplacée, mais il y avait quelque chose chez Luke Meyer qui comblait le fossé séparant les classes sociales et incitait à une certaine familiarité.

— Pas vraiment, non. Il m'est arrivé de la croiser à des fêtes. Nancy et moi, nous sommes toujours à l'affût des derniers potins pour contenter nos rédacteurs en chef. En outre, ma tante, lady Boyd, connaît un peu lady Redesdale. Je crois que ça remonte au temps lointain où ma tante était juste Rachel Meyer et, donc, elle m'introduit dans le beau monde. En fait, je lui dois mon gagne-pain.

— Et quel est donc votre gagne-pain ?

— Chroniqueur mondain, à ma grande honte. Je préférerais de loin être un journaliste digne de ce nom, mais je n'y suis pas encore parvenu. Connaissant mes relations, mon chef a flairé les bons coups et il m'a chargé de suivre la Saison. Mais je suis toujours en quête d'une histoire qui vaille le coup. Si jamais vous en avez vent, prévenez-moi, d'accord ? ajouta-t-il en lui faisant un clin d'œil. Avec leurs yeux et leurs oreilles qui traînent partout, les femmes de chambre sont une mine d'informations inépuisable.

Plaisantait-il ? Il avait dû voir Louisa changer de visage, car il s'empressa de rectifier le tir.

— Il va sans dire que j'ai été vraiment ravi de faire votre connaissance. Et pas du tout pour cette raison.

Elle le vit rougir comme lorsqu'il avait fait tomber les coupes de champagne, aussi décida-t-elle de ne pas relever.

— Bien sûr, monsieur Meyer. Allez donc rejoindre votre tante. En fait, je devrais moi-même aller voir si Mme Guinness n'a pas besoin de moi. Nous sommes sur le départ, figurez-vous. Nous allons à Paris pour la lune de miel, précisa-t-elle sans dissimuler sa joie. Je suis tout excitée, si vous saviez.

— Le gai Paris ! s'exclama-t-il. Eh bien je vous souhaite un merveilleux séjour, mademoiselle Cannon.

Il lui fit un petit salut et, en le voyant s'éloigner, Louisa resta songeuse. Luke Meyer jouerait-il un rôle dans sa vie, à l'avenir ? Quelque chose lui disait que oui.

7

Tandis qu'elle approchait sur la route, Guy sentit l'émotion lui étreindre le cœur comme chaque fois qu'il voyait sa silhouette bien dessinée dans un manteau en laine brune ceinturé à la taille, un chapeau cloche enfoncé sur la tête sans pour autant qu'il masque ses yeux d'un bleu étincelant. Il ouvrit les bras et elle courut les derniers mètres avant de se blottir contre lui tandis qu'il se penchait pour l'embrasser.

— Arrête ! Pas dans la rue, s'écria-t-elle en le repoussant gentiment.

— Nous sommes bien fiancés, non ? répliqua Guy en s'efforçant de ne pas prendre un ton trop bourru, mais Sinéad recula en pointant un doigt sur lui.

— Quand bien même. Maman aurait une attaque, si elle nous voyait. On ne fait pas ce genre de choses dans la rue, à Killarney.

— Il y a bien des choses qui ne se font pas dans les rues de Killarney et que j'aimerais faire avec toi.

— Oh ! réagit-elle en lui assénant une petite tape sur le bras, mais elle ne restait jamais bien longtemps fâchée contre lui. Bon, qu'est-ce qu'on fait maintenant ?

Âgée de vingt et un ans et irlandaise pur jus, Sinéad Barry, sa fiancée, était toujours impatiente de connaître la suite des événements. Pour l'heure, elle habitait dans la maison de Regent's Park où elle travaillait comme bonne à tout faire, mais dès qu'ils seraient mariés, ils auraient une maison dans le quartier de Hammersmith, espérait-il, pas très loin de chez ses parents. La question encore non résolue de leur futur logement expliquait à elle seule pourquoi ils n'avaient toujours pas fixé la date de leur mariage, alors que cinq mois avaient passé depuis que Guy avait offert à Sinéad une Claddagh ring, la bague traditionnelle irlandaise destinée aux fiançailles, en demandant officiellement sa main à son père par téléphone.

— Il est 18 heures, dit Guy après avoir jeté un coup d'œil à sa montre. Si nous allions au cinéma ? J'ai vu dans les journaux qu'on passe un nouveau film avec Louise Brooks au Regal de Marble Arch.

— J'adore Louise Brooks.

— Je le sais, dit-il en lui prenant le menton pour tenter de lui voler encore un baiser.

Cette fois, elle ne lui résista pas.

Lundi matin, de retour au travail, Guy passa en revue les différentes affaires déposées sur son bureau. Pour la plupart, il s'agissait de cas convenant parfaitement à un nouveau venu dans la police judiciaire, censé faire ses preuves auprès de ses supérieurs hiérarchiques. Bref, quelqu'un comme Guy. Fronçant les sourcils, il parcourut les notes du dossier qui se trouvait en haut de la pile.

Portée disparue le 15 juin 1928, Mlle Rose Morgan, âgée de dix-sept ans. Vue pour la dernière fois par Elizabeth Tipping et Nora Taylor au 10, Grosvenor Place, où elle avait été engagée en extra pour la soirée. Employée d'ordinaire au 11, Wilton Crescent. Ses objets personnels, dont un livret bancaire, sont restés dans la chambre qu'elle partageait. Description : un mètre soixante-cinq. Cheveux bruns, yeux bleus. A été vue la dernière fois en tenue de servante : simple robe noire et tablier blanc. Son chapeau cloche en paille et son manteau vert, qui étaient accrochés à une patère, ont disparu avec elle. Bottines noires. Aucun signe particulier.

Bref, ce pouvait être n'importe qui.

Mère et père habitant à Osmotherly, dans le Yorkshire. Ils ont signalé sa disparition après que son employeur, lady Delaney, les eut informés qu'elle n'était pas revenue de la soirée. Ils n'ont eu aucune nouvelle d'elle depuis. Ils n'ont cessé d'insister pour qu'on continue les recherches.

Puis venait la liste de ses huit frères et sœurs, dont trois seulement avaient été jusqu'à présent contactés avec succès par la police. Mlle Rose Morgan n'était pas la plus jeune, car la petite dernière vivait encore à la maison, mais tous les autres étaient plus âgés et mariés, et tous vivaient dans le Yorkshire. La police locale était censée les retrouver, puis leur en rendre compte, mais Guy soupçonnait ces démarches d'être fort lentes. Vraisemblablement, aucun des frères et sœurs n'avait le téléphone, il fallait donc leur écrire ; en outre, ils étaient peut-être illettrés, ou ne voyaient pas la nécessité de faire l'effort d'écrire à la police qu'ils n'avaient rien à dire. Quand Guy avait essayé de parler de l'affaire avec Stiles, ce dernier l'avait envoyé paître. « Vous la retrouverez sans doute à Gretna Green, avait-il dit, faisant allusion à ce village du sud de l'Écosse, célèbre pour la possibilité qu'il offrait aux couples mineurs de s'y marier sans autorisation des parents. Vous faites pas de bile, à tous les coups, elle s'est dégoté un mari. Trouvez-le, et l'affaire sera bouclée. »

Mais il n'y avait pas trace d'un petit ami : Guy avait parlé à toutes les servantes avec lesquelles Rose travaillait à Wilton Crescent, ainsi qu'à l'intendante, une vieille chouette aux yeux perçants, et aucune d'elles ne se rappelait l'avoir entendue évoquer quelqu'un, ni à aucun moment exprimer le désir de quitter son emploi pour aller ailleurs.

Cependant, une servante, une gamine appelée Lucy, avait mentionné un détail intrigant. C'était ce qui incitait Guy à rester sur l'affaire au lieu d'abandonner comme s'il s'agissait d'une de ces nombreuses personnes disparues qui réapparaissaient souvent quinze jours plus tard après une escapade amoureuse plus ou moins sordide.

— Elle apprenait le français, lui avait appris Lucy. Je lui ai demandé pourquoi, mais elle n'a jamais expliqué. Ce n'était pas pour des vacances ni rien de ce genre. On l'entendait juste répéter inlassablement des mots en français, pendant qu'elle balayait ou faisait la vaisselle. Elle avait un petit carnet qu'elle sortait de temps en temps de sa poche. Je suppose que les mots y étaient écrits, mais je n'ai jamais pu y jeter un coup d'œil. On aurait dit que ça la gênait.

Une fille sans importance, une servante qui s'était, selon toute probabilité, enfuie de sa propre volonté, précisément parce qu'elle ne voulait pas qu'on la retrouve. Elle ne comptait pas assez pour que Guy soit en mesure de faire des vérifications auprès des ports. Il avait essayé d'obtenir la liste des passagers auprès de la compagnie de ferries, mais comme il ignorait le jour précis de son éventuelle traversée, il s'était heurté à des réticences. Au bout du fil, l'employé de bureau avait souligné d'un ton sec qu'il faudrait parcourir des milliers de noms. Et qui sait, il y aurait peut-être plusieurs R. Morgan ? Guy avait quand même insisté, mais il n'avait eu depuis aucun retour.

Il devrait donc chercher ailleurs pour retrouver la trace de Mlle Rose Morgan et le chemin qu'elle avait emprunté. L'idée lui vint alors qu'une personne pourrait l'aider. Quelqu'un du même milieu que la jeune servante, et qui se trouvait sur les lieux le soir où Rose avait disparu. Quelqu'un qui savait ce qu'une femme au désespoir était capable de faire. Louisa Cannon. Le seul problème, pour autant qu'il le sache, c'était que Louisa aussi avait disparu.

8

À Victoria Station, Louisa marchait trente mètres derrière M. et Mme Guinness tandis qu'on les conduisait à leur voiture, sur le Golden Arrow qui les mènerait au ferry. Elle se montrait réservée à leur égard, même si M. Guinness, qu'elle ne parvenait toujours pas à appeler « Bryan », pas plus en pensée d'ailleurs, était très courtois envers elle, comme envers tout le monde. Mais de jeunes mariés n'apprécieraient sûrement pas d'avoir quelqu'un pendu à leurs basques, même si Diana avait expressément demandé à Louisa de les accompagner. Malgré ces sentiments mitigés, elle se faisait une joie à l'idée du voyage qui l'attendait. Elle ne prendrait pas le Golden Arrow, car ce train ne comptait que des wagons de première classe, mais voyagerait sur une ligne parallèle, en troisième. Il y aurait donc un train pour Douvres, puis un ferry, avant la dernière étape de Calais à Paris. Ce serait incroyablement rapide : il n'était que 5 heures de l'après-midi, or ils seraient à Paris pour le petit déjeuner. Certes les conditions de son voyage ne seraient pas aussi luxueuses que celles dont sa nouvelle maîtresse profiterait (nappes blanches, serveurs, tenue de soirée de rigueur pour le dîner, draps de lin), mais le simple fait de changer de paysage et de savoir qu'elle traverserait la Manche pour s'éveiller dans un pays où l'on parlait une autre langue procurait à Louisa une sensation aussi enivrante que celle décrite dans les romans, quand l'héroïne tombe amoureuse.

Sur le quai, deux petits tapis rouges et un cordon doré tendu entre deux piquets indiquaient la porte du compartiment des Guinness. En les voyant, Diana poussa de petits cris d'extase, puis, avant de monter à bord, elle se tourna pour faire signe à Louisa et lui décocha un grand sourire : « Nous vous verrons dans le gai Paris ! »

Louisa lui répondit par un petit signe de la main, et quand elle eut vérifié que tous leurs bagages étaient bien à bord, on lui indiqua le wagon-lit où sa maîtresse dormirait. Elle ouvrit le nécessaire de toilette et en rangea le contenu dans l'étroite salle de bains destinée au seul usage du jeune couple, puis finit par descendre pour aller prendre son train sur un autre quai. Une fois montée à bord, elle s'assit en sens inverse de la marche et goûta à l'intense satisfaction d'être seule, libre de son temps, sans rien à faire ni à penser. Elle sortit les nouvelles de E. M. Forster et s'installa confortablement pour regarder le paysage défiler par la fenêtre. À son arrivée à Paris, elle n'en avait pas lu une seule ligne.

Plutôt que de séjourner à l'hôtel, les Guinness passaient leur lune de miel dans l'*appartement**[1] de la

1. Les mots suivis d'un astérisque sont en français dans le texte.

famille situé rue de Poitiers, une grande suite de pièces entourant une cour intérieure à l'abri des regards. Louisa savait que Diana était follement heureuse de retrouver Paris, où elle avait passé trois mois l'année précédant son mariage. Elle avait logé dans une pension tenue par deux vieilles sœurs qui n'étaient guère sévères et la laissaient aller seule à pied rendre visite au peintre Helleu ou prendre ses leçons de violon, une liberté bénie qui l'avait un peu grisée. Diana avait été envoyée à Paris par sa mère pour apprendre la langue et la culture. « Ou plutôt l'art de séduire », avait dit Nancy pour taquiner sa cadette. Pour finir, on avait interdit à Diana de retourner à Paris après qu'elle fut rentrée à la maison pour Pâques : tandis qu'elle sortait se promener, elle avait laissé son journal intime ouvert sur une table du salon. Quand lady Redesdale avait découvert, en lisant un passage, que sa fille était allée au cinéma avec un jeune homme et sans chaperon, la tempête s'était déchaînée et la sanction était tombée. « Comment peut-on être assez bête pour laisser traîner son journal intime dans le salon ? » s'étaient écriées ses sœurs, tout aussi furieuses, car sa bévue leur vaudrait à l'avenir d'être suspectées du pire.

Y retourner en femme mariée était donc une belle revanche. En plus, Diana était devenue richissime. Louisa n'était pas certaine qu'elle en ait pleinement conscience. Ayant vécu à Asthall Manor dans la beauté des Cotswolds, la jeune fille n'avait jamais connu la pauvreté. Pourtant lord et lady Redesdale ne roulaient pas sur l'or, et ils étaient non pas avares, mais économes. Les gages de la gouvernante étaient payés grâce aux œufs qu'on vendait chaque semaine, et les vêtements des filles sortaient tous de chez la couturière du coin, qui était compétente mais n'avait rien d'une Coco Chanel. Quant à Louisa, elle savait combien M. Guinness était riche grâce aux commérages des domestiques. « Le père de M. Guinness n'est que le troisième fils du comte d'Iveagh, lui avait chuchoté une servante dans les cuisines de Grosvenor Place, mais c'est la plus grande fortune d'Irlande. Pense donc à toute cette bière brune que les gens avalent, et à tout ce qui tombe à mesure dans leur escarcelle ! » Les rumeurs abondaient sur les châteaux en Irlande, l'argent que le couple avait reçu en cadeau de mariage, et le fait que leur nouvelle maison avait dû coûter une petite fortune. Pourtant, Louisa était certaine que ce n'était pas ce qui avait poussé Diana à se marier. Certes les filles Mitford se plaignaient souvent de la parcimonie de leurs parents ; Nancy en particulier protestait contre la modique somme annuelle qu'on lui allouait pour payer les couturières, les cadeaux d'anniversaire, les taxis, mais aucune d'elles ne se souciait vraiment d'argent, en tout cas pas assez pour tenter d'en gagner. Le mariage, pour elles, c'était tomber amoureuse de l'être élu et l'épouser, qu'il soit prince ou gueux ; jamais l'idée ne leur serait venue de se marier par intérêt. Elles semblaient supposer que le ciel pourvoirait à leurs besoins, avec toute la confiance que leur donnait leur origine sociale. Contrairement à Louisa, elles n'avaient jamais fait l'expérience de la vraie pauvreté.

D'un autre côté, Louisa n'était pas non plus persuadée que Diana s'était mariée pour la seule joie d'unir sa vie à celle de son mari.

Une fois qu'ils furent installés, Diana fit venir Louisa dans le joli petit salon. Fort heureusement, même si elle avait été décorée par la belle-mère de Diana, la demeure ne reflétait nullement l'engouement de lady Evelyn pour l'époque médiévale. L'intérieur était lumineux, avec des rideaux de satin gris perle et des murs jaune pâle. À son entrée, Louisa remarqua que Diana changeait d'attitude et redressait les épaules. Comme toujours, elle semblait gracieuse et sûre d'elle, mais son attitude était un peu empruntée. Il est vrai qu'elle n'avait que dix-huit ans.

— Ah, vous voilà ! dit Diana avec soulagement, même si elle n'avait sonné Louisa que quelques minutes plus tôt. Alors, comment s'est passé votre voyage ?

— Très agréablement, madame. Merci, répondit Louisa.

Elle avait certes quelques années de plus, mais elle était décidée à respecter les convenances à la lettre, maintenant que sa maîtresse était une femme mariée.

— Oh, inutile de..., commença Diana, mais elle sembla se raviser et ne termina pas sa phrase. Je voulais juste vous informer que je vais passer la journée avec M. Guinness et que, ce soir, nous sortons. Je porterai la jupe et la veste noir et blanc. Pourrez-vous repasser le chemisier rose ?

— Certainement.

— Demain j'irai faire du shopping, et j'aimerais que vous m'accompagniez. M. Guinness restera à la maison.

Louisa acquiesça. Les conventions avaient brusquement repris leur droit, comme si quelque chose dans les vœux prononcés au mariage avait aussi changé les termes de leur relation, et Louisa ne savait trop si elle pouvait, ou devait, faire en sorte de dissiper cette froideur, cette raideur qui avaient surgi entre elles. C'était sans doute seulement dû à de la nervosité, chez l'une comme chez l'autre, mais si elles ne s'en débarrassaient pas au plus vite, elles se retrouveraient piégées pour toujours. Louisa décida de prendre le risque.

— Tout cela est assez époustouflant, non ? murmura-t-elle d'un air complice, en englobant d'un geste tout ce qui les entourait.

Lady Redesdale n'aurait jamais toléré pareille familiarité, Nanny Blor en aurait été choquée, et Louisa sentit son cœur s'arrêter de battre un instant alors qu'elle attendait de voir comment Diana réagirait. Il y eut un silence durant lequel Diana la regarda d'un œil vide, puis elle se mit soudain à rire et frappa dans ses mains avec l'enthousiasme ravi d'un enfant.

— Je sais, Lou-Lou ! Oui, c'est absolument divin.

Une chose que Louisa n'avait pas escomptée, c'était le respect dont elle jouirait auprès des autres domestiques en tant que femme de chambre de Mme Guinness. On lui donnait du Mademoiselle Cannon, ce qu'elle trouvait fort plaisant. Par ailleurs, elle manquait d'échanges et de compagnie, car elle-même ne parlait pas le français et les autres domestiques étaient très réservées, ne s'adressant à elle que pour lui montrer où elle pouvait laver à la main la lingerie de sa maîtresse ou pour l'informer que le petit déjeuner était prêt. Peut-être ne parlaient-elles pas un mot d'anglais. En conséquence, et malgré le vent âpre qui soufflait dehors, Louisa décida d'aller faire un tour après le déjeuner, une fois qu'elle aurait repassé le chemisier. Après tout, elle était à Paris ! Il fallait en profiter au maximum.

À quelques rues de là, il y avait les quais de la Seine, et Louisa les longea un moment en admirant le chic des Parisiennes qui promenaient leurs caniches tondus avec art, les drôles de képis que portaient les gendarmes, les cafés remplis de clients discutant dans des nuages de fumée. Omniprésente, la tour Eiffel se dressait dans le ciel. Louisa oserait-elle monter tout en haut ? Elle en doutait. En bas, tout était déjà si dépaysant, du revêtement du trottoir à l'air lui-même, imprégné d'odeurs de Gauloises et de baguettes sortant du four. Même les klaxons sonnaient autrement. À marcher ainsi incognito dans les rues, loin de toutes ses connaissances, Louisa s'enhardissait, et elle quitta les berges de la Seine quand elle vit un panneau indiquant la rue des Beaux-Arts. D'après Nancy, c'était le cœur de la rive gauche, le domaine réservé des artistes et des musiciens et chanteurs de jazz. À cette heure de l'après-midi, les boutiques étaient fermées. Elle se contenta donc de regarder les passants qu'elle croisait, dont beaucoup de jeunes gens à l'allure bohème, chapeaux inclinés sur le côté et longs foulards en soie pour les hommes, yeux fardés de noir, manteaux de velours et têtes ceintes de larges bandeaux noués sur la tempe pour les femmes. Louisa ne ferait jamais vraiment partie de cette jeunesse bohème, mais elle avait toujours aimé le bref sentiment de liberté que lui procurait le jazz quand elle dansait dans les night-clubs ; il chassait un instant les inhibitions pesantes qui la bridaient partout ailleurs. Cet aperçu lui donnait l'impression de comprendre ces jeunes gens. Elle se sentait certainement plus proche d'eux que des enclaves guindées et étouffantes où évoluaient les privilégiés et les grands de ce monde. Oui, Paris semblait une ville propice à l'aventure.

Elle ne croyait pas si bien dire.

9

« Tu n'as qu'à leur téléphoner et leur demander où elle habite. »

La voix était un tantinet impatiente, mais non dénuée de chaleur. Guy était avec son amie Mary Moon, devenue Mary Conlon et mariée à son meilleur ami, Harry, mais il ne pouvait s'empêcher de penser à elle sous son ancien nom, celui qu'elle avait quand ils avaient travaillé ensemble pour la première fois, trois ans plus tôt. Ils se trouvaient dans un café de Sloane Street, où ils avalaient rapidement une tasse de thé avant de reprendre le service. Mary était toujours simple agent de police, tandis que Guy avait obtenu une promotion et faisait maintenant partie de la brigade criminelle. Il en éprouvait parfois un peu de culpabilité, mais elle lui avait gentiment dit qu'elle était reconnaissante d'avoir au moins conservé son poste. Un nouveau règlement venait juste de stipuler que les femmes agents de police devaient renoncer au mariage ; comme elle était déjà mariée, elle y avait échappé de justesse. « Dieu merci. On ne peut pas vivre sur le peu d'argent que Harry gagne comme musicien, je dois travailler », avait-elle conclu en riant.

— Où joue Harry en ce moment ? lui demanda Guy.

— Au Hundred Club presque tous les soirs, avec un orchestre d'un bon niveau. Mais ils ne décrochent pas assez d'engagements. Il vient juste de passer une audition pour Hutch[1], alors croisons les doigts pour que ça marche, ajouta-t-elle avant de lui décocher un regard incisif. Mais ne change pas de sujet.

— Non, je ne vais pas téléphoner. Si Louisa voulait me voir, elle se serait manifestée, depuis le temps.

Mary y réfléchit un moment. Elle avait un peu connu Louisa, quand ils avaient tous les trois été embarqués dans une affaire impliquant la chef de gang Alice Diamond et ses Quarante Voleuses. Au début, les deux jeunes femmes étaient à couteaux tirés, chacune voulant accaparer l'attention de Guy, mais cette animosité s'était vite transformée en respect mutuel.

— Elle a de la fierté, Guy, fit remarquer Mary. Si elle avait des ennuis, j'ai l'intuition qu'elle ne voudrait pas t'en faire part. Une fille comme Louisa ne quémande jamais d'aide.

— C'est vrai. Mais, en l'occurrence, c'est moi qui ai besoin de son aide. Au sujet d'une servante portée disparue.

— Pourquoi ne pas m'en avoir parlé plus tôt ? J'aimerais tellement avoir à traiter d'autres genres d'affaires.

— Que les chats perdus ?

— Par exemple. Mais dernièrement il y a bien plus

1. Surnom de Leslie Hutchinson (1900-1969), chanteur de jazz adulé dans les années 1920 et 1930. *(Toutes les notes sont de la traductrice.)*

sordide, figure-toi. Une nouvelle école de pensée professe que les femmes qui ont été agressées devraient témoigner en présence d'une fonctionnaire de police. Je ne fais guère que leur tenir la main, mais on entend de telles horreurs, ajouta-t-elle en frémissant. Bon, continue. De quoi s'agit-il ?

Guy sortit son calepin et lut la fiche signalétique ainsi que les rares renseignements dont il disposait.

— C'est maigre, dit-il. Taille moyenne, aucun signe particulier. Rien à signaler, à part le fait qu'elle a été vue durant la soirée où une servante a trouvé la mort dans un accident, reconnu comme tel par l'enquête qui a suivi. Elle n'avait apparemment aucune raison de partir, ni rendez-vous avec personne. Elle a laissé son livret bancaire. Et n'est pas entrée en contact avec sa famille.

— Un kidnapping est donc improbable.

— Exactement, confirma Guy. Tout le monde pense qu'elle réapparaîtra dans un hôtel, après une escapade amoureuse. Peut-être avec raison. Mais il y a quelque chose qui m'incite à creuser davantage.

— Quoi donc ?

— Mon flair de policier, répondit Guy en haussant les épaules. Une certaine Lucy, qui travaillait avec elle, m'a dit qu'elle apprenait le français en secret.

— Peut-être s'apprêtait-elle à retrouver un Français à Paris ? Elle prend sans doute du bon temps, juchée sur le vélo d'un gars coiffé d'un béret, à rouler le long des berges de la Seine.

— Peut-être bien. C'est ça l'ennui, avec les personnes portées disparues. Elles ne savent pas toujours qu'on a signalé leur disparition, soupira Guy en reculant sa chaise, car ils avaient fini leur thé. Mais je ne veux pas en rester là.

— Puis-je te demander qui a interrogé Lucy ?

— Moi, répondit Guy.

— Elle est jeune ?

— Oui, quinze ou seize ans, je dirais.

— J'espère que tu ne m'en voudras pas, mais une toute jeune fille a parfois du mal à parler librement avec un policier, même s'il est gentil, s'empressa-t-elle d'ajouter en voyant que Guy prenait la mouche. Pourquoi n'irais-je pas lui parler ? Voir si elle n'aurait pas autre chose à dire. Pour que Lucy entende sa collègue marmonner en français, elles devaient travailler dans une certaine proximité. Je ne serais guère surprise qu'elles aient échangé quelques confidences.

— C'est aussi mon avis, figure-toi.

— Donc pourrais-je être considérée officiellement comme ton auxiliaire de police sur cette affaire criminelle ?

— Mais oui, vous le pouvez, agent Moon, répondit Guy en la taquinant, amusé par son ardeur.

— Maintenant que c'est réglé, appelle donc lord Trucmuche et retrouve Louisa. Quoi que tu en dises, c'est bien ce que tu veux, non ? Bon, je dois retourner au boulot.

Mary se leva, lui donna une petite tape affectueuse sur le bras en partant, et sortit en laissant pénétrer dans le café un courant d'air glacial.

10

La vie à Paris était moins un tourbillon qu'un véritable typhon. Durant la journée, encouragée par Bryan, Diana faisait les boutiques afin d'assumer sa nouvelle vie en tant que Mme Guinness ; Louisa se rendait compte que les défauts des vêtements faits main que sa maîtresse portait précédemment ressortaient cruellement, confrontés aux modèles de la *haute couture** parisienne. Tout comme on ne peut repeindre une seule pièce dans une maison sans qu'aussitôt les autres semblent d'autant plus miteuses, une nouvelle robe menait à de nouveaux escarpins, sacs, manteaux de soirée, foulards, chemises de nuit, lingerie, jusqu'à changer le fond de toute la garde-robe. Louisa prit bientôt goût aux défilés de mode auxquels elle assistait, assise à côté de sa maîtresse. Car Diana appréciait les connaissances que Louisa avait acquises en matière de couture dans la boutique de Mayfair où elle avait travaillé, et elle la trouvait de bon conseil.

Un jour, Diana et Louisa se rendirent chez Louise Boulanger, une maison de couture de grand renom. Elle avait un salon au 3, rue de Berri, en bordure des Champs-Élysées. Mme Boulanger avait évalué la silhouette élancée de Diana en plissant les yeux avant de s'en aller pour revenir avec une unique robe, sur un cintre.

— Celle-ci, lui dit-elle avec un fort accent français. Un modèle unique, mais je pense qu'il pourrait vous convenir.

Tandis que Louisa l'accompagnait au salon d'essayage, elle entendit Diana rire sous cape.

— Une seule robe ? D'habitude, ils essaient de me fourguer la moitié du stock.

— À mon humble avis, cette seule robe risque de vous coûter aussi cher, remarqua Louisa, un peu grisée par l'atmosphère imprégnée d'un parfum capiteux, car d'ordinaire elles ne parlaient jamais d'argent.

Un instant plus tard, sa maîtresse sortait de la cabine en plein ravissement. La robe était en taffetas blanc à fines côtes ; près du corps, elle lui arrivait aux genoux. Au dos, un immense nœud bleu ciel pendait du creux des reins jusqu'au sol. Il faudrait faire quelques retouches, mais cette robe fut pour Diana une petite révélation. Bientôt, elle aurait rejoint l'élite des grandes élégantes de la capitale française.

Après cette rencontre, prenant de l'assurance, Diana décida de faire appel au grand couturier le plus réputé, à savoir M. Molyneux, un Anglais doté d'un nom français de par ses origines huguenotes. Comme il était très demandé, elle pria son amie Kate Mulloney de faire jouer ses relations afin de lui obtenir un rendez-vous le plus rapidement possible. Toutes les trois se retrouvèrent donc au salon, même si Louisa comprit vite que son rôle se bornerait à rester en retrait tandis que Kate piloterait Diana en lui désignant les modèles qu'elle devait commander avec une certaine rudesse qu'on lui pardonnait. Car Mme Mulloney avait un style bien à elle, à la fois chic et audacieux : ses cheveux coupés au carré formaient un casque d'un noir luisant, et elle portait souvent des pantalons d'homme aux couleurs vives. Tandis que Louisa attendait Kate et Diana près du salon d'essayage, une jeune assistante en sortit. Elle s'apprêtait à lui parler quand elle sembla voir sur le visage de Louisa quelque chose qui la fit tressaillir. Elle quitta brusquement la pièce et Louisa ne la revit pas.

À leur sortie, elles furent accueillies par un bel homme qui les attendait sur le trottoir en fumant une cigarette d'un air désabusé.

— Puis-je savoir pourquoi tu nous regardes comme ça ? interrogea Kate.

— Tu m'as dit que tu n'en avais que pour une vingtaine de minutes… N'ai-je pas le droit de manifester une légère impatience ? répliqua-t-il, mais au fond il n'avait pas l'air fâché.

— Désolée, Shaun, s'excusa Diana, et Louisa se rappela avoir vu ce même homme parler avec Clara et Nancy, à la soirée de l'été dernier qui s'était terminée si tragiquement.

Cette réminiscence réveilla quelque chose dans son esprit, sans qu'elle réussisse à savoir quoi. Décidément, Shaun Mulloney ressemblait beaucoup à Gary Cooper, qu'elle avait vu dans un film deux semaines plus tôt. C'était peut-être juste ça. Pourquoi chercher plus loin ?

Dès que la robe de chez Boulanger arriva, Diana la porta lors d'un dîner, et aux exclamations que Louisa entendit lorsqu'elle entra dans le grand salon où attendaient leurs invités, elle sut quel succès sa maîtresse avait remporté. Ce n'était pas inhabituel en ces lieux que Diana y soit accueillie telle une star par son public lors d'une première. Depuis leur arrivée à Paris, les moments que les jeunes mariés avaient passés en tête à tête étaient rares. Une foule de gens venaient chez eux à 18 heures pour un cocktail, ensuite ils partaient dîner en bande avant de se rendre au spectacle, puis dans des boîtes de nuit. Louisa n'était jamais certaine de l'heure à laquelle ils rentreraient. Heureusement, Diana l'avait déchargée de l'obligation de l'aider à se déshabiller et à se coucher, qui incombait d'ordinaire à une première femme de chambre. Sa maîtresse n'aimait pas qu'on la réveille avant midi, heure où Louisa lui apportait son petit déjeuner au lit. Les rares fois où Louisa voyait les deux époux ensemble, ils étaient toujours très affectueux l'un envers l'autre ; M. Guinness, en particulier, avait les yeux brillants d'amour, littéralement, quand il regardait sa jeune épouse, mais on aurait dit qu'ils partageaient leur lune de miel avec le Tout-Paris.

Aussi Louisa n'aurait-elle peut-être pas dû autant s'étonner quand elle le vit.

C'était l'après-midi de leur quatrième jour à Paris. Louisa cherchait une paire de gants de soirée que sa maîtresse avait égarée. À tout hasard, elle alla regarder dans le salon, celui qui donnait sur la cour intérieure, avec les canapés en velours gris argent et un grand miroir antique occupant tout un mur, face aux fenêtres. Elle s'apprêtait à en ressortir quand, jetant un coup d'œil au miroir, elle y vit l'image de Luke Meyer : debout, dos tourné à la fenêtre, il l'observait.

— Pardon, monsieur Meyer, je ne vous avais pas vu, dit Louisa, très gênée pour des raisons qu'elle ne s'expliquait pas.

Luke sortit les mains de ses poches et se mit à rire.

— Quel choc, hein ? Si vous aviez vu votre tête, c'était d'un drôle !

— Bonne fin de journée, monsieur, lui dit sèchement Louisa, piquée au vif, en s'apprêtant à quitter la pièce.

— Non, Louisa, attendez.

Il la retenait par le coude, un peu trop fermement à son goût, et elle se dégagea, déconcertée, car il ne semblait pas être le même que lorsqu'ils s'étaient rencontrés au mariage.

Il lui lâcha le bras et rougit.

— Je regrette. Je ne riais pas de vous, juste de votre expression, mais en voyant Louisa se hérisser de nouveau, il leva les mains en signe de reddition. S'il vous plaît, pouvons-nous tout gommer et repartir de zéro ? Premièrement, appelez-moi Luke. Enfin, si vous me permettez de vous appeler Louisa.

Louisa décida de lâcher du lest. Pour le moment.

— Oui, vous le pouvez.

— Merci. Serait-il possible de boire un verre ? Après tout, il est 6 heures du soir quelque part dans le monde.

Louisa s'approcha du meuble servant de bar et l'ouvrit. Il y avait toutes sortes de carafes avec des étiquettes en argent gravé pendues à leur col, contenant des alcools allant de la transparence de la vodka et du gin aux ambres des whiskies pur malt.

— Cela ne vous ennuie pas de vous servir vous-même ? Je n'y connais rien.

— Alors, quelles sont les nouvelles ? demanda Luke tout en mettant des glaçons dans le shaker.

Louisa guettait les bruits venant de l'extérieur de la pièce. M. Guinness avait beau être charmant, elle trouvait inconvenant qu'on la surprenne à bavarder avec un invité.

— Oh, rien de spécial. Ils sont actuellement en lune de miel, répondit-elle en se sentant obligée d'insister sur ce point, même si Luke était forcément au courant, puisque la dernière fois qu'elle l'avait vu c'était précisément à leur mariage.

— Oui, bien sûr… Et vous, alors ? Vous a-t-on laissée profiter des charmes de la capitale ?

Luke goûta au martini gin bien tassé qu'il s'était servi.

— Je suis ici pour travailler, déclara fièrement Louisa, puis elle se demanda pourquoi elle le prenait ainsi de haut, et, en songeant à tous les plaisirs qu'elle avait connus ces derniers jours, elle exhala un soupir de contentement. Eh bien… c'est merveilleux, admit-elle. Et vous-même, quand êtes-vous arrivé ?

— Cet après-midi. Mais je ne reste pas, je séjourne dans un hôtel tout près d'ici. En fait, je ne suis pas attendu. Ne vous inquiétez pas, s'empressa-t-il d'ajouter en voyant Louisa s'alarmer. J'ai une lettre d'introduction de ma tante pour faire les choses dans les règles, et il montra la table basse devant la cheminée, où une lettre adressée à *L'honorable Mme Guinness* était posée sur un coffret noir entouré d'un ruban de soie violet. J'ai apporté des chocolats, aussi, dit-il. Histoire d'arrondir les angles.

— Je vois, dit Louisa, évasivement.

En fait, Diana surveillait scrupuleusement sa ligne, et elle ne mangeait jamais de chocolats. Louisa pourrait plus tard en piquer un sans que sa maîtresse s'en aperçoive. Mais qu'est-ce que Luke cherchait à obtenir en échange ? Ah oui, il travaillait pour un journal. Comment Diana prendrait-elle qu'un journaliste mondain écrive un article sur sa lune de miel ? En serait-elle contrariée ?

Des pas approchèrent, en provenance du hall.

— Je ferais mieux de m'en aller, dit Louisa. Bon après-midi.

— Peut-être vous verrai-je plus tard ?

— Peut-être.

Le lendemain, quand Louisa apporta à Diana le plateau du petit déjeuner à midi, elle la trouva d'humeur bavarde. Bryan quittait toujours la chambre bien avant l'arrivée de Louisa, pour prendre son petit déjeuner en bas. Après avoir déposé le plateau sur une table, elle tira les rideaux sur le vif éclat d'un soleil hivernal, de ceux qui vous font croire que le printemps sera bientôt là, même quand les perce-neige ont à peine montré le bout du nez.

— Bonjour, Lou-Lou, dit Diana.

Calée contre ses oreillers, elle tendit la main pour prendre un déshabillé en satin vert émeraude qui était tombé à côté du lit et s'en enveloppa avant de s'installer devant son plateau.

— Chic ! Des œufs à la coque. Je ne suis pas sûre que ces chefs français les réussissent aussi bien que Mme Stobie.

— Que comptez-vous mettre aujourd'hui, madame ?

C'était devenu la phrase d'usage.

— Je vais retrouver M. Meyer cet après-midi. Il m'a promis de me montrer les tableaux du Louvre les plus… salaces, dit-elle d'un ton gamin qui rappela à Louisa combien elle était jeune et avait encore tout à découvrir du monde. Donc peut-être la robe jaune, avec le manteau assorti.

Louisa s'approcha de l'armoire et se mit à en sortir les nouvelles acquisitions, ainsi que les bas et les escarpins beiges que Diana portait volontiers quand elle sortait le jour.

— Bryan passe la journée avec son grand-père, l'Adonis de poche. On le surnomme ainsi parce qu'il est beau comme un dieu, mais tout petit, poursuivit-elle avec entrain, si excitée par la journée qui l'attendait qu'elle en oubliait d'appeler son mari M. Guinness devant les domestiques.

Ou peut-être qu'entre elles les frontières sociales commençaient à s'estomper en laissant l'amitié reprendre le dessus, comme au temps où Louisa était encore la bonne d'enfants des sœurs Mitford.

— Je trouve que vous devriez venir avec nous, Lou-Lou. Luke est un garçon tout ce qu'il y a de correct. Mais il faut sauvegarder les apparences. Vous savez comme les commérages vont bon train.

— Bien sûr, madame. J'en serais ravie.

Et ravie, elle l'était en vérité. Louisa n'avait pas encore réussi à visiter le Louvre et elle avait envie de voir par elle-même si Mona Lisa souriait ou pas. Pourtant elle préféra préciser un point qui lui semblait important.

— Madame Guinness ?

— Oh, j'ai l'impression d'avoir cent ans quand vous m'appelez comme ça. Oui, qu'y a-t-il ? demanda Diana, qui mangeait son œuf à la coque avec une cuillère en argent.

— Ce n'est peut-être pas à moi de le dire, mais savez-vous que M. Meyer écrit pour le *Daily Sketch* ?

— Oui, mais ne vous faites pas de souci. Sa tante est une amie de Muv, il m'a montré une lettre d'elle hier soir. C'est un type on ne peut plus fiable. D'ailleurs, je ne suis pas certaine que je lui en voudrais, s'il écrivait un article. Il n'y a rien d'absolument terrible à raconter.

Louisa ne se sentit pas rassurée pour autant. Elle acquiesça néanmoins et entreprit de couper un fil qui dépassait du manteau de Diana.

Cette dernière poussa un petit cri d'extase.

— Regardez-moi ce beau temps ! Faites-moi vite couler un bain, Lou-Lou, il ne faut plus traîner. J'ai dit que je le retrouverais à 14 heures.

Elles s'empressèrent de se préparer pour rejoindre Luke, qui, comme il s'avérerait, aurait bientôt quelque chose « d'absolument terrible » à rapporter dans ses colonnes.

11

Le Louvre, c'était des kilomètres de tableaux et de statues. Quand ils eurent vu Mona Lisa, Luke les emmena faire le tour des galeries dédiées à la Renaissance et elles émirent juste quelques gloussements un peu forcés devant la nudité exhibée. Louisa soupçonnait Diana d'être déjà trop sophistiquée pour apprécier ce genre de plaisanteries. Elle-même les avait suivis quelques pas en arrière sans participer à la conversation, même si Luke était assez prévenant pour lui lancer quelques regards de sympathie et lui désigner une ou deux œuvres d'art particulièrement célèbres. Certes Louisa était reconnaissante d'avoir pu profiter de la visite, mais elle aurait préféré être seule, s'asseoir sur un banc devant *La Joconde*, et passer du temps à essayer de deviner quel secret la beauté italienne cachait derrière son sourire énigmatique. Quand ils tournèrent pour s'engager dans une longue allée bordée à perte de vue de statues plus ou moins dénudées ou amputées, Diana poussa un soupir.

— Merci pour ce délicieux moment, cher Luke, mais je crois que je ferais mieux de rentrer. Bryan va se demander où je suis passée, et je n'ai encore aucune idée du programme de la soirée. Au revoir, Luke, dit-elle en faisant signe à Louisa qu'il était temps de s'en aller. Ce fut vraiment... très instructif.

— Attendez, répondit Luke, tout déconfit. Il y a un bar, non loin d'ici. Il ne ressemble pas aux autres établissements de ce genre, et je vous promets que vous allez l'adorer... Juste histoire de prendre un tout petit cocktail ? plaida-t-il en voyant Diana hésiter. Allons. Nous pourrons téléphoner à Bryan de là-bas pour voir s'il veut nous rejoindre.

— D'accord, juste un verre, alors.

Luke tint parole. Le bar était tout près, dans une rue étroite, caché derrière une porte qui ne payait pas de mine, sans panneau ni sonnette. Luke l'ouvrit et ils se retrouvèrent dans un étroit vestibule, où une jeune fille attendait derrière un comptoir avec l'air de s'ennuyer ferme. Elle accepta l'argent qu'il lui tendit et leur proposa de prendre leurs manteaux.

— Vous êtes sûre que ma place est ici ? murmura Louisa à Diana.

— Sûre et certaine, lui chuchota Diana à voix basse d'un ton pressant, tout en gardant un visage impassible.

Elles suivirent Luke en bas d'un petit escalier et passèrent un rideau de perles pour pénétrer dans une salle basse de plafond, aux murs peints en noir, qui n'était guère plus grande que la bibliothèque d'Asthall Manor. Dehors il faisait sombre, mais il n'était que 4 heures de l'après-midi et c'était un spectacle déconcertant, de voir un certain nombre de jeunes femmes déambuler en courtes robes du soir, très maquillées, leurs cheveux décolorés ornés de bandeaux à paillettes. Quelques clients appuyés contre le bar tournaient le dos à la barmaid. Grâce au Ciel, ils n'étaient pas vieux, mais jeunes et fringants, en pantalons larges et demi-guêtres, constata Louisa avec soulagement.

— De vrais dandys, hein ? dit Diana à Louisa.

Apparemment, elle préférait lui parler à elle plutôt qu'à Luke, qui s'était avancé devant elles et leur avait trouvé une table sur laquelle une lampe projetait une lumière rouge. En fond, un piano jouait un air de jazz, mais l'atmosphère était étrangement tendue, comme en attente. Les gens ne parlaient guère, et Louisa se rendit compte qu'il n'y avait pas de couples dans la salle, juste les quelques femmes qui circulaient entre les tables et les hommes immobiles, debout au bar ou assis, qui les regardaient évoluer d'un air blasé.

Diana et elle échangèrent un regard éloquent, montrant qu'elles avaient toutes deux envie de s'en aller, mais Louisa savait aussi que Diana n'avait pas envie de perdre la face. Si Luke comptait la choquer ou la faire passer pour une oie blanche, il en serait pour ses frais. Après des années à subir les piques de Nancy, Diana était redoutablement armée.

Ils commandèrent des old fashioned pour Diana et Luke et un café pour Louisa (d'un noir épais, servi dans une tasse minuscule qui lui fit penser à la dînette de Debo), le tout accompagné de sandwichs. Louisa en mangea par politesse, mais ils étaient au beurre d'anchois et guère goûteux. Les deux autres n'y touchèrent pas. Luke leur expliqua qu'à cette heure on ne pouvait servir d'alcool qu'en l'accompagnant de quelque chose à manger, à cause des lois françaises réglementant la vente de spiritueux.

Entre eux, le silence devenait pesant quand, soudain, le pianiste se mit à jouer un air entraînant, et des rideaux rouges furent tirés pour révéler une estrade ronde sur laquelle un projecteur s'alluma. Il y eut des bruits de chaises raclant le sol alors que les hommes se tournaient pour faire face à l'estrade et que les femmes s'asseyaient ou se fondaient dans la pénombre. Sur les notes honky tonk du piano, une femme entra dans la lumière en esquissant quelques pas de danse, vêtue d'une robe de perles scintillante et d'un long boa en plumes roses. Elle était outrageusement fardée : la peau plâtrée de fond de teint et de poudre, une bouche qui semblait étrangement dure sous le rouge à lèvres rouge, des yeux noircis au khôl, des sourcils redessinés. Louisa commençait à se sentir très mal à l'aise. Il n'y avait pas de micro ; la femme ne comptait donc pas chanter. Mais alors, qu'allait-elle faire ? Luke les observait toutes deux à la dérobée. Lui savait ce qui se préparait, Louisa en était certaine, tout comme elle était certaine qu'il espérait les choquer. Le visage de Diana demeurait admirablement inexpressif, et ses yeux bleus restaient froidement fixés sur la danseuse.

Quand la femme lâcha son boa et qu'il tomba à terre, les hommes présents poussèrent des cris d'encouragement. La lumière vive du projecteur les avait tous noyés dans l'ombre, celle des lampes étant trop tamisée pour éclairer le décor environnant. Louisa sentit un frisson parcourir le public. Elle vit alors que la femme s'était retournée et qu'elle abaissait les bretelles de sa robe.

— Madame Guinness, murmura Louisa. Je crois que nous devrions nous en aller.

— Chut, fit Diana.

Luke les regarda et sourit.

La robe une fois tombée à terre, la femme l'envoya valser d'un coup de pied. Elle portait des bas et une gaine qui la serrait étroitement de la poitrine jusqu'au haut des cuisses. Quand un homme tendit la main pour lui caresser la jambe, elle le repoussa avec force. Étrangement, les lumières semblèrent encore baisser. Louisa ne voyait plus que le bout incandescent des cigarettes luire dans la pénombre sans même distinguer les mains des fumeurs. Le rythme de la musique s'accéléra et les hommes poussèrent de nouveau des cris d'encouragement. La danseuse se mit alors à descendre la gaine en la faisant rouler tout doucement, centimètre par centimètre, pour attiser l'ardeur de son public. Louisa sentit la nausée la prendre à la gorge sans savoir si c'était à cause du spectacle, de la fumée de cigarettes, ou des sandwichs au beurre d'anchois qu'elle avait mangés. Tout excité, Luke était penché en avant, les doigts noués comme pour s'empêcher de bondir sur ses pieds et de frapper dans ses mains.

La gaine descendit encore. Louisa regardait… comment s'en empêcher ? La poitrine dénudée apparut, plate et pâle, puis le buste, si maigre que les côtes saillaient en formant des lignes d'ombre. Sur le rythme effréné de la musique, la gaine descendit, et, à l'instant où elle fut complètement abaissée, la femme tourna le dos au public, montrant ses fesses nues et blanches. Louisa regarda Diana, toujours impassible et pas le moins du monde effrayée, semblait-il. Enfin, la foule se mit à rugir en scandant d'un ton exigeant : « Montre-nous ! Montre-nous ! »

Leur montrer quoi ?

Quand la danseuse se retourna dans les cris et le tapage des pieds, Louisa et Diana comprirent enfin. C'était un homme.

12

Guy essaya d'appeler lord Redesdale à Swinbrook House, où ils habitaient à présent, d'après l'annuaire (ils avaient donc déménagé depuis la dernière fois où il les avait vus, et il en éprouva un peu de nostalgie, Asthall Manor étant l'idée qu'il se faisait du manoir de campagne idéal, en pierre gris clair entouré d'un paysage vallonné de prairies verdoyantes). Ce fut l'intendante, Mme Windsor, qui lui répondit. Elle se souvenait de lui et n'hésita pas à l'informer, quand il lui demanda s'il y avait une adresse où faire suivre le courrier de Louisa. Ainsi, ses lettres avaient peut-être été réexpédiées et Louisa n'y avait pas répondu. Il ne savait trop s'il devait s'en réjouir ou au contraire s'en affliger.

— Elle est actuellement à Paris, où elle accompagne M. et Mme Guinness durant leur lune de miel, précisa Mme Windsor. Ils doivent y séjourner deux ou trois semaines. Si vous avez de quoi noter, je peux vous donner leur adresse là-bas.

Guy la prit, 12, rue de Poitiers, et il n'eut pas le temps de la remercier que l'intendante avait déjà raccroché. Il fourra le morceau de papier dans sa poche en se disant qu'il ferait mieux de laisser tomber.

Quelques jours après que Mary avait incité Guy à aller de l'avant et une fois prises les dispositions nécessaires, tous deux se rendirent au 11, Wilton Crescent pour interroger Lucy, la servante qui avait travaillé avec Rose Morgan. Située à quelques pas de la station de métro, c'était une large rue courbe, typique des beaux quartiers, avec des maisons aux murs crème et aux portes d'entrée d'un noir brillant, devant lesquelles étaient garées des Bentley et des Rolls-Royce étincelantes.

— Si j'habitais là, je n'aurais pas envie d'en partir, déclara Mary tandis qu'ils approchaient de l'entrée.

— Sauf si tu pensais gagner au change, répliqua Guy.

Ils frappèrent et un majordome vint leur ouvrir en s'empressant de les faire entrer. Il marmonna quelque chose sur l'effet fâcheux qu'avait une visite de la police sur la réputation de la maison et les emmena jusqu'à son bureau sous l'escalier, où ils attendirent tandis qu'il allait chercher Lucy. C'était une pièce chichement meublée qui n'avait rien d'accueillant. Avant le retour du majordome, une toute jeune fille d'une douzaine d'années aux longs cheveux noués par un ruban et portant une robe à col marin arriva sans être accompagnée. Elle les salua en leur tendant la main d'un air si grave qu'elle inspira à Guy une sorte de tristesse.

— Bonjour, dit-elle. Je m'appelle Muriel Delaney. Je sais, j'aurais dû attendre qu'on me présente à vous, mais Jones est allé chercher Lucy et je sais que vous êtes à la recherche de Rose. L'avez-vous trouvée ? Avez-vous de bonnes nouvelles ?

Mary s'avança d'un pas et lui serra la main.

— Bonjour, mademoiselle Delaney. Je suis l'agent Conlon, mais vous pouvez m'appeler Mary. J'ai le regret de vous dire que nous n'avons aucune nouvelle de Rose pour l'instant, mais nous continuons nos investigations. C'est pourquoi nous sommes ici, pour parler avec Lucy, au cas où elle se souviendrait de quelque chose qui pourrait nous être utile.

Muriel hocha la tête, mais son visage se rembrunit et elle cligna des paupières pour chasser les larmes qui lui montaient aux yeux.

— Je ne comprends pas pourquoi personne ne m'en a parlé, s'indigna-t-elle avec véhémence. Rose était ma meilleure amie.

Mary et Guy échangèrent un regard, et il recula d'un pas.

— Nous pouvons en parler maintenant. Nous serions très intéressés d'avoir votre avis, déclara Mary en lui souriant chaleureusement.

— Vos parents sont-ils ici ? intervint Guy, qui se sentait obligé de vérifier que tout se passait en bonne et due forme, car il avait téléphoné plus tôt pour organiser l'entretien avec Lucy et informer la famille de leur venue.

— Nous avons perdu papa l'an dernier, répondit Muriel. Maman se repose à l'étage. Elle se repose souvent à cette heure-ci. Tout va bien, Jones va la prévenir que vous êtes là.

Elle lança à Guy un petit regard en biais et se rapprocha de Mary.

— Vous êtes là pour donner un point de vue féminin, c'est ça ?

— Oui, c'est exactement ça, confirma-t-elle en posant la main sur l'épaule de la fillette.

— Ma gouvernante était une suffragette, dit Muriel. Elle m'a beaucoup parlé de tous ces sujets.

— Si nous nous posions un peu ? proposa Mary en prenant la chaise placée de l'autre côté du bureau du majordome, afin qu'elles puissent s'asseoir ensemble.

Guy comprit le message et alla se poster près de la fenêtre, les mains dans les poches, en faisant mine de ne pas écouter ce qu'elles disaient alors qu'il n'en perdait pas une miette. Quant à Mary, elle sortit son calepin et un crayon, et la petite eut l'air ravie qu'on la prenne ainsi au sérieux.

— Quand avez-vous vu Rose pour la dernière fois ?

— Avant qu'elle aille à la soirée. Mère l'avait prêtée, comme on dit. Cela permettait à Rose de gagner un peu d'argent en plus, vous comprenez, et c'était bien pour notre…

Elle s'interrompit.

— Pour votre quoi ? dit doucement Mary.

Muriel resta silencieuse.

— Mademoiselle Muriel, vous a-t-elle dit où elle allait ?

Il y eut un silence. Guy n'osa pas se retourner. Mary insista avec douceur.

— Rose a disparu depuis longtemps maintenant, et personne n'a eu de ses nouvelles. Nous sommes inquiets, comme vous pouvez l'imaginer. Mais cela ne veut pas dire que nous renonçons à la retrouver. Et à l'aider au besoin. Y aurait-il quelque chose qu'elle vous aurait dit qui puisse indiquer où elle comptait se rendre ?

— Elle allait prendre le train pour Douvres, répondit Muriel d'une toute petite voix.

— Douvres. C'est le port d'où partent les ferries pour la France. Avait-elle le projet d'aller en France ?

— Je ne sais pas pourquoi elle ne m'a pas emmenée avec elle, éclata soudain Muriel. Nous devions monter notre spectacle de danse ensemble, à Paris. Rose et Lily Leaf, c'était notre nom d'artistes. Cela faisait des mois et des mois que nous répétions nos chorégraphies. Mais elle est partie sans moi. Et je me retrouve ici. Toute seule.

Tandis que Mary réconfortait Muriel, Guy admira sa sagacité. Lui-même n'aurait pu interroger l'enfant avec tant de doigté.

— Rose avait-elle une raison particulière d'aller à Paris ? demanda Mary. Savez-vous si elle comptait y retrouver quelqu'un d'autre ? Un petit ami, peut-être ?

Muriel renifla avec dédain.

— Non, ce devait être juste nous deux. Ma tante a épousé un couturier qui a une boutique, là-bas. Je croyais que nous irions la voir. Je savais que nous pouvions compter sur elle pour garder notre secret. C'est une aventurière, vous savez, ajouta-t-elle avec une pointe de fierté dans la voix.

— Vous rappelez-vous le nom de ce couturier, Muriel ?

— Non. Je crois que ça commençait par un M. C'est Rose qui l'avait écrit, répondit Muriel en clignant des yeux, de nouveau au bord des larmes.

— Tout cela nous est très utile, merci, dit Mary en s'empressant de la rassurer.

— J'apprenais à Rose à lire et à écrire, ainsi qu'un peu de français, ajouta spontanément la petite. Elle n'avait pas reçu beaucoup d'éducation, durant son enfance. Elle devait surtout aider à la ferme.

— Ah, je vois. Vous êtes vraiment une jeune fille très intelligente, Muriel. Et je m'y connais.

Sans regarder dans leur direction, Guy devina que ce compliment comblait d'aise la petite. Muriel n'avait pas l'air d'une enfant dont on loue souvent la perspicacité.

— Il y a quelque chose que je voudrais vous demander, reprit Mary, et j'aimerais que vous y réfléchissiez très sérieusement, parce que je crois que cela pourrait nous aider à mieux comprendre ce qui est arrivé. Avez-vous connaissance d'une raison pour laquelle Rose serait partie sans dire à personne où elle allait, ni prendre la peine de rassurer sa famille ?

Comme Muriel ne disait rien, la voix de Mary se fit plus suave, plus chaleureuse.

— J'ai l'impression qu'elle et vous étiez de grandes amies. Et je sais qu'elle ne vous en voudra pas de nous avoir révélé quelque chose qui était un secret entre vous. Nous avons besoin de nous assurer qu'elle va bien et qu'elle est en sécurité, comprenez-vous.

— Non, je ne vois pas. Il y avait un homme qui venait souvent ici et elle disait qu'elle ne l'aimait pas… Mais je ne comprends pas pourquoi elle n'est pas repassée me voir avant de partir. Elle ne m'a jamais dit au revoir. Elle est allée travailler dans l'autre maison et c'est la dernière fois que je l'ai vue.

Ses joues étaient maintenant mouillées de larmes, qu'elle essuya furieusement du plat de la main.

— Merci Muriel, vous avez été d'un grand secours. Quand nous retrouverons Rose, je sais qu'elle vous en sera très reconnaissante.

— À votre avis, reviendra-t-elle me voir ? demanda la petite d'une voix étranglée, dans laquelle perçait toute sa solitude.

— J'en suis certaine, dit Mary d'un ton encourageant. Nous ne manquerons pas de l'informer que vous aimeriez la revoir. Elle s'inquiète sans doute que vous lui en vouliez, après vous avoir ainsi laissée tomber.

— Si vous la voyez, dites-lui que je ne suis pas fâchée. Dites-lui que je veux qu'elle revienne, insista Muriel.

Alors Guy se retourna et revint vers elles.

— Merci, mademoiselle. Très sincèrement, dit-il, et ils lui serrèrent la main d'un air solennel.

Quand la petite eut quitté la pièce, ce fut au tour de Lucy de répondre aux questions de Mary, qui usa de la même douceur avec elle. Pourtant la jeune servante n'avait rien de plus à ajouter, sinon pour confirmer que Rose apprenait apparemment le français, et que son départ soudain l'avait surprise. Entre cela et ce qu'ils avaient appris de la bouche de Muriel, tout concordait et semblait indiquer que c'était à Paris qu'on aurait le plus de chances de retrouver Rose.

Guy se rappela le morceau de papier qu'il avait fourré dans sa poche, où était inscrite l'adresse de Louisa dans cette ville. Serait-ce ce que sa mère appelait un signe ? Il se demanda s'il devrait essayer de passer la voir, quand il serait là-bas. Penser à Sinéad lui noua la gorge. Mais, au plus profond de lui, il sentit son cœur vibrer tel un violon sur une corde dont seule Louisa pouvait jouer.

13

Louisa, Luke et Diana rejoignirent l'appartement des Guinness dans une ambiance assez ambiguë. Louisa avait l'impression d'avoir bu une bouteille de champagne, puis d'avoir assisté à un accident de voiture. Il y avait dans l'air un sentiment mêlé de danger et d'étrangeté, après leur passage dans ce bar qui était venu juste après la visite du Louvre et la beauté des œuvres exposées. Elle se sentait on ne peut plus dépaysée.

Luke était plus silencieux qu'avant, et il ponctuait ses rares paroles de petits rires nerveux. Diana n'avait pas clairement dit ce qu'elle pensait de ce qu'elle avait vu, mais alors qu'ils approchaient de la porte d'entrée, elle déclara, sans regarder aucun d'entre eux :

— Inutile de raconter notre après-midi à Bryan.

— Ce sera notre petit secret, dit Luke, et il reçut en retour un regard chargé de mépris.

— N'attendez pas de moi que j'aie des secrets pour mon mari, répliqua Diana d'un ton glacial qui faisait beaucoup penser à sa mère. Mais comme je ne vois pas l'intérêt qu'il vous prenne en grippe, je vous suggère de ne pas en reparler.

Tout rouge, Luke n'en dit pas davantage, pas même pour s'excuser comme il l'aurait dû.

— Je pense que vous feriez mieux d'entrer par la porte de service, ajouta alors Diana à l'adresse de Louisa, qui en eut le souffle coupé.

— Oui, bien sûr, réussit-elle à dire.

Elle savait pertinemment qu'elle ne devait pas emprunter l'entrée principale en leur compagnie, mais elle ne pensait pas qu'on le lui rappellerait si fermement. Elle les quitta donc sans dire au revoir et contourna rapidement l'immeuble pour gagner l'entrée de service à l'arrière, où une servante maussade lui ouvrit sans prendre la peine de lui dire bonjour. La coupe était pleine. Louisa remonta en courant l'escalier jusqu'à sa chambre et s'allongea sur le lit, sans pleurer, mais avec une douleur sourde derrière les paupières qui était presque pire.

Elle ne resta pas longtemps couchée. Au bout de seulement vingt minutes, la même servante qui l'avait fait entrer frappait à la porte de sa chambre pour l'informer que Mme Guinness l'avait sonnée, et Louisa dut aller voir ce que sa maîtresse désirait. Les événements de l'après-midi semblaient déjà bien loin, même si, hélas, l'effet des sandwichs au beurre d'anchois se faisait encore sentir. Louisa passa par l'escalier de service pour monter jusqu'à la chambre de Diana, où un lit à baldaquin était niché au cœur d'un halo de couleurs douces et fraîches. Assise à sa coiffeuse, Diana se mettait de la poudre de riz avec une houppette.

— J'ai besoin de me changer pour la soirée, dit-elle comme s'il ne s'était rien passé, ce qui était peut-être le cas pour elle. Je pensais à la robe de chez Boulanger. Je sais que je l'ai déjà portée deux fois, mais les Mulloney nous rejoignent ce soir, et ils ne l'ont pas encore vue. Peut-être pourriez-vous me coiffer autrement ? Au moins, cela fera un peu de changement pour Bryan.

Louisa essaya de parler, mais les mots restèrent coincés dans sa gorge, aussi se contenta-t-elle de hocher la tête et d'aller chercher la robe blanche. Heureusement, Diana ne l'ayant portée qu'en intérieur, le long nœud qui tombait jusqu'à terre était resté propre. Elle choisit une étole en fourrure que Diana mettrait quand ils sortiraient, ainsi qu'une pochette argentée. En silence, Diana se déshabilla et lui tendit les vêtements de la journée, puis elle enfila sa robe et resta immobile pendant que Louisa l'agrafait dans le dos. Ensuite elle alla reprendre sa place devant la coiffeuse et lui tendit deux pinces en strass que Louisa glissa dans ses cheveux dorés. Elles avaient des bouts pointus et elle se piqua le doigt. Cela ne lui fit pas mal, et ce ne fut qu'en portant le doigt à sa bouche qu'elle se rendit compte qu'une goutte de sang avait coulé sur la tête de sa maîtresse. Vu l'humeur de Diana, il valait mieux ne pas lui en toucher mot.

Après s'être mis du rouge à lèvres, Diana rangea le tube dans la pochette, puis elle se tourna pour faire face à Louisa en s'apprêtant à lui dire quelque chose, mais sembla se raviser. Peut-être voulait-elle s'excuser ?

— Nous allons juste dîner dehors, ce soir, dit seulement Diana. Nous n'irons pas au spectacle. Je ne crois pas que nous rentrerons très tard. Attendez-moi.

— Bien sûr, madame, répondit Louisa.

Quand Diana fut descendue au salon, Louisa gagna la

cuisine. Le souper pour les domestiques ne serait servi qu'après le départ de M. et Mme Guinness et de leurs invités, mais son ventre criait famine et elle espérait chaparder un peu de pain et de beurre à l'insu du chef. Il n'appréciait pas que les domestiques s'offrent plus que ce qui leur était strictement alloué, pourtant lui devait bien se remplir la panse, à en juger par le gros ventre qui débordait de son tablier noué à la taille. Mais quand Louisa entra, le chef était occupé à pétrir une pâte sans doute prévue pour le petit déjeuner du lendemain. Il tournait le dos à la pièce, aussi put-elle prendre du pain dans l'office. Elle fut prise au dépourvu quand elle vit que Luke se trouvait aussi dans la cuisine.

— Que faites-vous ici ? laissa-t-elle échapper malgré elle.

— J'espérais vous y trouver.

Un bref instant, elle en fut flattée, mais réprima ce sentiment.

— Pourquoi donc ?

— Je me sentais mal à l'aise à cause de ce qui s'est passé tout à l'heure. Je n'aurais pas dû vous emmener là-bas. J'ai simplement cru que ce serait amusant, que cela changerait un peu de l'ordinaire.

— Elle est plus jeune et ingénue que vous ne le pensez, dit Louisa en parlant bas, au cas où les autres domestiques écouteraient.

— Je sais, je sais, reconnut Luke en passant les doigts dans ses épais cheveux bouclés. Ma tante serait furieuse.

— Qu'a-t-elle besoin de le savoir ? répliqua Louisa, ce qui le fit rire.

— Non, vous avez raison. Cela ne vous fait rien, à vous, de garder un secret, n'est-ce pas ?

Où veut-il en venir ? se demanda-t-elle, mais la crispation dans sa poitrine avait commencé à se dénouer.

— Non, je suis très douée pour ça.

— Voilà qui est prometteur. En ce cas, rejoignez-moi ici un peu plus tard, d'accord ? Je vous raconterai tout sur la soirée.

— En fait, je dois attendre Diana. Je descendrai ensuite.

— Je le savais. Aucune servante ne résiste, quand il s'agit de connaître les derniers potins sur les gens de la haute.

— Attention, monsieur Meyer, le prévint Louisa en lui décochant un regard noir, mais il lui prit la main, y déposa un baiser, puis fila par la porte en feutre vert pour monter là où elle ne pouvait le suivre.

14

Guy descendit du train à la gare du Nord un peu étourdi. Ce n'était pas tant le spectacle ni les odeurs de Paris qui le troublaient que ces dernières vingt-quatre heures passées dans l'intimité de ses bons amis, Harry et Mary Conlon. Quand Mary avait appris que Guy comptait aller à Paris, elle avait fortement insisté pour qu'il les emmène avec lui.

— Harry a besoin de rencontrer des orchestres qui jouent là-bas pour obtenir plus d'engagements, car la plupart d'entre eux viennent à Londres. Et si je t'aidais un peu sur cette affaire, ce ne serait pas de trop, admets-le. Je sais que tu n'es pas autorisé officiellement à enquêter sur cette disparition en France, et donc que tu n'as pas de mandat international.

Guy avait également dû l'admettre. Il aurait fallu trop de temps pour obtenir les autorisations requises, or plus le temps passait, plus les chances de retrouver Rose diminuaient.

— Et puis si tu nous emmènes, Harry et moi, ce sera un peu comme des vacances, avait renchéri Mary.

Se sachant vaincu d'avance, Guy s'était rendu et avait même fini par en rire.

— Bon, d'accord ! Stop ! Tu prêches un convaincu. Vous pourrez venir aussi. À condition de payer vos frais de voyage, s'entend.

— C'est bon. J'ai mis un peu d'argent de côté. Oh, si je ne me retenais pas, je te sauterais au cou. Harry va être tellement content !

À dire vrai, Guy était ravi que le jeune couple l'accompagne. L'idée d'aller seul à Paris avait quelque chose de cafardeux. Sinéad ne serait jamais venue avec lui, un couple non marié dans un hôtel étant encore l'une des choses qui ne se faisaient pas à Killarney, et il était aussi un peu angoissé. Il ne parlait pas la langue, et Paris était une cité tentaculaire : serait-il à la hauteur de la tâche qu'il s'était fixée ? Rien ne certifiait que Rose était encore à Paris après tout ce temps, à part le fait qu'elle avait appris le français et que, d'après Muriel, sa jeune complice d'antan, elles avaient parlé de sa tante, qui était mariée à un couturier ayant pignon sur rue à Paris. Cela aurait pu lui servir de point de départ s'il avait eu un nom précis au lieu d'une seule initiale : M. De plus, si Rose était devenue danseuse, elle pouvait travailler dans n'importe quelle boîte de nuit. Bref, c'était comme chercher une aiguille dans une botte de foin.

Guy et Harry étaient amis depuis qu'ils avaient tous deux été exclus de la conscription durant la guerre, à cause de la mauvaise vue de Guy et de l'asthme de Harry ; désireux de servir leur pays, ils étaient entrés dans la police des chemins de fer. Guy était resté dans la police, mais Harry avait démissionné pour devenir un musicien de jazz confirmé. Le contraste entre les deux jeunes hommes, Harry étant très petit et Guy très grand, donnait à leur duo une allure assez comique.

Harry était par ailleurs très beau garçon, si bien que dans la pénombre des night-clubs on le prenait parfois pour une star d'Hollywood. Un atout dont il avait usé sans vergogne jusqu'à sa rencontre avec Mary Moon, la collègue de Guy : un vrai coup de foudre. Deux ans après leur mariage, leur amour n'avait apparemment rien perdu de son ardeur.

En descendant sur le quai derrière lui, M. et Mme Conlon n'avaient pas l'air gênés le moins du monde du tapage qu'ils avaient fait tard dans la nuit durant le voyage en train, ce dont Guy fut un peu agacé. C'était sans doute pour eux une façon de fêter le début de leur escapade. Harry était élégant, comme d'habitude, et Mary portait un nouveau chapeau cloche ainsi qu'un manteau doublé de castor, étroitement ceinturé à la taille. Ils avaient chacun des bagages en cuir brun contenant juste le nécessaire pour deux nuits. Aucune chambre n'avait été retenue, mais ses amis avaient dit à Harry de se rendre directement à Montmartre, un quartier où se trouvaient les meilleurs night-clubs ainsi que des chambres bon marché et disponibles pour les nombreux musiciens, chanteurs et danseurs venus d'ailleurs qui s'y regroupaient. Peut-être était-ce le genre de quartier où Rose Morgan aurait justement atterri ?

— Prendrons-nous le métro jusqu'à Montmartre ? demanda Mary, une phrase qui laissa Guy déconcerté. J'ai étudié la question, expliqua-t-elle devant son air éberlué. Le métro, c'est leur réseau de trains souterrains. Et c'est à Montmartre qu'on doit aller, tu te souviens ?

Quand il sortit du métro pour se retrouver sur le trottoir à Montmartre, Guy fut à nouveau assailli par les bruits et les odeurs de Paris. Manifestement, ce n'était pas un quartier chic. Il y avait plus de cafés, de bars et de cabarets que de boutiques, avec des pancartes annonçant des spectacles de music-hall plus ou moins olé olé. Harry les emmena dans une rue transversale et frappa à la porte du premier établissement proposant des chambres simples et doubles. Dix minutes après leur arrivée, ils avaient retenu deux chambres, posé leurs bagages, et ils ressortaient en quête d'un bar.

— Qu'est-ce que c'est que ce moulin en plein Paris ? s'étonna Guy en voyant l'édifice aux quatre ailes géantes sis sur un toit plat.

— C'est le fameux Moulin-Rouge, répondit Harry avec un petit sourire suffisant. Le meilleur cabaret de Paris. À ce qu'on dit, Édouard VII y aurait pris du bon temps.

— Nous n'irons pas, décréta Mary d'un air pincé tout en faisant un clin d'œil complice à son mari.

Le mariage lui va bien, songea Guy en la voyant pouffer de rire. Elle a plus d'assurance et elle aime prendre la vie du bon côté. Pourvu que cela ait le même effet sur Sinéad, espéra-t-il.

— Non. D'abord, j'aimerais qu'on aille au Cirque, dit Harry en sortant de la poche de sa veste un papier plié qu'il ouvrit. J'ai le plan. C'est près du Moulin. Ensuite, nous essaierons Chez Moutarde.

Et comme Mary corrigeait son mauvais accent français, il répliqua :

— Oh, du moment qu'ils comprennent le mot gin, les *Frenchies* peuvent bien parler comme ils veulent.

Six bars plus tard, les étoiles piquetaient le ciel de

Montmartre, tout illuminé de néons aux couleurs flamboyantes. Harry ayant du mal à marcher droit, Mary le soutenait fermement, accrochée à son bras. Quant à Guy, il avait cessé de boire autre chose que de l'eau après le troisième bar, aussi avait-il la tête claire, quoique un peu lassée. Car dans chaque endroit il avait montré la photographie de Rose Morgan au personnel qui y travaillait, mais personne ne l'avait reconnue.

— Elle ne ressemble peut-être plus à la photo, dit Mary. Elle se sera fait teindre les cheveux, si elle a un brin de jugeote. Oh, Harry, essaie de rester sur le trottoir, dit-elle en tirant son mari avec un soupir impatient.

— Comment ça? Je suis Harry, l'mari d'Mary, et je vais par les rues d'Paris, droit comme un i..., entonna-t-il en improvisant une chanson sans queue ni tête.

— Je ferais mieux de le raccompagner à l'hôtel, dit Mary en haussant les épaules, sans avoir l'air fâchée pour autant.

— Je vais continuer un peu, dit Guy. On se retrouve au petit déjeuner?

— Moi, en tout cas. Je suppose qu'Harry sera encore au lit avec une bonne gueule de bois.

Ils se séparèrent et Guy entra dans un bar situé pratiquement en face du Moulin-Rouge, bondé à craquer. Un saxophone jouait, assez fort pour l'empêcher de penser, mais pas assez pour couvrir le brouhaha des conversations. Comme dans les autres bars, une lourde nappe de fumée de cigarettes planait au-dessus des têtes en même temps que de fortes odeurs de vin et de pastis, l'alcool anisé dont Harry avait usé et abusé. Comme d'habitude, les lunettes de Guy s'étaient couvertes de buée dès qu'il était entré, aussi les enleva-t-il afin de les essuyer avec sa cravate pour la énième fois de la soirée. Puis il regarda mieux autour de lui. C'était encore une de ces petites salles avec des affiches collées au hasard sur des murs peints en rouge, vantant divers spectacles parisiens. Au fond, un passage voûté semblait mener à une salle plus vaste, tout aussi bondée. Une fois entré, Guy vit qu'il y avait une scène au fond, où un chanteur était accompagné par six musiciens. Devant, sur la grosse caisse, on lisait « Lee Palmers et les Dixie Players ». Le chanteur, Lee Palmers, était sans doute américain. Il était noir, ainsi que plusieurs autres clients du bar. C'était d'ailleurs le cas de tous les bars qu'il avait visités, et en cela, Paris était différent de Londres, songea Guy. À Soho, dans les clubs où jouait Harry, plusieurs chanteurs noirs s'étaient produits, mais il avait rarement vu des gens de couleur profiter du spectacle dans le public.

Fatigué, mais aussi soulagé que Mary et Harry lui aient faussé compagnie, Guy décida de s'asseoir à l'une des tables et de commander quelque chose. Cherchant une serveuse du regard, il en vit une s'approcher de lui, dont il ne distingua que la mince silhouette et le plateau qu'elle portait. Quand elle se pencha pour prendre sa commande, il eut une vue plongeante dans son profond décolleté. Jamais Sinéad ne lui avait autant révélé ses charmes. Troublé, il commanda une carafe de vin rouge en bredouillant les quelques mots de français qu'il avait appris, même si son accent devait fortement laisser à désirer. Elle allait s'éloigner quand il la retint doucement par le bras. En lui faisant signe d'attendre, il sortit la photo de sa poche et la lui montra.

— Connaissez-vous cette femme ? dit-il à voix basse en anglais, et, à sa grande surprise, la jeune femme lui répondit avec un accent sorti tout droit de Manchester.

— Mais c'est Rose ! laissa-t-elle échapper avant de vite refermer son clapet. Mince, j'aurais mieux fait de me taire, regretta-t-elle en le regardant d'un air méfiant.

— S'il vous plaît, lui dit Guy, je ne lui veux aucun mal. Je ne fais que la chercher. Sa famille s'inquiète beaucoup.

— Elle n'est plus ici, dit la serveuse. Elle est partie.

— Savez-vous où elle est allée ?

Mais la jeune femme secoua la tête et s'empressa de disparaître.

15

Ainsi qu'elle l'avait annoncé, Diana revint du dîner vers minuit sans autre projet pour la soirée, ni spectacle, ni sortie en boîte de nuit. Elle sonna Louisa pour qu'elle monte quelques minutes après son retour.

— Bryan reste avec les autres, mais moi, je suis trop fatiguée pour continuer, expliqua-t-elle pendant que Louisa l'aidait à se dévêtir, puis suspendait sa robe et enfilait des embauchoirs dans les escarpins.

En général, Diana n'abusait pas de la boisson, mais ce soir-là elle avait la voix un peu pâteuse. Comme elle lisait toujours avant d'éteindre la lumière, Louisa avait récupéré son livre dans le salon un peu plus tôt ; il lui tomberait sans doute des mains dès que sa tête reposerait sur l'oreiller. Les jeunes mariés partageaient le même lit, pourtant Louisa ne les y avait encore jamais vus ensemble et au même moment. Bryan n'en aurait pas été gêné, ayant grandi dans des maisons habituées aux allées et venues des domestiques, mais Louisa y était moins accoutumée, après avoir surtout travaillé comme bonne d'enfants à la nurserie. La règle voulant qu'une servante ou un valet ne frappe pas à la porte d'une chambre avant d'entrer se comprenait : un bon domestique devait être capable de vaquer à ses tâches avec efficacité, sans avoir à attendre l'ordre d'entrer. Néanmoins, Louisa ne pouvait s'empêcher d'hésiter chaque fois qu'elle touchait la poignée, et elle faisait en sorte de ne jamais être dans la salle de bains quand Diana ôtait son peignoir.

Une fois sa tâche accomplie, Louisa quitta la chambre alors que Diana ronflait déjà doucement et elle descendit aux cuisines. La lumière était encore allumée, aussi, craignit-elle que l'odieux cuisinier y soit encore, mais grâce au Ciel, n'ayant aucun dîner à préparer, il en avait profité pour aller se coucher tôt. En fait, il n'y avait personne à part Luke. Il balançait les jambes, assis sur la table en bois bien récurée qui se trouvait au milieu de la pièce.

— Bien le bonsoir, mademoiselle Cannon, dit-il d'un ton enjoué. Je commençais à me demander si vous n'aviez pas oublié notre rendez-vous.

— Désolée, m'attendez-vous depuis longtemps ? dit Louisa en s'en voulant du plaisir qu'elle avait à retrouver ce beau garçon, très élégant dans sa veste en velours.

Par le passé, elle avait déjà été déçue quand elle avait cru qu'un des amis de Nancy était aussi le sien. Luke et elle n'étaient pas du même monde, il valait mieux ne pas l'oublier. En outre, elle devait garder à l'esprit qu'il travaillait pour la presse ; peut-être était-il juste en quête d'un bon sujet d'article qu'il pourrait vendre au plus offrant.

— Non, répondit-il. Quand j'ai vu que Mme Guinness allait se coucher, j'ai estimé le temps qu'il fallait pour qu'elle se déshabille et se mette au lit, et je suis descendu. Je ne suis là que depuis une ou deux minutes. Je suppose qu'elle a eu besoin de votre aide, ce soir ?

— Une femme de chambre se doit d'être discrète, professa Louisa.

— Certes. Mais votre maîtresse a un peu abusé des martinis. D'ailleurs, c'était charmant. J'ai bien aimé la voir lâcher un peu de lest, pour une fois. À propos, où sont les verres ? dit-il en ouvrant son veston d'un grand geste pour révéler une flasque nichée dans sa poche intérieure. Je me suis servi au passage. Oh, ne prenez pas cet air-là, une petite goutte ne vous fera pas de mal, au contraire. Vous avez bien le droit de vivre un peu.

— Je suis toute barbouillée depuis cet après-midi. Ces sandwichs, au club où vous nous avez emmenées…, ajouta-t-elle en faisant la grimace.

— Ma tante recommande des biscuits secs contre la nausée, dit Luke.

— Oui, c'est une bonne idée.

Louisa en trouva quelques-uns dans l'un des placards, ainsi que deux gobelets, et Luke leur versa à chacun une bonne rasade d'un liquide transparent.

— Du gin de la meilleure qualité, dit-il. À nous.

Ils burent. Louisa sentit l'alcool lui brûler la gorge, mais ce n'était pas désagréable. Elle buvait rarement, et le gin lui monta vite à la tête en lui procurant un moment de pur plaisir.

— Alors, dit-elle, que s'est-il passé ce soir ?

— Oh la vilaine… Je savais bien que vous y viendriez, petite curieuse, ironisa Luke, et il reposa son verre.

Il était toujours assis sur la table, jambes pendantes,

tandis que Louisa s'adossait à la cuisinière en fonte, face à lui. Les lumières étaient trop vives, mais il régnait dans la pièce une douce chaleur, et c'était agréable de sentir qu'ailleurs dans la maison la fête battait son plein.

— D'abord, Diana a tenu parole, elle n'a pas parlé à son mari de ce qui s'était passé cet après-midi, raconta Luke en feignant de s'en étonner.

Louisa savait qu'elle devrait dire à Luke d'appeler sa maîtresse Mme Guinness en sa présence, d'après les convenances, mais cette nouvelle intimité lui était agréable.

— Eh bien, vous êtes verni, dit-elle.

— Peut-être. Mais si vous voulez mon avis, garder ses petits secrets vis-à-vis de son mari ne lui demande pas un gros effort. En fait, je la soupçonne même de prendre un certain plaisir à ces cachotteries. Durant le dîner, depuis l'autre côté de la table, elle m'a plusieurs fois regardé de travers, comme dirait ma tante.

— Et qui d'autre assistait au dîner ? demanda Louisa en ayant l'impression de dépasser les bornes.

— Oh, les habitués d'après ce que j'ai cru comprendre, répondit Luke, et il cita quelques noms que Louisa connaissait, plus souvent cités par Diana que dans la presse.

— Il y avait aussi Shaun et Kate Mulloney. Ils étaient présents au mariage.

— Oui, je les ai aperçus.

— Il est d'une beauté époustouflante. C'est un Irlandais, mais il n'a pas un brin d'accent. Dommage… Chez un joli garçon, je trouve qu'une petite touche irlandaise est un charme de plus.

Cette remarque laissa Louisa un peu songeuse. Une autre fois, peut-être qu'elle creuserait la question.

— Où êtes-vous allés ?

— Dans un endroit chic au décor artistique et au nom imprononçable. Bon prince, Bryan a réglé la note pour nous tous. En particulier pour M. Mulloney, qui a un certain penchant pour les cocktails… Même moi, je n'ai pas réussi à tenir le rythme.

— Vous vous rattrapez, remarqua Louisa en indiquant leurs verres.

— Parce que j'ai fait une pause. Lui, c'est un de ces aristos qui descendent quatre bouteilles de champ pendant qu'ils s'habillent pour le dîner. Moi, je n'ai pas été élevé comme ça.

— Ah bon ? s'enquit Louisa, sautant sur l'occasion d'en savoir plus à son sujet.

Luke la regarda, reposa son verre, et s'accorda un petit temps de réflexion.

— Non. Nous n'étions pas pauvres, mais en rentrant de la guerre mon père a quitté ma mère, il s'est remarié, et il est allé vivre en Écosse où il a fondé une nouvelle famille. À part une lettre ou deux par an, je n'ai plus de rapport avec lui. Maman et moi, on s'en sort, surtout grâce à ma tante, la sœur de mon père. Elle a payé mes frais de scolarité et aurait continué à financer mes études à Cambridge, si je n'avais pas laissé tomber. En résumé, je ne suis pas né avec une cuillère en argent dans la bouche, mais je sais me servir de mes couverts dans la bonne société, conclut-il, ce qui fit sourire Louisa.

Cela confirma également son intuition que Luke était lui aussi une sorte d'outsider, évoluant comme elle entre deux mondes sans appartenir à aucun. C'était sans doute pour cette raison qu'il lui plaisait autant de s'asseoir dans la cuisine avec elle que de dîner dehors avec les Guinness.

— Continuez, dit-elle.

— Oh, il n'y a pas grand-chose d'autre à en dire. J'ai beaucoup admiré ce jeune couple irlandais. Sans être belle comme l'est Diana, Kate Mulloney est fascinante. On ne se lasse pas de la regarder. Quant à lui, il a de l'esprit, malgré son petit côté décadent.

Louisa fut soudain prise d'une terrible envie de vomir.

— Pardon, Luke. Mais ces biscuits n'ont rien arrangé. Veuillez m'excuser.

— De toute façon, on a éclusé le gin. Je ferais mieux de remonter pour voir où ils en sont. La dernière fois que j'ai jeté un coup d'œil, ils ratissaient le placard à alcools pour déterrer une liqueur exotique.

— Comment vous êtes-vous éclipsé ? Ils ne vous ont pas posé de questions pour savoir où vous alliez ?

— Dans leur état, ils n'ont rien remarqué. Et puis dans ce genre d'assemblée, je ne suis pas la cible de tous les regards. J'ai un certain don pour aller et venir ni vu ni connu.

Il lui fit un clin d'œil de comédie et s'en alla. Les mains sur le ventre, Louisa le regarda partir, puis elle courut jusqu'aux toilettes les plus proches.

Le lendemain matin, Louisa se réveilla tôt. Un mince rai de lumière traversait un ciel gris foncé. En fait, elle n'avait guère fermé l'œil. Toute la nuit, elle avait été prise de violentes nausées qui lui tordaient les entrailles.

Enfin, vidée, épuisée, elle s'était effondrée sur son lit. Elle se leva et tituba jusqu'à la salle de bains pour s'asperger le visage d'eau froide. Elle retournait à sa chambre quand l'une des servantes vint la prévenir que Diana la sonnait avec insistance. Louisa s'empressa de se changer. Pourtant, au réveil posé sur sa table de chevet, il n'était pas encore 8 heures. Une heure incroyablement matinale pour sa maîtresse, même si Diana s'était couchée plus tôt que d'habitude.

En entrant dans la chambre, Louisa trouva Diana déjà levée, et elle découvrit vite que ce n'était pas à cause du pépiement des oiseaux perchés dans les arbres alentour. Les rideaux étaient à moitié tirés, et Bryan était assis dans le fauteuil disposé dans un coin de la chambre. Toujours vêtu de ses vêtements de la veille, il restait figé, très pâle et silencieux. Quant à Diana, elle arpentait la pièce en écartant machinalement ses cheveux de ses mains tremblantes.

— Fermez la porte, dit Bryan d'un ton brusque dont il n'était pas coutumier.

Louisa la referma doucement et s'avança sur la pointe des pieds. L'air était si chargé de tension qu'elle pria pour qu'il ne soit rien arrivé aux familles Guinness ou Mitford. Ce serait un présage funeste pour le début de leur vie conjugale.

— Louisa, murmura Diana, qui était visiblement soulagée de la voir. Il faut nous aider, nous ne savons que faire.

Même Bryan paraissait jeune et vulnérable.

— Mes parents ne supporteront pas ce scandale, commença-t-il, avant de se rendre compte qu'il se confiait à la femme de chambre de son épouse.

Il se tourna alors vers la fenêtre, les yeux dans le vague.

— Qu'est-il arrivé, madame ?

— C'est Shaun Mulloney. Il a dîné avec nous hier soir, puis il est revenu ici. Kate, sa femme, vient de téléphoner. Il est mort.

16

Guy était resté dans le bar encore une demi-heure, mais une autre serveuse avait apporté le vin qu'il avait commandé, et il avait été incapable de retrouver celle qui connaissait Rose. Jugeant qu'il était trop dangereux de lui parler, elle avait peut-être interrompu son service et perdu de l'argent à cause de lui. Il préféra donc s'en aller. Il avait laissé au barman son nom et le numéro de téléphone de la *pension** où il séjournait, même s'il doutait que son mot serait transmis. Il ne connaissait même pas le nom de la serveuse, et, à cause de sa mauvaise vue et du faible éclairage, il n'était pas du tout certain de savoir à quoi elle ressemblait, hormis son décolleté plongeant. Découragé, Guy avait regagné sa chambre et s'était couché. Il n'y avait aucun signe de Mary, qui veillait sans doute auprès de son ivrogne de mari.

Le lendemain matin, le ciel était plus clair et leur humeur également. Après une bonne nuit de sommeil, Harry n'accusait pas trop ses excès de la veille et Mary était tout feu tout flamme à l'idée de découvrir Paris. Tous les trois décidèrent d'aller faire un tour pour trouver une brasserie typique et y commander des croissants. Ce fut alors que Guy leur confia ce qu'il avait décidé après avoir tourné et retourné la question dans sa tête, allongé sur son fin matelas.

— Je vais aller voir Louisa ce matin, déclara-t-il tandis que la serveuse déposait les petites noix de beurre ainsi qu'un pot de confiture de mûres.

— Quoi ? s'étonna Harry d'un air choqué. Tu ne vas pas remettre ça, tout de même ? Je croyais cette vieille histoire morte et enterrée.

— Ce n'est pas une façon très sympathique de parler d'une dame, dit Guy.

— Non, reconnut Harry en riant. Mais j'avais cru comprendre que tu n'en avais plus jamais entendu parler. Tu veux dire que tu sais qu'elle se trouve à Paris ?

Guy leur avait caché ça. Peut-être même se l'était-il caché à lui-même. Malgré toutes ses taquineries, Harry était très à cheval sur les principes, dès qu'il s'agissait de mariage. Maintenant qu'il avait Mary, il s'interdisait de regarder une autre femme. « Sinon, Mary serait bien capable d'écraser mon saxophone sur le trottoir », avait-il plaisanté quand Guy et lui avaient eu cette discussion, provoquée par une jolie jeune fille qui voulait offrir un verre à Harry, après un set.

— Oui, Louisa est à Paris, confirma Guy. Elle travaille pour Diana, l'une des sœurs Mitford, qui y passe sa lune de miel. Louisa est sa femme de chambre particulière.

— Pfuut ! siffla Harry. Je croyais qu'elle les avait quittés après… toute cette affaire de meurtre, ajouta-t-il en levant comiquement les yeux au ciel, évoquant une trouble période que Guy gardait douloureusement en mémoire.

— Je crois qu'elle les a en effet quittés un moment, mais Diana Mitford, ou plutôt Mme Guinness, l'a reprise à son service, apparemment.

— Ça se comprend. Pour elle, ce doit être réconfortant, d'avoir près d'elle un visage familier, dans son nouveau monde. Harry chéri, ces croissants sont délicieux. Prends-en un, dit Mary en espérant changer de sujet, mais Harry repartit de plus belle.

— Oui mais, et Sinéad dans tout ça ? Tu es fiancé !

— Je sais bien, Harry. Ça n'a rien à voir, assura Guy aussi fermement qu'il le put. J'ai pensé qu'elle pourrait m'aïder à retrouver Rose. En obtenant des tuyaux de bouche à oreille par le réseau des domestiques, par exemple, continua-t-il l'air de rien, même si Harry le fixait en faisant les gros yeux. Il y a quelques jours, j'ai téléphoné pour savoir où elle était, et l'intendante m'a informé qu'elle se trouvait ici, à Paris. Drôle de coïncidence, non ? Autant la mettre à profit.

— Et si elle n'avait pas envie de te voir ? As-tu pensé à ça, vieux ? Il s'en est passé du temps, depuis la dernière fois où vous vous êtes vus.

— Je sais. C'est vrai, je l'avoue, j'aimerais savoir pourquoi elle a ainsi coupé les ponts, même si je ne suis pas en droit de poser la question. Mais je n'éprouve plus les mêmes sentiments pour elle. Aucun risque.

En le disant, Guy sut qu'il était dans le déni. En fait, il mourait d'envie de savoir ce qu'elle était devenue ces dernières années et pourquoi elle n'avait pas répondu à ses lettres. Ce n'était pas correct envers Sinéad, mais c'était comme ça.

— Je vois, dit Harry. Tu savais que Louisa était ici. Dis-moi, qui d'autre vas-tu nous sortir de ta manche, petit cachottier ? La reine de Saba serait-elle dans le coin elle aussi ?

— Harry, ne fais pas l'idiot, le reprit son épouse en lui soufflant un baiser. Allez, mange.

Une fois cette scène terminée, Guy décida qu'il ne fallait jamais reporter au lendemain ce qu'on pouvait faire le jour même. Il convint avec Harry et Mary de les retrouver à déjeuner dans une brasserie qu'ils avaient remarquée non loin de là. Grâce à une accorte serveuse, il put repérer l'adresse de Louisa sur une carte de la ville et, après avoir écrit l'itinéraire, il s'en fut.

Trouvant les correspondances du métro trop compliquées à son goût, Guy préféra se rendre à pied chez les Guinness. Il en aurait sans doute pour une bonne heure, mais le temps était sec et clair, et il était content d'avoir l'occasion d'arpenter les rues de Paris. En marchant vers le sud, le décor changea du tout au tout, à mesure que les rues s'élargissaient en boulevards et que les immeubles devenaient plus imposants. En fin de parcours, arrivé place de la Concorde, Guy traversa la Seine sur un pont pour gagner l'autre rive, avec l'impression qu'un grand orchestre jouait une symphonie dans son cœur. Était-ce la vue grandiose des Champs-Élysées, et l'image de Marie-Antoinette et de ses amis en perruque glissant sur des traîneaux qui lui était venue à l'esprit ? Ou de savoir qu'il se rapprochait de Louisa ?

Lorsque, enfin, Guy arriva au 12 de la rue de Poitiers, il hésita à appuyer sur la sonnette. Un majestueux portail voûté menait apparemment à une cour intérieure, un peu trop intimidant pour qu'il ose s'y présenter avec sa requête. Louisa risquait de ne pas bien prendre sa venue, surtout si elle lui valait d'être réprimandée par M. Guinness. Aussi contourna-t-il l'immeuble et finit-il par trouver une porte plus modeste à laquelle frapper. Au bout d'une longue minute durant laquelle Guy se persuada que toute cette entreprise n'était qu'une grossière erreur, la porte fut ouverte par une jeune servante.

— *Oui ? Qu'est-ce que c'est ?* s'enquit-elle en français.

Elle paraissait pâle et soucieuse, comme si elle attendait quelqu'un d'autre et était déçue par l'apparition de cet inconnu.

— Bonjour, mademoiselle, répondit Guy. Désolé, je ne parle pas français. Mlle Louisa Cannon est-elle là ?

— *Comment ?* dit-elle dans un premier temps, puis elle sembla comprendre à retardement. *Ah oui, Mlle Cannon. Entrez.*

Comme elle s'éloignait en laissant la porte ouverte, il en déduisit qu'il devait la suivre. L'intérieur de la maison avait du style, avec des couleurs subtiles et d'épais tapis sur des parquets de bois poli, alors qu'il se trouvait encore dans les quartiers des domestiques. Il suivit la servante dans un étroit couloir pour arriver à une petite pièce, sans doute réservée à l'intendante.

— *Attendez ici, s'il vous plaît.*

— Euh, oui, répondit Guy à tout hasard.

Il resta debout en tournant nerveusement son chapeau dans ses mains tout en regardant la chaise, le bureau, les papiers bien classés et les crayons taillés en pointe dans un pot en verre. Il avait beau tendre l'oreille, les épais tapis étouffaient les bruits de pas. Lorsque Louisa surgit devant lui, il tressaillit et la regarda, hébété.

— Guy ? Que diable faites-vous ici ?

17

« Louisa, pardon de vous avoir prise ainsi au dépourvu », dit Guy en bégayant lamentablement.

Son idée de venir la voir n'était peut-être pas aussi ingénieuse qu'elle lui avait semblé à Londres, mais il ne pouvait réfréner le plaisir intense qu'il ressentait de la revoir. Elle était plus jolie que jamais, toujours aussi mince, peut-être un peu plus âgée, mais il aimait jusqu'à ce petit pli de lassitude au coin de sa bouche. Ses yeux noisette pailletés d'or le fixaient comme si elle n'arrivait toujours pas à comprendre ce qu'il faisait là, planté devant elle. Cela se comprenait. Il était sûrement la dernière personne qu'elle s'attendait à voir à Paris.

— Inutile de vous excuser. Mais… êtes-vous ici pour enquêter ? À cause de ce qui s'est passé cette nuit ?

Ce fut au tour de Guy d'être surpris et alarmé.

— Quoi ? Non. Enfin, pas vraiment, il y a une chose que je voulais vous demander, mais… que voulez-vous dire ? Que s'est-il passé, cette nuit ?

— Quelqu'un est mort.

— Quelqu'un est mort ?

— Oui, un ami de M. Guinness. C'est pour cela

que j'ai pensé qu'ils avaient peut-être appelé la police britannique. C'est absurde… Même dans ce cas, vous n'auriez pu arriver aussi vite.

— Pourquoi ne pas me raconter ce qui est arrivé, du moins ce que vous en savez ? Je vais prendre des notes, au cas où cela pourrait servir plus tard à l'enquête. La police française est-elle là ?

— Les *gendarmes** sont venus, mais d'après eux cette mort n'a rien de suspect. Ce fut juste un événement malheureux. Son épouse a déclaré qu'il était allergique au sésame, et il a dû absorber sans le savoir un aliment qui en contenait.

Guy avait très envie de la prendre dans ses bras. Bien sûr, il ne le pouvait pas. Même s'il tentait de se convaincre que ce serait seulement pour la réconforter, il y avait trop longtemps qu'ils ne s'étaient pas vus… et puis il y avait Sinéad.

— Ce doit être un terrible choc pour tout le monde, dit-il, aussi chaleureusement qu'il le put.

— Terrible, confirma Louisa.

Il faisait froid dans la pièce, le feu n'ayant pas été allumé à cause de la tourmente qui s'était abattue sur la maisonnée.

— Allons à la cuisine, dit Louisa. Le cuisinier n'est guère aimable, mais je pourrai vous offrir une tasse de thé, même si, tout compte fait, Nanny Blor avait raison. Allez savoir pourquoi, en France, le thé n'a pas aussi bon goût que chez nous.

Guy était si soulagé qu'elle ait ainsi dissipé la tension qu'il eut envie de rire, mais se retint. Tous deux longèrent le couloir jusqu'à la cuisine ; ils auraient pu la rejoindre les yeux fermés, rien qu'en suivant l'odeur d'ail qui en émanait. Les Français en mangeaient-ils même au petit déjeuner?

Louisa fit bouillir de l'eau et finit par trouver le lait. Guy ne put s'empêcher de penser à la fois où il l'avait suivie, des années plus tôt, jusqu'à Asthall Manor, quand elle lui avait également préparé du thé. Il l'observa tandis qu'elle évoluait dans la cuisine, prenant les tasses, les soucoupes, les petites cuillères, sans qu'aucun domestique ne lui propose son aide. Elle lui parut soudain très seule, et ce vieux désir qu'il avait toujours eu de la ramener à la maison lui noua presque la gorge. Guy toussa et Louisa le regarda.

— Une minute, c'est presque prêt.

Quand ils furent tous deux assis à un coin de la longue table, loin des servantes qui épluchaient des légumes en chuchotant entre elles avec fièvre, ils se mirent à parler. Malgré toutes les questions qui se bousculaient dans sa tête, Guy jugea qu'il valait mieux s'en tenir à l'affaire en cours.

— Revenons à cette nuit. Alors, que s'est-il passé?

Louisa se rapprocha un peu de lui, et quand elle parla, ce fut à voix basse.

— Je crois que les domestiques ne sont pas encore dans le secret, aussi mieux vaut être discret. M. et Mme Guinness essaient d'éviter les rumeurs, et ils gardent autant que possible leurs distances par rapport à ce tragique événement.

— C'est bien compréhensible.

— Oui. D'après ce qu'on sait pour l'instant, ils sont tous sortis dîner et ils ont beaucoup bu. Ensuite la plupart d'entre eux sont revenus ici, et Mme Guinness est allée se coucher…

— Vous ne pouvez plus l'appeler Diana ? demanda Guy, interloqué.

— Je sais, cela fait drôle, alors que je me suis occupée d'elle toutes ces années à la nurserie, mais je dois l'appeler Mme Guinness maintenant, ou simplement madame… Et elle doit m'appeler Cannon en présence de quelqu'un d'autre, même si elle m'appelle Louisa quand nous sommes juste elle et moi… Bref, reprit-elle après avoir bu une gorgée de thé, elle est allée se coucher et, ensuite, je suis descendue rejoindre Luke Meyer qui m'attendait à la cuisine…

Avec l'impression d'avoir reçu un coup au cœur, Guy dut à nouveau l'interrompre.

— Luke Meyer ? Le chroniqueur mondain ?

Il avait vu sa signature en tête d'un article paru dans la presse, lorsqu'il faisait des recherches sur la soirée durant laquelle était morte la servante, ainsi que sur la disparition de Rose.

— C'est une vague relation de Di… de Mme Guinness. Et l'une des miennes, par la même occasion. Quand nous nous sommes retrouvés, il m'a rapporté que l'alcool avait coulé à flots et que la fête battait encore son plein. Shaun Mulloney, en particulier, avait bu plus que de raison.

— Pardon, mais qui est Shaun Mulloney ?

— L'homme qui est mort. Il était marié à une certaine Kate, c'est elle qui a téléphoné ce matin pour annoncer la nouvelle à Mme Guinness.

Louisa devint toute pâle et elle porta la main à sa bouche en réprimant un hoquet.

— Oh, excusez-moi, reprit-elle. J'ai été malade toute la nuit. Je ne sais pourquoi. Je croyais que ça allait mieux, mais je n'ai pas beaucoup dormi.

— Peut-être devriez-vous boire un peu d'eau ?

— Non, ça va aller, répondit Louisa en esquissant un pauvre sourire.

— Quand Mme Mulloney l'a-t-elle découvert ? Sait-elle ce qui est arrivé à son mari ?

Guy but une gorgée de thé, mais il avait trop attendu et sa tasse avait refroidi.

— Ils sont allés se coucher vers 3 heures du matin, à leur retour de la soirée. Elle dit qu'il était très mal à ce moment-là, mais elle a supposé que c'était à cause de ses excès de boisson, et elle-même s'est endormie comme une masse. Quand elle s'est réveillée quelques heures plus tard pour aller chercher un verre d'eau, elle l'a trouvé mort, couché par terre dans la salle de bains. Apparemment, il s'était étouffé dans son vomi. Désolée, je sais que ce n'est guère agréable à entendre.

— Donc, une mort naturelle. Pas d'arme à feu ni de couteau, constata Guy en s'en voulant d'en être presque déçu.

— Oui. Cela m'a juste un peu effrayée parce que…, hésita Louisa en le regardant, et Guy sentit son cœur se serrer. Non, vous allez me trouver idiote.

— Mais non, voyons. Dites-moi.

— C'est juste que, moi aussi, j'ai été malade comme un chien toute la nuit. C'est une étrange coïncidence, mais il n'y a rien à en tirer. J'ai dîné ici, alors qu'eux ont tous mangé au restaurant.

— Cela pourrait venir de l'eau. Avez-vous bu de l'eau du robinet, hier ?

— Oui, comme tous les jours, répondit Louisa. Ainsi que tous les domestiques de la maison.

— Peut-être qu'eux sont habitués à l'eau française,

et pas vous. Des analyses ont décelé des germes de tuberculose dans le réseau. Ma mère m'a déconseillé de boire l'eau courante tant qu'elle n'a pas été bouillie au préalable. Il faut toujours se méfier de l'eau, en pays étranger.

— Nanny Blor partage cet avis. Peut-être y a-t-il quelque chose de vrai dans ces histoires de bonnes femmes.

— Dans ce cas, ce n'est vraiment pas de chance. Ni pour ce pauvre M. Mulloney, ni pour vous.

— Comme vous dites, conclut Louisa en lui adressant un sourire qui lui étreignit le cœur.

Désespéré, Guy ne put que constater que même après tout ce temps ses sentiments pour elle étaient toujours aussi forts, et qu'il n'y pouvait rien changer.

18

Louisa ne s'attarda pas dans la cuisine avec Guy, car elle savait que Diana aurait besoin d'elle, pour le réconfort que sa présence familière lui apporterait durant cette matinée pour le moins insolite. Elle le congédia, mais pas avant qu'il lui ait soutiré la promesse de le rejoindre plus tard en lui donnant le numéro de téléphone de la pension où il séjournait. Quand elle lui avait demandé pourquoi il était à Paris, il avait répondu qu'il était venu pour de courtes vacances en compagnie de Harry et Mary (que Louisa serait ravie de revoir, soit dit en passant), et pour mener une sorte d'enquête. D'ailleurs il espérait qu'elle pourrait l'aider, mais il se borna à dire qu'il lui en parlerait plus tard. Cela en espérant l'appâter, car il connaissait son goût inné pour le mystère et les énigmes policières.

Quelle merveilleuse surprise de l'avoir revu, songeait Louisa. Durant ces longs mois monotones à Londres au cours desquels elle s'était sentie très seule, elle n'avait pas répondu à ses lettres tant elle était contrariée par l'échec de son projet d'entrer dans la police. Elle craignait qu'il pense du mal d'elle en constatant qu'elle n'avait pas avancé d'un iota. En le revoyant, elle venait enfin de comprendre qu'il était bien plus généreux qu'elle ne l'avait cru, et qu'en fait il l'aurait sans doute aidée, si elle n'était pas aussi fière et bornée. Guy ne lui avait posé aucune question sur ce qu'elle avait fait, où elle avait vécu, ni pourquoi elle ne lui avait jamais répondu ; sur le moment, ils étaient trop préoccupés par le décès de M. Mulloney. Mais elle savait qu'il devait se le demander. Même, elle l'espérait, car elle ne pouvait supporter l'idée de ne pas lui avoir manqué du tout. Oui, elle devrait finir par s'expliquer, mais pour l'instant elle espérait qu'ils pourraient juste profiter de leur mutuelle compagnie, loin de Londres. Il faudrait attendre que ce triste épisode s'estompe un peu, mais elle avait hâte de jouir à nouveau de la liberté de cette cité nouvelle, en étant délivrée des convenances habituelles. C'était un peu idiot d'éprouver ce sentiment, car tout changeait : à Londres comme à Paris, les choses évoluaient. Où qu'elle porte le regard, elle voyait des femmes élégantes aller et venir d'un air et d'un pas décidés. Les journaux parlaient d'abondance de femmes qui avaient atteint des niveaux d'études universitaires impressionnants, faisaient de grandes découvertes scientifiques, exploraient de nouvelles contrées, pilotaient des avions. Sur les photos où elles apparaissaient, les cheveux coupés très court, en pantalons bouffants, leurs visages radieux et confiants semblaient dire : « Regardez-nous, tout ce que les hommes font, nous sommes capables de le faire ! » Ce qui aurait dû l'inspirer la faisait se sentir au contraire d'autant plus pitoyable à ses yeux : tant d'opportunités s'offraient à elle, or elle s'était limitée à des emplois de domestique et de couturière, comme si elle vivait à l'époque victorienne. Elle aurait pu échanger sa vie avec celle de sa grand-mère sans que personne ne voie la différence.

Être à Paris lui redonnait espoir. Peut-être pourrait-elle enfin accomplir quelque chose qui vaille le coup. Surtout maintenant que Guy était là. En attendant, ce seul espoir suffisait à la combler… sans qu'elle veuille en approfondir les raisons.

À l'étage, Diana et Bryan étaient dans le salon en compagnie de six ou sept amis venus de leurs divers hôtels et appartements dans Paris pour se rassembler et échanger sur ce triste événement. Louisa entrouvrit la porte et jeta un coup d'œil en espérant y trouver Luke qui, par chance, croisa son regard. Elle alla se poster discrètement sur un côté du grand hall, hors de vue, et il sortit bientôt pour la rejoindre. Il s'était changé, mais il avait les traits tirés, les yeux injectés de sang et mauvaise haleine, lui qui d'habitude était si frais et pimpant. Visiblement, il n'avait pas dû passer une très bonne nuit.

— Vous êtes au courant ?

— Oui. M. et Mme Guinness m'ont sonnée ce matin, peu après avoir reçu l'appel téléphonique, répondit Louisa, puis elle regarda derrière elle sans bien savoir pourquoi, sinon qu'elle n'avait pas à en discuter. Qu'en disent-ils ?

— Pas grand-chose, répondit Luke en passant les doigts dans ses cheveux châtains. La police a pris la déclaration de Kate, ce qu'elle a trouvé très pénible. Les gendarmes français ne sont guère prévenants, apparemment. Ils ont prié ceux d'entre nous qui ont assisté au dîner d'hier soir de laisser leurs noms et adresses, au cas où d'autres investigations seraient nécessaires. Il est question d'une autopsie.

— Une autopsie ?

Luke poussa de brefs soupirs.

— Oui, la cause du décès n'a pas été clairement établie.

— Vous-même, qu'en pensez-vous ?

Il faisait sombre dans le grand hall, car on n'avait pas allumé les lumières malgré le temps couvert qui régnait à l'extérieur. Aussi Louisa ne distingua-t-elle pas nettement le visage de Luke quand il répondit.

— D'après le médecin, ce serait un empoisonnement alimentaire qui aurait provoqué cette crise de vomissements.

— Mais était-ce intentionnel ?

— Voyons, Louisa, qu'est-ce que vous allez chercher ? Il était allergique au sésame. C'est seulement la faute à pas de chance. Probablement quelque chose qu'il aura mangé à La Coupole. Nous étions à Montparnasse, un quartier populaire plutôt animé.

Tout le monde pensait donc que c'était seulement un mauvais coup du sort. Sauf Louisa, qui sentit remuer au creux de son ventre quelque chose de très différent de ce qui l'avait rendue malade toute la nuit.

— Vous feriez mieux d'y retourner, lui dit-elle.

— Oui. Mais vous, comment vous sentez-vous ? s'enquit-il d'un air soucieux.

— J'ai été très mal, mais ça va mieux.

— Bon. Au fait, savez-vous où se trouve le téléphone le plus proche ?

— Dans un petit bureau qui donne sur le vestibule, répondit Louisa. Qui voulez-vous appeler ? demanda-t-elle sans pouvoir s'en empêcher.

— Juste ma tante, pour la rassurer, lui dire que je vais bien. Et peut-être mon rédacteur en chef.

Avant que Louisa puisse réagir à cette dernière information (il voulait donc en informer la presse ?), quelqu'un interrompit leur conversation.

— Qu'est-ce que vous complotez, tous les deux ?

C'était Diana, sortie du salon sans qu'aucun d'eux ne le remarque. Luke tressaillit.

— Rien, Diana. J'ai pensé que du café nous ferait du bien.

— Ce n'est pas à Louisa de s'en occuper. Je vais sonner, si vous y tenez.

— Oui, merci, dit Luke, et il s'esquiva pour regagner le salon.

Louisa allait s'en retourner quand Diana l'arrêta.

— Mme Mulloney va bientôt arriver. Elle n'a pas envie de rester seule dans leur appartement, ce qui se comprend aisément. Pourriez-vous préparer la petite chambre bleue pour elle ? Je ne me fie pas assez à la femme de chambre française pour la rendre agréable, à notre façon.

— Bien sûr. Je vais m'en occuper tout de suite.

— Merci. Je ne sais trop ce qui va se passer, après aujourd'hui. À vrai dire, je n'ai guère envie de rester à Paris.

Louisa ne sut que répondre ; si elle l'avait pu, elle aurait protesté en disant qu'elle-même avait très envie de rester. Elle se contenta de hocher la tête, puis s'en fut retaper les oreillers et disposer un vase de fleurs fraîches dans la chambre bleue.

19

Environ une heure plus tard, l'arrivée de Kate Mulloney provoqua des remous et des rafales qui soufflèrent dans l'appartement comme un jour de mistral. Louisa était dans la chambre de Diana, où elle suspendait les tenues de sa maîtresse en lissant les plis éventuels, davantage pour s'occuper que par nécessité, quand les deux jeunes femmes entrèrent. D'abord elles ne semblèrent pas la remarquer, peut-être parce qu'elle était à moitié cachée par les portes de la penderie. Décidément, Kate était la femme la plus séduisante qu'elle ait jamais rencontrée, songea Louisa en la revoyant, un avis sans doute unanimement partagé. Certes Diana était belle, mais c'était une beauté classique, et son ingénuité tenait à distance un certain genre d'attentions, tandis que Kate, peau laiteuse, cheveux noirs, bouche sensuelle d'un rouge éclatant, était tout en sophistication, moins proie que prédatrice. Avec une poitrine opulente et des hanches rondes, sa silhouette n'était guère au goût du jour, pourtant Chanel elle-même n'aurait pu la rendre plus élégante, et ses formes pleines inspiraient de l'envie chez toutes les femmes qu'elle croisait. Oui, Kate avait une force d'attraction puissante, à laquelle même Louisa avait du mal à résister. Pas étonnant que Luke ait été si captivé, la veille au soir. Bien sûr, ce magnétisme était d'ordre sexuel, mais son charme résidait aussi ailleurs. Tout cela malgré le chagrin.

En avait-elle au moins, du chagrin ? Elle ne pleurait pas, mais il fallait surtout ne rien en déduire. Les gens du monde ne versaient pas de larmes en public, Louisa le savait. Assises au pied du lit, Diana et Kate se tenaient les mains. Elle jugea préférable de se manifester.

— Pardon, madame Mulloney. Madame Guinness.

Kate la regarda sans rien dire.

— Désolée, Kate, je ne m'étais pas rendu compte que Cannon était là, dit Diana, d'un air un peu gêné.

Était-ce à cause de sa présence, ou de la façon dont Mme Mulloney lui étreignait les mains ? Louisa n'aurait su le dire.

— Nous nous sommes déjà rencontrées, dit Kate en arquant ses sourcils épilés.

— En effet, confirma Diana en rougissant un peu.

— Emmener sa femme de chambre durant sa lune de miel… Décidément, tu mènes grand train.

N'appréciant guère de les entendre parler d'elle comme si elle n'était pas dans la pièce, Louisa s'apprêtait à s'en aller quand Kate la retint.

— Attendez, ne partez pas.

— Oui, madame Mulloney ?

Louisa se tourna face à elle et soutint son regard. Il lui fallut du cran, car elle commençait à trouver un peu déconcertant de voir les deux jeunes femmes se tenir ainsi les mains.

— Pourriez-vous avoir l'obligeance d'aller chercher mon nécessaire de toilette dans ma chambre ? Il y a une chose que j'aimerais donner à mon amie, ajouta Kate en regardant Diana.

Lorsque Louisa revint peu après avec la mallette en cuir bleu marine, estampillée des initiales de Kate, K.G.M., les deux jeunes femmes s'étaient séparées. Kate était allongée sur le lit, adossée aux oreillers, et Diana postée près de la fenêtre. Après lui avoir pris la mallette des mains, Kate fit jouer le fermoir. À l'intérieur, parmi des boucles d'oreilles en diamant et de petits coffrets à bijoux, il y avait un revolver incrusté de perles sur la crosse. C'était un bel objet, si l'on peut qualifier ainsi une arme de mort. Kate s'était-elle aperçue que Louisa l'avait vu ? Elle ne cherchait pas particulièrement à le cacher, pourtant Louisa se tenait encore tout près du lit. Elle avait le sentiment qu'elle ne devait pas laisser Diana seule ; d'ailleurs, on ne lui avait pas signifié de partir. Kate fouilla dans la mallette et en sortit un écrin rouge.

— Tiens, ma chérie. C'est pour toi.

— Kate, je t'en prie. Ce n'est pas le moment, tu risquerais de le regretter plus tard, répondit Diana sans que son visage trahisse rien de ce qu'elle éprouvait.

Kate lui tendit l'écrin sur sa paume ouverte.

— Shaun me les a offertes, mais je ne les ai jamais portées. Je veux que tu les prennes. Tu as été si gentille avec moi aujourd'hui, l'implora-t-elle, en ravalant un sanglot.

Diana prit donc le coffret et l'ouvrit. C'était une

paire de petites boucles d'oreilles en rubis serties d'un cercle de minuscules diamants.

— Elles sont belles, mais…

— Je refuse d'en discuter, dit Kate d'un ton ferme, et le sujet fut clos.

Un peu confuses l'une et l'autre, elles se tournèrent en même temps vers Louisa, qui était restée plantée là, aussi figée et muette qu'une statue du Louvre.

— Je ne sais pas ce que je vais devenir sans lui, dit soudain Kate, toujours en la regardant.

Serait-ce à moi qu'elle s'adresse ? s'inquiéta Louisa.

— Non, madame, balbutia-t-elle, prise au dépourvu, mais Diana reprit les choses en main.

— Cannon, vous pouvez partir maintenant.

Louisa passa le reste de la journée à accomplir diverses tâches pour Diana et Kate, tandis que les deux jeunes femmes discutaient longuement des futures obsèques tout en consumant et consommant force cigarettes et vodka. Parmi les nombreux visiteurs venus exprimer leurs condoléances, beaucoup dissimulaient mal leur curiosité morbide, remarqua Louisa. Bryan, déjà taciturne de nature, se contentait de leur adresser quelques mots et restait assis dans le salon au coin du feu, le regard perdu dans les flammes, un carnet et un crayon à portée de main. De temps à autre, il gribouillait une ou deux lignes avant de reprendre sa morose contemplation. C'était Luke qui faisait office d'hôte. Parfaitement à l'aise, il préparait les boissons, proposait de sonner pour faire monter des sandwichs et tenait discrètement les visiteurs au courant des dernières nouvelles. Loin de trouver cela fastidieux, il semblait y prendre plaisir. Autant que son costume, ses traits semblèrent se défroisser au fil des heures et il retrouva son air pimpant, l'œil tout brillant d'excitation.

Non qu'il fût sans cœur, songea Louisa. Mais c'était un être qui retrouvait tout son allant en société. Ou peut-être jouissait-il de son nouveau rôle d'hôte recevant dans un grand salon parisien. Louisa ne pouvait jurer qu'elle-même n'y aurait pas pris plaisir. Et elle ne pouvait pas non plus lui en vouloir, car Luke ne lui battait jamais froid : chaque fois qu'elle entrait dans la pièce avec un message de Diana pour son mari, ou afin de récupérer quelque chose pour sa maîtresse (en toute honnêteté, ce n'était souvent que des prétextes), Luke la rejoignait discrètement pour l'informer des derniers arrivants ou des conversations fébriles qui échauffaient tout le réseau téléphonique entre Paris et Londres.

Il fallait reconnaître que les invités qui circulaient dans l'appartement avaient de l'allure. Bryan avait cultivé des amitiés avec des écrivains, des artistes, des musiciens et même un ou deux acteurs. À Paris, cela ne manquait pas. Plusieurs furent admis dans la chambre bleue, et Louisa ne put s'empêcher de remarquer combien Diana était ravie de voir certains de ces originaux fréquenter sa demeure. Certes, son enfance à Asthall Manor, au cœur de la plus jolie des campagnes anglaises, n'avait pas manqué de charme : ses sœurs et elle ayant fait leurs études à domicile, elles avaient le temps de se prélasser sur un divan en lisant dans la bibliothèque ou de faire des promenades à cheval avec les chiens. Mais cela signifiait aussi de longues semaines ennuyeuses, sans autres visites que celles de cousins, oncles et tantes. Diana, en particulier, avait toujours aimé rencontrer de nouvelles têtes et entendre parler d'autres façons de vivre que la leur. Contrairement à Pamela, son aînée, et à Unity, sa cadette, elle avait confiance en elle, peut-être grâce à sa beauté, mais aussi grâce à tous les livres qu'elle avait dévorés, et il n'existait pour elle aucun sujet tabou. En fait, au lieu de la choquer, l'extravagance lui plaisait et excitait sa curiosité, son envie d'en savoir plus. En cela, Diana et Nancy se ressemblaient, et Louisa savait qu'elles s'étaient rapprochées, à mesure que Diana mûrissait ; Nancy s'empresserait peut-être de venir à Paris en apprenant la nouvelle. Si la mort de Shaun Mulloney avait été brutale, elle suscitait aussi une effervescence qu'une jeune femme comme Diana ne pouvait s'empêcher de trouver stimulante. D'autant plus en compagnie d'esprits aussi brillants que les amis de Bryan.

Durant cette première nuit après la mort de Shaun, plusieurs amis se réunirent dans la chambre bleue. Entourée de sa cour, Kate était couchée dans son lit, en simples liseuse et chemise de nuit, mais parée de bijoux, coiffée et maquillée avec art, et exprimant son chagrin avec la même distinction. Louisa était entrée avec un foulard en soie que sa maîtresse lui avait réclamé. Diana était assise au pied du lit, près d'un homme que Louisa ne reconnut pas, et elle lui fit signe de s'éloigner. Quand soudain, se ravisant, elle interrompit la conversation et lui lança d'un air dédaigneux :

— J'ai changé d'avis. Remplissez nos verres, voulez-vous. La bouteille est là-bas.

Ce n'était pas à Louisa de le faire et Diana le savait ; le majordome serait furieux, mais mieux valait obtempérer. Penché sur Diana, l'homme lui parlait d'un ton pressant, et elle semblait boire ses paroles. Gênée par cette intimité, Louisa détourna les yeux, mais elle entendit par mégarde ce qu'il disait: « Mussolini a de sinistres projets, et je pèse mes mots. Il exhorte chaque femme à faire le double d'enfants qu'elle souhaite porter pour accroître la population de l'Italie. Ceci dans un but guerrier, tu peux t'en douter. Si l'on n'y prend pas garde, ça risque de recommencer comme en 14. »

Troublée, Louisa espéra qu'il était mal informé et se faisait des idées. Elle alla prendre sur la table de chevet le verre de Kate, qui parlait avec Bryan. Assis au coin du lit, l'air impassible, ce dernier gardait les yeux fixés sur son épouse et l'homme avec qui elle s'entretenait tout en murmurant à Kate des paroles apaisantes.

— Je ne vois vraiment pas pourquoi une autopsie est nécessaire, disait Kate en jouant avec son collier de perles. Personne ne sera d'accord sur le lieu où elle devrait se dérouler: ici, en Angleterre ou en Irlande. À mon avis, le plus simple serait qu'il n'y en ait pas du tout. Ce qui est arrivé ne laisse aucune place au doute, et cela ne fera que retarder la date des obsèques.

On aurait dit qu'elle se parlait surtout à elle-même, mais soudain elle se tourna vers Bryan et lui lança vivement:

— Tu n'es pas d'accord?

Il tressaillit et quitta enfin son épouse des yeux.

— Si, si, bien sûr, tout à fait d'accord. Tu vas faire pour le mieux, j'en suis certain.

Kate parut un moment apaisée, et elle but une grande lampée du vin que Louisa venait de lui servir.

— Oui, dit-elle. Ce sera beaucoup mieux ainsi.

Ses devoirs accomplis, et sans autre instruction venant de Diana, Louisa quitta la chambre avec soulagement.

20

Enfin, à 19 heures ce soir-là, Louisa sortit dans la rue de Poitiers. L'air frais lui fit du bien, après la tension étouffante qui régnait à l'intérieur de l'appartement. Entre le feu qu'on alimentait en permanence dans les foyers et les cocktails qui coulaient à flots des shakers, l'atmosphère était devenue pesante. Fort heureusement, Diana s'était rendu compte que Louisa n'avait pas pris de congé depuis leur arrivée à Paris, et elle lui avait suggéré de s'accorder quelques heures de liberté, puisqu'elle-même et Bryan ne sortiraient pas dîner ce soir-là. Louisa avait aussitôt appelé Guy à la pension en laissant un message pour le prévenir qu'elle pourrait le retrouver à La Coupole, à Montparnasse. Elle se dit que s'il ne recevait pas le message à temps, elle pourrait au moins se sustenter tout en jetant un coup d'œil alentour. Quelque chose dans la mort de Shaun la contrariait ; elle ignorait si le simple fait de se rendre sur place, là où il avait pris son dernier repas, lui apporterait des réponses, mais elle n'avait pas de meilleure idée.

Grâce au Ciel, elle n'était là-bas que depuis une vingtaine de minutes, passées à admirer le plafond et les pilastres Art déco en essayant de deviner lequel avait été peint par Picasso, quand Guy, Harry et Mary entrèrent. Ils la repérèrent, lui firent signe et s'empressèrent de rejoindre sa table. Il y eut un joyeux désordre tandis qu'on déplaçait les tables et qu'on allait chercher une chaise afin que tous les quatre puissent s'asseoir ensemble. Enfermés qu'ils étaient dans leur bulle d'Anglais en goguette, ils ne tinrent pas compte de l'air renfrogné du serveur. On commanda une bouteille de vin, avec du pain et une soupe à l'oignon pour tout le monde.

— Voici donc la fameuse Coupole, dit Harry. J'avais hâte de venir ici.

— C'est donc un lieu connu ? demanda Mary. Et d'où lui vient ce renom ?

— Des tas d'artistes le fréquentent, dont beaucoup d'Américains. Ainsi que pas mal de musiciens de jazz, je pense.

— J'ai beaucoup entendu parler américain, depuis que je suis à Paris, ajouta Louisa. Je suppose qu'ils viennent ici pour boire tout leur saoul, à cause de la prohibition qui règne chez eux.

— Et aussi pour écouter du jazz, compléta Harry. Ils ont tous commencé ici, Hutch, Joséphine Baker… L'an dernier, ce gars, Gershwin, y a écrit *Un Américain à Paris*. Voilà pourquoi je suis venu. Pour devenir une star, trésor, conclut-il en faisant un clin d'œil à Mary, assise en face de lui, et il se pencha par-dessus la table pour l'embrasser.

Louisa était contente de les voir ensemble ; elle aimait bien Harry, qu'elle avait connu en même temps que Guy lorsqu'ils l'avaient secourue en la tirant de la voie ferrée où elle était tombée, il y a quelques années. Et même si elle avait éprouvé à l'égard de Mary une méfiance instinctive au début de sa collaboration avec Guy, car Mary était très jolie, avec ses cheveux coupés au carré et son nez mutin, Louisa avait dépassé ce sentiment et la considérait maintenant comme une amie vive et attachante. En fait, elle était aux anges de voir ces trois énergumènes refaire surface dans sa vie.

— Mais et vous ? Que faites-vous ici ? dit Harry. Vous seriez-vous mise à la trompette ou à la peinture ?

Si seulement, songea Louisa.

— Non, je suis de nouveau au service des Mitford. Diana s'est mariée, et elle est ici pour sa lune de miel. Je l'accompagne en tant que femme de chambre particulière.

— Oui, Guy nous l'a dit. Je parlais du restaurant. Pourquoi avez-vous choisi cet établissement ? C'est très avant-garde, venant de vous.

— Et alors ? Pourquoi ne serais-je pas d'avant-garde ? dit Louisa en feignant d'être indignée. Diana et ses amis ont dîné ici hier soir, et j'ai eu envie de connaître l'endroit. N'allez pas croire que c'est morbide de ma part, mais il s'avère que l'un d'eux est mort ce matin, à l'aube. Pour tout le monde, c'est un mauvais coup du sort dû à une intoxication alimentaire, mais moi, je m'interroge…

— Et vous vous êtes dit que vous trouveriez peut-être une réponse en venant ici ? demanda Mary.

— Je sais, c'est idiot, répondit Louisa en faisant la moue. Il était allergique au sésame, et j'ai cru que je pourrais vérifier s'il n'y en avait pas dans l'un des plats proposés. Sauf que le menu est en français, évidemment.

Pour le coup, elle se sentait stupide. Tout paraissait

on ne peut plus normal dans ce restaurant, et elle ne voyait vraiment pas ce qu'elle avait espéré y trouver. Un serveur à l'air louche ? Si elle n'y prenait garde, elle deviendrait le genre de personne qui fait des histoires pour un rien.

— Eh bien, je ne vais pas commander de fruits de mer ni boire l'eau du robinet, déclara Mary. L'avantage, c'est que vous nous avez avec vous, Guy et moi. On peut aussi veiller au grain. Nous sommes déjà sur une enquête, pour tout dire.

Ce fut au tour de Louisa d'être intriguée.

— Ah bon ? Je me demandais ce que vous faisiez à Paris.

Guy toussota nerveusement. Il était assis face à Louisa, mais jusqu'à présent il n'avait guère participé à la conversation.

— C'est suite à la disparition d'une jeune fille, Rose Morgan. Il se trouve qu'elle est peut-être à Paris.

— C'est donc une enquête officielle ?

— Pas vraiment, même si sa disparition a été signalée. Mon chef s'en désintéresse, mais ses parents sont très inquiets. Il m'est venu à l'idée de vous consulter à ce sujet.

Le serveur arriva avec leurs soupes à l'oignon.

— Moi ? Et pourquoi donc ? dit Louisa.

— Parce qu'elle travaillait comme servante, répondit Guy en gigotant un peu sur sa chaise. Je me suis dit que vous auriez peut-être entendu parler de quelque chose.

— Dans le genre ragots d'office, vous voulez dire ? remarqua-t-elle un peu sèchement, mais elle se reprit.

Comment en vouloir à Guy ? Il ignorait qu'elle avait essayé de progresser. Et il la retrouvait femme de chambre. Certes elle avait gravi un ou deux échelons dans la hiérarchie des employés de maison, mais elle restait une domestique. Non, il lui fallait se concentrer sur le fait qu'il avait demandé son aide sur une enquête. N'était-ce pas ce qu'elle voulait ?

— Vous feriez mieux de me dire tout ce que vous savez sur Rose Morgan, lui dit-elle, radoucie.

Guy lui fit part de toutes les informations dont il disposait, puis il sortit la photo.

— Elle me rappelle vaguement quelqu'un..., commença-t-elle en la scrutant, puis elle s'interrompit et la tint en l'air, à la lumière. Je pense qu'elle a changé de couleur de cheveux depuis que la photo a été prise, mais oui, je crois qu'elle travaille dans l'une des maisons de couture que Mme Guinness a fréquentées. Laquelle exactement, je ne saurais le dire... Mais c'était ou Louise Boulanger ou Molyneux. Oui, ça me revient maintenant : c'était chez Molyneux.

Quelle percée inespérée !

— Merci, vous êtes un vrai petit génie, lui dit Guy en la regardant, et Louisa crut un instant qu'il allait l'embrasser.

Mais non, bien sûr. Comment l'aurait-il pu ?

21

Louisa et Mary s'étaient excusées pour se rendre aux toilettes des dames, tandis que Guy et Harry attendaient l'addition. Ce dernier ouvrit le feu :

— Si je comprends bien, tu n'as pas parlé de Sinéad à Louisa ?

— Je n'ai rien caché, cela ne s'est pas présenté, voilà tout, répondit Guy en s'efforçant de ne pas être sur la défensive.

Durant la majeure partie du repas, ils avaient surtout évoqué Rose ainsi que d'autres servantes poussées au désespoir dont ils avaient entendu parler. Quand Louisa avait demandé à Guy comment il avait appris qu'elle séjournait à Paris, il lui avait fallu admettre qu'il l'avait découvert en appelant Mme Windsor à Swinbrook, sans souligner qu'il avait dû en passer par là, n'ayant plus aucune nouvelle d'elle. À dire vrai, Guy n'avait pas envie de savoir pourquoi Louisa n'avait pas cherché à le revoir, par crainte de gâcher le plaisir de leurs retrouvailles.

Harry ne fit aucun commentaire, mais c'était superflu. Guy savait à quoi s'en tenir. Sa loyauté à l'ancienne était l'une des raisons qui expliquaient leur solide et fidèle amitié.

N'empêche, Guy se posait des questions. Pourquoi s'être précipité, comme il l'avait fait, à Paris sur la base d'une simple intuition et de quelques mots échangés avec une petite fille ?

Cette seule pensée suffit à le rendre nerveux. Il avala trop vite son reste de vin et manqua s'étrangler. Harry l'observait avec un détachement amusé.

— J'ai comme l'impression que tu ferais mieux de cracher le morceau, et vite, se borna-t-il à dire.

Les deux jeunes femmes regagnèrent la table. Sans doute sur les conseils de Mary, Louisa s'était appliqué un peu de rouge à lèvres. Guy remarqua aussi pour la première fois qu'elle portait une jolie robe bleue qui lui arrivait presque au-dessus du genou, même quand elle était debout. Elle avait de belles jambes.

— Bon, je ferais mieux de ne pas tarder à rentrer, dit Louisa tout en s'asseyant.

— Comment ça ? protesta Harry. La soirée ne fait que commencer. Venez avec nous, on va aller dans un club. Être à Paris sans aller écouter du jazz, c'est impensable, ma chère petite. Il y a encore un ou deux endroits que je voudrais voir.

— Oui, Lou, venez avec nous, insista Mary. De grâce, ne me laissez pas seule avec ces deux zigotos.

— Bon, juste un verre, alors. Et puis je rentrerai. À 22 h 30, dernière limite.

À quelques rues de là, il y avait un night-club dont Harry avait entendu parler, et bientôt ils furent de nouveau réunis autour d'une table devant quatre cocktails, à quelques rangées de la piste de danse située devant l'orchestre. Guy avait fréquenté quelques lieux semblables à Londres pour écouter Harry, même si ce n'était pas le genre de sortie qu'il affectionnait. Il préférait aller au cinéma avec Sinéad, ou même rester assis au coin du feu avec sa mère, à lire un bon livre. Mais là, au milieu d'une faune parisienne sympathique et élégante, avec en fond sonore les notes coulées d'un air de jazz langoureux et en compagnie de ses amis, il se détendit. Louisa était assise à côté de lui, et sentir la chaleur qui émanait de son corps l'aidait à réfréner l'envie irrésistible qu'il avait de l'entourer de son bras et de la serrer contre lui. Quand l'orchestre entama un nouveau morceau, Harry et Mary se levèrent pour aller danser.

— Qu'est-ce que vous attendez ? leur lança Mary.

Guy regarda Louisa qui, visiblement, ne demandait que ça.

— Allons-y, lui dit-il d'une voix un peu rauque.

Danser était pour lui une activité encore plus insolite que boire des cocktails, ce qui le complexait un peu. Heureusement, le rythme de cette chanson lui était connu ainsi que les pas qui allaient avec. Rassuré, il prit Louisa par la main pour la conduire sur la piste. Enlacés et levant haut leurs mains jointes, ils évoluèrent au milieu des autres couples en accordant leurs pas. Les lumières étaient tamisées, la musique douce, les lèvres de Louisa dangereusement proches. Durant les premières minutes, ils dansèrent sans parler, sans même oser se regarder. Depuis le temps qu'ils se connaissaient et malgré ce qu'il avait éprouvé pour elle, jamais leurs corps n'avaient été aussi proches. Cela sema le trouble dans son esprit : il avait passé tant d'années à désirer ce moment, et maintenant qu'il était venu, Guy ne savait plus très bien ce qu'il ressentait. Quand il osa jeter un regard à la dérobée à Louisa, il se dit qu'elle pensait peut-être comme lui ; son expression était sereine, mais il devina, aux battements de ses cils, qu'elle aussi était en proie à une grande agitation intérieure. À cette pensée, il s'écarta soudain de Louisa, qui tressaillit.

— Pardon, dit-il. J'ai cru apercevoir Rose.

— Quoi ? Ici ?

— Non, ce n'était pas elle.

C'était un mensonge, mais il n'avait su que dire d'autre pour se tirer d'embarras. Elle le scruta d'un air intrigué.

— Je n'ai pas fermé l'œil de la nuit, je crois que je ferais mieux de rentrer, dit-elle enfin. Désolée, Guy. Ce fut un tel plaisir de danser…

Elle s'interrompit pour le regarder dans les yeux, et Guy sentit sa bouche devenir toute sèche.

— Vraiment, j'étais ravie de vous revoir, tous les trois. Mais je crois que je ferais mieux de rentrer, répéta-t-elle.

— Dans ce cas, je vous raccompagne, dit Guy.

— Ce n'est pas la peine. Je ne veux pas vous gâcher la soirée.

— Vous le voudriez que vous ne le pourriez pas. Et je refuse de vous laisser aller seule dans ce quartier, dit-il avec fermeté.

Après avoir dit au revoir à Mary et à Harry, ils allèrent récupérer leurs manteaux et se retrouvèrent dehors, dans l'air frais de la nuit. Les rues étaient luisantes d'humidité car il y avait eu une petite averse pendant qu'ils étaient au club, et les halos des réverbères projetaient un reflet d'un jaune trouble sur les trottoirs. Des femmes allaient par deux ou trois, outrageusement maquillées, très court vêtues, montrant leurs jambes gainées de bas couture. Une voiture se garait de-ci, de-là, loin des lumières et une femme se penchait par la vitre pour discuter avant de monter côté passager. Guy avait beau savoir que Louisa n'était pas une oie blanche, cette ambiance le mettait mal à l'aise. Bras dessus bras dessous, ils avançaient à vive allure. Une fois qu'ils eurent quitté Montparnasse pour déambuler sur le boulevard Raspail, Louisa lui dit qu'ils n'étaient plus très loin. Il ralentit un peu le pas et ils se mirent à parler.

— Vous restez encore combien de temps à Paris ? lui demanda-t-il.

— Je ne sais pas. Les Guinness étaient censés y passer quelques semaines avant de continuer vers la Sicile, sans moi, car je ne devais pas les accompagner dans cette étape de leur lune de miel. Mais avec ce qui est arrivé à M. Mulloney… Ils risquent de changer de programme. Et vous ?

— Je dois rentrer dès demain. Reprendre le collier. Quand vous rentrerez à Londres, pourrons-nous nous revoir ?

À cet instant, il s'arrêta de marcher. Louisa était nimbée par la lumière de la vitrine d'une boutique de mode, où deux mannequins rivalisaient d'élégance. Mais lui n'avait d'yeux que pour elle.

— Vous m'avez manqué.

— Vous aussi, vous m'avez manqué, Guy, dit Louisa en levant son visage vers le sien. Je regrette de ne pas avoir répondu à vos lettres. Pardon.

Ainsi, elle les avait bien reçues, songea-t-il.

— En vérité, je ne savais que dire, ajouta-t-elle. Je suis allée à Londres et rien ne s'est passé comme je l'espérais. J'ai tout raté. Je ne pouvais me résoudre à vous l'avouer. J'ai préféré aller de mon côté.

— Jamais vous ne pourrez me décevoir. Vous êtes bien la seule à…

Mais elle l'interrompit en posant ses lèvres sur les siennes. Un instant, il la serra contre lui en goûtant à la douceur de ce baiser, à la souplesse de son corps fléchissant contre le sien. Puis il s'écarta. Quand il parla, ce fut avec l'impression d'avoir la bouche remplie de coton.

— Je ne peux pas.

Elle ne dit rien, resta à le regarder d'un air perplexe.

— Je suis fiancé, lui dit Guy. Je regrette tellement.

Il la vit aussitôt se fermer. Elle remonta le col de son manteau en cachant presque sa bouche.

— Pourquoi ne pas me l'avoir dit plus tôt ?

— Je sais, j'aurais dû, mais je n'étais pas sûr du tout que vous ayez pour moi autre chose que de l'amitié. J'ignorais ce que vous éprouviez. Je ne l'ai jamais su.

— Eh bien, le mystère restera entier. Oubliez-moi, Guy. Nous ne nous retrouverons pas à Londres. Et vous pouvez me laisser là. Je sais où je suis, la maison n'est qu'à quelques pas.

— Louisa, s'il vous plaît.

— Non, je suis une grande fille.

Elle le quitta et descendit la rue, sans jamais se retourner.

22

Le lendemain, Guy et Mary se rendirent au salon de couture Molyneux pour se renseigner sur Rose Morgan. En approchant de l'adresse qu'on lui avait donnée, Guy se demanda si c'était la bonne. Même s'il travaillait dans le quartier de Knightsbridge, où se trouvaient certaines des boutiques les plus élégantes de Londres, il n'avait jamais eu à y entrer et s'en félicitait. Ces maisons de couture réservées à une clientèle triée sur le volet avaient effectivement plus l'apparence de maisons que de boutiques. Et il craignait d'y être reçu comme un chien dans un jeu de quilles par des vendeuses à l'air hautain qui auraient vite fait de le rabrouer. Quand Guy sonna chez Molyneux, il fut accueilli par une jeune femme qui les toisa, Mary et lui, des pieds à la tête et leur fit clairement comprendre qu'ils n'étaient pas les bienvenus. Après s'être excusé de ne parler qu'anglais, il demanda à voir M. Molyneux.

— Avez-vous rendez-vous ?

Guy dut admettre que non.

— Alors il vous faudra revenir. Monsieur ne reçoit personne, je dis bien personne, sans rendez-vous.

Guy savait que ce qu'il s'apprêtait à faire n'était pas vraiment légitime, mais qu'il soit damné s'il tolérait qu'on le chasse comme un chien errant.

— Nous sommes de la police britannique, madame. Nous enquêtons sur la disparition d'une jeune fille dont il se pourrait qu'elle travaille chez vous.

Ils durent attendre une demi-heure avant que le grand couturier vienne les rejoindre, impatient et distrait.

— Une tête couronnée attend de l'autre côté de cette porte que je lui ajuste sa robe, dit-il en surprenant Guy par son anglais sans accent.

S'il croyait les impressionner ainsi, c'était réussi. Mary sembla oublier les raisons de leur venue, et Guy vit qu'elle essayait de deviner de quelle noble tête il pouvait s'agir. S'il n'y prenait garde, elle se glisserait comme une souris derrière cette porte pour jeter un coup d'œil.

— Nous avons des raisons de croire qu'une jeune femme portée disparue, Rose Morgan, travaille chez vous.

Guy lui montra la photographie. Molyneux y accorda un bref regard et secoua la tête.

— J'ai du mal à vous répondre avec certitude. Beaucoup de jeunes filles franchissent cette porte en quête d'un travail. Elle n'a pas le physique requis pour être vendeuse chez nous. Peut-être aux ateliers ?

— Nous avons interrogé la fille de son ancienne patronne, Mlle Muriel Delaney. La tante de cette enfant est bien votre épouse ?

— Muriel ! Une charmante petite fille. L'est-elle toujours ?

— Oui, dit Mary. L'avez-vous vue récemment ?

— Non, pas depuis des années. Elle est venue à mon mariage en 1923. Mais sa tante et moi avons divorcé en 1924. Je ne l'ai pas revue depuis et je n'ai eu aucune nouvelle de la famille, encore moins de leurs domestiques. Bon, veuillez me pardonner, mais je suis débordé.

Il claqua dans ses doigts et fit signe à l'assistante, qui s'empressa d'accourir.

— Trouvez-moi la soie jaune, s'il vous plaît.

L'entrevue était terminée.

Tandis qu'ils attendaient dans le hall près de la porte d'entrée qu'on apporte à Mary ses manteau et chapeau, Guy se sentait découragé. Il avait tant espéré un résultat, après ce que Louisa leur avait dit. Une autre assistante les rejoignit avec les affaires de Mary, mais elle affichait une expression plus inquiète qu'hautaine, et quand elle parla, ce fut dans un anglais sans accent.

— J'ai appris que vous recherchiez quelqu'un ? demanda-t-elle.

— En effet, dit Mary, et elle fit signe à Guy de montrer la photographie. Reconnaissez-vous cette jeune fille ?

— Oui, opina l'assistante. C'est Rebecca. Monsieur ne pouvait savoir qui elle était, car elle travaillait aux ateliers et elle est blonde, à présent.

— Pourquoi parlez-vous au passé ?

— Parce qu'elle est partie hier, répondit l'assistante, puis elle sembla prendre son courage à deux mains. À vrai dire, ce fut très soudain. Peut-être avait-elle appris que vous étiez à sa recherche ?

Guy songea à la serveuse du bar… et si elle avait prévenu Rose ? Bon sang.

— Sa famille veut juste savoir si elle est saine et sauve, répondit Guy, fâché contre cette Rose Morgan qui s'ingéniait à brouiller les pistes. À quoi bon leur créer tous ces tracas ?

— Peut-être pourriez-vous au moins les rassurer en leur disant qu'elle va bien ? suggéra la jeune femme.

— Auriez-vous une adresse où nous pourrions la joindre ?

— Non. Elle était très discrète. En fait, je ne la connaissais pas très bien, mais j'ai pensé que vous deviez être mis au courant. Je regrette. Je n'ai rien de plus à vous dire.

TROISIÈME PARTIE

1930

23

Pour fêter leur premier anniversaire de mariage, Diana et Bryan avaient accepté une invitation de Kate Mulloney, qui avait réservé tout un étage de l'hôtel Excelsior au Lido, à Venise. Louisa n'aurait su dire quelle était la situation de Mme Mulloney auparavant, mais maintenant qu'elle était veuve, elle se retrouvait à la tête d'une immense fortune. La mort de son mari avait été relatée dans la presse comme une tragédie, une fatale réaction allergique ; le fait que Kate eut été tellement ivre qu'elle avait perdu conscience et n'avait pas appelé d'ambulance à temps avait été diligemment exclu des articles, et elle restait une personnalité très en vue dans la haute société londonienne. Après une année passée aux côtés des Guinness, Louisa avait acquis une nouvelle perception de ce qu'était la richesse, du point de vue des riches. Elle comprenait mieux pourquoi les filles Mitford s'étaient plaintes de leur pauvreté. Du temps d'Asthall Manor, pour elle qui était la simple fille d'une lingère et d'un ramoneur, la famille lui avait semblé rouler sur l'or. Mais à présent qu'elle avait passé un an au service de Diana, elle savait à quoi s'en tenir.

Être riche, cela supposait par exemple d'avoir les derniers articles à la mode dans sa garde-robe au lieu des modèles confectionnés par la couturière du coin. Pourvue d'un carnet de chèques, Diana avait rapidement développé un style bien à elle qui mettait en valeur sa silhouette (elle faisait d'ailleurs très attention de garder la ligne) : un style net, sans fioritures, même si elle aimait les jabots et les poignets à volants, dans de somptueux tissus en cachemire, laine, lin ou soie, et de teintes claires et foncées fortement contrastées ; sa tenue préférée était une capeline blanche en velours sur une longue redingote noire. Quant à Bryan, ce n'était pas un dandy, mais il aimait ajouter une touche moderne à son style vestimentaire, pour accompagner dignement l'élégance de son épouse. Ses beaux costumes venaient par tradition de Savile Row, mais il y ajoutait certains détails, tels que des cravates à nœuds étroits et des vestes portées ouvertes, ou même pas de veste du tout, ainsi que des chemises à manches relevées : sa façon à lui d'échapper aux conventions en adoptant une allure un peu bohème.

Louisa aimait bien l'époux de sa maîtresse : il était sans prétention, modeste et gentil, un peu gêné même par sa position de jeune privilégié, devinait-elle. En fait, il avait bien essayé de travailler. Il avait obtenu ses diplômes de droit peu après son mariage, et était entré dans un cabinet en tant qu'avocat, mais il avait vite découvert qu'on ne lui confiait aucun dossier à traiter, le clerc jugeant que les autres avaient plus besoin que lui de gagner leur vie. Aussi le jeune couple était-il généralement libre comme l'air, d'où de fréquents séjours à Paris ou en Irlande, où le père de Bryan leur prêtait une vaste demeure à Knockmaroon. Ils étaient revenus à Paris à la fin de l'année dernière avec Nancy, qui écrivait à présent son premier vrai roman. Elle leur rendait fréquemment visite, souvent accompagnée d'écrivains d'un certain renom, dont le moindre n'était pas Evelyn Waugh. Ce dernier semblait croire qu'en tant qu'auteur Nancy avait une carrière aussi prometteuse que la sienne. Lui-même venait de publier un nouveau roman, *Vile Bodies*[1], qu'il avait dédié à Diana et Bryan... au grand dam de Nancy, se doutait Louisa.

Presque tous les week-ends se passaient à la campagne en compagnie d'amis, à chasser ou à s'exercer au tir durant les mois d'hiver. Quand ils étaient à Londres, dans leur maison de Buckingham Street (qui s'avérait en réalité à peine plus vaste qu'une maison de poupée), Diana et Bryan se rendaient au théâtre presque tous les soirs. Il arrivait aussi que Diana aille à des concerts avec son frère Tom, ainsi qu'à des dîners, dans des clubs ou à des bals. Et les époux Guinness donnaient eux-mêmes des soirées sophistiquées. Pour les dix-neuf ans de Diana, durant l'été 1929, ils avaient organisé une fête « 1860 », avec plus d'une centaine d'invités, où les femmes étaient tenues de porter d'immenses robes à crinoline. Un mois plus tard, ils organisaient une fête tropicale tout aussi extravagante à bord du *Friendship*, le yacht familial des Guinness. Chaque fête était commentée le lendemain dans la presse et souvent illustrée d'une photo de la « ravissante et très

1. *Ces corps vils*, traduit de l'anglais par Louis Chantemèle, 1947, Éditions R. Laffont.

honorable Mme Guinness ». Souvent, mais pas toujours, ces articles étaient de Luke Meyer.

Luke était toujours l'ami de Louisa et de Diana. À la suite de l'aveu de Guy qu'il était fiancé, un choc qu'elle avait eu du mal à encaisser, Louisa avait eu plus que jamais besoin de cette amitié, tout en soupçonnant fortement qu'elle ne se transformerait jamais en idylle romantique. Tant mieux, car on ne m'y reprendra pas de sitôt, songeait-elle, mal remise de sa déception. D'ailleurs, une fois mariée, elle n'aurait pu rester au service de Diana. Soit, elle n'était toujours qu'une simple domestique, mais elle avait découvert que son travail lui plaisait par bien des côtés. D'abord, il n'était guère pénible. Elle ne pouvait même pas se plaindre du manque de sommeil comme d'autres femmes de chambre pouvaient le faire, car certes, si Diana rentrait souvent tard et que Louisa devait être prête à l'aider à se déshabiller et à se préparer pour la nuit, elle aussi pouvait se lever tard le lendemain. Il y avait un peu de lavage et de repassage à faire, et il fallait veiller au bon état des chaussures, gants et chapeaux de Diana, mais c'était finalement un genre de vie assez proche de celui des gens de la haute, car elles allaient souvent faire les boutiques ensemble, que ce soit en vue de diverses sorties et réceptions mondaines ou en prévision de déplacements. Naturellement, quand Diana était en voyage, Louisa l'accompagnait, et les domestiques des demeures où on les recevait lui témoignaient le respect dû à sa fonction : pendant les repas à l'office, elle était souvent placée à la droite du majordome. D'ailleurs elle s'amusait toujours de constater combien la domesticité était plus à cheval sur le protocole et la hiérarchie que ceux pour lesquels elle travaillait. Tard dans la nuit, Diana lui racontait parfois que les jeunes gens de la haute société, femmes et hommes confondus, aimaient enfreindre les règles de leurs parents, par exemple en ne suivant pas le code établi concernant les placements à table selon les titres. Un soir, une rebelle avait même refusé de quitter la pièce avec les autres femmes après le dîner, et elle était restée avec les hommes à boire du porto, lui avait rapporté Diana en pouffant de rire.

Unity, Decca et Debo, les plus jeunes des filles Mitford, venaient parfois à Londres, et Louisa les emmenait se promener, pour leur plus grande joie. Diana adorait ses sœurs cadettes, et elles étaient subjuguées par son éclatante beauté. L'impression de faire partie de leur bande, d'être complice de leurs taquineries et plaisanteries, procurait à Louisa un immense plaisir. Quant aux autres aspects de la vie de Diana, Louisa savait qu'elle n'y jouait aucun rôle, sinon celui de servir. Pourtant elle avait la sensation de mener elle aussi la grande vie, par exemple en apprenant souvent les derniers potins mondains avant qu'ils paraissent dans la presse. Une ou deux fois, tout en s'en voulant un peu, elle avait transmis à Luke une anecdote, mais jamais rien qui concerne Diana ou Bryan. Certes elle ne guérissait pas les malades et ne se portait pas candidate pour entrer au Parlement, comme ces audacieuses dont on parlait dans les colonnes des journaux, mais comparé à ses débuts dans la vie, Louisa trouvait qu'elle avait progressé, ne serait-ce qu'en voyageant davantage et en élargissant son cercle de connaissances, qui comptait des gens fascinants, plus qu'aucun de ses ancêtres n'y était parvenu.

Il y avait juste une petite ombre au tableau : Louisa n'aimait pas Diana.

Elle n'aurait su dire exactement pourquoi, ni même quand cela avait commencé à se gâter. Diana était d'une exquise gentillesse avec elle, jamais autoritaire ni trop exigeante. Mme Mackintosh, surnommée Mme Mack, l'excellente cuisinière qui officiait à Buckingham Street, était dévouée jusqu'à la servilité à sa maîtresse, tout comme May, la femme de chambre qui travaillait autrefois pour les parents de Bryan. Diana n'était pas non plus ennuyeuse ni stupide, mais cultivée, très au fait des derniers artistes, écrivains ou hommes politiques du moment, et elle avait des opinions bien tranchées. Elle était aussi très belle, évidemment, plus encore maintenant qu'elle était mariée, son visage ayant perdu un peu de sa rondeur enfantine au niveau du menton et des pommettes, même à présent qu'elle approchait du terme de sa grossesse. Elle était parfois entêtée et s'accrochait à son point de vue même quand elle était à bout d'arguments, mais on pouvait en dire autant de Nancy, pour qui Louisa avait malgré tout beaucoup de tendresse. Non, c'était davantage une sorte de froideur que Louisa décelait en elle, et qui ne s'adoucissait pas, même au contact d'un chaleureux témoignage d'affection. Il était possible qu'à la racine de ce mal il y ait l'amour fou que Bryan vouait à sa femme, hélas non payé de retour. Louisa avait pitié de lui. Plus d'une fois, elle avait trouvé Diana endormie sur son lit dans l'après-midi. Près de son oreiller jonché de pétales de rose, Bryan avait déposé pendant son sommeil un nouveau poème d'amour qu'il avait écrit pour elle. Ces attentions pouvaient passer pour affectueuses ou oppressantes, selon les points de vue, mais elles partaient en tout cas d'une bonne intention, et Louisa en voulait à Diana de cette suffisance un peu hautaine qu'elle montrait face à l'adoration de son mari.

Diana étant enceinte et le bébé devant naître début mars, Louisa se sentait obligée de garder son emploi. D'ailleurs, à dire vrai, et malgré cette difficulté, elle avait du mal à envisager sérieusement d'y renoncer : elle disposait d'un toit, d'une chambre confortable en plein centre de Londres, d'un travail facile avec des opportunités de voyager… Quand elle repensait aux logements sordides dont elle avait dû se satisfaire durant tout le temps qu'elle avait passé loin des Mitford, sans parler des longues heures de travail à l'atelier de couture et des mains baladeuses de son patron, elle avait la nausée. Non, il fallait rester avec Diana et la suivre, sinon à l'autre bout du monde, du moins jusqu'à Venise.

24

La première fois que Louisa était allée chez les Mitford, dans leur jolie demeure des Cotswolds, la beauté de la campagne anglaise l'avait frappée, même au cœur d'un hiver glacial. Ce souvenir pittoresque fondit comme neige au soleil quand elle arriva à Venise.

Le trajet avait été long, encore plus long pour Louisa et Turner, le chauffeur et valet particulier de Bryan (qui n'aimait pas dire qu'il avait un valet, même s'il appréciait d'avoir quelqu'un qui lui cire ses chaussures et lui prépare la tenue de rigueur pour les sorties mondaines). Tous les deux étaient partis un jour plus tôt que Diana et Bryan, en prenant le train pour Douvres, puis le ferry, puis encore un train de Calais à Paris. Une fois là, ils avaient traversé la capitale française plus facilement qu'on n'aurait pu le croire ; comme Louisa portait la petite valise qui contenait les bijoux de Diana, Bryan leur avait donné de quoi prendre un taxi, et munis du Cook's Continental Timetable, le guide de référence contenant tous les horaires de trains et de ferries, ils avaient pris un autre train pour Venise, avec un changement à Milan.

Turner n'était guère causant, à part sur des sujets tels que la mécanique automobile ou la philatélie (il avait un classeur en cuir rouge contenant sa collection, sur lequel il veillait comme s'il s'agissait des joyaux de la Couronne), mais une fois surmontées les petites épreuves consistant à savoir quel train prendre et sur quel quai, Louisa fut contente de lire son livre et de profiter paisiblement du voyage. Le paysage de France en janvier n'était pas particulièrement admirable, offrant une vaste étendue de champs de terre brune rompus de-ci de-là par des haies d'arbres dénudés. De Milan, elle ne vit que la gare, même si les affiches en italien suffirent à lui donner de délicieux frissons d'impatience. Quand ils arrivèrent à Venise, Louisa fut déçue de voir, au lieu de l'eau, des rues pavées et une circulation aussi dense qu'à Londres.

Turner et elle rejoignirent Diana et Bryan à leur descente de l'Orient-Express et transportèrent leurs nombreux bagages dans un deuxième taxi, qui roula pendant un laps de temps étonnamment court avant de s'arrêter devant le front de mer. Alors, seulement, Louisa comprit qu'ils n'avaient pas encore atteint leur destination finale.

— Le trajet en train était divin, dit Diana, une main délicatement posée sur son ventre arrondi tandis qu'ils se tenaient au bord de l'eau, mais je suis épuisée. On a fait la fête durant tout le voyage. J'espère que le vôtre a été moins fatigant.

Elle allait continuer à bavarder quand Bryan l'entoura de son bras.

— Mon amour, laisse-moi te faire découvrir cette merveilleuse cité.

Posément, il l'entraîna à l'écart et ils restèrent enlacés tandis qu'on attendait les deux canots à moteur.

Une fois Diana et Bryan montés dans l'un, Louisa, Turner et les bagages embarquèrent dans l'autre en les suivant de près. Bas sur l'eau et de la taille d'une longue automobile, les canots avancèrent à une allure pondérée, d'abord sur un canal délimité par de hauts poteaux avant de s'engager soudain dans un autre canal large comme une avenue, bordé de palais vénitiens. Ces bâtiments étaient délicieusement surannés, avec des enduits aux couleurs fanées et d'épaisses fenêtres à petits carreaux ornées de jalousies ; à travers des portails en fer forgé, on apercevait des jardins endormis dans la froidure implacable de l'hiver. Quand Louisa reconnut le pont du Rialto, d'après des tableaux de Canaletto qu'elle avait vus à la National Gallery, elle comprit qu'ils se trouvaient sur le fameux Grand Canal. L'eau reflétait un ciel d'un gris de métal, pourtant Louisa se sentait aussi exaltée que par un jour de plein été. Quand ils passèrent devant ce qui devait être la place Saint-Marc, elle aperçut le palais des Doges et son incroyable toiture en plomb, dominés par l'élégant Campanile, ainsi que le dôme de la basilique Saint-Marc. Les Italiens, en manteau foncé étroitement ceinturé et chapeau incliné bas sur la tête, marchaient sur les minces trottoirs qui bordaient le canal, et il semblait presque saugrenu qu'ils puissent ainsi vaquer à leurs banales occupations quotidiennes, à peine conscients de la beauté du décor qui les entourait. Louisa et Turner étaient assis à l'air libre. Diana se retourna pour leur faire signe, tout sourire, et ils devinèrent, à la façon dont elle remua les lèvres, qu'elle leur disait « Merveilleux, non ? ». Louisa ne put que répondre à son sourire et hocher la tête d'un air ravi.

Comme ils ne séjournaient pas sur l'île principale de Venise, mais au Lido, les canots continuèrent par-delà l'embouchure du Grand Canal en croisant d'autres petits archipels, et ils accostèrent à un ponton réservé aux seuls clients de l'hôtel Excelsior. Des porteurs en livrée bordeaux et bleue vinrent à leur rencontre pour prendre les bagages, et ils gagnèrent le hall immense de l'hôtel en s'extasiant avec emphase. Louisa et Turner restèrent à l'écart tandis que M. et Mme Guinness remplissaient une fiche au bureau de la réception, aussi imposant que l'autel de la cathédrale de Canterbury. Louisa prenait lentement conscience que le vaste édifice qu'ils avaient vu de l'extérieur, semblable à un palais vénitien tout en largeur, était en fait l'hôtel lui-même. Les plafonds du grand hall étaient trop hauts pour qu'on puisse en discerner la couleur, les escaliers monumentaux évoquaient la descente majestueuse d'une impératrice dans ses plus beaux atours, et les autres clients semblaient tout droit sortis du dernier numéro de *Vogue*. Béate d'admiration, Louisa repéra Luke de l'autre côté du hall avec un certain soulagement, même s'il semblait en compagnie d'une femme plus âgée, à l'allure passablement excentrique. Luke lui fit signe, traversa le hall pour venir saluer Diana et Bryan, puis rejoignit Louisa.

— Mademoiselle Cannon, puis-je vous présenter à ma tante, lady Boyd ? Tante, Mlle Cannon est la femme de chambre attitrée de Mme Guinness.

— Ah oui ? dit lady Boyd.

L'œil humide, le menton décidé, dotée d'un physique

assez quelconque, la tante de Luke se faisait surtout remarquer par sa tenue de style 1900 et son chapeau : large et très haut sur la tête, avec un bord relevé orné d'un gros chrysanthème en soie jaune, il était bien loin des petites cloches ajustées que Diana et ses amies affectionnaient. Des frisottis gris s'en échappaient un peu follement. Louisa lui trouva quelque chose de vaguement familier, mais peut-être était-elle simplement représentative d'un certain type de veuve à l'ancienne mode qu'on voyait souvent. Elle détailla Louisa des pieds à la tête et lui adressa un petit sourire contrit.

— Comment allez-vous ? Je vous prie de m'excuser, mais je dois vérifier avec le concierge que tout est bien organisé pour notre visite du Rialto, demain.

Luke la regarda traverser le grand hall comme si c'était un hangar d'aéroplane, et il revint à Louisa.

— Je suis bien content de vous voir, dit-il. Nous sommes ici depuis trois jours, et les autres n'ont commencé à arriver qu'hier soir. Si jamais on m'oblige à jouer encore une partie de gin rummy, je m'en vais me jeter du haut du Campanile.

— J'ignorais que vous l'amèneriez avec vous.

— En fait, c'est plutôt elle qui m'a amené. Mon rédacteur en chef ne voulait pas payer mes frais, même si je suis bien certain qu'il appréciera les articles que je vais lui télégraphier, et je n'aurais pas pu me le permettre. Par conséquent, j'ai suggéré à cette bonne vieille tantine qu'elle méritait de petites vacances, après tout le travail qu'elle avait abattu durant la Noël, et que nous pourrions visiter ensemble ces merveilleuses églises vénitiennes.

— Quel travail ? demanda Louisa, intriguée, car elle

ne connaissait guère de dames de la noblesse gagnant leur vie par ailleurs.

— On fait appel à elle quand une hôtesse désire un menu sortant de l'ordinaire pour une fête quelconque, même si elle ne prépare rien elle-même. Oh, Diana vous fait signe, il faut que vous y alliez. Je crois que tout le monde va dîner ici ce soir, dans les appartements de Kate. Elle n'est arrivée qu'hier.

— Pas moi, fit platement remarquer Louisa.

— Non. Mais j'essaierai de vous rejoindre plus tard.

— J'espère que vous trouverez quelle chambre on m'aura attribuée, car moi-même je n'en sais encore rien.

— Sans doute pas très loin des nôtres. Nous avons réservé les moins chères, dit Luke en lui faisant un clin d'œil, puis il adressa un petit signe aux Guinness et s'en alla retrouver sa tante.

Quant à Louisa, elle rejoignit Diana, qui semblait très impatiente de lui parler.

— Il y avait un message pour nous, dit-elle, les joues rosies par l'excitation. Nancy est là aussi. Elle a rompu avec Hamish et elle a besoin qu'on la console.

— Est-elle seule ?

— Non, grâce au Ciel, elle est venue avec Tom, et une autre amie, Clara Fischer. Elle a un drôle d'accent. Juive, semble-t-il.

— C'est une Américaine, dit Louisa. Une actrice. Elle était à la fête donnée pour Pamela il y a quelques années quand…

Elle s'interrompit et regarda Diana en espérant qu'il serait superflu d'en dire davantage.

— Quand quoi ?

— Quand l'ami de Nancy a été tué, murmura-t-elle.

— Mon Dieu, dit Diana en faisant la moue. J'espère que ce n'est pas un oiseau de mauvais augure.

— Mais non, voyons, assura Louisa.

En quoi elle se trompait.

25

Diana et Bryan disposaient d'une suite de trois pièces avec salle de bains qui donnait sur la mer et le panorama le plus grandiose que Louisa eut jamais vu. En plus d'immenses fenêtres en ogive, il y avait aussi un balcon, même s'il faisait trop froid pour s'installer dehors.

— N'est-ce pas bizarre pour nous de venir ici à cette période de l'année ? dit Diana à l'adresse de son mari.

— Kate s'ennuie ferme et elle a de drôles d'idées, répondit-il. Notre anniversaire de mariage lui a servi de prétexte, n'est-ce pas, ma femme chérie ?

Il allait l'embrasser quand Diana lui fit signe qu'ils n'étaient pas seuls pour l'en dissuader.

— Bon, je vais descendre voir si d'autres sont par là. Il y aura bien quelque chose de prévu pour le déjeuner, j'imagine.

— Moi, je vais donner un coup de fil à Nancy et je vous rejoins, dit Diana.

Mais pile au moment où Bryan s'apprêtait à sortir, voici que Nancy et Tom firent leur entrée, avec Clara à leur suite. Tom était réjouissant à regarder : à tout juste vingt et un ans, il avait l'élégant profil et les beaux cheveux de son père. Seul et unique garçon de la fratrie, il avait pourtant bon caractère et se montrait moins enclin que ses six sœurs à faire de la vie une scène de théâtre. Comme elle l'avait dit à Diana, Louisa se souvenait bien de Clara, qu'elle avait rencontrée à la fin de 1925, quand il s'était produit un drame qui avait bouleversé la famille : durant la fête donnée pour les dix-huit ans de Pamela, un jeune homme, Adrian Curtis, avait été poussé du haut du clocher de l'église située tout près du manoir des Mitford. Il s'en était suivi des mois assez pénibles durant lesquels plusieurs des invités avaient été suspectés. Mais cette période éprouvante avait aussi été pour Louisa un temps de révélation, car elle avait découvert pour la première fois le plaisir de danser sans retenue, alors qu'elle accompagnait Pamela au 43, un night-club à la réputation sulfureuse. Là, dans la semi-pénombre, les différences entre les classes sociales s'étaient effacées… de façon bien éphémère. Clara, qui faisait partie du cercle d'amis de Nancy Mitford, était une actrice américaine au physique de star de cinéma, même si elle était un peu trop timide pour qu'on l'imagine occuper le devant de la scène.

Certes la froide lumière de janvier n'était guère flatteuse, mais Louisa trouva que Clara avait beaucoup perdu de son éclat. Elle avait toujours été mince comme l'exigeait la mode, mais aujourd'hui elle avait trop maigri, et son visage s'était émacié, creusé même.

Après de grandes démonstrations d'amitié entre Diana et les nouveaux arrivants, chacun dit bonjour à Louisa, et Nancy ne put s'empêcher de demander :

— Y en a-t-il d'autres que toi qui aient amené leur femme de chambre ?

— Seulement moi, mais dans mon état, tu comprends…, répondit Diana comme s'en excusant.

Pourtant Louisa savait qu'elle s'était vite habituée à l'avoir sous la main, enceinte ou pas. Néanmoins, elle préféra les laisser en prétextant qu'elle devait défaire les bagages et passa dans la pièce à côté. Là, elle ouvrit les valises en déballant les nombreuses robes et jupes, dont chacune avait été soigneusement repassée et enveloppée de papier de soie, mais comme la porte intermédiaire était restée ouverte, elle put facilement suivre la conversation.

— Je ne m'attendais pas à ce que tu sois aussi énorme, déclara Nancy avec emphase en insistant sur l'adjectif, avec ce ton taquin qui pouvait s'avérer si blessant.

— D'après le médecin, tout évolue normalement. Je suis désolée d'avoir appris la nouvelle, pour Hamish et toi, répliqua Diana, cherchant à la piquer de son dard en retour.

Il y eut un bref silence. Connaissant bien les deux sœurs, Louisa devina que Nancy cherchait à se tirer de cet écueil avec dignité. Car la dernière chose qu'elle voulait au monde, c'était que sa sœur cadette (riche et mariée) la prenne en pitié.

— Oh, ne t'en fais pas. Tout a repris son cours normal entre nous. C'est reparti de plus belle.

— Alors que signifie ce mot que tu m'as envoyé ? Tu disais que vous aviez rompu.

— Eh bien, j'étais en rage… J'ai eu soudain une furieuse envie de bague en diamants et de fiançailles officielles. Et puis ça m'est passé.

— Naunce, est-ce que c'est sérieux ? Il ne sera

pas capable de te rendre heureuse de la façon dont un homme est censé…

Satisfaire son épouse, aurait dû dire Diana, mais elle s'interrompit sans oser aller plus loin. Même si elle avait pris de l'assurance face à sa sœur aînée, dans le fond, leurs rapports restaient inchangés.

— Tu veux parler de ses toquades d'adolescent ? Oh, je n'y ai jamais attaché d'importance. Tous les collégiens passent par ce genre de phase, non ?

— Dans le cas d'Hamish, c'est plus qu'une passade, si tu veux mon avis, intervint Tom.

Sa voix basse et profonde surprit Louisa, qui l'avait toujours considéré comme un gamin. Or c'était maintenant un homme fait, mais elle ne l'avait pas vu grandir, car, contrairement à ses sœurs, il était interne et ne venait à Asthall Manor que pour les vacances.

Quand Louisa rapporta plus tard cette conversation à Luke, il la commenta avec une sorte de jubilation : « Certaines rumeurs prétendent que Tom et Hamish… à Eton, vous saisissez ? » Louisa avait d'abord refusé d'y croire, mais Luke avait été inflexible, et elle avait dû concéder qu'il était mieux placé qu'elle pour en parler. Elle savait à présent que lui-même préférait les hommes aux femmes, mais, loin d'en être déçue, elle se réjouissait de la liberté que cela donnait à leur amitié.

Louisa fourrait les embauchoirs en bois dans les diverses chaussures de Diana quand elle entendit les murmures de la conversation se muer en exclamations de bienvenue. Luke était entré dans la pièce et, manifestement, Nancy était ravie de le voir. Elle le présenta à Clara et à Tom. Or Louisa était certaine que Luke lui avait dit avoir déjà rencontré Tom, pourtant les deux jeunes hommes firent comme s'ils se voyaient pour la première fois.

— Lou-Lou ? l'appela Diana.

Elle qui lui donnait rarement ce surnom le faisait maintenant en présence de Nancy, qui l'avait baptisée ainsi des années plus tôt.

— Oui, madame Guinness ? dit Louisa en entrant dans la pièce.

— Nous allons en promenade jusqu'à la place Saint-Marc. Venez avec nous. Si je suis fatiguée et que j'ai besoin de m'asseoir un peu, j'apprécierai d'avoir votre compagnie.

— Bien madame. Je vais chercher vos affaires.

En sortant de sa chambre une demi-heure plus tard, après avoir pris ses manteau et chapeau, Louisa tomba sur Luke et lady Boyd. Leurs chambres étaient effectivement situées près de la sienne, car, ne disposant pas des moyens des Guinness et des Mulloney, ils n'auraient pu se permettre de telles dépenses.

— Rebonjour. Accompagnez-nous donc, lui proposa Luke, ce qui lui valut aussitôt un regard désapprobateur de lady Boyd qui n'échappa pas à Louisa.

— Êtes-vous déjà venu à Venise ? demanda-t-elle sans en tenir compte, tout émoustillée à l'idée d'aller visiter la place Saint-Marc.

— Jamais, répondit Luke. Mais vous, ma tante, vous y êtes déjà venue, n'est-ce pas ?

— Oui, avant la guerre, confirma-t-elle d'une voix empreinte de nostalgie à ce souvenir. Sir William Boyd et moi-même, nous séjournions au Gritti Palace, dans une suite qui donnait sur le Grand Canal.

— Depuis, c'est plutôt la pente descendante, murmura Luke à Louisa en faisant la grimace.

Elle se mit à rire sottement, mais s'arrêta net quand lady Boyd la fusilla du regard.

— Voyons, Luke, tu n'es pas assez couvert et tu risques de prendre froid, dit lady Boyd à son neveu. Pourquoi ne pas mettre ce joli cache-nez que je t'ai offert ?

— Pas la peine, ça ira très bien, répondit patiemment Luke en levant les yeux au ciel tandis que sa tante les dépassait en hâtant le pas.

Dans le hall, Diana, Bryan, Nancy, Tom, Clara et Kate Mulloney étaient réunis, ainsi que trois ou quatre autres personnes que Louisa ne connaissait pas et qui s'étaient sans doute jointes à l'excursion durant la dernière demi-heure. Louisa resta à l'écart pendant que lady Boyd délivrait des instructions à la petite troupe d'un air guindé, puis ils furent tous conduits par Kate Mulloney jusqu'à l'embarcadère de l'Excelsior, où un canot aux couleurs de l'hôtel les attendait pour les emmener jusqu'à la place Saint-Marc. Par chance, le temps était sec, mais il faisait froid et les membres de la petite bande étaient presque tous coiffés de toques et emmitouflés dans des étoles et des capes en fourrure : pour Kate, un long manteau de vison qui lui donnait l'air d'une star de cinéma plus que Clara n'y parviendrait jamais. Louisa repensa brièvement au petit revolver que Kate gardait dans sa mallette, sans s'attarder toutefois sur cette image. Si Kate avait éprouvé le besoin de se munir d'une arme pour se protéger, elle devait avoir ses raisons. Tout ce petit monde bavardait avec entrain.

Luke en particulier semblait éprouver une joie enfantine à faire ainsi partie de la bande. Louisa tourna son regard vers les îles qu'ils croisaient et l'embouchure toute proche du Grand Canal. Perdue dans ses pensées, elle resta silencieuse jusqu'à leur arrivée à l'appontement situé près du Campanile. Alors, tous les sens subjugués par le spectacle féerique qui s'offrait à elle, elle connut un véritable éblouissement.

26

Guy était à son bureau, où il triait de la paperasse à la fin d'une journée qui s'était avérée particulièrement longue, mais fructueuse. Avec l'inspecteur principal Stiles, ils avaient tous deux résolu une affaire : l'accusé, un cambrioleur qui opérait dans les parages depuis plusieurs mois, avait été condamné à dix ans de travaux forcés. Le téléphone sonna et il décrocha, se réjouissant à l'avance des félicitations que l'un de ses supérieurs n'allait pas manquer de lui dispenser. Quand il entendit la standardiste demander s'il acceptait l'appel d'un certain Albert Morgan, il répondit oui et comprit avec un petit temps de retard qu'il s'agissait là d'un appel d'un tout autre genre.

— Inspecteur Sullivan, j'écoute ?

— Albert Morgan à l'appareil, dit la voix à l'accent typique du Yorkshire, lentement, comme si son interlocuteur avait des doutes sur le bon fonctionnement du téléphone, à tous ces kilomètres de distance.

— Bonjour monsieur Morgan, ravi de vous entendre, répondit Guy chaleureusement.

Il n'avait pas oublié Rose, la jeune servante disparue.

Il supposait qu'elle avait dû trouver un moyen distrayant et intéressant de gagner sa vie à Paris après avoir fui sa famille, en choisissant délibérément qu'on ne puisse pas la retrouver. Pourtant il ne s'était jamais senti entièrement satisfait, n'ayant pu rassurer ses parents inquiets autant qu'il l'aurait voulu.

Il y eut un silence prolongé durant lequel la ligne grésilla un peu.

— Pardon, monsieur Sullivan, vous devez être un homme très occupé, je m'en rends bien compte. Mais voyez-vous, la maman de Rose et moi-même, on se demandait si vous n'auriez rien de neuf à nous dire, au sujet de notre fille. Cela fait un an que vous êtes rentré de votre séjour à Paris, et vous nous aviez alors appris qu'elle y travaillait, qu'elle allait bien, que c'était une grande fille, et qu'elle nous contacterait si elle le désirait. Tout cela, nous le savons…

Il laissa sa phrase en suspens. Sachant qu'il ne pouvait lui apporter aucun réconfort, Guy resta silencieux. Il entendit M. Morgan se racler la gorge.

— Voyez-vous, c'est sa mère… elle a le cœur brisé. J'espérais pouvoir lui remonter un peu le moral.

— Je regrette sincèrement, monsieur Morgan, mais non, je n'ai aucun nouvel élément. J'en déduis donc qu'elle n'est pas entrée en relation avec vous ni avec ses frères et sœurs ?

— Non. Eh bien, pas de nouvelles, bonnes nouvelles, comme on dit, hein ?

— Je sais, cela fait un peu cliché, mais c'est souvent vrai, dit Guy, ému de compassion. Il n'y a eu aucun rapport de police sur Rose, et donc aucune raison de vous inquiéter. Nous devons supposer qu'elle va bien, qu'elle est en bonne santé, mais qu'elle préfère ne pas prendre contact avec vous. Croyez bien que je le regrette.

— Ça c'est vrai, Rose a toujours été du genre à n'en faire qu'à sa tête. Tous ses frères et sœurs sont restés ici, à Osmotherly, mais elle, elle avait à peine seize ans quand elle est partie pour Londres.

— C'est donc une jeune fille responsable, qui sait se débrouiller dans la vie, remarqua Guy en s'efforçant d'être aussi réconfortant que possible. Écoutez, je vais passer le mot, dit-il, presque malgré lui. On ne sait jamais, quelqu'un aura peut-être vu quelque chose ou s'en sera souvenu, entre-temps.

Il n'aurait pas dû s'engager sur cette voie, mais c'était plus fort que lui.

— Ah ça, vous êtes un brave garçon, monsieur Sullivan, dit M. Morgan d'une voix ragaillardie. Cela mettra du baume au cœur à sa mère, vous pouvez en être sûr. Je vais lui dire que la police n'a pas lâché l'affaire. Merci, mon garçon. Vous avez gardé le numéro ? Il faut appeler au Queen Victoria Pub.

— Oui, je l'ai toujours. Je vous appellerai dès que j'apprendrai quelque chose. Au revoir, monsieur Morgan.

— Au revoir, inspecteur Sullivan, conclut son interlocuteur, et il raccrocha comme s'il venait d'apprendre de bonnes nouvelles alors qu'il n'en était rien.

L'optimisme est une source qui ne tarit jamais, quand un père ou une mère attend avec angoisse le retour d'un enfant. L'espoir fait vivre, songea Guy, et cette évocation de Rose le laissa songeur, en le ramenant au moment déprimant où il avait quitté Paris, un an plus tôt.

Il était rentré à Londres bien décidé à faire plus

d'efforts envers Sinéad. C'était une gentille fille, et elle était fière de lui. N'avait-elle pas dit à toute sa famille (une tribu dont la liste semblait s'allonger indéfiniment à en juger par le nombre de cousins qui écrivaient ou même débarquaient à Londres à l'improviste, en quête d'un toit et d'un travail) qu'elle allait épouser un officier de police britannique ? Pourquoi le nier, cette fierté flattait son amour-propre. Et puis ils avaient tous deux en commun certaines aspirations : fonder une famille, avoir une maison avec un jardin… Et la mère de Guy avait été si contente de savoir qu'il allait enfin s'installer. L'inquiétude que lui causait son mari n'allait pas en s'atténuant : certains jours, le père de Guy ne reconnaissait même plus sa femme, et c'était de plus en plus fréquent. Mme Sullivan et Sinéad avaient partagé beaucoup de bons moments, à discuter des mérites du pain irlandais sans levure et à évoquer les mille et une façons d'accommoder les pommes de terre. La mère de Guy avait souligné plus d'une fois qu'elle apprécierait l'aide d'une belle-fille attachée aux valeurs familiales. Pourtant, ils n'étaient toujours pas mariés, et Guy se demandait s'il n'était pas temps de s'interroger sincèrement, d'oser se confronter à la vérité. Peut-être n'était-ce pas Rose qu'il avait besoin de trouver.

27

Le petit troupeau de touristes fut accueilli par un guide que le concierge de l'hôtel avait réservé à leur intention.

— Quelle barbe, dit Nancy à Clara, ce serait tellement mieux de nous promener comme bon nous semble.

Mais le guide s'avéra être un Italien délicieusement prolixe et cultivé, qui avait davantage l'air d'un professeur, avec ses cheveux blancs un peu hirsutes, qu'il découvrit quand il ôta son chapeau. Louisa, qui prenait soin de rester à l'arrière du groupe, était suspendue à ses lèvres tandis qu'il leur faisait arpenter la *piazza*, comme il l'appelait ; d'abord pour admirer les vues stupéfiantes qu'on avait du haut du Campanile, puis pour visiter le Museo Correr, « histoire de voir un ou deux joyaux de la *collezione*, car on ne saurait embrasser en une seule visite tant de chefs-d'œuvre sans en sortir complètement lessivé ». Pour finir, ils entrèrent dans la basilique. Le professeur, surnommé tel par la petite bande, avait programmé leur arrivée à la perfection afin qu'elle coïncide avec l'allumage des chandelles et des cierges par centaines, de sorte qu'à leur douce lueur l'or des mosaïques semblait ruisseler en vagues ondulantes. Là, il les laissa déambuler à leur guise ou s'asseoir pour se recueillir, en convenant de les retrouver dans un café de la *piazza* à 16 heures. Louisa resta auprès de Diana, qui se promenait avec Tom et ne semblait pas le moins du monde fatiguée. Durant l'année passée, Tom était devenu plus proche de Diana qu'il ne l'était d'aucune de ses autres sœurs.

— Quels sont tes projets, après ce séjour ? lui demanda Diana alors qu'ils se trouvaient face à un immense Christ en croix.

— Je prendrai le premier train pour Berlin, répondit Tom. Le trimestre va bientôt commencer.

— Quelle drôle d'idée, de faire tes études de droit là-bas. Pourquoi pas à Oxford, ou même à l'université de Manchester ?

— Peut-être, mais l'Allemagne est un pays merveilleux. Si tu voyais les paysages qui s'étendent à perte de vue autour de la ville, une immensité que viennent rompre des haies bien nettes, bien entretenues.

— Hum, voilà qui plairait à Bryan. Moi, ce sont les night-clubs clandestins de Berlin que j'aimerais connaître. Quand nous sommes venus te voir l'année dernière, on nous a raconté des choses insensées à propos de tigres et de danseuses à moitié nues.

— C'est bien possible, confirma Tom en s'esclaffant. Mais la plupart des étudiants s'intéressent davantage à la politique qu'aux night-clubs. Des bagarres terribles éclatent sans arrêt… Et elles attirent plus de monde que les cabarets.

— Des bagarres ? À quel propos ? s'enquit Diana,

dont Louisa devinait, la connaissant, qu'elle était sincèrement intéressée.

Même si l'année précédente elle n'avait pas encore l'âge requis pour voter aux élections, elle avait fait pression sur Louisa pour que celle-ci s'abstienne, car il était tout simplement impensable de voter pour les conservateurs et « cet affreux Stanley Baldwin. Ces pauvres, pauvres mineurs, avait-elle imploré en évoquant la grève, il faut penser à eux ».

— C'est surtout un combat entre fascisme et communisme, répondit Tom. Le pays est ruiné et il faut bien trouver une solution pour le sortir de là.

— Et toi, as-tu pris parti ? demanda Diana.

— Oh non, ça les regarde. Mais si j'étais allemand, je suppose que je serais un nazi.

— Un nazi ?

— C'est le parti fasciste. Bon, si nous allions rejoindre les autres, maintenant ?

Ce fut la première fois que Louisa et Diana entendirent le terme de nazi. Et ce ne serait pas la dernière.

Au café de la *piazza*, malgré le froid qu'un soleil timide ne parvenait pas à atténuer, ils choisirent tous de s'asseoir dehors tant ils étaient fascinés par la beauté qui les entourait. Il y avait parmi eux trois ou quatre amis des Guinness que Louisa reconnut : Cecil Beaton, le photographe de *Vogue*, et l'artiste Dora Carrington, qui semblait encore plus fantomatique que d'habitude. Il était difficile d'accorder foi à la rumeur selon laquelle elle vivait en ménage à trois. Mais au moment où, bien installés dans des fauteuils en osier, ils consultaient la carte en italien avec une certaine perplexité, Clara poussa un hurlement. Louisa, qui était assise au bout des trois tables qu'ils occupaient, vit qu'elle s'était levée et qu'elle regardait autour d'elle avec désespoir en s'écriant « Mon sac ! Mon sac ! ».

— On dirait que tu as égaré quelque chose, remarqua sèchement Kate.

Assise en face de Clara, Nancy, qui n'avait pas ôté ses gants ni son chapeau, resta très flegmatique comme si elle n'était pas femme à s'émouvoir facilement, elle si expansive d'habitude.

— Qu'y avait-il de si précieux dans ton sac ? Ton passeport ? demanda-t-elle en considérant Clara non froidement, mais d'un œil laconique.

Clara se rassit et posa les mains sur ses genoux. Elle a l'air complètement dévastée, songea Louisa, comme si elle venait de perdre non pas un sac, mais une guerre.

— Non. Je l'ai laissé dans ma chambre.

— Tout ton argent ?

— Un peu, mais non, pas tout.

Nancy croisa les jambes et reprit la carte d'un air désinvolte. On aurait dit un inspecteur de police interrogeant un voleur pris en flagrant délit et dont il connaissait déjà les réponses.

— Alors que pouvait-il y avoir dans ton sac pour te rendre hystérique à ce point ? s'enquit-elle négligemment, sans même lever les yeux de la carte.

Clara se mit à bafouiller quelque chose, mais elle s'interrompit.

— Mon tube de rouge à lèvres préféré, que je ne pourrai jamais trouver dans ce pays, répondit-elle enfin, sans grande conviction.

Nancy haussa un sourcil, mais n'ajouta rien de plus.

— Je suppose que tu ferais mieux de faire une déclaration à la police locale, conseilla Tom. Nous pourrons demander au serveur où se trouve le poste le plus proche.

— Non ! s'écria Clara, si fort que toutes les têtes se tournèrent dans sa direction. Je ne veux pas faire de déclaration. En réalité, ce n'est pas si grave, poursuivit-elle en sentant les regards sur elle. Pour eux comme pour moi, ce ne serait qu'une perte de temps.

Mais elle semblait encore en proie à la panique tandis que le serveur prenait leurs commandes, notamment une bouteille de champagne, comme de bien entendu. Quand il revint les servir, elle se leva.

— Je suis désolée, je vous rejoindrai tous plus tard. Il faut que j'essaie de le retrouver.

Diana se pencha alors vers Louisa.

— Et si vous alliez avec elle ? Je n'aime pas la savoir seule. À mon avis, nous serons encore là dans une heure, et je me sens très bien. Nous sommes confortablement installés, et j'ai Nancy et Tom avec moi.

Louisa acquiesça et s'empressa de rejoindre Clara, qui avait déjà traversé la moitié de la place.

— Clara, murmura Louisa en lui effleurant le bras, mais la jeune Américaine sursauta comme si on l'avait frappée.

— Quoi ?

— Mme Guinness a suggéré que je vous accompagne pour vous aider dans vos recherches, répondit Louisa d'un ton qu'elle s'efforça de rendre apaisant. Et vous tenir compagnie.

— Ça va, dit-elle un peu rudement, puis elle se reprit. Merci.

Elles marchèrent toutes les deux côte à côte en silence, puis tournèrent dans une rue latérale au flanc ouest de la basilique. Il commençait à faire sombre, et les rues s'étaient vidées. D'ailleurs ce n'était pas un quartier commerçant. On ne voyait aucune boutique, seulement des immeubles d'habitation derrière de hauts murs, avec du linge pendant sur des fils aux fenêtres et aux balcons. Louisa se demanda pourquoi diable Clara avait choisi d'aller dans ces rues un peu plus tôt, alors que le reste de la bande admirait les icônes à l'intérieur de la basilique. Enfin elles s'arrêtèrent devant une impasse sordide et s'y engagèrent. Il n'y avait rien, à part des détritus, des mégots de cigarettes et des crottes de chat. Arrivée au bout de l'impasse, Clara se mit à pleurer.

— Mademoiselle Fischer, dit Louisa, déconcertée et ne sachant comment la réconforter. Que s'est-il passé ? Qu'y avait-il donc dans ce sac ?

Il lui était revenu qu'à l'époque du meurtre d'Adrian Curtis, ou plutôt dans les semaines qui avaient suivi, Clara avait montré à Louisa et à Mlle Pamela qu'elle avait un petit couteau dans son sac. Pour se défendre, avait-elle déclaré, sans préciser contre quel danger. Guy avait suggéré que, Clara étant actrice, elle avait tendance à tout dramatiser, et Louisa avait dû admettre qu'il y avait du vrai là-dedans. Mais aujourd'hui la détresse de Clara ne semblait pas feinte.

— Autant vous le dire, avoua-t-elle enfin. Nous nous connaissons un peu, après tout. Mais je vous en prie, n'en parlez à personne. Nancy a des soupçons, visiblement. Avec leurs airs de ne pas y toucher, ce sont tous de sacrés hypocrites, maugréa-t-elle avec amertume. J'avais ma réserve d'opium dans mon sac. Je suis sortie plus tôt pour en fumer un peu à l'écart, discrètement, et quelqu'un a dû me voir. Comme j'étais... disons dans les vapes, ajouta-t-elle d'un air gêné, un salopard en a profité pour me voler mon sac. Désolée.

Sous le choc, mais s'efforçant de ne pas le montrer, Louisa resta un moment sans voix. Clara se mit à respirer trop vite, par saccades, et de nouveau fondit en larmes.

— Si je n'arrive pas à m'en procurer, je ne sais pas comment je vais m'en sortir. D'ailleurs je ne voulais pas venir ici, mais Nancy a insisté en disant que ça me ferait du bien. Et voilà où j'en suis, Louisa ! Je vais être malade à en crever, si je ne trouve pas rapidement ce qu'il me faut.

— Mademoiselle Fischer, je regrette. Je ne vois vraiment pas comment ce serait possible. Et nous ferions mieux de rejoindre les autres, sinon nous risquons de manquer le départ du canot.

— Le canot, je m'en fiche bien.

— Eh bien pas moi, rétorqua Louisa, qui décida de faire preuve de fermeté. Et vous feriez mieux de ne pas traîner dans ces coins sombres toute seule. De toute évidence, vous ne retrouverez pas votre sac ici ni... le produit en question. Au moins, à l'hôtel, vous pourrez vous reposer et avoir les idées claires.

Clara la regarda. Louisa comprenait maintenant pourquoi sa beauté avait tant perdu de son éclat. Quelle tristesse, songea-t-elle, remplie de compassion. Ce n'était pas la faute de Clara si le démon de la dépendance la tenait dans ses griffes. Lentement, elles revinrent vers le café et arrivèrent juste au moment où on réglait l'addition. Louisa rendit grâce au crépuscule : dans la pénombre environnante, personne ne remarqua combien les yeux de Clara s'étaient éteints.

28

En rentrant à l'hôtel, Diana dit qu'elle allait se reposer et demanda à Louisa de venir plus tard afin de l'aider à s'habiller pour la soirée. Louisa put donc accompagner Clara jusqu'à sa propre chambre et rester auprès d'elle pour la surveiller. Durant le trajet de retour en canot, il était devenu évident que Clara aurait besoin de compagnie, si ce n'était de soins. Louisa ne disposait que d'un lit simple, mais il y avait un fauteuil où elle pourrait dormir, si nécessaire. La détresse de Clara s'était très rapidement muée en souffrance physique, sans doute autant à cause du manque proprement dit qu'à l'idée qu'elle n'avait plus d'opium en réserve. Après avoir gravi l'escalier qui menait à la chambre, Clara, si faible qu'elle s'appuyait sur Louisa comme une vieille femme, se rua dans la salle de bains et Louisa l'entendit vomir. Elle-même était à la fois désolée et exaspérée. Quel immense gâchis pour une jeune femme aussi belle et ambitieuse d'en arriver là !

Louisa restait plantée dans sa chambre, bien désemparée, quand on frappa doucement à sa porte. C'était Luke.

— Que se passe-t-il ? Je vous ai vue monter avec Clara.

Louisa lui fit signe de se taire en posant un doigt sur ses lèvres.

— Elle est dans la salle de bains, lui murmura-t-elle, et, entendant Clara vomir encore derrière la porte close de la salle de bains, elle décida de sortir dans le couloir, puis tira la porte derrière elle.

— Elle m'a dit de ne pas en parler, dit-elle à Luke. Mais je ne sais que faire.

— Quel est le problème ? s'enquit-il avec une lueur dans les yeux dont Louisa se méfiait toujours.

Était-ce une sincère sollicitude, ou l'espoir de tenir un bon sujet d'article ?

— Elle est opiomane, lui souffla-t-elle.

— Ah... La drogue était dans son sac, voilà pourquoi elle était si contrariée qu'on le lui ait volé. Et pourquoi elle n'a pas voulu déclarer le vol à la police.

— Oui. Elle est malade, Luke. Et ça ne va faire qu'empirer. Elle peut rester dans ma chambre, mais je dois aussi m'occuper de Diana, et je ne sais s'il faut faire venir un médecin. Est-ce qu'un toxicomane peut mourir à cause de son état de manque ?

Luke ne répondit pas tout de suite, mais il scruta le couloir qui menait à sa chambre. Même ici, dans l'aile la moins luxueuse de l'hôtel, il y avait un long tapis rouge qui étouffait le bruit des pas.

— Ma tante était infirmière durant la guerre, dit-il enfin. Peut-être sera-t-elle de bon conseil. Je vais lui demander de venir voir Clara. Un peu de thé lui ferait peut-être du bien. C'est le remède universel.

Louisa hocha la tête et regagna la chambre.

Durant toute la soirée, tandis que le reste de la bande dînait au restaurant de l'hôtel puis passait au salon, où ils burent d'autres cocktails pendant que Tom jouait du piano, Louisa prit soin de Clara. Elle dormait par intermittences entre deux crises de haut-le-cœur, et bientôt, l'estomac vide, n'eut plus à rendre que de l'eau. Dans son délire, à travers un fouillis de mots incohérents, elle semblait réclamer quelqu'un à cor et à cri en citant un nom que Louisa ne réussit pas à saisir.

Vers minuit, Clara tomba dans un sommeil profond si bien que Louisa la laissa pour descendre à la réception. Heureusement, le réceptionniste parlait bien l'anglais, et il lui dit que la petite troupe avait fini de dîner et se trouvait à présent dans le grand salon qui donnait sur la plage.

— Merci, dit Louisa. L'une des invitées se trouve actuellement dans ma chambre. Elle n'est pas bien.

— Ah, nous n'avons pas de médecin sur place…, répondit le réceptionniste d'un air inquiet.

— Oh, ça devrait aller. Elle dort, à présent. Mais si jamais elle vous appelle, pourrez-vous me joindre par téléphone dans la chambre de Mme Guinness ? Dès que je serai de retour dans la mienne, je vous téléphonerai pour vous en informer. Peut-être pourrait-on lui monter du thé avec du sucre ? Pas de lait.

— Entendu. Je m'en occupe tout de suite.

Louisa le remercia et se rendit au salon. Là, elle fit du regard le tour des invités en cherchant Diana, mais ne la vit pas. À divers degrés, les autres étaient dans leur état coutumier d'ébriété et de jovialité, constata-t-elle, soudain lasse et exaspérée. Qu'importe ce qui pouvait se passer dans le monde ou même à l'étage supérieur, ils ne pensaient toujours qu'à s'amuser. Luke la vit et lui fit signe, mais elle se contenta de lui sourire. Nancy la rejoignit.

— Vous cherchez Mme Guinness ? Elle vient juste de monter, je pensais qu'elle vous appellerait.

— Elle a peut-être essayé, répondit Louisa. Je ne suis descendue que depuis quelques minutes.

— Qu'y a-t-il ? Vous êtes blanche comme un linge.

— Non, moi, ça va. C'est Mlle Fischer qui n'est pas bien. Je l'ai installée dans ma chambre pour pouvoir veiller sur elle…

Nancy l'interrompit avec une certaine impatience.

— Inutile d'en dire plus, je crois deviner. Quelle idiote ! Elle m'avait pourtant promis de s'abstenir. Je vais monter la voir avec Mme Mulloney. Kate sait que faire dans ce genre de situation. Merci, Lou-Lou. C'est gentil à vous de veiller sur elle, mais je suis certaine qu'elle va parfaitement bien. C'est une actrice, vous savez, il faut toujours qu'elle dramatise.

S'il s'agissait d'une performance théâtrale, alors Clara avait un sacré talent, se dit Louisa. Mais il valait mieux rejoindre Diana au plus vite si elle voulait garder son emploi : sa maîtresse était parfois sujette à de violents accès de mauvaise humeur dont Louisa faisait les frais. Or, aujourd'hui, elle avait eu largement son compte d'efforts et de contrariétés. Elle remercia Nancy et monta à la chambre de Diana en croisant les doigts.

Une heure plus tard, quand enfin elle rejoignit sa chambre, elle constata à son grand soulagement que Clara semblait calmée. On avait monté du thé et elle l'avait bu, apparemment. Peut-être que le breuvage lui avait effectivement fait du bien. Merci Luke.

Louisa se sentait responsable de Clara, d'abord parce que c'était une amie des Mitford, mais aussi parce que la jeune Américaine ne s'était confiée qu'à elle. Surtout, cela lui serrait le cœur de voir ce qu'était devenue la belle fille à la tête pleine de rêves dorés qu'elle avait connue, du temps où Clara s'imaginait à l'aurore d'une brillante carrière d'actrice. Louisa se mit en chemise de nuit, et comme Clara semblait dormir paisiblement, à part de légers spasmes passagers, elle décida d'essayer de se reposer et s'installa aussi confortablement que possible dans le fauteuil, avec un coussin et une couverture. Peu de temps après, son livre lui tombait des mains et elle s'endormait profondément. Cinq heures plus tard, elle se réveilla en sursaut en croyant avoir entendu un bruit, mais non. Le silence régnait dans la chambre assombrie, où seule une lampe posée dans un coin émettait une lumière diffuse. Louisa replia la couverture et se leva, les membres un peu raides d'avoir sommeillé dans une mauvaise position, toute vrillée dans le fauteuil. Puis elle alla vérifier si Clara dormait toujours, mais alors, effarée, elle se rendit compte en lui touchant le bras que c'était fini.

Clara Fischer était morte.

29

Debout, là, dans le noir, seule avec le corps sans vie de Clara, Louisa sentit son sang se figer tandis que la panique la gagnait. Était-ce de sa faute ? N'avait-elle pas cru entendre quelque chose, quand elle s'était réveillée en sursaut, un bruit qui aurait dû l'alerter ? Vite, elle orienta la lampe de chevet pour mieux regarder Clara. Le teint livide, les lèvres bleues, la jeune femme ne paraissait pas s'être débattue avec la mort, à part le fait que les couvertures étaient rejetées. Louisa tira le drap sur elle et s'habilla à la hâte pour descendre au bureau de la réception, où elle informa tant bien que mal un jeune employé de ce qui était arrivé. Ce ne fut pas facile, car aucun des deux ne parlait la langue de l'autre, mais, après une certaine confusion, elle finit par y parvenir et le jeune réceptionniste lui fit comprendre par gestes qu'on allait faire venir un médecin. Comme elle n'avait guère envie de regagner sa chambre, elle s'assit dans un divan du grand hall et attendit l'aube.

Malgré son manque d'appétit, Louisa prit son petit déjeuner. Enfin, à 9 heures, elle demanda à la réception d'appeler M. et Mme Guinness dans leur chambre. Ce fut Bryan qui répondit.

— Louisa ? Que se passe-t-il ?

— Pardon de vous déranger aussi tôt, monsieur Guinness, il y a eu…, commença Louisa, mais sa gorge se serra, et elle dut se ressaisir avant de poursuivre. Il s'est passé quelque chose de terrible.

— Montez tout de suite, ordonna-t-il avant de raccrocher.

Quand Louisa entra dans leur chambre après avoir frappé, Bryan était levé et portait une robe de chambre en satin molletonné avec des pantoufles assorties ornées d'un liseré bleu marine et vert, tandis qu'assise dans le lit, l'œil trouble, Diana enfilait sa liseuse. Étant enceinte, elle ne veillait pas aussi tard qu'auparavant, mais elle ne s'était pas couchée avant 1 heure du matin.

— Qu'y a-t-il, Louisa ?

— C'est Mlle Fischer, s'écria Louisa malgré elle. Elle est morte.

— Morte ? dit Bryan. Comment ça ? Que s'est-il passé ?

— Oh ! Mon Dieu, dit Diana, et elle décrocha aussitôt le téléphone. J'appelle Naunce.

Louisa savait que rien de tout ce qui allait suivre ne parlerait en sa faveur, pourtant il lui fallait dire la vérité.

— Hier, après le vol de son sac à main, Mlle Fischer m'a confié qu'elle était opiomane, et que le sac contenait sa réserve de drogue. Elle était désespérée et elle s'est rapidement sentie très mal, aussi, je l'ai gardée dans ma chambre.

— Et vous ne nous en avez rien dit ! explosa Bryan.

— Non, monsieur, je le regrette tellement, répondit Louisa en s'efforçant de ne pas pleurer. J'en ai parlé à M. Meyer, monsieur. Mlle Nancy était au courant, et elle m'a dit qu'elle préviendrait Mme Mulloney.

— Naunce va arriver dès que possible, déclara Diana, qui avait raccroché.

— Pourquoi ne nous ont-ils rien dit ? demanda Bryan.

— Je l'ignore, monsieur, dit Louisa. Mlle Fischer ne voulait pas que ça se sache.

— Est-ce qu'un médecin est venu la voir ?

— Pas encore, mais l'hôtel a téléphoné et cela ne devrait plus tarder…

Il y eut un petit coup frappé à la porte, qui s'ouvrit aussitôt en grand tandis que Nancy entrait en trombe, tout ébouriffée, un peignoir en soie noué sur sa mince silhouette.

— Louisa chérie.

Nancy la prit alors dans ses bras, et Louisa en fut si surprise qu'elle ne put retenir ses larmes.

Quant à Bryan, il alluma une cigarette et se tourna face à la baie vitrée qui donnait encore ce jour-là sur un ciel plombé.

— Allez vous rafraîchir et revenez, ordonna Nancy à Louisa.

Elle obéit, et quand elle les rejoignit dans la chambre conjugale, Nancy était assise sur le lit tandis que Bryan n'était plus là. Il était sans doute passé dans la pièce à côté pour s'habiller.

Louisa se posta au pied du lit et les deux sœurs se tournèrent vers elle.

— À votre avis, que s'est-il passé ?

— Je ne saurais le dire, répondit Louisa. Apparemment, elle est morte dans son sommeil. Sans doute à cause de son état de manque, mais cela paraît très rapide.

— Je ne me doutais pas qu'on pouvait mourir par manque de drogue, remarqua Diana.

— Je suis allée la voir hier soir, intervint Nancy. Elle était dans un sale état. Kate et moi, nous sommes restées à son chevet pendant une demi-heure, quand Louisa a dû la quitter pour t'apporter ton lait chaud, insinua-t-elle à dessein, mais Diana ne releva pas la pique.

— Connaît-on la famille de Clara ? Il va falloir prévenir ses proches, dit-elle seulement.

— Elle vit, ou plutôt, vivait à Londres ces dernières années. J'ignore d'où elle vient au départ. Mon Dieu, quelle horreur. Je savais qu'elle était sous l'emprise de la drogue et je lui en voulais beaucoup, mais elle ne méritait pas ça, se désola Nancy en frissonnant. Je vais retourner m'habiller dans ma chambre, puis j'irai prévenir Kate.

Elle se leva et une idée sembla soudain lui traverser l'esprit.

— Vous savez, c'est drôle. Je ne suis pas certaine que Kate aimait beaucoup Clara. Elle a fait une remarque étrange, quand nous étions là-bas.

— Laquelle ? s'enquit Diana, et Louisa tendit l'oreille.

— Elle a dit que Clara était une voleuse de mari, et qu'elle n'avait que ce qu'elle méritait. J'ai trouvé que c'était vache de sa part, mais vous savez comme elle peut être terrible, à sa façon. Et s'il y avait eu quelque chose entre Clara et Shaun ? À vrai dire, ça ne m'étonnerait guère, venant de Clara. Vous vous rappelez cette histoire, entre Ted et elle ?

— Cela fait pratiquement un an que Shaun est mort, dit Diana. Quelle horrible coïncidence, si vraiment Clara était sa maîtresse.

— À moins que ce ne soit pas du tout une coïncidence, remarqua Louisa.

— Qu'entendez-vous par là ?

Diana s'était redressée dans le lit pour être plus à son aise. Son ventre n'était pas énorme au point de la gêner, mais elle s'était plainte une fois ou deux de ressembler à un serpent qui a avalé un ballon de football.

— Pardon, madame Guinness. J'ai parlé sans réfléchir. C'est juste ce que Mlle Nancy vient de dire sur M. Mulloney. Voyez-vous, une ou deux fois, la nuit dernière, quand Mlle Fischer était au plus mal, elle a appelé quelqu'un en citant un nom que je n'ai pas bien saisi.

— Et si c'était Shaun qu'elle appelait ? dit Diana en écarquillant ses yeux bleus, où Louisa vit sourdre une dangereuse jubilation.

— Comment savoir ? Cela sonnait davantage comme « Rhodes » ou « Rose ».

En disant ces mots, Louisa songea soudain à Guy et à Rose Morgan, la jeune servante disparue qu'il recherchait. Et s'il s'agissait de la même personne ?

— Attention, dit Nancy. Nous ne devons pas en parler à Kate tant qu'elle n'aborde pas le sujet en premier.

— Bien sûr que non, répliqua sa sœur, comme si c'était une évidence. D'ailleurs, nous devrions aussi éviter d'en parler à Luke, ajouta-t-elle en se tournant vers Nancy. J'aime bien Luke, il est amusant. Mais je n'ai pas confiance en lui. Il serait bien capable de téléphoner à son rédacteur en chef s'il apprend quelque chose de juteux. C'est aussi valable pour toi, Naunce. Pas question que tu en parles à ton rédacteur, conclut-elle en pointant un doigt sur sa sœur.

— Ne sois pas ridicule. *The Lady* veut des tuyaux sur les bons chapeaux qu'on doit porter à la chasse le week-end. Ce journal n'a que faire des derniers cancans, déclara Nancy, avec une lueur dans l'œil que Louisa connaissait et qui ne présageait rien de bon. J'y vais. Rejoignons-nous en bas dans une heure, sans doute que d'ici là le médecin aura posé un diagnostic sur la cause du décès.

— Maintenant qu'elle est morte, peut-être que Kate en dira plus sur les soupçons qu'elle nourrissait à l'égard de son mari, remarqua Diana, qui semblait bien lasse au point de paraître beaucoup plus que son âge.

— Qu'est-ce que tu vas t'imaginer ? C'est moi qui suis censée être la romancière de la famille, non ? dit Nancy. Il n'y a pas là matière à intrigue. C'est juste une histoire bien triste, dont la fin, hélas, était assez prévisible.

30

Quand Diana et Louisa descendirent, elles trouvèrent le reste de la bande réuni dans le grand salon de l'hôtel qui donnait sur la plage. S'ils semblaient converser tranquillement, il y avait dans l'air une sorte de pesanteur mêlée de tension dramatique. Il n'était pas encore 11 heures du matin, pourtant certains avaient déjà commencé à boire des cocktails. Un peu à l'écart du groupe, lady Boyd était assise devant une théière en métal argenté et une tasse en porcelaine. Debout près de la cheminée, Tom et Bryan fumaient tout en échangeant des propos d'un air grave. En chemisier bleu franc et large pantalon noir, Kate Mulloney était assise sur le canapé, Nancy à côté d'elle et Luke perché sur un des bras. Avec son casque de cheveux d'un noir luisant et ses lèvres grenat, elle semblait tranquille. Pourtant, malgré son air compassé, Louisa devina la nervosité qui l'habitait en voyant trembler la cigarette qu'elle tenait à la main.

— Nous ne devons pas leur permettre de pratiquer une autopsie, disait-elle à Nancy.

— Et pourquoi pas ? intervint Diana d'un ton tranchant. Sa famille voudra savoir ce qui lui est arrivé.

— Ils le regretteront, quand ils sauront que c'est à cause de l'opium, répliqua Kate sans pour autant élever la voix. J'ai dû faire pareil pour Shaun. Sa famille aurait été dévastée par le scandale. Nous devons obtenir de la police l'autorisation de ramener sa dépouille en Amérique. Elle est tombée soudainement malade. C'est tout ce qu'ils ont besoin de savoir.

— Que veux-tu dire ? demanda Nancy. Clara n'avait pas d'opium, et c'est justement pour cela qu'elle était si mal. Tu n'as pas à t'en occuper. Oublie tout ça et laisse la police faire son travail.

Mais la main de Kate tremblait toujours.

Louisa eut envie de changer d'air et décida de regagner la chambre de sa maîtresse pour vérifier si des vêtements avaient besoin d'être lavés ou repassés, histoire de s'occuper. Elle allait sortir quand elle sentit quelqu'un s'approcher d'elle et entendit tousser. C'était le réceptionniste auquel elle avait eu affaire, la veille au soir. Celui qui parlait très bien anglais.

— J'ai été désolé d'apprendre la nouvelle, pour votre amie.

Louisa s'apprêtait à préciser que Clara n'était pas son amie, mais à quoi bon ? D'ailleurs, elle s'était inquiétée pour Clara, non ? Durant les dernières heures, Louisa avait été aussi proche d'elle qu'une amie peut l'être, et elle avait déploré sa mort. Personne d'autre n'avait songé à demander à Louisa comment elle allait, après s'être réveillée en présence d'un cadavre, et la gentillesse de ce parfait inconnu lui alla droit au cœur au point qu'elle en eut les larmes aux yeux.

— Il y a un petit souci…, commença-t-il en regardant

autour de lui, mais il n'y avait personne à proximité, à part les va-et-vient propres à un grand hôtel. J'ai envoyé l'une des servantes porter du thé dans votre chambre, et elle craint depuis qu'on lui reproche quelque chose.

— Oh non, qu'elle ne s'inquiète surtout pas, dit Louisa. Vous comprenez, si Clara est morte, c'est à cause de…, commença-t-elle, mais elle se reprit, car il ne fallait surtout pas que l'hôtel apprenne que la mort d'une de ses clientes était liée à une histoire de drogue. D'un mal dont elle souffrait de temps en temps, ajouta-t-elle. Je vous en prie, rassurez cette demoiselle.

— J'essaierai, dit-il en haussant les épaules. Ce genre de choses arrive tout le temps dans les hôtels, mais cela effraie les nouvelles. J'espère que celle-ci ne va pas disparaître et nous faire faux bond ! remarqua-t-il, l'air beaucoup moins compatissant qu'au début, et il lui fit un petit salut. Au revoir. Profitez bien du reste de votre séjour.

Une fois revenue à la chambre de Diana, Louisa vaqua à ses occupations habituelles, mais sitôt qu'elle n'eut plus rien à faire, elle se rendit compte qu'elle était complètement épuisée ; à cause du manque de sommeil, mais aussi de la terrible tension qui avait précédé ce tragique dénouement. Elle n'avait qu'une envie, s'allonger dans le noir, mais le corps de Clara n'avait pas encore été enlevé. Manifestement, personne n'avait pensé à attribuer une autre chambre à Louisa. Pour finir, elle décida de prendre le risque de s'installer un moment dans le dressing de Diana, dans un fauteuil bas, mais confortable, en attendant le retour de sa maîtresse.

Mais le sommeil ne voulut pas venir, tant son esprit

était agité d'images de Clara, son visage émacié, la veille, puis le masque de la mort, tout au bout de la nuit. Sa famille avait-elle appris la nouvelle ? Comme Clara était drôle et jolie, quand Louisa l'avait rencontrée ! Elle la revit appeler quelqu'un à son secours. Qui cela pouvait-il être ? Shaun ? Nancy avait évoqué la remarque désobligeante de Kate sur Clara « voleuse de mari ». Mais le nom ressemblait plus à Rose. Rose... la servante que Guy recherchait. Oh, ce n'était sans doute qu'une coïncidence. Louisa se rendait compte seulement maintenant de la détresse dans laquelle Clara était plongée. Mais l'idée qu'elle était morte par manque d'opium ne lui semblait pas pertinente. Louisa ne savait pas grand-chose sur les drogues, pourtant, d'après ce qu'elle avait lu dans les journaux, les gens mouraient à cause de la substance qu'ils avaient prise plus que du fait d'en manquer, non ? En outre, pourquoi Kate tenait-elle tant à ce qu'il n'y ait pas d'autopsie ?

À cette idée, Louisa ouvrit les yeux et se redressa brusquement. Nancy et Kate étaient allées voir Clara la veille au soir, n'est-ce pas ? Et elles étaient restées seules avec elle. Et si Nancy avait laissé Kate durant quelques minutes ? Kate pouvait avoir demandé à Nancy d'aller chercher quelque chose, ou Nancy s'être simplement rendue dans la salle de bains. Cela aurait donné à Kate assez de temps pour glisser quelque chose dans la bouche de Clara. Dans son état, la malade ne l'aurait même pas remarqué, ou n'aurait pas eu la force de protester. Si elle avait poussé un cri, on l'aurait attribué à l'état de délire dû au manque. Oui, Louisa devait absolument découvrir ce que Kate savait, et si elle était restée seule avec Clara.

Une autre idée la fit frémir. Si Kate était capable de glisser une substance mortelle dans la bouche de Clara, pourquoi n'aurait-elle pas agi de même avec son époux ? Elle savait qu'il était allergique au sésame : quoi de plus simple que d'en mettre dans sa nourriture ?

Un soudain regain d'énergie la traversa. Elle ne put attendre plus longtemps et dévala l'escalier pour revenir au grand salon. Cela faisait une heure qu'elle était partie, mais personne n'avait apparemment changé de position, même si une autre tournée de cocktails avait été servie. Elle resta à traîner près de l'entrée en se demandant si elle devait manifester sa présence quand Luke croisa son regard. Il fit signe à Nancy et tous deux la rejoignirent.

— Louisa, dit Luke, vous devez être dans un état épouvantable. Quel terrible choc vous avez eu ce matin !

Ces paroles compatissantes semblèrent soudain ouvrir comme une brèche dans ses défenses. Submergée par l'émotion, elle ne put que hocher la tête. Mais Nancy les entraîna à l'écart afin qu'aucune des personnes qui se trouvaient dans le grand salon ne puisse les observer.

— Qu'y a-t-il, Louisa ?

— Le médecin a-t-il déclaré que Mlle Fischer était décédée de mort naturelle ? demanda-t-elle, consciente qu'elle n'avait aucune raison précise de contredire cette constatation, mais impatiente de savoir.

— Oui, répondit Luke. D'après lui, il s'agit d'une crise cardiaque. Cela signifie, entre autres, que son corps pourra rapidement être rapatrié en Amérique. Nancy a téléphoné à la mère de Clara, et celle-ci a exprimé le désir que le corps de sa fille puisse lui être rendu le plus tôt possible. Ils sont d'origine juive, comprenez-vous.

— Vous avez dû téléphoner à sa mère…, dit Louisa en regardant Nancy, qui confirma d'un hochement de tête.

— Oui. C'était affreux.

— En fait, je me demande si la mort est vraiment due à des causes naturelles, dit Louisa.

— Oh non, vous n'allez pas remettre ça, dit Nancy.

— Que voulez-vous dire ? demanda Luke en tendant l'oreille.

— Je n'arrive pas à comprendre comment elle a pu succomber aussi vite uniquement par manque d'opium. Les gens guérissent de ce genre de dépendance. Certes, elle s'est sentie affreusement mal, mais pas au point d'en mourir.

— Mais que voulez-vous qu'il se soit passé d'autre ? s'enquit Luke avec avidité, tel un chien qui tient un os et n'est pas près de le lâcher, tandis que Nancy s'empourprait, furieuse.

— Je ne saurais le dire, mais quelqu'un aurait pu lui faire ingérer du poison, ou un autre type de drogue.

Luke allait réagir quand Nancy prit violemment Louisa à partie.

— Pourquoi faut-il que vous voyiez toujours des meurtres partout ? Vous et moi, nous en avons déjà parlé, et je vous répète que ce n'est pas le cas. C'est horrible, c'est triste, mais c'est seulement dû à de la malchance.

— Mais pourquoi Clara a-t-elle appelé quelqu'un à l'aide ?

Avant que Louisa puisse dire un nom, Nancy leva les deux mains, paumes ouvertes, comme refusant d'en entendre davantage.

— On ne va pas remettre ça sur le tapis. Toute cette histoire a été assez éprouvante. Arrêtez, Louisa, c'est compris ? Peut-être devriez-vous renoncer à être femme de chambre et vous engager dans la police. Là, vous auriez au moins votre content de sensations fortes, au lieu d'inventer des absurdités.

Elle tourna des talons et regagna le grand salon. Luke regarda Louisa.

— Quel nom Clara a-t-elle appelé ?

— Je ne puis vous le dire, puisque cela déplaît à Mlle Nancy.

— Je crois le deviner, dit Luke, puis il jeta un coup d'œil par-dessus son épaule. Bon, je ferais mieux d'y retourner moi aussi.

Deux jours plus tard, le matin, les dernières parutions venant d'Angleterre furent livrées. Tous les journaux évoquaient Clara Fischer, une jeune actrice au talent prometteur, morte soudainement à Venise, où elle séjournait avec des personnalités très en vue de la haute société. Aucun lien ne fut établi entre la présence de Mme Shaun Mulloney et le fait que son mari était mort à Paris tout aussi soudainement, un an ou presque auparavant. Mais dans le *Daily Sketch*, il y eut un article sur ce fameux groupe d'amis « où les langues vont bon train, parlant de Mlle Fischer comme d'une sirène batifolant dans les eaux irlandaises avec un mari qui n'était pas le sien ».

Tout le monde le lut. Or chacun savait que Luke écrivait pour le *Daily Sketch* et que donc, vérité ou pas, il avait ainsi enfreint le code de la confidentialité.

Louisa fut appelée dans la chambre de Diana peu

après la parution des journaux, et elle apprit que Mme Mulloney avait décidé de partir le jour même.

— Et nous aussi, par la même occasion, ajouta Diana. Comment profiter de notre séjour ici, après toute cette affaire autour de Clara ? Vous feriez mieux de commencer dès maintenant à faire les bagages, Lou-Lou. Nous rentrons chez nous.

31

Durant le trajet de retour de Venise à Londres, l'esprit de Louisa fut tout empli de pensées meurtrières. Était-ce à cause des romans policiers qu'elle avait lus, du refus sans appel qu'on avait opposé à sa demande d'entrer dans la police, de la frustration qui s'en était suivie, de la remarque de Nancy sur le fait qu'elle devrait quitter son emploi de domestique, ou des soupçons qu'elle nourrissait ? Elle n'aurait su le dire. Mais elle ne pouvait chasser son impression qu'il y avait une relation entre la mort de Shaun à Paris et celle de Clara à Venise. En surface, les deux décès étaient tragiques, mais dus à des causes naturelles : la réaction allergique de Shaun, due à ce qu'il avait sans doute ingéré au restaurant ; l'état de manque de Clara, victime de sa toxicomanie.

Pourtant, si on admettait qu'il y avait un lien entre les deux décès, il était facile de l'établir : Clara et Shaun avaient eu une liaison. Cela signifiait qu'il ne fallait pas chercher bien loin pour trouver un mobile et désigner l'auteur de ces deux meurtres : Kate Mulloney.

Comment s'y était-elle prise, si tel était le cas ? Connaissant l'allergie de son époux au sésame, elle avait eu beau jeu pour accomplir son premier forfait. Ils étaient seuls dans un appartement à Paris : quoi de plus facile pour elle que de prétendre qu'elle était trop ivre pour se rendre compte de ce qui arrivait à son époux ? Le meurtre de Clara était plus complexe, mais peut-être Kate avait-elle juste saisi l'occasion qui s'offrait à elle. Au moment où Clara était subitement tombée malade, Kate s'était arrangée pour rester seule avec elle le temps de lui administrer une substance mortelle.

Deux questions restaient en suspens. Kate était-elle certaine que son mari la trompait avec Clara ? Dans ce cas, pourquoi avait-elle attendu un an pour perpétrer le deuxième meurtre ? Peut-être parce qu'un écart de plusieurs mois rendait les deux crimes moins suspects. Peut-être aussi avait-elle attendu le moment le plus opportun pour exécuter le second. Néanmoins, cela exigeait d'avoir un tempérament froid et calculateur, ce qui cadrait mal avec la personnalité de Kate, son humour, sa franchise, sa générosité, des traits de caractère propres à une femme de grande sensibilité ; d'ailleurs son chagrin après la mort de Shaun semblait sincère, malgré sa retenue.

Peut-être Nancy avait-elle raison et Louisa dramatisait-elle à plaisir des faits on ne peut plus limpides. Oui, peut-être ferait-elle mieux de regarder les choses en face : elle s'ennuyait et ne s'habituait pas à l'idée de passer sa vie au service d'autrui, même si elle appréciait certains aspects de cette servitude.

Le temps d'arriver au 10 de Buckingham Street, Louisa avait décidé de se fixer une autre ligne de conduite. Bien qu'elle ait arrêté ses études à l'âge de quatorze ans, sa mère ayant besoin qu'elle l'aidât dans son travail de lingère pour augmenter les maigres revenus de la famille, elle avait l'impression de ne pas manquer d'intelligence. Sur les conseils de lady Redesdale, qui exerçait sur elle une douce tutelle, elle avait lu divers ouvrages d'histoire extraits de la bibliothèque des Mitford qui avaient servi à l'instruction des filles, ainsi que des livres d'art sur des peintres et des sculpteurs ; ce qu'elle considérait comme un grand privilège, car personne auparavant n'avait jamais insinué que Louisa puisse avoir connaissance de leur existence, encore moins comprendre leurs œuvres. Nancy, qui était une lectrice passionnée depuis son plus jeune âge, lui avait recommandé des romans situés dans le passé ou dans des contrées lointaines, parlant des taudis de l'époque victorienne, de maharajas indiens, de déserts africains. Surtout, Louisa avait pris l'habitude de lire tous les jours le journal et d'écouter la radio autant que son emploi du temps le lui permettait. Pour perfectionner son service, elle avait étudié les magazines *Vogue* et *Harper's* une fois que Diana avait fini de les lire pour s'informer des derniers échos de la mode, afin d'être une femme de chambre de bon conseil. (Même si, à dire vrai, elle trouvait bien vaines ces infimes fluctuations qui vous obligeaient à porter tel ou tel chapeau, telle ou telle robe, presque identiques aux précédents.) Bref, elle s'était cultivée en se forgeant un esprit et des idées bien à elle. Pourquoi ne pas mieux exploiter ces acquis à son avantage ?

Mais la sombre atmosphère qui les accueillit à Londres eut vite fait de refroidir son élan et ses velléités de chercher un autre emploi. L'humeur souvent radieuse de Diana, qui attendait la naissance de son premier enfant au printemps, fut assombrie par les sinistres conversations qui couraient partout, entre Bryan et ses amis, dans la presse et sur les ondes, quant aux conséquences que le «jeudi noir», le krach boursier de Wall Street en Amérique, aurait en Grande-Bretagne. On parlait d'effondrement économique, de montée du chômage et de troubles sociaux passant de l'autre côté de l'Atlantique jusqu'en Europe. Pourtant cela n'affectait en rien les soirées mondaines de M. et Mme Guinness, remarquait Louisa. Le cycle sans fin de sorties, théâtres, concerts, dîners et bals restait aussi prévisible qu'un horaire des chemins de fer.

Peu de temps après leur retour, un grand dîner fut donné chez les Guinness, et Kate Mulloney fit partie des nombreux convives. Il suffisait aux amis de Nancy ou de Bryan de passer un coup de fil pour que Diana les invite. Louisa voyait bien que sa maîtresse était désireuse de cultiver ses propres amitiés et prenait très au sérieux ses devoirs d'hôtesse. Toujours jolie et charmante, elle savait pertinemment ce qu'il fallait faire ou ne pas faire, à force d'avoir observé les réactions intempestives de son père à Asthall Manor ; une invitée avait été renvoyée chez elle pour avoir laissé traîner un mouchoir sur une haie. Bien recevoir demandait peu d'efforts à Diana, même si Louisa trouvait que, comparée à Nancy, elle manquait d'esprit et de vivacité, tout en étant bon public et prompte à rire des facéties des autres. Sa tranquille assurance aurait pu avoir quelque chose d'un peu glaçant si elle n'avait été adoucie par la chaude générosité de Bryan, et la sollicitude qu'il témoignait à ses amis lorsqu'ils étaient dans la peine. Pour autant, il ne régnait pas une totale harmonie au sein du couple. Leurs disputes les plus courantes se produisaient quand Diana se préparait pour une sortie. Bryan entrait dans la chambre puis, voyant Louisa suspendre une robe du soir ou Diana mettre ses pendentifs en diamant, il disait :

— Chérie, nous ne sortons pas ce soir, n'est-ce pas ?

Ce à quoi Diana répliquait :

— Moi, si. Toi, fais comme bon te semble. Rien ne t'y oblige, évidemment.

— Oui mais, qui vas-tu retrouver ?

Alors Diana le taquinait, fut-ce à cause d'une manie bien installée chez les Mitford ou pour le mettre en rage à dessein :

— Oh ! ne t'en fais pas pour ça. Je vais téléphoner et je me trouverai bien un cavalier. Je suis sûre qu'Evelyn ou Cecil se proposeront volontiers. Luke aussi est toujours prêt.

Malgré le manque de discrétion dont il avait fait preuve en dévoilant les frasques supposées de Clara dans le *Daily Sketch*, Luke était toujours en bonne amitié avec Diana, qui le trouvait beau garçon, amusant, et le considérait presque comme un animal de compagnie, toujours disponible pour lui servir de chaperon. Connaissant les penchants de Luke, Bryan ne pouvait raisonnablement en être jaloux. Pourtant, il s'en irritait.

— Chérie, commençait-il d'un ton apaisant. Je veux seulement profiter un peu de ma femme en égoïste. Une pièce, un dîner, et puis retour à la maison pour écouter un disque sur le gramophone ou lire au coin du feu.

Diana reposait sa brosse à cheveux ou son rouge à lèvres et se tournait vers son mari d'un air calme, mais inflexible.

— Cela, nous pourrons le faire n'importe quel soir de la semaine, mais ce soir, c'est le bal de la Croix-Rouge, le grand dîner chez les Astor, le cocktail du prince de Galles…

Et cela mettait fin à la discussion.

Le compromis, c'était de recevoir chez eux à des dîners qui étaient fort appréciés de leurs convives, grâce aux talents de Mme Mack, l'excellente cuisinière au service de Diana. Mme Mulloney vint donc dîner trois semaines seulement après le désastreux séjour à Venise. Nancy et Luke étaient également conviés, ainsi qu'Evelyn Waugh (qui ne quittait pas Diana d'une semelle, ces derniers temps, assis au pied de son lit le matin, alors qu'elle lisait son courrier, puis l'accompagnant faire du shopping), plus quelques autres invités de marque appartenant à la jeunesse dorée.

Louisa ne servait pas à ces dîners, cette tâche incombant à May, l'autre femme de chambre plus âgée, que Turner aidait aussi en cas de besoin. Mais elle s'installait discrètement dans un coin de la cuisine pour faire du raccommodage, afin de profiter de l'animation et du bruit. Ainsi, ses soirées étaient moins solitaires. Le soir où Kate assistait au dîner, Louisa ne fut guère étonnée de voir Luke descendre la retrouver à la cuisine au moment où, à l'étage du dessus, ces dames devaient avoir quitté la salle à manger pour prendre le café au salon.

Louisa et Luke ne se voyaient pas seuls de leur propre initiative, comme le font des amis, mais chaque fois que Luke rendait visite à Diana, il ne manquait jamais de venir la voir. Elle appréciait cette attention, et même si elle prenait garde maintenant de ne rien divulguer qui soit susceptible de finir dans ses colonnes mondaines, ils aimaient bien bavarder à propos de la vie qu'il menait et de l'évolution des mœurs. « Notre génération a plus de liberté, se plaisait-il à dire. Je me permets de faire des choses que mon père n'aurait jamais faites, ou pour lesquelles j'aurais eu droit à des coups de ceinture, s'il l'avait appris. Je dois en profiter au maximum ! » Louisa se réjouissait de l'entendre exulter de la sorte, mais cela lui inspirait aussi quelques regrets. Et elle, en profitait-elle seulement un peu ?

Luke rejoignit donc Louisa en chipant au passage deux chocolats disposés sur un plateau qui attendait d'être monté, et il s'agenouilla près de sa chaise.

— Vous n'allez pas le croire, si je vous dis ce qui s'est passé, dit-il en lui tendant une friandise.

— Quoi donc ? dit Louisa, tout sourire, en reposant sa couture.

Une des dames était-elle sortie sans se rendre compte que l'un de ses bas avait filé ? Ou avait-on évoqué à table les dernières fredaines d'un membre du Parlement avec sa secrétaire particulière ?

— La nuit où Clara est morte, Kate s'est trouvée seule avec elle.

— Racontez-moi.

— J'étais assis à droite de Nancy, avec Kate en face de nous, et elles ne devaient pas se douter que je les écoutais, car j'étais censé converser avec ma voisine de table, une bavarde, barbante au possible. Alors je tendais l'oreille mine de rien, histoire de me distraire un peu.

— Continuez, l'encouragea-t-elle, car Luke avait

la manie qu'ont les écrivains de brosser tout un tableau avant d'en venir aux faits.

— Apparemment, Nancy a reçu une lettre des parents de Clara. Ils veulent tout savoir de ce qui est arrivé durant les heures qui ont précédé sa mort. Ils n'acceptent pas facilement que leur fille soit morte si soudainement sans raison apparente. Ce qui se comprend.

— Ont-ils contacté la police ?

— Non, je ne crois pas. Je pense qu'ils ont écrit à Nancy en tant qu'amie de Clara pour obtenir des éclaircissements. Mais voilà où je veux en venir : j'ai entendu Nancy dire à Kate « Devrais-je leur préciser que toi et moi, nous sommes allées la voir, ou est-ce que je n'en parle pas ? ».

— Pourquoi lui demander ça ?

— Je l'ignore, mais alors Kate a répondu : « Ne leur dis pas que je suis restée seule avec elle, quand tu es allée à la salle de bains. Ils risquent de faire de fausses déductions, si jamais ils apprennent qu'il y avait quelque chose entre Shaun et Clara. »

Louisa ne fit pas de commentaire, mais soudain elle eut peur. Dans quel guêpier Nancy s'était-elle fourrée ?

— Je ferais mieux de remonter, dit Luke. Il faut que je rejoigne les hommes pour boire le porto. Non qu'ils souhaitent tellement ma présence. Ils n'ont que Wall Street à la bouche, et moi, je m'en fiche comme d'une guigne, conclut-il en lui décochant un petit sourire, mais Louisa était trop troublée pour le lui rendre.

Après son départ, elle resta assise quelques instants sans bouger. La conclusion à laquelle elle était arrivée se trouvait renforcée : il lui faudrait donc pousser ses investigations. Se pourrait-il que Kate soit coupable de la mort de Clara, ou même de celle de Shaun ? Si elle l'était, alors Louisa ne la laisserait pas passer entre les mailles de son filet.

32

Une semaine plus tard, après avoir déposé le plateau du petit déjeuner de Diana avec le courrier du matin, Louisa lui faisait couler son bain quand elle entendit sa maîtresse l'appeler. Elle s'empressa de fermer les robinets, car un jour, par mégarde, elle avait laissé l'eau couler si longtemps que la baignoire avait débordé, et la rejoignit.

— C'est Nancy qui m'écrit, lui dit Diana en brandissant une lettre. Finalement, la famille de Clara a fait pratiquer une autopsie, semble-t-il, et d'après les résultats, le décès est dû à une overdose d'opium. Dire qu'ils prétendaient vouloir l'enterrer au plus vite !

Ne sachant comment réagir à cette nouvelle, Louisa ne dit rien.

— Quelle idiote, cette Clara. Je suis désolée, Louisa, mais elle vous a bien eue. On ne lui avait pas volé sa réserve, tout compte fait. Les gens comme elle sont d'un sournois.

La laideur de cette remarque laissa Louisa sans voix. Elle savait qu'il n'en était rien. Elle était avec Clara, elle avait constaté sa détresse. Il était absolument impossible qu'elle ait eu de l'opium caché sur elle, et Louisa n'en avait évidemment pas dans sa chambre, là où Clara avait vécu ses derniers moments. Mais que faire des doutes qu'elle nourrissait, qui n'étaient encore à ce stade que des soupçons ? Pourtant elle ne pouvait les garder pour elle plus longtemps. Elle était sur le point de quitter Londres pour passer quelques jours chez sa mère et sa tante, dans le Suffolk. Avant son départ, elle envoya un mot à Guy au poste de police en ne disant que le strict nécessaire : le résultat de l'autopsie et sa version de cette soirée, avec la conclusion qu'elle en avait tirée. S'il fallait aller plus loin, ce serait à lui de jouer.

Durant l'absence de Louisa, Bryan et Diana avaient prévu d'aller faire un tour en voiture à la campagne, à la recherche d'une maison. Presque tous les week-ends, ils séjournaient dans une propriété des Guinness située dans le Sussex, mais à présent ils estimaient nécessaire d'avoir leur propre maison de campagne. Louisa n'était pas vraiment convaincue par ce projet, mais elle constatait qu'avec la naissance toute proche du bébé Diana embrassait enfin l'image que se faisait Bryan d'une famille heureuse vivant au cœur de la campagne anglaise, d'où elle avait tant voulu s'échapper autrefois.

Son séjour dans le Suffolk, dans le joli village d'Hadleigh, avec sa mère et sa tante aux petits soins pour elle et lui préparant ses plats préférés, aida Louisa à remettre sa vie en perspective. À Londres, elle subissait l'influence du milieu mondain et des gens pour lesquels elle travaillait, sans parler de son amitié pour

Luke, qui était à la fois agréable et déstabilisante. Sans un ami proche à qui se confier, elle avait le sentiment de s'égarer, de ne plus se connaître telle qu'elle était vraiment. Certes elle avait grandi à Londres et elle était attachée à cette vie citadine, aux rues bondées, aux trajets en bus familiers, mais les promenades dans la campagne et la beauté de l'hiver, qui l'avait ensorcelée dès sa première matinée chez les Mitford, lui procuraient un sentiment de paix. Sa mère lui rappelait avec entrain combien elle avait de la chance d'avoir cet emploi : « Quand je pense à toutes ces années éreintantes où j'ai travaillé comme lingère… Toi au moins, tu as progressé sur l'échelle sociale. C'est bien, ma fille. » Après avoir aidé sa mère à réparer le grillage du poulailler par crainte des attaques de renards et passé trois soirées à bavarder en famille au coin du feu, suivies de longues nuits d'un sommeil sans rêves grâce à l'air frais qu'elle avait respiré, elle était prête à reprendre son travail.

Elle avait aussi eu du temps pour réfléchir aux décès de Shaun Mulloney et de Clara Fischer, et elle avait peur pour Nancy, qui l'avait dissuadée avec tant de virulence de pousser plus loin ses investigations sur la mort de Clara. Nancy dissimulait le fait que Kate s'était trouvée seule avec Clara durant un certain laps de temps juste avant sa mort. Dans quel secret trempait-elle ? Courait-elle un danger ? Ce n'était pas facile de se confronter à Nancy. Des années de joutes avec un père aux emportements légendaires et de piques échangées avec ses sœurs avaient fait de Nancy une redoutable adversaire verbale. Louisa devait lui demander sans détours ce qui s'était passé cette nuit-là, mais elle était certaine que Nancy l'enverrait paître avant de la laisser poser une seule question. Nancy et Diana s'étant rapprochées durant l'année écoulée, il se pourrait même que l'aînée persuade sa cadette de congédier Louisa pour impertinence. Certes Louisa avait envie de changer de métier, mais elle voulait d'abord aller au fond de cette affaire. Et puis cela ne l'aiderait pas, d'être renvoyée sans références.

Tout en ruminant, Louisa marchait de la station de métro jusqu'à la maison des Guinness quand, tournant le coin de la rue pour s'engager dans Buckingham Street, elle tomba sur Guy. Sidérée, elle recula sans savoir au juste que penser ni que faire. Un an s'était écoulé depuis qu'elle l'avait embrassé, et depuis, elle avait dû lutter durement pour le chasser de son esprit. Pourtant elle venait de lui envoyer ce mot. Elle avait tenté de s'abuser elle-même, mais pourquoi le nier : oui, elle avait envie de le revoir. Sans rien dire, elle agrippa sa valise et poursuivit son chemin.

— Louisa ! s'écria Guy. S'il vous plaît.

Louisa s'arrêta, mais ne se retourna pas. Guy la contourna et la força à le regarder.

— Louisa, je sais ce qui s'est passé la dernière fois que nous nous sommes vus. Et croyez bien que je le regrette. Si vous saviez.

Pourtant Louisa ne put articuler un mot. Que dire ? Était-elle triste ou en colère ? Les sentiments qui l'assaillaient étaient tellement mêlés qu'ils formaient comme un sac de nœuds dans sa poitrine.

Parmi les gens qui les croisaient, certains pestaient contre ces jeunes gens sans gêne qui leur bloquaient le passage.

— Cela fait des heures que je vous attends en espérant vous voir. Je comptais que vous sortiriez bien à un moment pour aller faire des courses.

— Je n'étais pas à Londres, dit-elle d'une voix rauque, comme si elle n'avait pas parlé depuis des semaines.

— Oui. D'où cette valise. Voyez quel bon policier je fais, ajouta-t-il avec un petit rire forcé, et soudain Louisa n'eut plus envie d'être en colère ni de bouder, seulement de rire de cette mauvaise plaisanterie avec lui.

Mais cette envie se retrouva aussitôt sur le ring, à boxer contre le souvenir de Guy lui disant qu'il était fiancé à une autre. Un an après, il était sûrement marié. Elle s'interdit de regarder sa main pour vérifier s'il portait une alliance.

— Que faites-vous là, Guy ?

— C'est suite à votre mot. Je voulais m'assurer que… que vous alliez bien. Et vous remercier.

— De quoi ?

— Au sujet de l'actrice américaine.

— Je vois, dit-elle alors qu'elle nageait en plein brouillard.

Guy la regarda d'un air tout aussi hébété.

— La police judiciaire a été chargée d'enquêter sur sa mort. Merci pour votre mot. Je croyais que vous le saviez.

— Bien sûr que non. Je n'étais pas à Londres, rappelez-vous.

Une grosse goutte de pluie tomba sur la tête de Louisa. Puis une autre. Bientôt, elle devrait rentrer, sinon elle se retrouverait trempée jusqu'aux os.

— Pour tout vous dire, Louisa…, commença Guy en la regardant, les yeux embués de larmes.

— Oui ?

La pluie redoubla, mais Louisa était incapable de bouger.

— Nancy Mitford a été arrêtée.

33

Louisa ne dit rien, mais elle parcourut les derniers mètres en courant pour rejoindre la maison, Guy sur les talons. À l'entrée de service, elle s'arrêta et se retourna.

— Je ne pense pas que vous devriez entrer, lui dit-elle.

— Je veux aider, répliqua Guy en se rembrunissant.

— Nancy va-t-elle être interrogée par la police judiciaire ?

— Oui.

— Dans ce cas, vous et moi ne devrions pas nous parler, non ? J'étais également présente cette nuit-là. J'étais seule avec Mlle Fischer quand elle est morte.

Il pleuvait à verse à présent, et l'eau dégoulinait dans le dos de Guy en trempant son manteau.

— Il n'y a pas que vous, dit-il. Nous sommes impatients de nous entretenir avec toutes les personnes qui sont entrées dans la chambre ce soir-là.

— Alors comment se fait-il qu'on ne m'ait pas convoquée pour m'interroger moi aussi ? demanda Louisa, la gorge serrée.

— C'est en partie la raison de ma présence ici. Vous serez interrogée. Je voulais vous prévenir, dit Guy, les larmes aux yeux.

Mais Louisa n'éprouvait qu'une colère noire.

— Partez, Guy. Je vais me débrouiller toute seule.

Elle entra et referma la porte derrière elle d'un claquement sec.

Après avoir rapidement monté sa valise dans sa chambre et ôté son manteau trempé, Louisa partit en quête de Diana et la trouva dans le petit salon, en compagnie de lady Redesdale.

— Bonjour, lady Redesdale, madame Guinness.

Louisa dut se retenir de ne pas faire une courbette en présence de son ancienne maîtresse, tant son maintien avait quelque chose de royal.

— Bonjour, Cannon, dit lady Redesdale, assise bien droite sur le divan à côté de sa fille.

Vêtue simplement, elle approchait de la cinquantaine, pourtant ses cheveux noirs n'étaient pas striés d'argent. Un conte de bonnes femmes prétendait que si une mère perdait sa beauté durant sa grossesse, elle allait accoucher d'une fille. Apparemment, lady Redesdale avait payé le prix fort pour en avoir eu six, toutes belles au demeurant.

— Grâce au Ciel, vous êtes rentrée, dit Diana.

Elle tenait de sa mère la même réserve, pourtant Louisa perçut une joie sincère dans ses yeux de la voir de retour. Dans le hall, alors que Louisa cherchait sa maîtresse, May, l'autre femme de chambre, lui avait murmuré que M. Guinness était sorti pour se rendre au Railway Dining Club, qui organisait des dîners très sélects dans le wagon-restaurant du train pour Birmingham. Ce qui expliquait pourquoi lady Redesdale était en visite ici, après l'arrestation de Nancy.

Louisa préféra ne pas révéler que Guy lui avait déjà appris ce qui s'était passé. On pourrait penser qu'elle avait des rapports privilégiés avec la police ou dans le cadre de l'enquête, ce qui jouerait en sa défaveur.

— Est-ce que tout va pour le mieux, madame ? s'enquit-elle.

Lady Redesdale se redressa encore, raide comme un piquet.

— Nancy a été arrêtée et emmenée au poste de police de Knightsbridge pour interrogatoire. En ce moment même, lord Redesdale est là-bas avec elle.

Louisa fit mine d'être surprise, mais sans en faire trop. Ni la mère ni la fille n'aurait apprécié une réaction trop démonstrative, et elles allaient devoir en supporter beaucoup, venant d'autres qu'elle.

— Puis-je vous demander pour quelle raison elle a été arrêtée ?

— Pour le meurtre de Clara Fischer, répondit lady Redesdale avec une crispation dans la voix.

— C'est complètement absurde, commenta Diana.

— Je ne comprends pas, dit Louisa, qui avait de plus en plus de mal à conserver son air détaché. C'est inimaginable. J'étais là presque tout le temps. Je ne crois pas que Mlle Nancy se soit trouvée à aucun moment seule avec Mlle Fischer.

— Elle a rendu visite à Clara avec Kate Mulloney durant la soirée, dit Diana.

— Certes, vers minuit, quand j'étais avec vous.

— Apparemment, Mme Mulloney allègue que

Nancy est restée seule avec Clara et qu'elle a donc eu l'opportunité de glisser quelque chose entre ses lèvres.

Louisa fut surprise pour de bon, cette fois, et cela dut se voir.

— Mme Mulloney prétend que Nancy a fait ça ? répéta-t-elle, sidérée.

Diana confirma d'un hochement de tête.

— Le pire, c'est que c'est sa parole contre celle de Nancy, ajouta-t-elle.

— Oh non, ce n'est pas le cas, affirma Louisa. Et M. Meyer peut le prouver.

— Vous en êtes sûre, Cannon ? intervint lady Redesdale en la scrutant d'un regard glacial. Grâce à vous, le meurtre a déjà frappé une fois à notre porte, et cela ne me rassure pas.

— Lady Redesdale, je comprends votre réaction. Mais je vous en prie, veuillez me croire, ce n'est pas moi qui provoque ces drames. Ils se produisent, et oui, je ne puis m'empêcher alors de chercher une solution.

Lady Redesdale haussa à peine un sourcil.

— Je crois que nous ferions mieux de téléphoner à Luke et de le prier de nous retrouver au poste, déclara Diana en se levant, puis elle gagna le vestibule, où on l'entendit demander à l'opératrice un numéro de téléphone à Belgravia.

Pour se donner une contenance, Louisa proposa d'aller chercher les manteau et chapeau de Mme Guinness.

Moins de dix minutes plus tard, elle était assise à l'avant de la Bentley, sur le siège passager près de Turner, avec lady Redesdale et Mme Guinness à l'arrière, en route vers le poste de police de Knightsbridge.

Heureusement, le bruit des essuie-glaces et de la pluie qui crépitait sur le toit de la voiture noyait le lourd silence qui régnait à l'intérieur. Diana s'était brièvement entretenue avec Luke et l'avait prié de les rejoindre là-bas, ce qu'il avait accepté. Louisa leur avait déjà expliqué que Luke avait entendu par mégarde une conversation entre Mme Mulloney et Mlle Nancy lors d'un dîner, qui confirmerait la version de Nancy. Turner se gara devant le bâtiment, puis ouvrit la portière à lady Redesdale, qui s'empressa d'entrer, tête baissée, réussissant ainsi à éviter la pluie et le risque d'être reconnue par un passant. Diana et Louisa suivirent. Dans l'espace qui servait de salle d'attente, lord Redesdale et Luke Meyer étaient assis. Ne se connaissant pas, ils furent donc tous deux surpris de voir le trio de femmes les saluer tour à tour.

— Sydney, que faites-vous là ? s'exclama lord Redesdale en se dressant. Je vous avais dit de ne pas venir.

Bien que grand et élégant, il avait toujours l'allure d'un gentleman-farmer égaré en ville quand il était à Londres, et il paraissait aujourd'hui bien pâle et abattu.

— Il y a du nouveau, répondit vivement son épouse.

Ce remue-ménage perturbant quelque peu l'atmosphère du poste de police, Guy les rejoignit vite depuis les bureaux situés derrière l'accueil. Il avait dû rentrer depuis peu car son col était encore mouillé, mais il tenait une liasse de papiers à la main. Il salua lord et lady Redesdale, qui n'eurent pas besoin qu'on leur rappelle qui il était : c'était lui qui avait résolu le meurtre perpétré chez eux, cinq ans auparavant. Tandis que Guy leur parlait, Louisa rejoignit Luke, qui se tenait un peu à l'écart du groupe. Elle fut surprise de voir qu'il tremblait comme une feuille.

— Louisa, pourquoi Diana m'a-t-elle demandé de venir ici ?

De ses mains tremblantes, il dut gratter trois allumettes avant de réussir à allumer une cigarette.

— Je vais vous expliquer, ne vous inquiétez pas. Pourquoi vous mettre dans cet état ? lui demanda-t-elle, alarmée.

— Je ne sais pas, marmonna-t-il. Je n'aime pas les postes de police. S'il vous plaît, expliquez-moi de quoi il retourne.

— On a pratiqué une autopsie sur le corps de Clara en Amérique, et il en résulte qu'elle est morte d'une overdose d'opium. Comme elle n'en avait pas, c'est donc que quelqu'un lui en a donné.

— Je croyais que ses parents étaient juifs, remarqua Luke, blanc comme un linge.

— Et alors ? Quel rapport ?

— Les Juifs sont pressés d'enterrer leurs morts. Je croyais que les parents ne voudraient pas d'une autopsie.

— Personne n'est ravi de demander une autopsie, mais ils n'étaient pas satisfaits du certificat du médecin déclarant que la mort était due à des causes naturelles. Et il s'avère qu'ils avaient raison.

Luke regarda autour de lui en quête d'un cendrier, en trouva un et y écrasa son mégot de Player's.

— Et Nancy, qu'a-t-elle à voir dans tout ça ? Ils ne pensent tout de même pas qu'elle a donné de l'opium à Clara ?

— Mme Mulloney a déclaré à la police que Nancy

était restée seule avec Clara, et qu'elle a eu l'opportunité de le faire.

— Mais quel serait son mobile ?

Louisa se rappela la colère de Nancy, la première fois qu'elle avait suggéré que Clara avait été assassinée. Cachait-elle quelque chose ?

— Je l'ignore. Mais Luke, vous devez dire à la police ce que vous avez entendu durant le dîner ce soir-là.

Avant qu'il ait pu réagir, Diana les rejoignit.

— J'ai dit à M. Sullivan qu'il devait te parler, commença-t-elle, puis elle poussa un cri de douleur et se cramponna à son ventre, pliée en deux, en se retenant d'une main au bras de Louisa.

Lady Redesdale se précipita pour aider Diana à se redresser.

— Je te ramène à la maison. Jamais tu n'aurais dû venir ici. Ce n'est pas bon pour le bébé.

Après avoir décoché des regards noirs au reste du groupe, lady Redesdale escorta sa fille vers la sortie, où Turner devait les attendre avec la voiture. Lord Redesdale s'affala lourdement sur un banc en bois.

— Je vais rester ici pour Nancy, dit-il, l'air complètement épuisé.

— On va vous apporter du thé, proposa gentiment Guy, et lord Redesdale lui fit un simple geste de la main pour le remercier. Venez avec moi, s'il vous plaît, ajouta Guy à l'adresse de Louisa et de Luke.

Tous les deux le suivirent dans un long couloir, où ils croisèrent plusieurs portes closes. Des cris, des chocs métalliques résonnèrent, tout proches, et Louisa en frémit. Enfin, Guy tourna une poignée et les fit entrer dans une petite pièce dotée d'une seule haute fenêtre. Il y avait une table en bois et quatre chaises. Guy les invita à s'asseoir.

— Vous devez attendre ici. Je vais revenir très vite, dit-il, puis il quitta la pièce et ferma la porte.

— Que se passe-t-il, Louisa ? dit Luke.

— Je l'ignore, admit-elle.

— Je n'aime pas cet endroit. C'est sale et il fait froid.

— Je ne crois pas qu'il soit conçu pour être chaud et accueillant, ironisa-t-elle.

— Ah ah… très drôle.

Luke se leva et fouilla dans ses poches, sans doute pour allumer encore une cigarette, mais il n'en eut pas le temps car un autre homme entra dans la pièce, suivi de Guy. Le nouveau venu était vêtu d'un costume brun qui semblait trop grand pour lui, comme s'il avait récemment perdu du poids et n'avait pas réussi à s'acheter de nouveaux vêtements à sa taille. Sa maigre moustache et ses sourcils broussailleux détonnaient dans son visage, comme des accessoires de théâtre collés aux mauvais endroits.

— Bon, monsieur Meyer. Je suis l'inspecteur chef Stroud. Vous restez avec moi et nous allons bavarder un peu. Vous avez quelque chose d'important à me dire, si je comprends bien ?

— Mademoiselle Cannon, je vais vous demander de me suivre s'il vous plaît, dit alors Guy, qui était resté sur le seuil.

Louisa se retourna avant de sortir de la pièce. Luke avait l'air d'un condamné à mort prié de s'asseoir sur la chaise électrique.

34

Guy mena Louisa dans une autre pièce, avec deux chaises de chaque côté d'une table identique à celle devant laquelle Luke était resté assis.

— Pour des raisons évidentes, je ne puis vous interroger moi-même, dit Guy. Quelqu'un d'autre va arriver d'un instant à l'autre.

— Très bien, dit Louisa, alors qu'elle mourait d'envie de lui poser des questions sur ce qui s'était passé depuis leur dernière rencontre.

Était-il marié ? Avait-il songé à elle durant tout ce temps ? Mais elle s'y refusait.

Ils restèrent assis en silence pendant que Guy feuilletait les paperasses qu'il avait à la main et que Louisa triturait un bouton de son manteau jusqu'à ce qu'un homme particulièrement élégant en costume bien coupé à fines rayures et cravate jaune citron les rejoigne.

— Ah, vous êtes mademoiselle Cannon, je présume.

— Merci monsieur, dit Guy.

Il quitta la pièce, mais pas avant d'avoir jeté un coup d'œil à Louisa. Elle ne lui rendit pas son regard, non parce qu'elle était fâchée, mais parce qu'elle avait peur.

Certes elle savait qu'on ne pouvait rien lui reprocher, mais elle savait aussi que les personnes de sa condition étaient souvent suspectées. On la traiterait sans doute en coupable tant que son innocence n'aurait pas été prouvée.

— Je suis l'inspecteur principal Stiles, et c'est moi qui vais mener cet interrogatoire, déclara le policier en s'asseyant.

Puis il sortit un calepin ainsi qu'un stylo à plume tout en décochant à Louisa un petit sourire, d'un air de dire qu'elle ne devait pas s'inquiéter. Mais devait-elle s'y fier ?

— Pouvez-vous confirmer vos nom et lieu de résidence.

— Louisa Cannon, 10, Buckingham Street, Londres.

— Profession ?

— Femme de chambre attachée au service de Mme Guinness.

Stiles prit ces informations en note, ainsi que la date et l'heure de l'interrogatoire.

— Pouvez-vous me confirmer où vous étiez à 5 heures du matin le 27 janvier de cette année.

— Oui, j'étais dans la chambre numéro 236, qui m'était réservée à l'hôtel Excelsior sur le Lido, à Venise, répondit-elle.

La tête lui tournait car elle n'avait rien mangé depuis que sa mère lui avait donné du pain beurré et du thé sucré le matin, peu avant son trajet en train pour Londres.

— Étiez-vous seule ?

— Non, monsieur, répondit Louisa. J'étais avec la défunte, Mlle Clara Fischer.

— Pourquoi Mlle Fischer se trouvait-elle dans cette chambre avec vous ?

Louisa savait qu'elle ne devait rien cacher.

— Durant la journée, elle s'était fait voler son sac à main près de la place Saint-Marc. En la voyant quitter le groupe pour essayer de le récupérer, Mme Guinness avait suggéré que je l'accompagne. Alors que Mlle Fischer et moi, nous marchions ensemble, elle m'a avoué que son sac contenait de l'opium… Elle m'a dit qu'elle avait quitté le groupe plus tôt, pendant qu'il visitait la basilique, afin d'aller fumer discrètement. Elle pensait que c'était à ce moment-là, alors qu'elle était un peu « dans les vapes » selon son expression, que quelqu'un avait dû lui dérober son sac. Désespérée, elle voulait le retrouver ou, à défaut, se procurer de l'opium. Je l'ai persuadée de rentrer à l'hôtel, et je lui ai dit qu'elle pourrait se reposer dans ma chambre.

— En avez-vous informé quelqu'un d'autre ?

— Oui, M. Luke Meyer. Il m'a demandé ce qui se passait. Mlle Fischer m'avait priée de n'en parler à personne, mais j'étais très inquiète pour elle. Peu après notre retour à l'hôtel, elle a semblé être en état de manque et souffrait terriblement.

— Cela paraît très rapide, commenta Stiles en la scrutant, toutefois sans animosité.

— Oui, monsieur. J'ai pensé que c'était peut-être un effet psychologique autant que physique. Sachant qu'elle se trouvait dans un lieu où elle ne pourrait pas se procurer de drogue…

— Hum. Vous avez veillé sur Mlle Fischer, dites-vous. Qu'entendez-vous par là ?

— Elle était très mal en point et délirait. J'ai essayé de lui faire boire de l'eau, mais cela n'a fait que provoquer une autre crise de vomissements. J'ai tamponné son front avec un linge frais et j'ai essayé de lui dire des choses pour l'apaiser.

— Est-ce qu'une autre personne s'est trouvée seule avec Mlle Fischer au cours de la nuit ?

— Vers minuit, j'ai dû aller rejoindre Mme Guinness, pour l'aider à se coucher. Je suis restée absente environ une heure. Je savais que Mlle Nancy Mitford irait lui rendre visite dans l'intervalle.

— Comment le saviez-vous ?

— J'ai vu Mlle Nancy quand j'ai laissé Mlle Fischer pour m'occuper de Mme Guinness. Je l'ai informée de ce qui se passait et elle s'est inquiétée pour son amie. Elle m'a dit qu'elle veillerait sur elle pendant mon absence… Ah oui, ajouta-t-elle en repensant à l'homme de la réception et à ce qu'il lui avait demandé. Il y a eu quelqu'un d'autre, monsieur.

— Qui donc ?

— À ma demande, une servante de l'hôtel a monté une théière. Je crois que Clara a bu un peu de thé.

Stiles reposa son stylo à plume et écarta sa chaise de la table. Il croisa les bras et regarda Louisa. Aussitôt, elle vit que son comportement avait brusquement changé.

— Vous avez des antécédents judiciaires, mademoiselle Cannon.

Ce fut comme recevoir une gifle en pleine figure. Elle essaya de maîtriser sa respiration et de refouler sa peur sans la montrer. En effet, elle avait jadis enfreint la loi, mais cela n'avait rien à voir avec le crime commis.

— C'était il y a longtemps, monsieur. Je n'étais qu'une enfant.

— Il n'empêche. Cela entache quelque peu votre probité, dirons-nous.

Louisa ne répondit pas.

— Était-ce la première fois que vous rencontriez Mlle Fischer ?

— Non, monsieur. Je l'avais rencontrée quelques années plus tôt, alors que j'étais au service de lady Redesdale. Je servais de chaperon à sa fille, Mlle Pamela Mitford. Mlle Fischer faisait partie de son cercle d'amis.

— Vous êtes-vous liée d'amitié avec Mlle Fischer ?

— Non, monsieur. Il n'y avait rien d'inamical entre nous, mais j'étais une domestique, monsieur.

— Oui, oui. Je comprends bien. N'empêche, cela m'intrigue, pourquoi s'est-elle confiée à vous après le vol de son sac ?

— Je pense qu'elle était au désespoir.

— Avez-vous volé son sac ?

— Quoi ? Non, monsieur, je ne l'ai pas volé !

Stiles se leva et se mit à arpenter la pièce.

— Je crois que vous avez vu l'occasion rêvée et que vous en avez profité. Vous en aviez les moyens, vous saviez comment vous y prendre, ayant volé jadis comme nous le savons. Vous l'avez vue fumer de l'opium, et vous saviez qu'elle ferait n'importe quoi pour s'en procurer.

— Non ! s'écria Louisa, en proie à la panique.

Et Guy, où était-il ? Personne ne pourrait donc témoigner en sa faveur ? Qui se porterait garant pour elle ?

— Quand elle a compris que c'était vous la voleuse, vous avez dû la supprimer. Et cette fois encore, vous avez profité de l'occasion qui s'offrait à vous. Elle était seule dans votre chambre, en plein délire, désespérée. Vous lui avez proposé de fumer de l'opium, et elle s'est empressée d'accepter.

— Non, non et non. Ce n'est pas moi. Où est M. Sullivan ?

— L'inspecteur Sullivan ne peut rien pour vous.

— Mais si ! Il... il peut se porter garant de mon honnêteté.

— Quelle honnêteté ? Vous avez déjà violé la loi, vous recommencerez. Je connais bien les gens de votre espèce.

De mon espèce ? La rage l'emporta soudain sur la panique.

— Inspecteur principal Stiles. Je n'ai pas commis ce crime, déclara-t-elle d'une voix étonnamment calme.

— Peut-être n'avez-vous pas volé le sac, admit-il, et Louisa sentit les battements de son cœur se calmer un peu, mais il repartit aussitôt à l'attaque. Dans ce cas, dites-moi où vous avez acheté l'opium. Était-ce en Angleterre, ou à Venise ? Il est facile de s'en procurer.

— Je n'ai jamais acheté d'opium.

— Pour vous, ça aurait été un jeu d'enfant, n'est-ce pas ?

Stiles se rassit, rapprocha sa chaise et se pencha en avant de sorte que son visage, à présent dur et fermé, n'était plus qu'à quelques centimètres du sien.

— À mon avis, vous en avez en réserve en cas de besoin. Dans votre sac, ou bien dans votre chambre. Nous pourrons aisément le vérifier. Qu'en pensez-vous ? Je parie que nous ferions bonne pêche.

Louisa ne dit rien, elle s'efforça de prendre ses distances, en se concentrant sur sa respiration pour la réguler autant que possible.

— Vous en fournissez aux gens pour lesquels vous travaillez, n'est-ce pas ? Comment rêver meilleure couverture ? Ni vu ni connu. Et vous gardez votre emploi en toute sécurité.

— Non, dit-elle simplement. Tout cela est faux.

Stiles se radossa et la regarda. Il souriait.

— En effet, dit-il. Tout cela est faux.

À cet instant, comme répondant à un signal qui lui aurait échappé, Guy entra sans frapper. Stiles se leva.

— Ce n'est pas elle, déclara-t-il avant de quitter la pièce.

35

Une fois dans le couloir, Louisa arrêta Guy.

— Dites-moi ce qui se passe.

Mais Guy ne dit rien. Il continua en longeant quelques portes closes et en ouvrit une autre sur une pièce en tous points identique aux précédentes. À l'intérieur, il y avait un policier en uniforme posté dans un coin, et Nancy. Elle se précipita sur Louisa.

— Lou-Lou, Dieu merci, vous voilà ! Quel enfer !

Elle portait un élégant ensemble de manteau et jupe bleu marine, mais ses cheveux tout aplatis avaient perdu leurs belles ondulations et on aurait dit qu'elle n'avait pas dormi depuis une semaine. Tout son maquillage s'était effacé, à part une trace de rouge foncé sur ses lèvres.

— Quand est-ce arrivé ? demanda Louisa.

Étrangement, elle se sentait en position de force dans cette pièce, même si elle savait que ce n'était qu'une illusion. Mais avoir été accusée puis innocentée, tandis que Nancy avait été arrêtée et retenue, signifiait que Louisa, pour une fois, avait les cartes en main.

— Ce matin, répondit Nancy. Oh, ce fut affreux.

Affreux. Le seul point positif, c'est que je pourrai me servir de cette horrible expérience dans mon prochain livre. Et Farve, comment va-t-il ? C'est tellement adorable de sa part, de m'attendre. Aucun signe de Muv, bien sûr. Monsieur Sullivan, auriez-vous une cigarette ?

Louisa le vit avec étonnement en sortir une de sa poche et la lui donner.

— C'est bien utile pour obtenir de petits tuyaux, expliqua-t-il.

— En fait, lady Redesdale est venue ici avec Mme Guinness, dit Louisa, mais elles ont dû rentrer à la maison. Elles craignent que ce stress ne soit pas bon pour le bébé.

— Et pour moi ?

Louisa ignora cette remarque puérile comme l'aurait fait Nanny Blor en pareil cas.

— Monsieur Sullivan, commença-t-elle en s'adressant à Guy avec la distance qui était toujours de rigueur entre eux en présence d'une tierce personne, et dont elle se félicitait aujourd'hui. Pouvez-vous s'il vous plaît nous expliquer ce qui s'est passé ?

— Oui, asseyez-vous, je vous prie.

Nancy et Louisa prirent place d'un côté de la table, et Guy congédia l'agent en faction avant de s'asseoir face à elles.

— Je suis désolé, mademoiselle Cannon. Mais je devais attendre la fin de votre interrogatoire avant de vous donner des éclaircissements.

Louisa acquiesça. Nancy eut l'air perplexe, mais ce n'était pas le moment de se lancer dans des explications. Elle était encore sous le choc de l'interrogatoire qu'elle venait de subir, et pour l'heure c'était un soulagement de rester assise et d'écouter.

Guy poursuivit.

— Moi-même, je ne suis pas encore très au fait, car tout cela s'est produit durant le week-end où j'étais en congé. Mais Stiles et Thorne m'ont mis au courant quand ils ont découvert que j'étais un ami de la famille.

Il marqua une pause et Louisa devina que c'était parce qu'il craignait de s'être trop avancé en se dénommant ainsi. D'ailleurs, peut-être par simple distraction, Nancy ne sembla pas s'en formaliser.

— Comme vous le savez, reprit-il, les parents de Mlle Fischer ont financé de leurs deniers une autopsie. Selon le rapport, leur fille est morte d'une surdose d'opium. Étant donné que ses parents ignoraient sa dépendance à la drogue, ils ont contacté la police de Venise pour dire qu'ils soupçonnaient un acte criminel. Mais alors, étant donné que Mlle Fischer et tout son groupe d'amis vivaient en Angleterre, la police italienne a jugé que ce n'était pas de son ressort, et qu'il serait préférable que l'enquête soit conduite par la police britannique. L'affaire a donc été confiée à nos services. Quant aux Italiens, ils interrogent actuellement le personnel de l'hôtel, si j'ai bien compris. Notre priorité, c'était de nous entretenir avec les personnes qui ont été en présence de la défunte durant ses derniers instants ; à l'origine, nous avons supposé que Mlle Fischer avait dû absorber la drogue de son propre chef, ce qui a été confirmé par les déclarations de Mlle Nancy Mitford et de Mme Mulloney durant le week-end. Mais le mot de Louisa a depuis changé la donne.

— Que voulez-vous dire ? demanda Nancy. Clara

n'avait plus d'opium en réserve. Il est impossible qu'elle en ait pris de son propre chef. Je l'ai vue : elle était dans un cruel état de manque.

Louisa crut bon d'intervenir.

— Précisément. Quelqu'un d'autre a dû lui en donner délibérément. Et il n'y a eu qu'un très petit nombre de personnes dans cette chambre.

— Dont moi, soupira Nancy.

— Effectivement, confirma Louisa d'un air chagrin. Je regrette. Je ne me doutais pas une seconde que vous seriez considérée comme suspecte.

— Eh bien, de mon côté, j'ai été convoquée au poste samedi matin, et je n'en étais pas ravie, croyez-moi, enchaîna Nancy. Mais l'on m'a assuré que ce n'était que par pure routine. J'ai donné à la police les noms de tous les participants à la fête ce week-end-là, je leur ai dit que vous aviez emmené Clara dans votre chambre, et que Mme Mulloney et moi étions allées lui rendre visite.

— Avez-vous rapporté à la police le vol du sac à main ?

— Oui, et ce qu'il contenait. C'en est resté là et on m'a congédiée. Mais voilà que ce matin les policiers sont venus à Rutland Gate pour m'arrêter. Pauvre Farve, j'ai cru qu'il allait mourir d'apoplexie.

— Pourquoi Mlle Nancy a-t-elle été arrêtée ? intervint Louisa en se tournant vers Guy.

— Dans son interrogatoire de samedi, Mme Mulloney a déclaré à Stiles que lorsque Mlle Mitford et elle-même avaient rendu visite à Mlle Fischer, Mlle Mitford s'était retrouvée seule durant plusieurs minutes avec la victime. Bref, Mlle Mitford avait les moyens et le mobile.

— Quel mobile ? s'écrièrent Nancy et Louisa à l'unisson.

— L'embarras. Mlle Fischer était une toxicomane, elle était en état de manque. C'était extrêmement gênant pour Mlle Mitford, qui craignait que sa réputation en soit entachée. Mme Mulloney a prétendu que Mlle Mitford était elle aussi opiomane.

— C'est un peu léger pour faire un mobile, non ?

— Je partage votre avis, mademoiselle Mitford, dit Guy. Je doute que cela aille plus loin, en particulier maintenant que la déclaration de M. Meyer a été consignée.

— Comment ça ?

Nancy ignorant cette dernière information, Louisa lui en fit part.

— M. Meyer m'avait dit qu'il avait entendu par mégarde votre conversation avec Mme Mulloney, à la table du dîner, la semaine dernière.

Nancy en prit ombrage.

— M. Meyer et vous parlez donc de moi dans mon dos ?

— M. Meyer se faisait du souci pour vous, répondit Louisa pour se justifier, mais Nancy détourna le regard.

— Merci pour la cigarette, mais… avez-vous du feu ? demanda-t-elle à Guy, qui sortit de sa poche une boîte d'allumettes et en gratta une.

Nancy inspira puis exhala la fumée.

— Bon, allez-y. Dites-moi ce qu'il a déclaré, dit-elle.

Guy prit le relais.

— M. Meyer a déclaré qu'il vous avait entendues toutes les deux discuter du fait que Mme Mulloney était restée seule avec Mlle Fischer, et qu'elle souhaitait que cela ne soit pas divulgué.

Mais au lieu de réagir, Nancy continua à tirer sur sa cigarette, les yeux dans le vague.

— Mademoiselle Mitford, je dois vous le demander : pourquoi Mme Mulloney tient-elle tant à dissimuler ce fait ? insista Guy. Cela paraît suspect, d'autant qu'elle a essayé de vous incriminer. Je sais, c'est une situation délicate pour vous. Mme Mulloney est une amie et…

— C'était une amie, rectifia Nancy.

— Très bien. Et c'est sa parole contre la vôtre, même si nous avons maintenant la déclaration de M. Meyer qui joue en votre faveur. Si vous savez quelque chose, vous devez nous le dire.

— Monsieur Sullivan, je n'ai guère d'affection pour Mme Mulloney. Malgré sa beauté et ses relations, c'est quelqu'un de difficile, mais je ne pense pas qu'elle soit une meurtrière. Je pense plutôt qu'elle s'inquiète qu'on puisse croire qu'elle avait un mobile.

— Quel serait donc ce mobile, mademoiselle Mitford ? demanda Guy, tandis que Louisa était tout ouïe.

Nancy détourna le regard et répondit d'un ton faussement nonchalant.

— Shaun manquait de discrétion. Il n'était pas connu, disons, pour sa fidélité envers son épouse. Des rumeurs couraient sur Clara et lui. Je n'en avais pas connaissance avant d'emmener Clara à Venise, et elle ne m'en avait jamais parlé. Je ne les ai apprises qu'après sa mort. Mais vous devez m'écouter, monsieur Sullivan, dit-elle en se tournant face à Guy d'un air grave, cette fois. Ces rumeurs sont chose courante dans notre milieu. Certes, si celle-ci s'avère fondée, c'est affreux et consternant pour Kate, mais cela ne constitue pas un mobile suffisant pour commettre un meurtre.

Louisa regarda Guy. Partageait-il ce qu'elle en avait déjà déduit ? Si l'hypothèse de cette liaison se trouvait confirmée, Kate Mulloney pourrait bien être arrêtée pour les meurtres de son mari et de Clara.

36

Quand Louisa, Nancy et Guy rejoignirent la salle d'attente située sur le devant du poste de police, lord Redesdale faisait les cent pas. Assis sur une chaise, jambes croisées, Luke balançait le pied nerveusement et il bondit quand tous les trois entrèrent dans la pièce.

— Nancy, grâce au Ciel. Te voilà…

Mais Nancy l'interrompit.

— Merci pour ce que tu as fait, Luke, lui dit-elle un peu sèchement, puis elle se tourna vers son père, qui s'était arrêté de marcher et observait le groupe d'un air ébahi. Mon cher vieux papa, pourriez-vous me ramener à la maison, maintenant ?

Lord Redesdale prit sa fille par le bras, puis décocha à Guy un regard sévère.

— Vous avez intérêt à ce que cette vilaine affaire soit vite bouclée.

— En tout cas, elle l'est concernant Mlle Mitford, monsieur le baron, répondit Guy.

Mais lord Redesdale était pressé de quitter cet horrible endroit et sa fille et lui s'en allèrent sans même dire au revoir.

Louisa, Guy et Luke restèrent donc plantés là à se regarder. Louisa savait qu'elle aurait dû retourner travailler, mais elle savait aussi que Diana ignorait qu'elle avait déjà été relâchée. Et elle avait besoin d'un petit remontant, bien que ce ne soit encore que l'après-midi. Vu sa mine, elle se dit que Luke ne dirait pas non.

— Monsieur Meyer, dit Louisa.

— Pourquoi ne pas m'appeler par mon prénom ? s'étonna-t-il.

Louisa jeta un petit coup d'œil à Guy et se rendit compte avec un plaisir certain qu'il se dandinait d'un air gêné.

— Si nous allions tous deux dîner quelque part ? proposa-t-elle avec une assurance qu'elle n'éprouvait pas.

— Bien volontiers, acquiesça Luke en poussant un gros soupir de soulagement. Avec un bon cognac.

Guy s'apprêtait à dire quelque chose, mais il se ravisa. Ce ne fut qu'au moment où ils prirent congé et que Luke se dirigeait vers la sortie qu'il toucha doucement Louisa sur le bras.

— Pourrai-je vous revoir ?

Attendrie, Louisa scruta ses grands yeux bleus de myope derrière les verres épais, son nez fin, sa bouche qui esquissait un sourire nerveux. Elle en avait elle-même envie.

— Cela ne nous apporterait rien de bon, ni à vous ni à moi, n'est-ce pas ? dit-elle pourtant, puis elle s'éloigna.

Mais une fois dehors sur le trottoir, elle se retourna et vit que Guy la regardait toujours.

— À mon avis, ça mérite le Ritz, déclara Luke, tout ragaillardi, tandis qu'ils arpentaient la rue.

Il avait retrouvé son teint frais et son air pimpant. Seule sa chemise fripée au col ouvert et sans cravate révélait l'état d'anxiété dans lequel il avait dû quitter la demeure de sa tante.

— Non, Luke. Il n'y a pas de quoi être à la fête. Si nous allions juste nous réfugier dans le pub le plus proche ?

En fait, Louisa regrettait de ne pas avoir dit qu'elle devait rejoindre Diana dès que possible. Là-bas, elle aurait pu s'étendre un moment sur son lit et réfléchir en repassant dans sa tête les derniers événements. Et puis la déception cuisante qu'elle avait infligée à Guy lui serrait le cœur.

Ils ne mirent pas longtemps à trouver un pub, le Rose and Thorn, caché dans une ruelle. C'était autrefois le repaire des cochers une fois qu'ils avaient rentré les chevaux pour la nuit, et ce lieu s'accordait parfaitement à l'humeur de Louisa : sombre, bas de plafond, avec une barmaid à l'air maussade pour compléter le tableau. Ils se nichèrent dans un box en prenant chacun un cognac. Louisa savait que l'alcool l'assommerait, mais ce serait le remède idéal. La première gorgée lui brûla la gorge et lui apporta l'engourdissement béni qu'elle recherchait. Quant à Luke, il poussa un long soupir d'aise.

— Ah, ça va mieux. Je ne sais ce qu'il y a eu de pire aujourd'hui, être interrogé par la police, ou dire à ma tante que j'étais convoqué. Elle était encore plus retournée que moi.

— Lui avez-vous dit pourquoi ?

— Non, étant donné que je l'ignorais moi-même.

Diana m'avait sommé de la rejoindre au poste. En fait, j'étais dans un sale état. J'avais passé la nuit à Soho à boire du whisky avec des gars pas très recommandables, conclut-il avec un petit rire.

Louisa scruta un bref instant les yeux de Luke, d'un brun insondable. La gueule de bois pouvait-elle à elle seule expliquer l'état d'anxiété et les tremblements qui l'avaient saisi tout à l'heure ? Elle avait toujours l'impression qu'il cachait quelque chose, mais quoi ? Son homosexualité était connue de tout le groupe, même si Nancy, Diana et leurs amis y faisaient allusion de façon voilée. Néanmoins, c'était un penchant qu'il devait dissimuler aux gens la plupart du temps, elle le savait. Or c'est épuisant à la longue, de cacher une partie intégrante de son être. Cela, Louisa le savait aussi. Il y avait un autre risque : cette dissimulation obligée pouvait devenir une habitude mentale bien ancrée, qui vous venait aussi naturellement que de lacer vos souliers.

— Allez-vous contacter votre journal ?

— À quel sujet ? s'enquit Luke en faisant passer sa question avec une autre lampée de cognac.

— Vous le savez. Clara, Nancy…

— Non, mais cela pourrait finir par me tenter, s'il y avait une vraie histoire à en tirer. Pourtant croyez-moi, je n'ai pas envie de croupir en échotier alimentant la presse à scandales. J'aimerais être un journaliste digne de ce nom.

— Hum, dit Louisa d'un air de doute, puis elle avala d'un trait le reste de son cognac et cela lui éclaircit les idées. Pourquoi êtes-vous ici avec moi, Luke ?

L'appeler ainsi par son prénom lui procurait toujours un petit frisson de plaisir. Dans sa vie quotidienne, elle était obligée de s'adresser aux gens de façon formelle, à part avec May, la femme de chambre. En retour, les filles de cuisine devaient l'appeler « Mademoiselle Cannon ». Au départ, cette marque de distinction lui avait plu, mais elle créait une distance qui devenait vite infranchissable.

— Nous sommes amis, non ? répondit-il.

— Oui, mais vous êtes aussi l'ami de Mme Guinness. Une dame dont je suis la femme de chambre. C'est inhabituel.

— Certes, mais je ne suis pas comme tout le monde, Louisa, répondit Luke avec chaleur. Et j'ai comme l'impression que vous non plus. Disons que tous les deux, nous sortons du lot. Oui, je suis un ami de Diana, mais jusqu'à un certain point. Je ne suis pas vraiment de leur milieu, je ne possède pas leur argent, leur origine sociale, leur assurance. Ils m'acceptent un peu comme un animal de compagnie, une mascotte amusante. Certains pourraient trouver cela pathétique de ma part, mais comme leur complaisance me permet d'évoluer dans les sphères de la haute, je m'en arrange.

— Oui, mais que désirez-vous faire de votre vie ?

— Bonté divine, dit Luke. Grande question. Ma parole, vous êtes d'humeur philosophe, aujourd'hui. À mon avis, un autre verre ne nous ferait pas de mal.

Il fit signe à la barmaid d'apporter la même chose. Elle flanqua d'un air rogue un torchon par-dessus son épaule, mais vint les resservir. Pendant que Luke réfléchissait, Louisa essaya de penser à ce qu'elle-même répondrait à cette question.

— Je m'obstine à espérer que nous vivons dans un monde nouveau, différent de l'ancien, commença Luke.

Depuis la guerre, tant de choses ont changé. Voitures, téléphones, radio. Le droit de vote des femmes.

— Hourrah ! commenta Louisa en levant son verre pour porter un toast.

Luke trinqua, mais aussitôt il fit la moue.

— Désolé, Nancy m'a dit un jour que ça ne se faisait pas.

— Tant pis, continuez, je suis tout ouïe.

— Voici ce que j'éprouve : c'est comme si chacun avait sa chance de vivre enfin comme il l'entend. J'ai de la veine, j'ai reçu une assez bonne éducation, et j'ai ma tante qui me soutient. Mais elle et moi ne nous ressemblons pas. Elle désapprouve farouchement la vie moderne et aimerait que le monde redevienne tel qu'il était.

— Quand les gens savaient rester à leur place ?

— Exactement.

— Un monde où vous et moi ne serions pas assis là à trinquer ensemble, ajouta Louisa avec un petit sourire en coin, et ils se mirent tous deux à rire de bon cœur.

Le cognac sur son ventre vide avait dénoué toutes les petites crispations de ses épaules jusqu'à son cuir chevelu, et elle avait l'agréable sensation de fondre sur son siège, ou presque. Elle aurait voulu ne jamais quitter l'intimité de ce box. Mais inévitablement, un sujet lui revint en tête, telle une bille sur la pente d'un jeu de bagatelle.

— Clara avait une liaison avec le mari de Kate Mulloney, dit-elle soudain.

— Je sais, confirma Luke en posant son verre sur la table.

— Moi, je l'ai deviné d'après votre article, ajouta

Louisa en lui décochant un regard lourd de reproche. Mais vous, comment le saviez-vous ?

— Oh, il y avait des rumeurs…, commença-t-il, mais alors il écarquilla les yeux. Vous ne pensez tout de même pas que Kate… ?

— Ce n'est pas impossible, répondit Louisa tout en sachant qu'elle se permettait des propos qu'elle n'aurait jamais tenus si elle n'avait pas bu un coup de trop. Nous ignorons encore si Mme Mulloney était au courant de cette liaison…

— Et que se passerait-il si cela se confirmait ?

— Je dirais que cela ne jouerait pas en sa faveur tout en arrangeant bien la police.

— Dans ce cas, je pense que vous feriez mieux de m'accompagner chez ma tante.

Luke se leva, régla l'addition, et cinq minutes plus tard ils prenaient un taxi pour Wilton Crescent.

37

Au bout de l'alignement de hautes demeures en arc de cercle qui donnait son nom à la rue, le 31, Wilton Crescent semblait un peu étrange, juste à côté de l'église anglicane St Paul de Knightsbridge. Le nom de la rue évoqua confusément quelque chose à Louisa… cela avait-il à voir avec Guy ? Comme elle n'avait guère envie de penser à lui, elle ne s'y attarda pas.

Luke sortit une clef attachée à la boucle de sa ceinture par une fine chaîne d'argent.

— Ma tante craint que je la perde, dit-il avec un petit sourire ironique, puis il ouvrit la porte et l'invita à entrer. Nous n'avons pas de domestiques.

— Aucun ?

— Non. Tante ne leur fait pas confiance, semble-t-il. Ce n'est pas très chrétien, me direz-vous, pour quelqu'un qui va deux fois à la messe le dimanche. Vous allez peut-être trouver les lieux poussiéreux, mais moi, j'y suis habitué.

Ils longèrent un sombre vestibule qui menait à un petit bureau et à une salle à manger.

— Attendez ici, lui intima Luke avant de clamer à

la ronde des « hello » sonores, qui n'obtinrent pas de réponse. Très bien. Elle n'est pas rentrée. Elle n'apprécierait pas de nous trouver ici. Un homme et une femme seuls. Elle est un peu vieux jeu, vous savez.

Ça sentait le renfermé et le décor semblait tout droit sorti du siècle précédent : papiers peints fanés aux motifs chargés, tapis persans sur des parquets encrassés et aux murs, quelques rares tableaux, surtout des paysages sans originalité.

Tout en parlant, Luke avait mené Louisa en haut de l'escalier et il la fit entrer dans un salon situé au premier étage, avec deux hautes fenêtres à guillotine qui donnaient sur la rue. Un grand portrait occupait tout l'espace d'un mur : celui d'un homme à barbe et moustache grises et à l'air suffisant, pourvu d'une bedaine que le peintre avait dû minimiser par diplomatie envers son commanditaire, avec à ses pieds un fier boxer au large collier rouge.

— Sir William Boyd, présenta Luke. Le mari de Tante. Elle avait dix-neuf ans et lui cinquante-trois quand ils se sont mariés. D'après ma mère, tout le monde le croyait riche, puisqu'il avait le titre et cette maison. Mais il s'est avéré qu'il ne l'était pas, et quand il est mort en 1918, Tante est restée sans rien… à part le titre et la maison.

— Pourquoi n'a-t-elle pas vendu la maison ?

— Par orgueil, répondit Luke. Elle n'aurait jamais admis qu'elle était dans le besoin. Et puis elle apprécie le fait que la maison soit voisine de l'église. Attendez ici une minute, asseyez-vous où vous voulez.

Louisa prit place sur un divan en velours vert au dossier garni de têtières, tandis que Luke quittait la pièce quelques instants. Il faisait sombre en dehors des deux lampes qu'il avait allumées (apparemment, le rejet de la modernité qu'affichait lady Boyd n'allait pas jusqu'à se passer d'électricité), et Louisa attendit que sa vue s'adapte à la pénombre. Bientôt, l'œil tout pétillant, Luke déposa un mince carnet sur ses genoux, avec 1929 frappé en doré sur la page de couverture.

— Qu'est-ce que c'est ?

— L'agenda de Kate Mulloney.

— Ce n'est pas possible, dit Louisa, sidérée. Comment l'avez-vous récupéré ?

— Je ne puis vous le dire.

— Je suppose que Mme Mulloney ignore qu'il se trouve en votre possession.

— Sans commentaire, répondit Luke, puis il tapota l'agenda avec impatience. Allons ! Ne me dites pas que vous n'avez pas envie de savoir ce qu'il contient.

Le simple fait d'avoir cet agenda sur les genoux donnait à Louisa l'impression qu'elle se rendait complice d'un crime odieux.

— Je suis désemparée, Luke. Ne devrions-nous pas le remettre à la police ?

— Peut-être..., répondit Luke évasivement, puis il se pencha sur Louisa pour feuilleter l'agenda. En général, ce ne sont que des trucs anodins : rendez-vous chez le médecin, très fréquents, séances d'habillage, déjeuners avec lady Unetelle, etc. Mais regardez, là.

Luke ouvrit l'agenda sur une double page et Louisa ne put s'empêcher de regarder, même si elle ne le prit pas elle-même entre ses mains, comme si le fait d'éviter son contact la dédouanait. Les deux pages étaient destinées à couvrir une semaine de janvier. Mais au lieu d'informations éparses, elles étaient noircies d'une écriture serrée avec çà et là des taches d'encre noire tant la plume, en grattant trop fort le papier, l'avait accroché par endroits. Les mots étaient trop petits pour que Louisa puisse les distinguer. Ce fut plus fort qu'elle.

— Qu'est-ce que ça dit ?

— Elle a surpris Clara et Shaun qui s'embrassaient. En fin de nuit, après une fête du Nouvel An dans leur maison en Irlande. Eux ne l'ont pas vue, semble-t-il. Elle écrit… attendez, dit Luke, puis il rapprocha la page de la lumière et se mit à lire à haute voix. *« Cela fait des mois que cette petite garce tourne autour de S. et elle lui a mis le grappin dessus. Il m'a dit que je devenais folle, à imaginer des choses qui n'existent pas, et pendant ce temps, ces deux ordures forniquaient comme des bêtes en rut. »*

— Ça suffit, dit Louisa.

— Non, attendez un peu. Écoutez ça. *« Je ne vais pas leur faire le plaisir de leur dire que je suis au courant. Si cette peau de vache veut mon mari, il lui faudra d'abord me passer sur le corps… elle aura mon cadavre sur la conscience, ou celui de Shaun. »* Luke haussa les sourcils en lisant ces deux derniers mots avec un accent mélodramatique. Alors, qu'est-ce que vous pensez de ça ?

— Que ça ne prouve rien, répondit Louisa. Sous le coup de la colère, on dit n'importe quoi. Et elle avait de bonnes raisons d'être en colère.

— Son mari est mort quelques semaines après, Louisa. Et Clara, un an plus tard.

— Très bien. Dans ce cas, nous devons rendre son agenda à Kate, mais nous appellerons Guy…

— Guy ?

— L'inspecteur Sullivan.

— Je ne me doutais pas que vous étiez aussi proches. Décidément, cette affaire devient de plus en plus intéressante.

— Nous ne sommes pas proches, s'empressa de rectifier Louisa. Disons que… nous l'étions. C'est complètement hors sujet. Nous pourrons lui dire qu'il existe des motifs suffisants pour convoquer Mme Mulloney à un interrogatoire approfondi.

— À mon humble avis, ils ont déjà dû s'en charger, non ? Après ma déclaration.

— En effet. Nous téléphonerons quand même au poste et nous rendrons cet agenda à sa propriétaire, comme de juste. Quoique vous en disiez, c'est un objet volé. Très personnel, qui plus est.

— Comment expliquerons-nous qu'il se soit retrouvé en notre possession ?

— À vous de voir, mon cher. Moi, je ne suis pas concernée.

Luke la regarda en plissant les yeux.

— Si je suis mouillé, alors vous l'êtes aussi. Et je ne vois vraiment pas pourquoi nous devrions le rendre.

— Il le faut. Soit vous admettez avoir volé cet agenda auprès de la police, quitte à être soupçonné d'intention malveillante à l'égard de Kate Mulloney, avec la volonté de la piéger. Soit vous confessez à Kate que vous l'aviez, mais que vous le lui rendez. En lui donnant ainsi une chance de s'expliquer.

— Et si nous ne disions rien du tout ? Nous ne devons rien à Kate, ni à la police.

Cela refroidit un peu Louisa. Si les pages de l'agenda

étaient écrites sous le coup de la colère par une épouse bafouée et jalouse, que gagnerait-on à les utiliser comme preuve qu'elle avait un mobile suffisant pour tuer ? D'un autre côté, il y avait une forte probabilité que Kate soit coupable. Et l'agenda l'obligerait au moins à rendre des comptes.

— Louisa, pourquoi y tenez-vous tant ? lui demanda Luke en l'observant.

Mais elle ne put se résoudre à admettre la vérité, à savoir qu'elle voulait que Guy l'admire. Elle voulait que ses collègues et lui reconnaissent qu'elle les avait aidés à arrêter une meurtrière. Elle voulait prouver qu'elle était capable d'autre chose que de servir docilement une jeune femme riche et gâtée qui avait presque dix ans de moins qu'elle.

— Parce que c'est ce qu'il faut faire, répliqua-t-elle. Maintenant, montrez-moi où se trouve le téléphone, s'il vous plaît.

38

Après avoir téléphoné à Guy, Louisa raccrocha. Luke était resté dans le vestibule, à écouter ce qu'elle disait en tapant nerveusement des pieds.

— Qu'en pensez-vous ? demanda-t-il.

— Je pense que nous ferions mieux de nous rendre chez Mme Mulloney afin de lui rendre son agenda avant que la police arrive.

— Quoi ? Ils vont venir la chercher ce soir même ?

— À mon avis, il y a de fortes chances.

— Est-ce qu'ils ne l'ont pas déjà interrogée pour la deuxième fois cet après-midi ?

— Si, et cela ne fait pas longtemps qu'ils l'ont renvoyée chez elle. C'est tout ce que Guy a pu me dire.

— Alors il n'y a pas eu d'aveu.

— Pour l'instant, nous ne savons pas si elle a quelque chose à avouer, Luke, lui fit-elle remarquer.

— Peut-être devrions-nous nous en assurer, répliqua-t-il avec au coin de la bouche un tic nerveux.

Une grande horloge sonna 8 heures du soir et, associé à la tension qui régnait entre eux, le son résonna lugubrement dans la pénombre du vestibule en faisant sursauter Louisa.

— Je ne me rendais pas compte qu'il était si tard. Diana doit se demander où je suis, dit-elle, alarmée.

— Laissez-la se poser des questions. Il y a plus important.

— Le fond du problème, c'est que vous n'avez pas envie de régler ça vous-même, avouez-le.

Pourquoi s'était-elle laissé entraîner dans ce marasme ? Guy avait été déconcerté par son coup de téléphone, en particulier parce qu'elle n'avait pas voulu expliquer sur quoi elle se fondait pour assurer que si les policiers chargés de l'enquête se rendaient d'ici peu chez Mme Mulloney, ils y trouveraient la preuve qu'elle avait su que son mari et Mlle Fischer avaient une liaison, ce qui l'avait bouleversée et mise en colère. « Assez pour tuer ? » avait demandé Guy, mais Louisa n'avait pas voulu se prononcer. Elle n'était sûre de rien, pourtant elle voulait lui faire penser qu'elle détenait des informations dignes d'intérêt. Pour le reste, leur conversation avait manqué de naturel. Un peu plus tôt, elle lui avait joué la grande scène des adieux, tout ça pour lui téléphoner quelques heures plus tard.

— La police va-t-elle prévenir Kate par téléphone de sa venue ? demanda Luke.

À présent, il tenait l'agenda comme s'il lui brûlait les mains.

— Je l'ignore. Comment voulez-vous que je connaisse les détails de la procédure ? s'enflamma Louisa.

— Et si nous croisons la police, là-bas ? s'écria

Luke. Nous aurions dû passer un coup de fil anonyme. Vous avez commis une terrible erreur.

Comme elle avait froid, Louisa eut envie de se frotter les mains pour les réchauffer, mais elles étaient moites. Même si elle ignorait de quoi Luke avait si peur, il fallait le rassurer. Elle se força à ralentir sa respiration et à parler lentement et posément.

— Calmez-vous. Le pire que vous ayez à craindre, c'est d'être accusé d'avoir volé l'agenda. Or la police a d'autres chats à fouetter. Elle doit résoudre un meurtre, rappelez-vous.

— J'ai besoin d'un verre, mais il n'y a jamais rien à boire dans cette maison, dit Luke, toujours agité.

Quant à Louisa, elle était pressée de quitter cet endroit sinistre. Elle mit son chapeau, mais lorsqu'elle se tourna vers Luke, il était toujours planté là, dans la pénombre, et la regardait. Elle resta un moment indécise, troublée par son désarroi et sa nervosité qu'elle n'arrivait pas à comprendre. Alors qu'elle se décidait enfin à s'en aller, qu'il vienne ou non avec elle, elle entendit une clef tourner dans la serrure. Ils se figèrent tous deux sur place, et Louisa vit Luke fourrer frénétiquement l'agenda dans la poche de son veston tandis que la porte s'ouvrait. Lady Boyd fit son entrée, et Louisa en fut si soulagée qu'elle sentit presque ses genoux flancher sous elle.

— Tu es là ? lança lady Boyd avec l'air d'avoir vu un fantôme.

— Oui, répondit Luke d'une voix peu assurée.

Sa tante entra dans le vestibule et Louisa vit qu'elle s'efforçait de se ressaisir.

— Il n'y avait aucune lumière allumée. J'ai cru que

tu étais encore avec la police. J'avais terriblement peur que…

Lady Boyd s'interrompit soudain et Luke s'esclaffa d'un rire un peu forcé.

— Quoi ? Que je sois arrêté pour le meurtre de Clara ?

Sa tante le regarda, les yeux un peu dans le vague.

— Eh bien je… je ne sais trop ce que j'ai pensé, répondit-elle, puis elle inspira profondément et lui sourit. C'est idiot. Tu es là et tout va bien.

Alors seulement elle aperçut Louisa.

— Mademoiselle Cannon, dit-elle sans cacher son déplaisir, puis elle revint à Luke. Y a-t-il quelque chose que je devrais savoir ?

— Nous sommes entrés juste un instant. J'avais oublié… mes cigarettes. Désolé, Tante. Je sais que vous n'aimez pas que je fume.

— J'ai ça en horreur, tu veux dire, confirma sa tante avec vigueur. C'est une sale habitude.

— Je sais, admit Luke en faisant profil bas. Je vous promets d'y renoncer. Bon, ajouta-t-il en tentant de prendre un ton plus assuré, seulement Louisa perçut la tension qui crispait sa voix. Nous ferions mieux d'y aller. Nous sommes en retard.

— En retard ? J'ignorais que tu avais des projets pour la soirée, remarqua sa tante, mais alors Louisa jugea préférable d'intervenir.

— Je dois reprendre mon service auprès de Mme Guinness, expliqua-t-elle.

— Oui, Mlle Cannon retourne travailler et, moi, je vais dîner en ville avec Mme Mulloney et d'autres. Un peu à la dernière minute, ajouta Luke.

Manifestement, il croyait qu'une demi-vérité faisait mieux passer un mensonge. Restée ouverte, la porte d'entrée laissait passer un courant d'air froid dans le vestibule. Lady Boyd la referma puis, avec des gestes lents, elle se mit à défaire les épingles qui maintenaient son chapeau sur sa tête et l'ôta.

— Est-ce bien avisé, mon cher petit, après les événements choquants de ces derniers jours ? dit-elle en tapotant doucement ses cheveux pour les recoiffer. Je ne suis pas sûre d'apprécier que tu fréquentes encore ces gens-là, puis elle regarda Louisa, qui se dandinait sur place derrière Luke. Je ne parle pas de votre patronne, Mme Guinness, bien sûr, ajouta-t-elle avec un sourire matois.

— Désolé, Tante, mais il faut vraiment que nous partions.

Lady Boyd avait ôté son manteau et elle se rapprocha de Luke, sous le plafonnier du vestibule à présent allumé.

— Luke, s'il te plaît, ne voudrais-tu pas plutôt rester dîner ici ? J'aimerais tellement parler avec toi de ce qui s'est passé aujourd'hui.

Louisa comprit que Luke ne pourrait s'esquiver.

— Bien, ma tante, répondit Luke d'un air abattu. Je vais juste reconduire Mlle Cannon pendant que vous vous changez.

— Tu es un bon garçon, approuva lady Boyd. Au revoir, mademoiselle Cannon, conclut-elle.

Sur ce, elle les croisa et monta l'escalier. Luke sortit l'agenda de sa poche et le donna à Louisa.

— Je regrette tellement. Vous allez devoir vous en charger toute seule.

— Guy sera là. Peut-être vaut-il mieux que vous n'y soyez pas, étant donné que c'est vous qui avez volé ceci, dit-elle en guettant sa réaction.

— Ce n'est pas moi…, commença-t-il, puis il se ravisa, se contenta de dire « Merci », et Louisa ne réussit pas à le percer à jour.

39

Luke avait donné à Louisa l'adresse de Mme Mulloney et de quoi régler la course en taxi. Un quart d'heure plus tard, elle se fit déposer devant une maison étroite de Knightsbridge à la porte bleu ciel. Toutes les fenêtres étaient sombres à part une, à l'étage. Une fois sur la plus haute marche du perron, Louisa rassemblait son courage avant de sonner quand une voiture de police se gara non loin de là. Guy et un jeune agent en uniforme en sortirent et la rejoignirent.

— Mademoiselle Cannon, dit Guy, assez froidement.

Visiblement, il n'était pas ravi de la voir là.

— Inspecteur Sullivan.

— Détenez-vous cette preuve dont vous avez parlé ?

— Oui, je l'ai.

Il faisait sombre sur le perron car le réverbère le plus proche était situé à une trentaine de mètres. Louisa sortit l'agenda de sa poche et le tendit à Guy.

— C'est la double page de la deuxième semaine de janvier dont nous pensons qu'elle pourrait vous intéresser.

— Nous ?

— Luke Meyer et moi-même.

— Et comment se fait-il que Luke Meyer ou vous-même ayez récupéré cet agenda ?

Louisa vit l'agent en uniforme redescendre sur le trottoir afin de surveiller la rue. En fait, elle était déserte. La soirée ne faisait que commencer, mais c'était un quartier très calme.

— Je l'ignore, répondit Louisa.

Guy fourra l'agenda dans sa poche et sonna. Louisa s'apprêtait à s'en aller, mais il l'arrêta.

— Restez ici, je vous prie, lui dit-il, le regard un peu radouci, même s'il ne souriait toujours pas.

Personne ne répondit. Guy sonna à nouveau. Une voiture roulait lentement dans la rue. On n'entendait aucun bruit venant de l'intérieur de la maison.

— Avez-vous prévenu Mme Mulloney par téléphone de votre visite ? s'enquit Louisa.

— Non, répondit Guy. Nous avons jugé l'effet de surprise préférable, étant donné ce que vous nous aviez dit.

— Peut-être est-elle sortie.

— Dans ce cas, pourquoi une lumière brille-t-elle à l'étage ? remarqua Guy en levant les yeux vers la fenêtre éclairée qui ne révélait rien, à part la doublure crème de ses doubles rideaux. Et il paraît curieux qu'il n'y ait aucun domestique pour nous répondre.

— Je crois qu'elle ne séjourne ici qu'occasionnellement, dit Louisa. Sa résidence principale se trouve en Irlande. Peut-être n'a-t-elle pas de personnel à demeure.

— J'espère qu'elle n'a pas quitté le pays. Il nous faudrait un mandat international pour l'interroger. Et nous y tenons.

— Excusez-moi, monsieur, intervint timidement l'agent qui les avait rejoints sur le seuil. Peut-être pourrions-nous vérifier s'il n'y a pas une clef sous le paillasson ?

— Cela supposerait de s'introduire dans un domicile privé sans mandat, constable, lui fit remarquer Guy.

— En effet, monsieur. Désolé, c'était juste une suggestion, dit l'agent, et il se remit à surveiller la rue.

Guy et Louisa échangèrent un coup d'œil.

— Ça ne coûte rien de vérifier, hein ?

Ils regardèrent sous le paillasson, sans succès. Mais Louisa alla aussi vérifier sous les deux grosses urnes de pierre qui encadraient l'entrée, et elle trouva une clef sous l'une d'elles.

Pour la troisième fois, Guy sonna, et pour la troisième fois il n'obtint pas de réponse. Il prit la clef à Louisa et ouvrit la porte.

Dedans, il faisait sombre. Guy sortit une lampe électrique de sa poche, tout comme l'agent derrière lui. Louisa entra la dernière. Ils avancèrent à pas feutrés et montèrent l'escalier jusqu'à l'étage, où de la lumière filtrait sous une porte close. Guy frappa.

— Madame Mulloney ? C'est la police.

Pas de réponse. Le silence résonna aux oreilles de Louisa.

Guy tourna la poignée, ouvrit la porte et s'engouffra dans la pièce. Presque aussitôt, il tendit le bras pour empêcher Louisa d'approcher et de voir. Trop tard.

Kate Mulloney était étendue sur le lit. À côté d'elle, il y avait un mot de quelques lignes écrites à l'encre bleu nuit, et dans sa main droite, le revolver incrusté de nacre que Louisa avait déjà vu dans sa mallette. Un filet de sang avait coulé de son cœur sur sa robe de chambre en satin crème.

THE DAILY SKETCH

14 avril 1930

UNE FEMME DU MONDE SE SUICIDE

SA LETTRE AVOUE UN DOUBLE MEURTRE

Par notre correspondant Luke Meyer

Le Dr Hinchley, adjoint au coroner de Westminster, a mené vendredi une enquête judiciaire sur le décès de Mme Katherine Niamh Mulloney, âgée de 27 ans, résidant au 19, Basil Street, Knightsbridge, retrouvée morte d'une balle en plein cœur lundi soir.

Mme Mulloney, dont la résidence principale se trouve à Castleknock, à Dublin, était veuve depuis un peu plus d'un an. Son époux, Shaun Mulloney, était décédé à Paris, vraisemblablement d'une fatale réaction allergique au sésame. Ils n'avaient pas d'enfants.

L'enquête a rendu ses conclusions au tribunal du coroner de Paddington et l'adjoint au coroner a siégé sans jury.

L'inspecteur Sullivan, du poste de police de Knightsbridge, a découvert la défunte à son domicile vers 20 h 30 ; elle était seule dans la maison. L'inspecteur est entré dans les lieux en compagnie d'un témoin, Mlle Louisa Cannon, une connaissance de Mme Mulloney.

Le coroner : Pouvez-vous dire à la cour pour quelle raison vous êtes entrés dans les lieux ?

Inspecteur Sullivan : Des enquêtes étaient en cours sur une autre affaire, et le témoin pensait que Mme Mulloney pourrait nous apporter de nouveaux éléments. J'espérais donc la voir pour l'interroger à nouveau.

Le coroner résuma les constatations faites par l'inspecteur Sullivan et le témoin : Mme Mulloney était étendue sur son lit, en vêtements de nuit, tenant toujours un revolver, après avoir reçu une balle en plein cœur. Elle était déjà morte à leur arrivée.

UNE LETTRE

Poursuivant ses investigations, la police a découvert qu'une domestique, une certaine Gloria Holmes, âgée de 29 ans, travaillait régulièrement pour Mme Mulloney quand cette dernière résidait à Londres. Mlle Holmes a déclaré qu'elle était arrivée le lundi matin à 7 heures, comme d'habitude, et qu'elle avait monté le plateau du petit déjeuner à sa patronne à 9 h 30 ; Mme Mulloney avait ensuite quitté la maison pour se rendre à un déjeuner à midi, et elle était rentrée en fin d'après-midi. Le coroner a demandé à Mlle Holmes dans quel état d'esprit se trouvait Mme Mulloney, ce à quoi Mlle Holmes a répondu qu'elle n'avait rien remarqué d'inhabituel. Sa patronne lui avait demandé de préparer un simple plateau pour le dîner et de faire du feu dans sa chambre et dans le salon avant de s'en aller à 18 heures.

Le Dr Stuart Burton du St George's Hospital a indiqué que la balle tirée en plein cœur avait provoqué une mort immédiate. L'arme ayant été retrouvée dans la main de la défunte, il était évident qu'elle avait mis fin à ses jours.

L'inspecteur Sullivan est alors revenu à la barre. On lui a demandé s'il pouvait corroborer la déclaration de Mlle Holmes, ce à quoi il a répondu que l'agenda de Mme Mulloney avait été découvert, et qu'y figurait un déjeuner avec « R » chez Franco à 13 heures, sans autre rendez-vous prévu pour la journée. D'après ce même agenda, il est apparu qu'elle avait différé son retour en Irlande à la suite de son interrogatoire par la police durant le week-end, et qu'elle comptait s'en aller le mardi. L'inspecteur a confirmé qu'elle avait en conséquence changé ses billets de ferry.

Le coroner : Elle a laissé une lettre adressée « aux personnes concernées », dans laquelle elle avoue le meurtre de son mari et celui d'une certaine Mlle Clara Fischer. Elle a aussi écrit que cela expliquait son désir, je cite, « d'aller à Dieu ». Est-ce exact ?

Inspecteur Sullivan : Oui. C'était justement dans l'enquête sur la mort de Mlle Fischer que nous espérions que Mme Mulloney pourrait nous aider.

Le coroner, qui n'a pas révélé le contenu exact de la lettre, a déclaré que sa teneur permettait de conclure que Mme Mulloney s'était supprimée au cours d'une crise de folie passagère. Aucun indice ne laissant supposer un acte criminel, le coroner a rendu un verdict de suicide.

QUATRIÈME PARTIE

1932

40

Diana était rentrée chez elle à 1 heure du matin, dans sa maison de Buckingham Street. Louisa l'attendait aux cuisines en discutant avec May, la servante, tout en buvant du lait chaud. La maisonnée s'était agrandie et comptait maintenant Jonathan, un adorable bambin de presque deux ans, ainsi que Desmond, un bébé de six mois tout potelé. Bryan avait fait venir sa propre nurse, Nanny Higgs, pour s'occuper des garçons. Âgée et très vieux jeu, elle approuvait les goûts de Diana : vêtir les garçons de robes et les promener dans les jardins de Kensington dans un grand landau, selon des horaires stricts. En revanche, Nanny Higgs ne permettait pas à Diana de passer beaucoup de temps avec ses enfants. « Elle semble penser qu'ils doivent m'admirer de loin », se plaignait Diana. Bref, Nanny Higgs et Louisa n'avaient pas les mêmes idées, et Louisa avait appris que toute suggestion concernant les garçons devait être faite avec tact. N'étant pas elle-même folle de la nounou, Diana appréciait que Louisa lui serve d'espion, et donc Louisa avait repris à sa charge certaines tâches de son ancienne fonction de bonne d'enfants.

Pour compenser la froideur de sa relation avec Nanny Higgs, Louisa avait fort heureusement la compagnie de May. Toutes les deux appréciaient beaucoup les moments qu'elles passaient à bavarder jusque tard dans la nuit et elles étaient devenues proches, surtout durant les séjours de la famille dans la maison de campagne de Diana et Bryan, acquise l'année précédente à Biddesden, dans le Wiltshire. Là-bas, Louisa avait goûté avec bonheur à la beauté du paysage et à la tranquillité de cette vie à la campagne, où les soirées se bornaient à aider Nanny à coucher les garçons, puis à lire au coin du feu dans la nurserie. Les journées aussi lui laissaient en général beaucoup de temps, et elle en profitait pour contempler avec ravissement le jardin et ses petites merveilles, loin de Londres et de son rythme trépidant. Et puis, son amitié renouvelée avec Pamela Mitford l'y encourageait. Les fiançailles de Pamela avec Oliver Watney ayant été rompues après le suicide de Kate Mulloney, Pam avait été invitée par Bryan à venir vivre à Biddesden afin de gérer pour eux la laiterie, en veillant sur le troupeau de quatre cent cinquante vaches Jersey. C'était là que la jeune fille s'épanouissait pleinement, au contact des bêtes qui paissaient dans les prés fleuris de marguerites, et quand elle supervisait l'écrémage et le barattage de la crème et du beurre qui finiraient plus tard sur la table des Guinness. Tout cela remplissait d'aise Louisa et compensait l'aversion que lui inspirait Diana.

Une seule chose troublait cette sérénité : les fêtes que Diana et Bryan donnaient chez eux et l'irruption de leur bande d'amis bruyants, extravagants, d'une vanité insupportable aux yeux de Louisa. Certains d'entre eux avaient pourtant un indéniable talent. Louisa avait lu *Ces corps vils* d'Evelyn Waugh, en se cachant presque tant ce roman reflétait avec véracité la vie que menait sa maîtresse dans ses aspects les plus sombres. Elle se reprochait d'être aussi sévère envers Diana : il était naturel pour une jeune femme de vingt et un ans, avec deux enfants en bas âge, de vouloir profiter de tout ce que lui offraient sa position et sa fortune pour briller autant qu'elle le pouvait au sein de la haute société et dans les rubriques mondaines. Quant à Bryan, il semblait voir les choses autrement. S'il disposait aussi de tous ces privilèges, lui prenait plaisir à dîner seul avec son épouse et à faire de longues balades avec ses chiens, un fusil à l'épaule. Et bien qu'il fût infiniment plus gentil et égal d'humeur, Louisa retrouvait en Bryan les goûts et les penchants de lord Redesdale. Quelle ironie que, dans son désir d'échapper à ses parents, Diana eût épousé le portrait de son père, s'étonnait-elle.

Une ombre était venue obscurcir les terres vertes et plaisantes d'Angleterre[1] : la Grande Dépression qui avait éclaté en Amérique gangrenait aussi l'Europe. Louisa avait reçu des lettres de sa mère détaillant les déboires de certains de leurs parents, condamnés à la misère, ce qui la dissuadait encore de quitter son travail. À la radio, les actualités parlaient des files interminables de gens affamés qui faisaient la queue pour du pain, de Chicago à Séville. Dans le salon de Biddesden, les hommes discutaient tard dans la nuit, en buvant sec, au sujet des diverses solutions à apporter à ces problèmes.

---

1. Dernier vers d'un poème de William Blake, devenu hymne non officiel de la Grande-Bretagne.

Cependant, on décelait peu de changement dans le comportement général de ces privilégiés. L'année précédente, Bryan et Tom avaient ensemble visité l'Autriche, et là-bas, de l'avis général, le parti nazi avait transformé l'économie du pays pour le mieux, même si personne ne voyait accéder au pouvoir « cette meute de chiens assoiffés de sang », comme les appelait lord Redesdale.

Cette nuit-là, Diana était allée à l'anniversaire de Barbara St John Hutchinson, qui fêtait ses vingt et un ans. Louisa savait que quoi qu'il arrive dans le monde ce jour-là (un autre article était paru dans le *Times* sur les chiffres du chômage en hausse à travers toute l'Europe), Diana dégusterait du champagne et des huîtres, du filet de bœuf et du gâteau au chocolat. D'après Luke, c'était le menu à la mode, et à la longue la vue des huîtres finissait par lui soulever le cœur. Louisa et Luke étaient restés en bons termes, ils s'étaient même encore rapprochés depuis que Kate avait été retrouvée morte avec, auprès d'elle, un mot avouant les meurtres de Shaun et de Clara. Ce suicide et cet aveu avaient mis fin à une période troublée, et fort heureusement les Mulloney ne laissaient pas d'enfants derrière eux. Les trois défunts, Clara, Shaun et Kate, étaient considérés comme des jeunes gens trop gâtés, derniers vestiges de l'ère des Bright Young Things, cette jeunesse dorée à présent passée de mode ; dans les journaux, on avait même laissé entendre qu'ils avaient plus ou moins mérité leur sort, et Luke y avait fait écho. Il avait enfin obtenu d'écrire des articles pleine page, même s'ils concernaient surtout les intérieurs de gens aisés ou des personnalités qui défrayaient la chronique. Il ne cachait pas sa frustration, pourtant cela dérangeait parfois Louisa que Luke ait si bien su tirer profit du malheur d'autrui.

Elle se levait pour laver sa tasse quand une sonnerie l'avertit que Diana était rentrée et qu'elle l'attendait dans sa chambre. Après avoir souhaité bonne nuit à May, elle monta l'escalier dans une humeur relativement paisible. Assise devant sa coiffeuse, Diana se démaquillait déjà avec du cold cream et du coton. Louisa se plaça derrière elle, ôta les épingles de ses courts cheveux dorés et se mit à les brosser.

— Comment allaient les garçons, ce soir? demanda Diana.

— Adorables comme toujours, répondit Louisa avec une tendresse sincère.

— Desmond ne dort pas aussi bien que Jonathan au même âge.

— Peut-être pas, mais Nanny lui a donné son lait et il a paru s'endormir sans problème. Nanny m'a laissée lire une histoire à Jonathan. Vous savez comme il raffole de Winnie l'Ourson.

— Tant mieux, dit Diana.

Elle était seule ce soir, car Bryan avait préféré rester à Biddesden, où il essayait d'écrire un autre roman, même s'il n'obtenait pas le succès de ses amis écrivains.

Une fois ses cheveux brossés, Diana se leva. Tout en déboutonnant avec application sa robe fermée dans le dos par une rangée de minuscules boutons en perle qui allait de la nuque à la taille, Louisa lui demanda, par habitude, s'il y avait eu des gens intéressants parmi les invités à la soirée.

— Pas spécialement, répondit Diana. J'ai passé presque toute la soirée à parler avec Victor Rothschild.

Et Barbara m'avait placée à côté d'un homme dont j'avais entendu parler dans la presse : sir Oswald Mosley.

— Le politicien ?

— Oui, il occupait un poste important au Labour et on le voyait déjà en Premier ministre, mais il a démissionné pour fonder sa propre formation politique, le New Party. À présent, il siège derrière les conservateurs. Je lui ai dit que j'étais pour le parti libéral de Lloyd George, mais je ne crois pas que cela l'ait beaucoup impressionné. On entend toutes sortes de rumeurs à son sujet.

Louisa s'abstenait de faire des commentaires et elle prenait soin de ne jamais chercher à en savoir plus. Elle avait appris qu'une domestique se protégeait mieux en ne se mêlant pas de commérages avec ses maîtres ; même si, évidemment, il existait un réseau souterrain reliant entre eux les employés de maison, qui surpassait tout ce que l'ancienne chronique de Luke aurait pu dénicher, en matière d'anecdotes croustillantes et de faits divers scabreux. Quand les Guinness séjournaient dans d'autres maisons, Louisa les accompagnait et glanait toutes sortes d'informations auprès des autres femmes de chambre qui mangeaient avec elle à l'office. Elle aussi avait entendu jaser sur cet Oswald Mosley, mais elle n'en dirait rien.

— Il est marié à Cimmie Curzon, une charmante petite chose. Elle était là hier soir, elle aussi. On dit de lui que c'est un bourreau des cœurs qui saute sur tout ce qui bouge.

— Alors soyez prudente, madame.

— Aucun risque, je vous assure, répliqua Diana en

balayant son conseil d'un geste de la main. Certes, il est assez séduisant, dans le genre beau ténébreux, mais son charme me laisse froide. Il m'a dit qu'il m'avait remarquée à Venise et à un bal l'été dernier, mais ce sont peut-être des affabulations.

— C'est possible, dit Louisa, puis elle emporta les vêtements de Diana jusqu'au dressing attenant pour les suspendre, tandis que Diana ôtait ses dessous et enfilait une chemise de nuit. Désirez-vous que je vous monte un lait chaud ? lui proposa-t-elle.

— Non, merci, Lou-Lou. Je tombe de sommeil. Vous savez, sir Oswald m'a déclaré qu'il avait quelques idées très précises sur les solutions à apporter. Il affirme qu'il sait comment remédier au chômage.

— Je vois. Bonne nuit, madame.

Louisa referma la porte en proie à une drôle d'impression, comme si quelque chose la grattait sous la peau, un malaise insidieux qui s'était immiscé dans leur vie et ne voudrait plus les lâcher. Comme un pressentiment que la routine bien rodée de la maisonnée allait être sous peu fatalement perturbée. Et elle avait raison.

41

Guy et Sinéad étaient assis l'un en face de l'autre au Lyons' Corner House, dans le Strand. Chaque mardi soir, c'était devenu une sorte de rituel, de sorte qu'avec le temps ils avaient oublié combien ils s'en faisaient une joie, au début. Sinéad adorait cet endroit qu'elle trouvait chic sans être trop intimidant. Guy l'avait emmenée une fois chez Fortnum & Mason, mais elle était si nerveuse qu'elle avait renversé du lait sur ses genoux, ce qui l'avait non seulement embarrassée, mais mise en colère. Fâchée, elle s'était levée pour s'en aller et avait alors renversé sa tasse de thé encore pleine sur la table. Il lui avait fallu une semaine pour le pardonner à Guy.

Ce mardi-là, le serveur leur apporta leur commande habituelle, une théière, deux tasses, du ragoût de mouton avec de la purée pour Guy, une part de tourte au jambon pour Sinéad, et ils restèrent assis en silence tandis que le serveur mettait leur couvert. Sinéad avait rangé derrière ses oreilles ses cheveux châtains coupés au carré. Guy avait toujours admiré son allure fraîche et soignée. Elle était fière et capable, et tout homme serait ravi de l'avoir pour épouse... Alors d'où lui venaient ses doutes ?

Guy versa du lait dans la tasse de Sinéad et dans la sienne, puis il prit la théière tandis qu'elle fouillait dans son sac à main en cuir.

— J'ai reçu une lettre ce matin, annonça-t-elle.

— Ah oui ?

Des lettres, Sinéad en recevait plusieurs presque tous les jours. Comment trouvait-elle le temps d'y répondre ? Mystère, car elle entretenait une correspondance nourrie avec neuf personnes de sa famille, de l'autre côté de l'océan.

— Elle est de Maman. Elle ne va pas bien, ajouta Sinéad.

— J'en suis désolé. Qu'est-ce qui ne va pas ? s'enquit Guy en reposant la théière après les avoir servis.

— Oh, elle ne donne pas de détails. Elle dit que ce n'est pas grave, mais je la connais, elle ne se plaint jamais. Ce serait juste un truc bizarre avec son cœur ; d'après elle, il bat à un rythme irrégulier. Elle s'essouffle vite, et elle n'arrive pas à marcher de la maison au bout de la route sans avoir envie de s'asseoir pour se reposer et...

Sinéad fondit en larmes.

Guy tendit la main par-dessus la table pour prendre la sienne, mais elle l'écarta d'un geste et fouilla de nouveau dans son sac pour en sortir un mouchoir blanc impeccable, brodé d'un trèfle dans un coin.

— Pardon, renifla-t-elle. C'est juste que je connais Maman. Elle dit que ce n'est rien parce qu'elle ne veut pas que je m'inquiète. Mais elle est toute seule, et je ne peux m'empêcher de me faire du souci.

— Je croyais que tes quatre sœurs étaient toujours à la maison, remarqua Guy, déconcerté.

— Oh, Mary est très occupée avec la paroisse, elle va tous les jours faire le ménage et fleurir l'église. Clodagh attend son troisième, Bridget travaille à la boutique. Quant à Susan, on ne peut rien lui demander. C'est une incapable. Je suis la seule sur qui Maman puisse s'appuyer, et je suis tellement loin, conclut-elle en regardant Guy d'un air pitoyable.

— Dans ce cas, pourquoi ne pas rentrer un peu chez toi en Irlande ? Tu as des congés à prendre, non ?

— Oui, mais…

Sinéad avait séché ses larmes et s'était reprise. Toute rouge, elle se moucha, puis le regarda, et Guy sentit alors son cœur chavirer, car il savait ce qui allait suivre.

— J'ai le mal du pays, dit-elle. Ce n'est pas seulement Maman qui me manque. Je n'arrive pas à me sentir chez moi à Londres, on dirait. Je n'aime pas cette cohue, cette agitation, ces gens toujours pressés. La mer, le pub où je connais tout le monde… tout ça me manque. J'ai couru après une chimère. J'étais attirée par les lumières de la grande ville, mais en fin de compte… ça ne me plaît pas.

En entendant ces mots, Guy ressentit une profonde tristesse, car Sinéad était une fille bien et elle méritait d'être heureuse. Mais au même moment, un fol élan d'espoir le traversa à l'idée du changement qui se profilait.

— Tu veux dire que tu veux rentrer chez toi définitivement.

Sinéad hocha tristement la tête.

— Je sais que tu ne pourras pas m'accompagner. Je sais que tu es amoureux d'une autre que moi.

Guy en resta pantois. Certes ils avaient déjà évoqué le fait qu'il ne pourrait pas quitter l'Angleterre à cause de sa carrière, et il s'attendait à sa première remarque. Mais ce qu'elle avait dit ensuite… il ne voulait pas le reconnaître, il n'était même pas certain que ce soit vrai, et il était incapable d'y réfléchir pour le moment.

— J'avais tellement envie qu'on se marie, Guy. Tu es un garçon si adorable et… Pardon.

De nouveau au bord des larmes, elle se mordit la lèvre pour les retenir.

— Moi aussi, dit-il simplement.

Sinéad regarda sa part de tourte restée intacte.

— Je n'en ai pas pris une bouchée, mais j'ai peur que ça ne passe pas, dit-elle.

— Aucune importance. Viens, je te raccompagne chez toi. Est-ce qu'une des filles sera là à ton retour ? Je ne veux pas que tu restes seule.

— Oui, Maeve sera là ce soir. Merci, Guy. Pardon. Je suis tellement triste pour nous, mais tellement heureuse à l'idée de rentrer chez moi. De retrouver mon vrai foyer.

— Je sais, dit Guy en souriant. Ce sera formidable.

— Oh, tu as quand même appris un peu de jargon irlandais, grâce à moi…

— J'ai beaucoup appris. Viens, Sinéad.

Il l'aida à se lever et ils sortirent dans l'air frais du soir avant de prendre le bus ensemble pour la dernière fois.

Étant donné le vide de sa vie amoureuse, Guy se jeta

à corps perdu dans le travail, plus désireux que jamais de miser sur sa carrière. Même s'il habitait toujours chez ses parents.

L'inspecteur principal Stiles et lui enquêtaient sur une triste affaire impliquant un homme tué par son épouse alors qu'elle le soupçonnait d'avoir une liaison avec sa secrétaire. L'enquête criminelle se profilait, et Guy décida d'avoir un échange préliminaire avec le médecin légiste chargé de l'affaire, un certain M. Stilligoe, qui travaillait au St George's Hospital, à quelques rues de là.

M. Stilligoe était grand et gros, les cheveux séparés par une raie qui semblait avoir été tracée à la règle. Il était aussi très jovial, pour un homme qui s'occupait quotidiennement de cadavres.

— Ah, Sullivan, mon brave. Que puis-je faire pour vous ? lança-t-il en se renfonçant dans son immense fauteuil en cuir tout en agitant sa cravate.

Guy lui expliqua qu'il était venu discuter avec lui de l'affaire Jenkins, et Stilligoe se mit à lui faire part de ses conclusions, qui confirmaient en tous points les allégations de Guy.

— Il n'y a qu'une chose qui me laisse un peu perplexe, ajouta Stilligoe. L'impact de la balle a fait couler très peu de sang.

— Que faut-il en déduire ? demanda Guy.

— Eh bien, c'était un homme en bonne santé. Quarante-six ans, un peu trop porté sur la boisson et la bonne chère, mais qui ne l'est pas, hein ? dit-il en s'esclaffant bruyamment. Pardonnez-moi l'expression, mais les murs auraient dû être éclaboussés de sang. Or on aurait dit que son sang avait commencé à coaguler avant qu'il soit tué.

— Pardon, monsieur. Pourriez-vous être plus explicite ?

— Ce que je veux dire, c'est qu'apparemment il était mort avant qu'on lui tire dessus.

À son retour au poste, Stiles et Guy débattirent un certain temps de cette curieuse théorie, mais ce fut en rentrant chez lui qu'un parallèle lui apparut soudain entre cette affaire et l'affaire Kate Mulloney.

Deux ans s'étaient écoulés depuis qu'il avait découvert son cadavre avec Louisa, et une brève enquête avait abouti à cette conclusion : Mme Mulloney avait laissé un mot confessant les meurtres de Shaun Mulloney et de Clara Fischer, et elle s'était suicidée. Grâce à l'agenda de Kate, l'affaire de Clara était bouclée ainsi que celle de Shaun, même si les parents de ce dernier avaient été bouleversés d'apprendre qu'il avait été assassiné. Peu de temps après, les funérailles de Kate avaient eu lieu en Irlande, et le père de Kate, patriarche d'une puissante famille de Dublin, avait fait en sorte que la presse s'en fasse le moins possible écho. Une ou deux fois, Guy avait tenté de contacter la famille pour voir s'il ne devait pas creuser l'affaire Shaun Mulloney en approfondissant la part que Kate y avait jouée, mais après une fin de non-recevoir le père avait laissé entendre que si Guy s'obstinait dans cette voie, il verrait sa carrière de policier compromise. Après l'épreuve qu'ils venaient de subir, ils n'avaient pas envie que leur nom soit éclaboussé par un scandale, et c'était compréhensible, après tout.

Guy se rappelait qu'il y avait très peu de sang autour du cadavre de Kate Mulloney. Selon la théorie de

Stilligoe, cela signifiait-il qu'elle aussi était morte avant d'avoir reçu la balle ? Y avait-il une possibilité qu'elle ne se soit pas supprimée, mais qu'elle ait été tuée par quelqu'un d'autre ?

Deux choses le turlupinaient : la première, c'était que Kate avait tenté d'incriminer Nancy en prétendant qu'elle était la seule personne à être restée avec Clara sans autre témoin. Pourquoi, sinon pour faire porter les soupçons sur son ancienne amie ?

Puis venait la seconde : qui pouvait désirer la mort de Kate ? Il faudrait qu'il en sache plus sur ses amis et ses ennemis. Officiellement, l'affaire était classée et il n'avait plus le droit d'ouvrir cette boîte de Pandore, s'il se trouvait qu'il avait raison. Pourtant c'était aussi sa meilleure opportunité d'obtenir la reconnaissance de ses supérieurs, puisqu'il avait accès aux personnes concernées. En premier lieu, il lui faudrait contacter Louisa. Tiens donc… Simple coïncidence ? Guy préféra ne pas se prononcer.

Dès qu'il aurait récupéré les rapports de l'enquête criminelle, Guy pourrait passer en revue les principaux témoins et suspects de l'affaire. Vus sous cet angle, à savoir si l'on considérait la mort de Kate comme un meurtre et non comme un suicide, les faits apparaissaient sous un tout autre jour. Les déplacements de Kate ce jour-là avaient été rapportés par Gloria Holmes, la servante qui travaillait à la journée quand Mme Mulloney séjournait à Londres. C'était sans doute un emploi sous contrat peu exigeant, puisque Gloria ne devait se montrer disponible que lorsque les Mulloney étaient en ville. Autant qu'il sache, Gloria était la dernière personne à avoir vu Mme Mulloney en vie.

Guy devait donc retrouver Gloria Holmes. Et Louisa, bien entendu.

42

Le lendemain, Diana, Nanny Higgs, Louisa et les garçons rejoignirent Bryan à Biddesden. Un trajet en voiture de trois bonnes heures à travers les plaines monotones du Berkshire avant que le paysage devienne vallonné et riant. En passant le portail en fer forgé et en voyant la maison recouverte de vigne vierge, Louisa inspira profondément, avec la sensation de regagner ses foyers. C'était vraiment une très jolie demeure, encore embellie par Diana et son indéniable talent de décoratrice d'intérieur. Elle était si jeune et inexpérimentée quand elle avait emménagé dans la maison de Buckingham Street qu'elle avait laissé à Bryan le soin de s'occuper du mobilier et de la décoration, y ajoutant tous les cadeaux de mariage qu'ils avaient reçus. Mais à Biddesden, habituée désormais à dépenser de l'argent sans compter, Diana avait fait faire d'épais rideaux couleur crème pour les cinq fenêtres de sa chambre, ainsi qu'un lit à baldaquin et des fauteuils XVIIIe recouverts de damas blanc et gris perle. Un belvédère avait été conçu par un architecte de ses amis, des portraits peints par d'autres encore étaient accrochés aux murs, et tous ceux qui séjournaient à Biddesden s'extasiaient sur les grilles du portail joliment peintes en bleu cobalt, tout comme les portes des bâtiments du corps de ferme.

Il n'y avait qu'un tableau que Diana n'osait changer ni déplacer : un grand portrait à l'huile du général Webb sur son cheval de combat. C'était lui qui avait fait construire la maison en 1711. La légende disait que si par malheur on touchait au tableau, il viendrait hanter les lieux en montant et descendant l'escalier, juché sur son cheval. Pam avait séjourné dans la maison trois mois durant tandis qu'on lui préparait le cottage où elle habiterait pour s'occuper de la ferme, et après avoir passé une nuit sans sommeil à cause d'une présence malveillante planant à la tête de son lit, elle avait changé de chambre sur la suggestion de Bryan et avait enfin pu se reposer sans être dérangée.

Même si elle passait presque tout son temps en bas, à la ferme, Pam était montée à la maison pour accueillir la famille à son retour. Louisa et Nanny Higgs avaient emmené les garçons à la nurserie, mais elles avaient pour consigne de rejoindre tout le monde à l'heure du thé dans la bibliothèque. Là, Louisa se réjouit de constater que Nancy était arrivée avec Hamish, son fiancé. Unity aussi était présente. À dix-sept ans, elle n'avait plus cette gaucherie enfantine qui la caractérisait jadis, et tenait bien son rang dans la lignée des beautés Mitford. Nancy, Unity et Pam accueillirent chaleureusement Louisa. Pourtant la distance qui s'était instaurée entre elle et Nancy lui valut quelques pincements de cœur. (Avec Pam qui travaillait à la ferme, elle se sentait presque d'égale à égale.) Louisa s'assit avec Jonathan pour faire un puzzle et Diana les rejoignit distraitement, tandis que Nancy évoquait avec délectation le succès de son roman, *Highland Fling*.

— Il s'en vend trente exemplaires par jour, ce qui n'est pas mal du tout pour un premier, paraît-il, dit-elle à ses sœurs.

— Vas-tu devenir un écrivain à succès ? lui lança Diana d'un ton railleur.

— Je l'espère bien, répliqua Nancy sans prendre la mouche, pour une fois. Ne serait-ce que pour m'offrir les services d'un chauffeur ou au moins quelques taxis… À mon âge, c'est pénible de devoir circuler en bus.

— Tu n'as pas encore trente ans, remarqua Hamish.

— Tu dis ça pour faire passer le fait que nous ne sommes toujours pas mariés, répliqua Nancy d'un ton badin, mais elle détourna vite la conversation afin d'éviter, aurait-on dit, la réaction d'Hamish.

Car s'ils étaient officiellement fiancés depuis quatre ans – Nancy avait reçu en gage une bague de chez Cartier –, aucune date n'avait encore été fixée pour leur mariage, et entre-temps Hamish avait été renvoyé d'Oxford pour « mœurs dissolues ». Cela semblait bien mal parti.

Nancy s'adressa donc à Pam, sa compagne d'infortune, restée vieille fille comme elle. Si, sur le moment, la rupture de ses fiançailles avait contrarié Pamela, depuis, elle ne semblait guère pressée de s'engager à nouveau.

— Quelles sont donc ces rumeurs qui courent sur toi et ce poète sans le sou ? lui demanda Nancy.

— Tu veux parler de John Betjeman ? répondit Pam sans s'offusquer du ton taquin de sa sœur, car elle était d'un caractère placide. Ce cher petit m'a encore demandée en mariage. J'ai requis un mois de réflexion.

Les yeux verts de Nancy s'assombrirent.

— Quoi ? Il t'a demandée deux fois en mariage ?

— Parfaitement, confirma Diana, et John continue à venir chez nous malgré le fantôme. Il a dit à Bryan que si ce n'était pour Pam, il ne serait jamais revenu à Biddesden.

— J'aime bien quand il apporte son cerf-volant. On le fait voler au-dessus des collines, intervint Pam à dessein, car elle n'avait guère envie d'épiloguer sur ce sujet, puis elle reposa son assiette après avoir englouti une tranche de cake en trois bouchées.

Il s'en suivit un court silence durant lequel Diana se concentra pour trouver où mettre sa pièce de puzzle. Elle réussit à la placer, récoltant un petit rire ravi de Jonathan, qu'elle embrassa avec tendresse. Quant au bébé, Desmond, il était dans les bras de Nanny, qui lui montrait le paysage depuis la fenêtre. Louisa avait déjà remarqué que Diana était moins tendre envers son petit dernier qu'envers son premier-né.

— J'ai rencontré quelqu'un d'intéressant hier soir, déclara Diana.

Nancy et Pam la regardèrent. Quant à Hamish, il semblait s'ennuyer ferme.

— Oui, sir Oswald Mosley, poursuivit Diana. Nous étions voisins de table, au dîner de Barbara.

— N'a-t-il pas la réputation d'être un horrible goujat ? remarqua Nancy, tandis qu'au même moment Unity s'exclamait :

— J'ai entendu dire que c'était un merveilleux orateur !

— Eh bien, sans doute un peu les deux, dit Diana. Moi, il me laisse froide, mais certaines pourraient le trouver bel homme…

Au même instant, Bryan entra dans la pièce.

— Désolé d'être en retard. Je tenais à pondre mes mille mots par jour, s'excusa-t-il, puis il embrassa Diana, qui ne lui rendit pas son baiser. Nancy chérie, je suis ravi de te voir. Et toi aussi, Unity. Comment s'est passé votre trajet ? Bien j'espère.

À partir de là, Diana ne mentionna plus Mosley, et ses sœurs ne posèrent pas d'autres questions. Elles échangèrent des généralités sur Tom et ses études à Berlin.

— Il écrit des lettres tellement sérieuses qu'on se demande ce qu'il a vraiment en tête, ce petit cachottier.

— Apparemment, ça ne va pas mieux en Allemagne, dit Bryan, puis il regarda en direction d'Hamish comme pour lui tendre la perche, mais Hamish ne releva pas et continua à se morfondre dans son coin. Enfin, je suppose qu'il gagne au change, au niveau financier. Le deutschmark a perdu un tiers de sa valeur, depuis 1929.

— Tu as aimé l'Autriche quand tu y es allé avec Tom, n'est-ce pas ? demanda Diana.

— Oh oui, terriblement. C'est un très beau pays. Les parties de chasse sont sensationnelles, et ces gens sont des champions de l'organisation. Mais tout ce *Sturm und Drang*[1] me fatigue un peu.

— J'aimerais beaucoup m'y rendre, intervint Unity. Mais je suppose que Farve préférerait que j'aille en

1. « Tempête et passion », courant littéraire et musical allemand datant du XVIIIe siècle, récupéré par les nazis à des fins de propagande.

France ou en Italie. Tom est le seul à avoir eu le droit d'apprendre l'allemand.

Le téléphone sonna dans le hall. Un valet y répondit et entra ensuite dans la bibliothèque pour murmurer à l'oreille de Bryan, qui alla prendre l'appel.

— Qui était-ce ? s'enquit Diana quand il les rejoignit, remarquant seulement alors qu'il était devenu livide.

— C'était Ralph, répondit-il. Lytton est mort.

Les yeux bleus de Diana s'emplirent de larmes. Bryan s'avança vers elle, mais elle prit Jonathan dans ses bras et le serra contre elle.

— Pauvre cher Lytton, murmura-t-elle, à la grande confusion du petit garçon, qui n'avait pas besoin d'être réconforté et dont les lèvres se mirent à trembler tant l'atmosphère avait brusquement changé.

Louisa se leva, en s'apprêtant à le remmener à la nurserie.

— Lytton Strachey ? dit Nancy. Quelle tristesse.

— Nous savions que la fin était proche, mais Dora doit être effondrée, dit Diana.

Dora Carrington, l'artiste, songea Louisa en revoyant la mince silhouette avec son casque de cheveux blonds, assise sur un divan, à Venise.

— C'est son épouse ? demanda innocemment Unity.

Diana et Nancy échangèrent un regard.

— Non, répondit platement Nancy. Elle est mariée à Ralph Partridge. Mais Dora était folle de Lytton et tout le monde le savait, même Ralph, ajouta-t-elle, puis elle se tourna vers Diana. Tu te rappelles ? Ils ont tous cru qu'elle t'avait empoisonnée parce que Lytton s'intéressait trop à toi, ce premier week-end que tu as passé à Ham Spray House.

— Oui, avec sa fameuse tourte de lapin, confirma Diana. Un lapin qu'elle avait tué elle-même d'un coup de fusil. J'ai été horriblement malade, mais aussi très gênée. Je suis certaine qu'elle n'y était pour rien, car elle a été adorable avec moi durant tout mon séjour là-bas. Pauvre Dora, conclut Diana en tendant Jonathan à Louisa. Oui, je crois qu'il vaut mieux monter les garçons.

— Bien, madame, dit Louisa en prenant le garçonnet par la main.

Poison, lapins et coups de fusil… Comprendrait-elle un jour la mentalité des gens pour lesquels elle travaillait et ce qui nourrissait leur vie intime ?

43

Mary Moon saisit au vol sa chance d'aider Guy dans ses enquêtes. Une femme policière, Lilian Wyles, avait récemment été promue au grade de commandant, même si ce n'était pas dans le service de Guy.

— Cette nomination me redonne un peu d'espoir, confia Mary à Guy. J'ai entendu dire qu'elle ne s'occupait que d'affaires concernant des victimes féminines, mais c'est sûrement le signe que ces messieurs ont envie de nous prendre enfin au sérieux, non ? Je dois leur montrer de quoi je suis capable.

— Oui, espérons-le, acquiesça Guy.

Il préféra garder pour lui les commentaires peu élogieux de ses collègues sur Lilian Wyles, qui dépréciaient aussi bien ses talents que son allure. De l'avis général, cette nomination n'avait eu pour but que de complaire à la « difficile et exigeante » lady Astor, membre du Parlement. Quant à Guy, il était ravi d'avoir Mary pour l'aider. La priorité pour eux, c'était d'interroger Gloria Holmes.

Gloria avait donné son adresse au moment de l'enquête : une rue sordide de l'East End, assez facile à trouver. Guy emmena Mary avec lui, en se disant que la visite d'un inconnu au domicile de Gloria, le soir qui plus est (il devait s'y rendre en dehors de ses heures de service puisqu'il n'existait pas officiellement d'affaire à résoudre), passerait mieux s'il avait une femme à ses côtés. Par chance, quand ils frappèrent à sa porte, Gloria était là… ainsi que sa nombreuse famille, rassemblée dans la pièce de devant : la mère, le père, plus deux frères, une sœur cadette et un bébé qui passait de bras en bras en gazouillant de contentement. Tout ce petit monde était pétulant et rondouillard à souhait. Enfin, Guy réussit à les convaincre de quitter la pièce afin de leur permettre d'interroger Gloria, ce qu'ils acceptèrent de mauvais gré, dans un concert de récriminations. Le boucan qu'ils firent en s'entassant tous dans la cuisine avait quelque chose de comique. Ensuite, de toute évidence, ils ne se gênèrent pas pour écouter, car à chaque question posée par Guy un brouhaha s'élevait derrière la porte.

Gloria confirma les faits tels qu'elle les avait déclarés lors de l'enquête, sans dévier d'un iota.

— Dans quelle humeur était Mme Mulloney quand elle est rentrée dans l'après-midi ? lui demanda Guy.

— Je l'ignore, répondit Gloria. Elle est montée tout droit à sa chambre et je ne l'ai pas revue.

— Vous avez déclaré que vous lui aviez préparé un léger souper ? Pourriez-vous nous dire en quoi il consistait, s'il vous plaît ?

— Du poulet froid avec de la mayonnaise et une tranche de pain beurré, monsieur.

— Et comme boisson ?

— Elle m'a demandé de déboucher une bouteille de

vin rouge et de la laisser dans le salon avec deux verres et son plateau.

Guy en prit bonne note.

— Et l'avez-vous vue, quand vous êtes partie à 18 heures ?

— Non, monsieur. Elle était là-haut, dans sa chambre. Je l'ai juste prévenue d'en bas en portant la voix que je partais et que je reviendrais le lendemain matin.

— Avait-elle été affectée par le décès de son mari, l'année précédente ?

— Je l'ignore, monsieur. Je ne l'ai jamais entendue pleurer ni rien, répondit Gloria d'un air perplexe.

Comme Guy consultait ses notes, Mary prit le relais.

— Cela vous a-t-il étonnée, Gloria ?

— Non, mademoiselle.

— Pouvez-vous nous dire pourquoi ? insista Mary. Vous avez travaillé pour eux durant sept ans. Vous deviez bien les connaître.

Mal à l'aise, Gloria gigota sur sa chaise, et derrière la porte les chuchotis gagnèrent en intensité.

— M. et Mme Mulloney ne ressemblaient pas aux autres couples mariés que je connais. Ils sortaient ensemble chaque soir, mais à la maison ils avaient d'affreuses disputes. Si vous les aviez entendus ! Il y avait souvent de la casse et presque tous les matins je devais ramasser des débris de verre. Même durant la journée, c'était des crises terribles. J'avais envie de disparaître sous terre. J'ai bien essayé de donner mon congé, mais M. Mulloney… eh bien, il réussissait toujours à m'amadouer.

Mary crut voir quelque chose sur le visage de Gloria qui exigeait un approfondissement.

— Qu'entendez-vous par là ? s'enquit-elle.

— Il savait me prendre par la douceur, voyez-vous, répondit Gloria en baissant la voix.

— Vous a-t-il fait des avances ?

C'en fut trop pour Gloria, avec toute sa famille tendant l'oreille derrière la porte. Elle secoua la tête et refusa d'en dire davantage.

Guy et Mary eurent beau insister, ils n'obtinrent rien de plus. L'interrogatoire étant terminé, ils la remercièrent poliment et prirent congé.

Une fois dehors dans la rue, Mary et Guy regagnèrent la station de métro.

— À ton avis, Gloria avait-elle une liaison avec M. Mulloney ? demanda Mary.

— Je ne saurais dire. En tout cas, on ne peut pas la rayer de la liste des suspects, puisqu'elle a préparé le repas de Mme Mulloney et ouvert la bouteille de vin. Elle a donc eu l'occasion d'y verser du poison, mais il lui manque le mobile. Je n'ai pas l'impression qu'elle appréciait beaucoup sa maîtresse, mais je ne la vois pas en meurtrière. Cependant, nous avons un indice de plus.

— Lequel ?

— Elle a dit que Mme Mulloney lui avait demandé de laisser un plateau avec deux verres. Donc, de deux choses l'une : soit il y avait quelqu'un dans la chambre avec elle à l'insu de Gloria, soit elle attendait un visiteur durant la soirée. Nous devons découvrir de qui il s'agissait.

Mary enfonça son chapeau sur sa tête pour se protéger du vent mordant.

— Il n'y a rien dans le rapport d'enquête sur un éventuel visiteur ce soir-là ?

— Non, à part Louisa et moi, quand nous avons découvert le corps, répondit Guy.

— A-t-elle vu quelqu'un d'autre durant la journée ?

— Oui, selon son agenda, elle devait retrouver un certain « R » chez Franco à 13 heures.

— Mais vous ignorez qui est ce fameux « R ». A-t-on vérifié dans son carnet d'adresses ?

— Non, répondit Guy. Rappelle-toi que nous n'enquêtions pas sur un meurtre. L'enquête devait juste confirmer la thèse du suicide. Après tout, elle avait été découverte avec un mot et une balle dans le cœur, selon toute vraisemblance tirée par elle-même. Il n'y avait aucune raison pour que la police consacre plus de temps à cette affaire.

— Mais maintenant, nous en avons une, conclut Mary alors qu'ils entraient dans la station avant de regagner chacun leur foyer.

44

Le lendemain matin, Guy rassembla son courage pour téléphoner au 10 Buckingham Street. Une vieille domestique lui répondit, et même si elle parut un peu surprise de sa requête, elle lui dit qu'elle irait chercher Mlle Cannon.

Guy attendit, la bouche sèche.

— Monsieur Sullivan ?

— Louisa, répondit Guy en l'appelant par son prénom, comme s'il pouvait ainsi la ramener d'une brusque secousse au sein de leur ancienne intimité. Je m'excuse de vous déranger sur votre lieu de travail.

— Ce n'est pas grave, dit-elle, puis il y eut un silence. Que puis-je faire pour vous ?

— Serait-il possible de nous rencontrer ? Je suis actuellement sur une enquête et je crois que vous pourriez m'aider.

— Je ne sais pas…, soupira-t-elle. Non, je ne crois pas.

— S'il vous plaît, Louisa. Je suis prêt à vous retrouver n'importe où et à toute heure à votre convenance.

L'hésitation fut assez brève pour qu'il reprenne espoir.

— Venez au Jimmy's Café cet après-midi à 17 h 30. C'est dans Lexington Street, tout près d'ici. Je devrais pouvoir vous y rejoindre à ce moment-là.

— Merci. Je vous en sais gré.

Mais elle avait déjà raccroché.

À 17 heures, Louisa entrait dans le café. Elle venait de passer quelques jours assez pénibles. Diana et Bryan étaient rentrés à Londres pour les obsèques de Lytton Strachey, et la maison avait été envahie par une file sans fin de visiteurs vêtus de noir aux mines endeuillées. Sanglots, crises de larmes, longs discours… C'était à qui affichait le plus de tristesse, noyée naturellement sous de grandes lampées d'alcool. Une femme était restée durant trois heures couchée sur un divan en refusant de bouger tant elle était terrassée par le chagrin, mais elle s'était soudain remise comme par miracle quand quelqu'un avait proposé à la ronde d'aller dîner tous ensemble au Ritz, « parce que Lytton l'aurait voulu ». Louisa s'efforçait de ne pas émettre de jugement sur la façon dont les gens réagissaient, mais elle ne pouvait s'empêcher d'être exaspérée par tout ce chiqué. Pourtant le chagrin de Diana était sincère, elle le savait, et les larmes que la jeune femme avait versées en silence en prenant son bain lui avaient inspiré de la compassion. Ce fut dans cette humeur de chien qu'elle alla retrouver Guy.

Il était déjà là et l'attendait, bien entendu. Guy était toujours d'une politesse et d'une ponctualité sans faille. Elle appréhendait de le revoir, or elle fut agréablement surprise de constater qu'elle ressentait surtout du réconfort. C'était comme retrouver un paysage familier, reposant et plaisant pour les yeux, qui dissipait toutes les humeurs sombres.

Guy se leva alors qu'elle approchait de la table et il attendit qu'elle s'installe avant de se rasseoir. Elle ôta ses gants et posa son sac à côté d'elle. Cela faisait deux ans qu'ils ne s'étaient pas vus. J'ai sûrement pris un coup de vieux, pensa-t-elle, en trouvant que Guy avait plutôt embelli. Les rides qu'il avait maintenant aux coins des yeux lui donnaient un air grave qui lui allait bien.

— Comment allez-vous, Guy ? dit-elle en devinant qu'il était soulagé de l'entendre l'appeler par son prénom.

— Très bien, merci, dit-il. Et vous-même ?

— Bien. Il y a eu des obsèques hier, celles d'un ami proche de Mme Guinness, d'où pas mal de tension dans la maison. Cela me fait du bien de prendre un peu l'air.

Une serveuse vint les voir et ils commandèrent du thé.

— Je suis désolé de l'apprendre, reprit-il. De qui s'agissait-il?

— Lytton Strachey. C'était un écrivain assez célèbre.

— Vous évoluez dans les hautes sphères de la société, constata Guy en lui souriant.

— Mes employeurs, vous voulez dire, lui rappela-t-elle. Pas moi.

C'était ridicule, pourtant elle était gênée de n'avoir aucune bague ni alliance à son doigt. Lui non plus n'en portait pas, mais c'était courant chez les hommes mariés.

— Autant en venir au fait, dit Guy. Je voulais vous voir, car j'enquête sur la mort de Kate Mulloney. Vous étiez avec moi quand nous avons découvert son corps, et j'avais envie que nous confrontions nos souvenirs. Peut-être un détail qui nous avait paru anodin sur le moment pourrait-il s'avérer significatif aujourd'hui ?

Louisa ne risquait pas d'oublier l'image de ce corps sans vie.

— Je ne comprends pas, dit-elle, interloquée. L'enquête n'avait-elle pas conclu à un suicide ? Cela nous avait semblé évident à nous aussi.

— Je sais, mais trop de choses ne collent pas. Et je n'arrive pas à me les sortir de la tête.

Un instant, elle se demanda si elle non plus ne lui sortait pas de la tête, et l'espoir traversa son esprit telle une étoile filante. Serait-ce la véritable raison pour laquelle il l'avait contactée ? Elle se pencha tandis que la serveuse disposait le service à thé sur la table.

— Quelles choses ?

Quand Guy lui eut exposé ses soupçons et rapporté leur entretien avec Gloria, c'était comme s'ils s'étaient quittés la veille. Il lui avait aussi avoué que ce n'était pas une enquête officielle, et qu'il la menait de son propre chef. Alors elle l'avait taquiné :

— Décidément, vous êtes incorrigible. Peut-être devriez-vous quitter la police pour fonder une agence de détective privé ?

Il lui lança un coup d'œil complice confirmant qu'il y avait déjà pensé lui-même, et ils se sourirent, en se regardant d'une façon qui força Louisa à détourner les yeux. Tous deux se comprenaient, et ils se connaissaient depuis si longtemps que leur relation formait comme un courant d'eau profonde. Si elle était seule à y nager, elle se noierait à coup sûr.

— En résumé, il vous reste plusieurs choses à découvrir, reprit-elle en s'obligeant à remonter à la surface. Qui est ce « R » que Mme Mulloney devait rejoindre pour le déjeuner ce jour-là ? Cette personne aura peut-être perçu quelque chose de son état d'esprit. Peut-être aussi est-ce la même qui s'est rendue chez elle plus tard dans la nuit ? Qui attendait-elle ce soir-là, et ladite personne est-elle venue ? Dans le rapport d'enquête, la police a-t-elle mentionné si ces deux verres de vin avaient été bus ?

— Non, mais je pourrai sans doute retrouver l'officier chargé de l'enquête qui aura noté tous ces détails. Avec un peu de chance, il s'en souviendra.

— Si Mme Mulloney ne s'est pas suicidée mais qu'elle a été assassinée, cela signifie que le mot avouant les meurtres de Shaun et de Clara était un faux. Avez-vous vérifié son écriture en la comparant avec celle de son agenda ?

— Décidément, vous avez l'esprit vif, remarqua-t-il. Oui, l'écriture correspondait, à mes yeux du moins. Mais le mot était si bref qu'il aurait été facile de l'imiter.

— Je ne vois toujours pas pourquoi un meurtrier se serait donné tout ce mal.

— Eh bien, nous savons que Clara Fischer a été assassinée à cause de l'opium qu'on a retrouvé dans son corps alors qu'elle-même n'en avait pas en sa possession. De sa liaison avec le mari de Mme Mulloney découle la possibilité que M. Mulloney ait lui aussi été pris pour cible. Si le suicide et le mot sont faux, alors nous avons affaire à quelqu'un qui essaie délibérément de brouiller les pistes.

— Et cet individu pourrait bien être « R », dit Louisa.

Elle avait bu tout son thé et il lui fallait regagner la maison, car Diana devrait bientôt s'habiller pour le dîner. Mais elle avait du mal à décrocher tant elle prenait plaisir à être en compagnie de Guy et à faire marcher ses méninges.

— Avant tout, il nous faudrait revenir sur les faits et gestes de Shaun Mulloney à Paris, dit-elle. Il est tout à fait possible que sa mort soit due à une allergie au sésame et rien de plus.

— Sans exhumer le corps, nous ne pourrons nous en assurer. Mais il semble peu probable qu'il ait commandé un plat contenant du sésame au restaurant.

— À moins qu'il ne se soit agi d'un plat français dont il ignorait les ingrédients.

— Si vous aviez une grave allergie au sésame, ne feriez-vous pas très attention à tout ce que vous ingérez ? demanda Guy.

— Si, convint Louisa, mais je connais bien ces gens, et je les ai vus à l'œuvre. Jeunes et riches comme ils sont, ils boivent trop, sont négligents, et se croient invincibles.

— Là-dessus, vous avez sans doute raison. Vous rappelez-vous quelque chose de cette soirée ? De ce qui s'est passé quand ils sont rentrés du restaurant ? Où étiez-vous à ce moment-là ?

— J'ai aidé Diana à se préparer pour la nuit. Ils étaient rentrés à minuit, et je me rappelle avoir pensé qu'elle avait bu plus que d'habitude. M. Guinness, M. et Mme Mulloney sont allés au salon, et je crois qu'ils ont continué à boire là-bas. À vrai dire, je ne les ai pas vus, mais je les ai entendus. Ils ont mis quelques disques sur le gramophone.

— Vous n'avez parlé à personne cette nuit-là, vous n'avez rien vu d'inhabituel ?

— Luke Meyer était avec eux. Il est descendu me voir à la cuisine, après que Diana se fut couchée. Nous avions convenu de nous y retrouver.

— Pourquoi ?

Malgré elle, Louisa fut ravie de déceler dans la voix de Guy une pointe de jalousie.

— Nous avions passé un après-midi assez étrange. Luke nous avait emmenées Diana et moi dans un bar où..., commença-t-elle, mais elle s'interrompit et lui sourit d'un air contrit. Il y avait un numéro de strip-tease... Une femme qui dansait sur de la musique en ôtant ses vêtements. Et il s'est avéré que c'était un homme.

— Je vois, dit Guy, mais son air ébahi démentait ses paroles.

— Luke s'en voulait, et Diana l'avait très mal pris. Je crois que descendre me voir était pour lui une façon de s'excuser. Même si je me suis demandé...

— Quoi donc ?

— Il tenait une rubrique mondaine à l'époque, pour le *Daily Sketch*. J'étais sur mes gardes, au cas où il essaierait de me soutirer des informations. Nous avons bu un coup, il avait apporté du gin. Mais nous n'avons pas causé longtemps, car il a voulu rejoindre les autres. Je suis allée me coucher et j'ai été terriblement malade, cette nuit-là.

— Oui, je m'en souviens. Nous avons cru que cela venait de l'eau.

— Dans le bar où Luke nous avait emmenées, j'avais mangé des toasts au beurre d'anchois. Ils avaient un goût infect, aussi, j'ai supposé que c'était ce qui m'avait intoxiquée. Ni Luke ni Diana n'en avaient pris.

— Vous êtes certaine de n'avoir rien mangé de ce que Shaun Mulloney avait pu manger lui aussi ce jour-là ?

Guy s'était penché à présent pour mieux l'entendre, car ils parlaient à voix basse, leurs deux corps tendus l'un vers l'autre.

— Non, je ne crois pas.

— Alors nous allons devoir nous entretenir avec M. et Mme Guinness.

— En effet, convint Louisa avec un petit serrement de cœur.

Ils se séparèrent après avoir convenu qu'elle informerait Diana et Bryan que Guy souhaitait les interroger sur ce qui s'était passé à Paris. De son côté, Guy irait consulter les rapports sur la mort de Shaun Mulloney ; pour cela, il lui faudrait sûrement demander le concours de la police française, ce qui n'irait sûrement pas de soi.

45

Quand Guy fut de retour, il trouva un message sur son bureau : « Mlle Rose Morgan est venue au poste de police et elle a demandé après vous. Elle dit que vous saurez de quoi il s'agit. Vous pourrez la trouver au Regency dans King's Road jusqu'à la fin de son service à 18 heures. »

Rose Morgan ? Mais oui ! se rappela Guy après un petit temps d'hésitation. La seule Rose Morgan qu'il connaissait, c'était la jeune domestique qui avait disparu en 1928. Il avait abandonné les recherches quand il s'était avéré qu'elle n'avait pas envie qu'on la retrouve. À présent, elle était apparemment rentrée à Londres et y travaillait. Il espérait qu'elle en avait informé ses parents ; il avait à peine connu son père, Albert Morgan, mais ce gars lui avait plu, et il avait eu pitié de son grand désarroi. Sans avoir seulement déboutonné son manteau, Guy repartit aussitôt et se rendit à pied jusqu'au restaurant Regency, un établissement qu'il connaissait de réputation : l'on y mangeait bien pour pas cher, et il était populaire auprès des artistes qui habitaient Chelsea. À son arrivée, il s'assit à une table et pria la serveuse d'informer Mlle Morgan de sa présence. Rose le rejoignit si vite que Guy était encore plongé dans le menu quand elle s'adressa à lui.

— Inspecteur Sullivan ?

Levant les yeux, il reconnut la jeune fille d'après la photo qu'il avait toujours gardée dans un tiroir de son bureau. Certes elle avait mûri physiquement, et ses cheveux étaient à présent blonds et courts, mais son sourire était aussi timide et charmant que dans son souvenir.

— Oui, c'est moi. Et voici donc Rose Morgan, je présume… enfin réapparue, dit Guy.

— Je regrette d'avoir causé tous ces ennuis, répondit-elle d'un air contrit.

— Ne vous en faites pas, je suis bien content de vous voir. C'est une bonne nouvelle pour votre famille, ajouta-t-il en la scrutant. Car vous avez prévenu vos proches, n'est-ce pas ?

— Oui, je les ai prévenus…, confirma-t-elle, puis elle jeta un coup d'œil par-dessus son épaule. Pourriez-vous faire semblant de commander quelque chose ? Le patron risque de me réprimander.

Guy fit mine de consulter le menu tandis que Rose sortait un calepin et un crayon de la poche de son tablier.

— Où étiez-vous passée, durant toutes ces années ?

Il y eut un silence et Guy, toujours plongé dans le menu, commençait à se demander si elle l'avait entendu quand elle lui répondit enfin.

— Je suis restée à Paris un bon moment. J'avais dû quitter Londres, j'étais mêlée à des embrouilles pas très nettes.

— Des embrouilles ou des gens ?

— Les deux. Je travaillais pour les Delaney. Ils

étaient gentils et j'aimais bien leur petite fille, mais ça payait mal. Or je voulais pouvoir envoyer de l'argent chez moi, prouver que je m'en sortais et que j'avais eu raison d'aller vivre à Londres. Maman ne voulait pas que je m'en aille, voyez-vous.

— Je comprends.

— J'ai commencé à faire des extras comme serveuse dans d'autres maisons. Lady Delaney avait une relation qui aidait à organiser de grandes soirées mondaines et qui m'engageait à l'occasion. C'était bien, je gagnais assez pour envoyer de l'argent à la maison et en garder un peu pour moi. J'ai alors rencontré cet homme, il m'a arrêtée un soir en me disant que je pourrais en gagner beaucoup plus, si j'étais prête à lui donner un coup de main.

Guy sentit qu'il devait y aller doucement. S'il s'y prenait bien, elle le mènerait peut-être à quelque chose d'important.

— Que vous a-t-il demandé de faire ?

— Il vendait de la drogue. Il avait affaire à des clients réguliers. Selon lui, c'était des gens de la haute, et il n'y avait aucun danger. Ils lui téléphonaient ou lui faisaient parvenir un message en l'informant du lieu où ils seraient pour la soirée. Tout ce que j'avais à faire, c'était de leur remettre ce qu'il me confiait : de petits paquets qui passaient inaperçus. C'est ainsi qu'il m'a présenté la chose. Et effectivement, ce petit trafic a marché un certain temps.

Une combine bien ficelée, idéale pour embobiner une servante innocente.

— Et qu'est-ce qui a mal tourné ? s'enquit-il.

— Je lui ai dit que je voulais arrêter. Un soir, un valet

m'a prise sur le fait, et il a menacé de me dénoncer si je ne lui donnais pas une partie de l'argent. Mais quand j'ai prévenu Ronan de ma décision, il est devenu mauvais.

Ronan. Guy se répéta le nom afin de ne pas l'oublier.

— Et puis il y a eu cette soirée. J'ai vu Dot glisser et tomber à travers le verre, c'était horrible. J'ai paniqué. J'ai eu peur que l'on m'accuse de quelque chose. Ça m'a encore poussée à partir. Avec ce que m'avait rapporté la soirée, j'ai pu quitter l'Angleterre et gagner Paris. Muriel m'avait parlé de M. Molyneux. Comme nous avions prévu de partir ensemble, j'avais déjà mon passeport…

Guy entendit un sanglot étouffé, celui de quelqu'un qui dit enfin la vérité.

— Je savais que c'était mal, reprit Rose. Je savais que ma famille s'inquiéterait, mais je craignais que mes parents coupent les ponts avec moi, si jamais ils apprenaient ce que j'avais fait. Une fois à Paris, je me suis sentie en sécurité. Comme si rien de tout cela n'était vraiment arrivé. Ensuite, avec le temps, c'est devenu de plus en plus dur de reprendre contact avec les miens.

— Pourquoi maintenant ? Pourquoi êtes-vous revenue, pourquoi me racontez-vous tout cela ?

— Maman me manquait. Et puis pour tout vous dire, je devais me marier, et mon fiancé a rompu. Je n'ai pas supporté de rester une minute de plus à Paris. C'est Papa qui m'a demandé de vous informer que j'avais renoué avec eux. Il m'a dit que vous étiez un chic type, que vous lui aviez promis de le prévenir si jamais vous aviez de mes nouvelles. C'était bien le moins que je puisse faire, conclut-elle avant de noter quelque chose sur son calepin et de le ranger dans sa poche. Voilà. Bon, je ferais mieux d'y aller.

— Attendez, dit Guy. À qui passiez-vous la drogue durant les soirées ? Connaissiez-vous leurs noms ?

— Je ne me rappelle pas.

— S'il vous plaît, Rose, insista Guy. Vous ne risquez rien, mais cela pourrait m'aider sur une autre enquête. Vous souvenez-vous de quelque chose ? À quoi ressemblaient-ils ?

Elle hésita, puis se décida.

— La cliente la plus régulière était une Américaine, jolie, je crois qu'elle était actrice. Il y avait deux ou trois hommes que je voyais à chaque fois, mais je ne me rappelle pas grand-chose d'eux. Il y avait aussi un couple marié, très chic. Lui avait les yeux bleus et elle des cheveux noirs. Je crois qu'ils s'appelaient Milliney, Mollony ou quelque chose d'approchant.

— Mulloney ? Kate et Shaun Mulloney ?

— Oui, confirma Rose. C'est ça.

— Et Clara Fischer, était-ce le nom de l'actrice ?

— Oui.

Guy prit un petit temps de réflexion, la tête remplie d'idées qui se bousculaient.

— Rose, êtes-vous revenue à Londres après votre départ à Paris en 1928 ?

— Non, monsieur.

— Écoutez bien, je ne veux pas vous inquiéter avec ces questions. J'ai seulement besoin de vous éliminer d'une liste de personnes impliquées dans une autre enquête. Mais pouvez-vous prouver que vous êtes restée à Paris durant tout ce temps ?

— Oui, dit Rose. Je partageais un appartement avec

plusieurs autres filles et j'avais du travail. Et puis à ce moment-là je ne voulais pas rentrer à Londres. Je me sentais en lieu sûr à Paris.

— Avez-vous rencontré Mme Mulloney à Paris ou à Londres après 1928 ?

— Non, monsieur.

— Êtes-vous jamais allée à Venise ?

— Non, monsieur. Désolée, mais il faut que j'y aille. Merci de vous être déplacé jusqu'ici. Merci pour ce que vous avez fait pour moi et mes parents.

Elle s'éloigna et disparut par les portes battantes qui donnaient sur les cuisines. Quant à Guy, il prit son chapeau et s'en alla de son côté.

46

Cette rencontre laissa Guy dans un état d'excitation perplexe. Une fois rentré au poste, il ressortit le dossier qu'il avait gardé sur Rose et en extirpa sa photographie pour la fourrer dans sa poche. Puis il tamponna « affaire classée » sur la chemise couleur chamois et la rangea. L'inspecteur principal Stiles était encore sorti pour l'après-midi, et l'affaire sur laquelle ils travaillaient officiellement était au point mort tant qu'un nouvel indice ne se présenterait pas. Il aurait dû poursuivre ses investigations, mais il avait besoin, ou plutôt envie, de parler d'abord avec Louisa. Il eut juste à passer un coup de fil à la maison des Guinness et se retrouva bientôt dans la cuisine de Buckingham Street, assis en face d'elle à la table. Elle avait l'air contente de le voir, se dit-il, en espérant qu'il ne prenait pas ses désirs pour la réalité. Dans le doute, il préféra en venir au fait.

— J'ai rencontré Rose Morgan, déclara-t-il.

— La domestique disparue ?

— Bravo, quelle mémoire ! Je sais, vous l'avez déjà vue, mais je vous ai quand même rapporté sa photographie. Pensez-vous l'avoir croisée ailleurs qu'à Paris, au salon Molyneux ? Elle m'a confié qu'elle avait gagné de l'argent en faisant des extras comme servante pour des bals et des soirées…

— Moi aussi, cela m'est arrivé, reconnut Louisa en rougissant un peu. J'avais besoin d'argent, et j'ai fait comme elle. Ça ne me disait rien de vous en parler. Je sais, c'était idiot de ma part.

Guy ne dit rien, mais il lui fit un petit sourire avant d'enchaîner :

— En fait, elle m'a avoué qu'elle gagnait surtout de l'argent en servant de relais à un trafiquant de drogue. Il lui passait de petits paquets à livrer à des clients lors de soirées mondaines.

— Moi, je n'ai pas fait ça !

— Je n'en doute pas une seconde. Mais je me demandais si vous ne l'auriez pas vue, car elle a mentionné que trois de ses clients réguliers étaient M. et Mme Mulloney ainsi que Clara Fischer.

— Faites-moi voir.

Louisa tint la photo dans ses mains et la scruta avec attention.

— Oui, c'est bien elle que j'ai vue, confirma-t-elle, puis elle ferma les yeux pour mieux revivre le moment. Je n'y ai plus repensé. Avec la mort tragique de la domestique ce soir-là, cela m'est sorti de la tête. Mais c'est sûrement pour cette raison qu'elle m'a reconnue, quand je l'ai croisée chez Molyneux… À peine entrée, elle est ressortie de la pièce sans que je comprenne pourquoi. Je travaillais à Grosvenor Place, la nuit où la servante est morte et elle aussi, elle était là, poursuivit-elle en revenant à Guy. Alors que j'étais dans les cuisines, un homme a frappé à la porte de service. J'ai ouvert, mais

Rose s'est vite interposée en me disant qu'il était venu pour elle. J'ai vu l'homme lui passer quelque chose. Et puis, plus tard, j'ai vu Rose parler avec Mlle Fischer et M. Mulloney.

Louisa reposa la photographie et croisa les bras sur la table, l'air calme et posé, tandis que Guy se retenait de la manger des yeux.

— C'est elle, sans aucun doute, conclut-elle. Était-ce de l'opium dans le paquet ?

— Je le crois.

— Oh ! Mon Dieu. Elle était à Paris quand les Mulloney s'y trouvaient aussi. Se pourrait-il qu'elle leur en ait fourni ? Mme Mulloney n'a pas voulu qu'on pratique une autopsie, car elle a dit que la famille découvrirait que Shaun prenait de l'opium.

— Je n'avais pas pensé à ça, dit Guy. Mais non, je ne crois pas. Rose n'était qu'un simple intermédiaire. Elle n'avait pas les connexions nécessaires pour se procurer des produits.

— Peut-être veut-elle vous le faire croire. Se pourrait-il qu'elle se soit trouvée à Venise ? Il y avait là-bas une servante qui a monté du thé à Clara. Je n'ai jamais vu de qui il s'agissait. Le réceptionniste de l'hôtel m'a priée de ne pas en parler, car la servante craignait d'être inquiétée par la police. À l'époque, je croyais que c'était son état de manque qui avait tué Clara, donc je n'ai pas cherché plus loin… Oh ! fit-elle en portant les mains à son visage. Le « R » dans le carnet de rendez-vous… Et si c'était de Rose qu'il s'agissait ?

Guy réfléchit. Il était dans la police depuis assez longtemps pour ne pas tirer de conclusions hâtives, aussi séduisantes soient-elles.

— Je ne sais pas, Louisa. Elle dit qu'elle n'a jamais quitté Paris et qu'elle peut le prouver. De plus, quel mobile aurait-elle ? D'ailleurs, si elle était coupable, elle ne m'aurait sûrement pas téléphoné pour m'informer de son retour en Angleterre.

Louisa dut se rendre à ces arguments.

— Non, je m'intéresse davantage à l'homme à qui elle s'était associée, reprit Guy. Ce trafiquant fournissait de la drogue aux trois défunts. Et Rose dit qu'elle avait peur de lui.

— Je peux comprendre.

— Je sais, acquiesça Guy en résistant à son envie de tendre la main pour prendre la sienne. Il s'appelait Ronan.

— Vous voulez dire « R » pour Ronan ?

Guy haussa les épaules en se forçant à ne pas exulter trop vite, même s'il avait enfin l'impression d'arriver quelque part.

— Il ne nous reste plus qu'à le trouver, conclut-il.

Louisa raccompagna Guy jusqu'à l'entrée de service et ils se dirent au revoir, mais alors qu'elle s'apprêtait à refermer la porte, il lui lança :

— Je ne suis pas marié, vous savez.

Louisa s'arrêta net.

— Qu'avez-vous dit ?

— Je n'ai pas épousé Sinéad. Elle est rentrée en Irlande. J'ai pensé qu'il fallait que vous le sachiez. Même si cela vous importe peu. En fait, je ne sais pas pourquoi je tenais tant à vous le dire.

Il se sentit soudain bien pitoyable. Seulement, quand il la regarda, elle lui souriait sans rien dire, les yeux brillants de larmes.

— Merci, Guy, murmura-t-elle enfin.

Les choses auraient-elles changé entre eux ? Il était trop tôt pour en juger. Guy savait juste que s'il pouvait aimer quelqu'un sans réserve, de toute son âme, ce ne pouvait être que Louisa Cannon.

47

Guy passa deux jours à laisser des messages au restaurant où Rose travaillait avant qu'elle consente enfin à le rappeler.

— Qu'y a-t-il, monsieur ? dit-elle d'un ton craintif.

— J'ai besoin de savoir comment retrouver Ronan…, commença Guy, mais elle l'interrompit aussitôt, en proie à une panique qui frôlait l'hystérie.

— Il ne faut surtout pas qu'il apprenne que je suis rentrée, sinon il va s'en prendre à moi, j'en suis sûre…

Guy employa cette fois un ton impérieux, tandis qu'en fond sonore deux hommes discutaient dans le café derrière elle.

— Il n'en saura rien. Mademoiselle Morgan, il y a une enquête criminelle, et je me dois d'éliminer Ronan de la liste des suspects.

— Quand j'avais besoin de le contacter, je laissais un message pour lui chez un tailleur de Jermyn Street. Il y avait là-bas un certain M. Wilkins, qui transmettait à Ronan l'adresse et l'heure de la soirée où je travaillais. Puis il venait me rejoindre si des clients à lui comptaient se rendre à cette même soirée.

— Quel était le nom du tailleur ?

Rose le lui donna et Guy la remercia, avec l'espoir qu'il n'aurait pas à la faire citer à la barre en tant que témoin. Mais sachant qu'il ne pouvait s'y engager, il ne lui promit rien.

Mary Moon était trop contente d'aider Guy dans l'étape suivante de l'enquête.

— Je vais demander à la sœur de Harry de me prêter un chapeau, dit-elle. Moi, je n'ai rien d'assez chic.

— De grâce, Mary, dit Guy en s'efforçant de ne pas montrer d'impatience. Ce n'est pas si important.

— Mais si. Tous ces gens de la haute demandent à M. Wilkins de transmettre un message à Ronan, pour commander leur drogue. Ça n'ira pas, s'il se doute que je ne fais pas partie de ce milieu.

— Bon, fais comme tu veux, marmonna Guy. Mais sois au 121 Jermyn Street à 16 heures. J'attendrai un peu plus bas dans la rue.

— Ne t'en fais pas, j'y serai ! lança Mary en se ruant vers la sortie pour rentrer se changer chez elle.

Plus tard cet après-midi-là, Guy était posté dans Jermyn Street. Fort heureusement, il n'eut guère à attendre Mary, qui sortit de la boutique au bout d'une dizaine de minutes et lui fit son rapport.

— J'ai dû patienter le temps qu'il n'y ait plus d'autre client et j'ai alors demandé à voir M. Wilkins en prétextant que je recherchais des boutons pour une chemise.

— Bien. Et alors ?

— « Pourriez-vous avoir l'amabilité d'informer Ronan que la fête de ce soir commencera à 20 heures au restaurant Aurora sur Dover Street ? » lui ai-je dit. Et j'ai ajouté que je pourrais rejoindre Ronan à l'extérieur. M. Wilkins a tout noté d'un air parfaitement indifférent, comme si cela ne le concernait pas.

— As-tu laissé un nom ?

— Oui. Mlle Margoyles.

— Bien joué, Mary. Espérons que ça va marcher.

À l'étonnement de Guy, tout se passa très bien. À 20 heures ce soir-là, il était avec Mary devant le restaurant Aurora, sur Dover Street. S'il avait l'estomac noué, c'était parce qu'il n'avait toujours pas touché mot de cette enquête à l'inspecteur principal Stiles. Il voulait prouver qu'il parviendrait seul à la mener à bien. Coup de génie ou coup de folie ? Son initiative pouvait aussi bien tourner à son avantage qu'à la catastrophe.

Quelques minutes après 20 heures, un type débraillé coiffé d'un feutre rond s'approcha d'eux.

— Mademoiselle Margoyles ? s'enquit-il.

— Et vous êtes le divin Ronan, je présume ? dit Mary en prenant l'accent distingué d'une duchesse de haut rang, au grand étonnement de Guy.

— Oui, c'est moi, répondit l'homme d'une voix rauque, puis il désigna Guy d'un coup de tête. Et lui, qui est-ce ?

Avant que Guy ait eu le temps de répondre, Mary le devança :

— Le divin Paul, mon ami, répondit-elle en continuant sur le même ton de plaisanterie, sachant qu'on appelait l'opium la Divine drogue.

Ronan le scruta d'un œil sournois.

— Bon, ben, je n'ai encore jamais eu affaire à vous, alors jouons cartes sur table.

Mary acquiesça. Si Guy décela un peu de nervosité dans son sourire, il n'en fut pas moins impressionné.

— C'est cinq livres. À payer d'avance, mais pas ici. Marchons un peu jusqu'au coin de la rue, d'accord ?

Ils obtempérèrent et le suivirent. Dès qu'ils eurent passé le coin de la rue, Guy se rapprocha de Ronan et lui passa vite les menottes.

— C'est quoi ce b…

— Je suis l'inspecteur Sullivan, déclara Guy en lui montrant sa plaque. Avancez sans faire d'histoire.

Ronan ne se débattit pas, mais continua à jurer copieusement. Entre deux injures, il demanda qui l'avait mouchardé.

— Ce n'est pas l'un de vos clients. Le mieux pour vous, c'est d'avancer et de répondre à quelques questions au sujet d'une affaire sur laquelle j'enquête. J'aimerais autant que ça se passe dans la discrétion. Si vous m'aidez, je suis prêt à fermer les yeux sur la transaction que vous vous apprêtiez à faire avec Mlle Margoyles.

Inutile de dire que s'il coffrait Ronan pour meurtre, le trafic de drogue serait un chef d'accusation mineur. D'un autre côté, il n'avait aucun droit de l'embarquer pour l'interroger au poste. Il fallait faire preuve de doigté.

— Au moins, laissez-moi fumer une clope, dit Ronan.

Ils s'arrêtèrent tandis que de sa main libre Ronan sortait une cigarette, puis un briquet.

— Bon ben, allez-y, dit-il après avoir tiré une première bouffée, avec l'insouciance d'un homme qui a l'habitude d'être arrêté par la police et vite relâché. Qu'est-ce que vous voulez savoir ?

— Connaissez-vous Clara Fischer ?

Ronan repoussa son chapeau en arrière et coinça la cigarette au coin de ses lèvres.

— Je pensais que vous en vouliez, quoi. D'habitude c'est ce qui se passe, avec les gens comme vous. Bon, soupira-t-il. Ça fait un bail que je n'ai plus entendu parler d'elle. Une Américaine, à ce qu'il me semble. Et drôlement délurée, vous pouvez me croire. Qu'est-ce qu'elle devient ?

— Elle est morte.

— Mince alors, fit Ronan, qui ne sembla guère ému par la nouvelle. Ben, comme je l'ai dit, ça fait longtemps. Bon, vous avez ce que vous vouliez ? Je suis attendu, conclut-il en secouant un peu son bras, relié à celui de Guy par les menottes.

— Pas encore. Connaissez-vous Shaun et Kate Mulloney ?

En entendant ces noms, Ronan se dandina nerveusement et jeta son mégot sur le trottoir.

— Ouais, disons que je les ai connus dans le temps. Ils étaient du genre pénible. Toujours à m'appeler au milieu de la nuit pour en réclamer.

— Les avez-vous vus à Paris ?

— Hein ? s'esclaffa bruyamment Ronan. Nan. J'ai jamais quitté Londres. J'y suis né et j'y ai grandi. J'ai pas envie d'aller ailleurs.

— Et à Venise ? tenta Guy avec l'impression que les choses lui glissaient entre les doigts.

— Non, je vous dis. J'suis jamais allé à l'étranger. J'ai même pas de passeport. Mon vieux est allé en France pendant la guerre et il en est pas revenu. Pourquoi que vous voudriez que j'aille là-bas ?

— Où étiez-vous le 9 février 1929 ?

— Écoutez. Si vous continuez à me poser ce genre de questions, il va falloir m'emmener au poste et j'appellerai mon avocat.

— Parce que vous avez un avocat, Ronan ?

— Ça se pourrait, répliqua-t-il en avançant le menton d'un air de défi.

Mary intervint. Elle avait retrouvé sa voix normale.

— Ça m'étonnerait fort. À mon avis, vous auriez tout intérêt à aider l'inspecteur Sullivan.

— Redites-moi la date…

Quand Guy la lui eut répétée, Ronan reprit :

— Bizarrement, je sais où j'étais. J'avais eu un sale accident, pas la peine que je vous raconte, ça vous regarde pas, mais du coup, j'étais à l'hôpital, couché avec une jambe cassée et des côtes enfoncées. J'y suis resté trois semaines. Ça m'a coûté chérot, d'ailleurs. En tout cas, vous pouvez vérifier auprès des services de l'hôpital Queen Mary, à Lewisham.

Bien abattu, Guy sentit tout son courage l'abandonner. Il vérifierait, mais apparemment Ronan avait un alibi en béton. S'il n'avait rien de sympathique, il n'avait pas non plus l'étoffe d'un meurtrier. Pourtant, Guy ne comptait pas en rester là.

— Je vous arrête sur présomption de détention de stupéfiants dans l'intention d'en fournir à autrui.

Cette fois, les termes choisis que Ronan employa firent monter le rouge aux joues de Mary.

48

Diana et Bryan étant pris par de nombreux engagements pendant plusieurs jours, Guy avait dû attendre plus que prévu. Enfin il se rendit à Buckingham Street pour les interroger et rencontra brièvement Louisa peu avant l'entrevue afin de la mettre au courant des derniers développements de l'enquête. Ou plutôt de leur absence, rectifia-t-il d'un air morose, conscient de traverser une passe plutôt décevante.

Diana était à son bureau et, contrairement à d'habitude, Bryan était lui aussi présent dans le petit salon, où il lisait un recueil de poésies, assis sur le divan. Louisa l'entendit réciter quelques vers de William Blake à haute voix, parlant d'un ennemi couché sous un arbre empoisonné, ce à quoi Diana répondit : « Bryan chéri, c'est bien joli, mais j'essaie tant bien que mal d'écrire cette lettre », à l'instant où Louisa entrait dans la pièce.

— Bonjour, monsieur Guinness. Madame. Pardon, mais l'inspecteur Sullivan est là, qui demande à vous voir. Pourriez-vous lui consacrer quelques minutes de votre temps ?

— Quoi, encore ? s'insurgea Diana en reposant

brutalement son stylo à plume, mais Bryan se montra mieux disposé.

— S'il a besoin de nous demander quelque chose, je crois que nous ferions mieux de le recevoir. Oui, Louisa, faites-le entrer.

Grand comme il était, dans son costume tout chiffonné, Guy fit un peu penser à un éléphant dans un magasin de porcelaine lorsqu'il pénétra dans la pièce au décor raffiné.

— Bonjour, monsieur et madame Guinness. Désolé, je n'en aurai pas pour longtemps.

— Tant mieux, remarqua Diana, sans être pour autant inamicale.

— J'ai une simple question à vous poser, même si elle concerne un événement qui s'est produit il y a un certain temps. Le soir où M. Mulloney est mort à Paris, je crois qu'il est venu passer un moment chez vous après le dîner. A-t-il mangé quelque chose, ici même ? Un aliment que personne d'autre n'aurait ingéré ?

— Pourquoi diable nous posez-vous cette question ? s'étonna Diana.

Bryan, qui s'était levé pour accueillir Guy, fourra ses deux mains dans les poches de son pantalon et ferma les yeux, comme pour mieux se remémorer les images de cette soirée.

— Je dois admettre que nous avions pas mal bu. Les souvenirs que j'en garde sont un peu nébuleux. Mais pourquoi cette question ? dit-il en rouvrant les yeux. Je croyais qu'à l'époque on avait clairement établi qu'il était mort de cette maudite allergie au sésame.

— Oui, monsieur, je sais que c'est ce qu'a attesté le certificat du médecin. Mais je ne puis m'empêcher de trouver cela un peu étrange. M. Mulloney n'aurait sûrement pas commandé un plat contenant du sésame au restaurant où vous avez dîné.

— Non, en effet, reconnut Bryan en plissant les yeux. Nous avons tous mangé des steaks frites, sauf Mme Mulloney qui avait pris du poisson, je crois. Et aucun dessert, je m'en souviens, car nous avions déjà un peu abusé des cocktails. Cela coupe l'appétit.

— Le plat de Kate contenait du sésame, dit Diana. C'est ce que tout le monde a pensé, sur le moment.

— Je vois. N'empêche, y aurait-il eu quelque chose après votre retour ici qu'il aurait pu ingérer et qui aurait provoqué cette réaction ?

Guy avait sorti son calepin.

— Moi, je suis allée me coucher, déclara Diana. J'ignore ce que vous avez tous fabriqué ensuite.

— Nous avons bu encore quelques verres et écouté un peu de musique, dit Bryan.

— S'il vous plaît, monsieur. Excusez-moi d'insister. Mais pourriez-vous vous concentrer afin que rien ne vous échappe. Avez-vous mangé quelque chose, les uns ou les autres ?

— Non, je ne crois pas. Le cuisinier avait dû rentrer chez lui.

— En effet, il était rentré, confirma Louisa. J'étais dans la cuisine après que Mme Guinness fut montée se coucher, et j'étais seule.

— Donc, non..., conclut Bryan, puis il resta un instant à contempler le feu qui brûlait dans l'âtre. Ah si, je me souviens. J'insiste, nous étions tous un peu gris, mais je crois me rappeler que M. Mulloney s'est plaint à un moment d'avoir faim en disant qu'il n'avait pas mangé assez de frites, et que Mme Mulloney l'a gentiment taquiné en rétorquant qu'il avait un appétit d'ogre et n'était jamais rassasié. Alors il a repéré une boîte de chocolats, j'ignore d'où elle venait. Je n'en ai pas mangé moi-même. Je crois qu'il les a presque tous engloutis. Peut-être que Kate en a mangé un aussi. Mais ça ne peut pas venir de là, n'est-ce pas ?

— Je crois que c'est M. Meyer qui les avait apportés, intervint Diana. En tout cas, ils ne contenaient sûrement pas de sésame. Je regrette de vous décevoir, monsieur Sullivan. Nous ne pouvons apparemment pas vous aider, remarqua-t-elle avant d'indiquer la porte. Nous ne devons pas vous retenir alors que le devoir vous appelle et que vous avez sûrement d'autres obligations importantes. Bonne journée.

— Merci, monsieur Guinness, madame Guinness, dit Guy en les saluant avant de quitter la pièce.

Alors qu'elle disait au revoir à Guy peu après, Louisa se rappela soudain que Diana avait raison : c'était Luke qui avait apporté les chocolats. En outre, elle en avait chapardé un alors qu'elle était allée récupérer le livre de Diana pendant qu'ils dînaient à La Coupole. Elle avait espéré que la douceur de la friandise lui ôterait le goût détestable que lui avaient laissé les sandwichs au beurre d'anchois. Sachant que Diana ne les mangerait pas, elle était certaine que personne ne remarquerait qu'il manquait un chocolat dans la boîte. Bref, Shaun et elle avaient mangé la même chose. Lui était mort, et elle avait été horriblement malade toute la nuit.

Plus tard, une aide-cuisinière frappa à la porte de

Louisa pour la prévenir que Mme Guinness souhaitait la voir. Louisa s'empressa de rejoindre Diana, qui lui passa un savon.

— Où étiez-vous donc passée, avec la foule de choses à faire ? Il est presque 19 heures, j'ai eu une journée épuisante et nous avons un dîner ce soir.

Louisa s'excusa en priant pour que la robe que Diana souhaitait porter fût celle qui était déjà prête et repassée. Heureusement, c'était le cas : une longue robe en mousseline de soie vert émeraude dont les voiles diaphanes se superposaient, portée avec un collier en diamant dont l'éclat rehaussait le cou de Diana, d'un blanc de lys. Quand elle descendit pour accueillir ses invités, Diana était de meilleure humeur, et Louisa se retint de s'interroger sur la foule de choses à faire : qu'y avait-il, à part vérifier que Nanny Higgs avait mis les garçons au lit, que Mme Dudley (la nouvelle cuisinière, car Mme Mack s'était installée à demeure à Biddesden) avait tout préparé, que la servante avait mis le couvert, et Louisa aidé Diana à s'habiller et à se coiffer ? Après avoir rangé et préparé la chambre en vue du moment où Diana viendrait se coucher, Louisa descendit tranquillement l'escalier. D'ordinaire, elle évitait de passer devant le salon, mais elle espérait que ce soir Luke faisait partie des convives et qu'elle pourrait attirer son attention.

Le brouhaha des invités bavardant entre eux lui parvint avant qu'elle ait atteint le rez-de-chaussée. Ce soir, il n'y aurait pas de musique, Diana ayant donné pour consigne que l'ambiance reste discrète et compassée, à cause des obsèques qui venaient d'avoir lieu. Une fois près de l'entrée du salon, Louisa vit que la pièce était remplie de gens debout ou assis, presque tous avec un verre à la main et une cigarette dans l'autre. Les femmes étaient vêtues de couleurs sombres et les hommes en habit de soirée, arborant çà et là une touche de dandysme : mouchoir de couleur glissé dans la poche de poitrine, chaussettes violettes. Il y avait, bien sûr, les adulateurs de Diana, ainsi que des visages familiers, connus de tous ceux qui lisaient, comme Louisa, les chroniques mondaines. Dora Carrington était présente également ; sous sa lourde frange et sans maquillage, elle avait l'air un peu perdue, ne parlait à personne, ne buvait pas. Louisa repéra alors Luke au milieu de la pièce. Il devait être assis sur un tabouret et venait de se lever. Lui aussi vit Louisa et, tandis qu'il la rejoignait d'un pas un peu chancelant, elle s'efforça de ne pas trahir ses émotions, sans être certaine d'y parvenir.

— Salut, dit-il. Comment allez-vous ?

— Pourriez-vous vous éclipser une minute ? répondit Louisa en décidant de ne pas tergiverser.

Luke but une grande lampée de son martini.

— Oh, vous êtes bien mystérieuse… d'accord, ma vieille, convint-il d'une voix un peu pâteuse.

Louisa le précéda jusqu'au petit salon, qui était toujours désert sauf le matin, quand Diana y faisait sa correspondance après le petit déjeuner. Luke s'assit, mais pas Louisa. Ne sachant par où commencer, elle tripota maladroitement les objets qui se trouvaient sur le bureau, comme si elle était venue là pour mettre un peu d'ordre.

— Allons, pourquoi m'avez-vous amené ici ? Venez-en au fait. J'ai presque fini mon verre.

— Les considérez-vous vraiment comme des amis ? dit Louisa en indiquant le salon d'un coup de tête.

— Quelle drôle de question ! répliqua Luke, déconcerté.

— Je veux dire… vous les aimez bien ?

Il s'immobilisa et regarda dans la même direction, comme s'il était capable de voir à travers les murs les personnes en question pour dire ce qu'il pensait d'elles.

— On en a déjà parlé tous les deux, non ? Vous savez que c'est compliqué. Je ne suis pas l'un d'entre eux, d'accord. Mais oui, j'apprécie leur compagnie. J'apprécie qu'ils m'invitent à dîner. C'est plus que je n'osais espérer quand je n'étais qu'un pauvre gratte-papier écrivant des articles sur eux dans ma sordide petite colonne, conclut-il, avec un rire qui sonna creux aux oreilles de Louisa.

— Et M. et Mme Mulloney. Que pensiez-vous d'eux ?

— Oh, je les connaissais à peine. Ils avaient beaucoup d'allure, ils étaient attirants. C'est affreux, ce qui leur est arrivé.

— La nuit où M. Mulloney est mort, à Paris… Était-ce à cause d'une allergie au sésame, à votre avis ? s'enquit-elle, cédant à l'impatience tout en se doutant qu'elle n'aurait pas gagné de prix au concours des techniques d'interrogation.

— Ce fut bien la conclusion, non ? Louisa, le moment est mal choisi pour avoir cette conversation. C'est arrivé il y a longtemps, et nous sommes ici aujourd'hui pour ce pauvre M. Strachey…

— Je sais. Pardon, j'aurais dû y penser. Mais il se trouve que j'ai rencontré Guy aujourd'hui, et il cherche à en savoir plus… Je veux parler du décès de M. Mulloney.

— Pourquoi donc ?

Louisa devait y aller doucement. Elle ne pouvait pas confier à Luke ce qu'ils avaient en tête. Pas encore.

— Puisqu'il est avéré que Clara est morte d'une overdose, à cause de l'opium qu'elle a ingéré à son insu, il voudrait tout revérifier. C'est un policier consciencieux qui fait du zèle, que voulez-vous, ajouta-t-elle dans un petit rire pour alléger la teneur de ses propos. Nous essayons de penser à ce que M. Mulloney aurait pu manger qui aurait provoqué sa mort.

— Du sésame, au restaurant, par exemple ? répliqua Luke d'un ton sarcastique.

— Il est peu plausible que M. Mulloney ait commandé un plat contenant du sésame, alors qu'il souffrait de cette grave allergie. Quand vous êtes rentrés chez les Guinness, vous rappelez-vous s'il a mangé ou bu quelque chose qui se trouvait dans le salon cette nuit-là ? Une boisson ou un aliment que personne d'autre n'aurait bu ou ingéré ? M. Guinness a évoqué une boîte de chocolats, mais il ignorait d'où elle provenait.

Louisa retint son souffle. Allait-il admettre que c'était lui qui avait apporté la boîte ?

Luke avala le reste de son verre.

— Ce ne sont sûrement pas ces fichus chocolats… C'est moi qui les ai apportés. Je me demande ce que vous avez derrière la tête, Louisa. Mais je trouve que vous avancez sur un terrain dangereux. Kate a avoué, non ? À quoi bon remuer tout ça ? Je ne vois pas ce qui pourrait en sortir de bon. Je l'ai même écrit dans l'article que j'ai rédigé sur cette affaire, c'est grâce à celui-ci que j'ai obtenu ma promotion, rappelez-vous. Vous imaginez les foudres de mon rédacteur en chef, si jamais il s'avérait que je me suis trompé ? J'aime mieux ne pas y penser. Mieux vaut laisser tout ça tranquille, non ?

Louisa ne dit rien, et pour cause, car elle se rendit compte à cet instant qu'elle s'était fourvoyée : ces chocolats n'étaient pas destinés à Shaun Mulloney. Quand Luke était arrivé à la maison, il avait dit que c'était un cadeau pour Diana. Il ne pouvait se douter qu'elle n'y toucherait pas. Si Shaun Mulloney en avait mangé, c'était par erreur. Or aucune boîte de chocolats ne contient de sésame. Donc les chocolats devaient être empoisonnés, si c'était bien la cause de sa mort. Et s'il était mort alors que ce n'était pas lui qui était visé ? Elle savait ce que Luke pensait de Diana Guinness. Il ne l'aimait pas. Se pouvait-il qu'il la haïsse à ce point ?

Et Luke avait volé l'agenda de Kate.

— Oui, bien sûr, répondit-elle. Pardon, faites comme si je n'avais rien dit.

Louisa s'empressa de quitter les lieux avant que Luke puisse voir la peur sur son visage.

49

Le lendemain, Louisa proposa de faire quelques courses pour Diana et elle fut donc en mesure, entre le bureau de poste et les couturiers, de foncer au poste de Knightsbridge pour demander à voir l'inspecteur Sullivan. Guy s'empressa de la rejoindre. Elle lui trouva l'air un peu débraillé. Il avait dû enfiler son veston à la va-vite, et ses lunettes auraient eu besoin d'être essuyées. Louisa lui expliqua qu'elle n'avait pas beaucoup de temps, et qu'il y avait surtout une chose dont elle voulait l'entretenir.

— De quoi s'agit-il ?

— J'ai parlé à Luke Meyer, hier soir.

— Oui, fit-il simplement, sans paraître content ni mécontent de l'apprendre.

— Il était chez les Guinness, comprenez-vous ? C'était le moment ou jamais.

Elle attendit vainement qu'il dise quelque chose, puis poursuivit, un peu nerveusement.

— En fait, je me suis rappelé que j'avais mangé un des chocolats alors qu'ils étaient tous sortis dîner, et qu'ensuite j'avais été affreusement malade toute la nuit.

Si ce n'était pas à cause des sandwichs au beurre d'anchois, mais à cause du chocolat ? Or je n'en ai mangé qu'un seul. Shaun a mangé tout le reste de la boîte et il est mort.

— Vous voulez dire que ces chocolats étaient peut-être empoisonnés ?

— C'est possible.

— D'où venaient-ils déjà ?

C'était la question qu'elle attendait, elle ne pouvait s'y dérober.

— Luke Meyer. C'est lui qui les avait apportés.

Guy ne put cacher sa surprise.

— Mais pourquoi aurait-il voulu tuer Shaun Mulloney ?

— Justement, dit Louisa. Je me suis rendu compte que nous avions fait fausse route. Si c'est bien à cause des chocolats qu'il est mort, ils étaient destinés à l'origine à Mme Guinness, non à M. Mulloney.

— Autrement dit, nous ne devons pas chercher un mobile pour le meurtre de M. Mulloney, mais pour une tentative de meurtre, manquée, à l'encontre de Mme Guinness, conclut Guy. Bon sang, Louisa ! Je crois que vous tenez quelque chose. Au moins, nous pouvons écarter la piste selon laquelle Mme Mulloney avait un mobile pour tuer son mari.

Louisa se retint de lui sauter au cou, et elle craignit d'ouvrir la bouche de peur de pousser un cri semblable au couinement d'une souris, tant elle était excitée par ce nouveau rebondissement.

— Qu'allons-nous faire maintenant ?

Guy jeta un coup d'œil derrière lui, vers la réception.

— Je dispose d'un peu de temps. Si je vous

raccompagnais ? Je suppose que Mme Guinness sera chez elle ?

— Oui, ainsi que M. Guinness, confirma Louisa, même si cette idée ne l'enchantait guère, car elle savait qu'ils ne seraient pas ravis que Guy leur demande un nouvel entretien.

Mais tel que c'était parti, ni Guy ni elle n'allaient s'arrêter en si bon chemin.

Louisa suivit Guy quand il sortit de la pièce pour regagner le vestibule.

— Je sais que les apparences sont contre lui, mais je n'arrive pas à croire que Luke ait délibérément empoisonné ces chocolats, déclara-t-elle.

— Pourquoi ? Parce que c'est votre ami ?

— Non. Enfin, oui. Je ne sais pas, Guy.

— Avait-il une raison de vouloir tuer Mme Guinness ?

— Je l'ignore, répondit Louisa en soupirant. Je ne crois pas. Dans ce cas, il aurait refait une tentative, non ?

— Qui nous dit qu'il n'a pas récidivé ?

Louisa accompagna Guy jusqu'à la porte d'entrée.

— Il y a eu un week-end, il y a environ un an, que Diana a passé chez Lytton Strachey et durant lequel elle a été très malade. Sur le moment, tout le monde a pensé que Dora Carrington avait essayé de l'empoisonner par jalousie. Peut-être que Luke était présent lui aussi ?

— Aurait-il également essayé de tuer Clara Fischer ? Et Kate Mulloney ?

— C'est invraisemblable, pour ne pas dire ridicule.

— À moins qu'il y ait plus d'une personne à l'œuvre.

— Quoi ? Vous pensez à deux coupables différents, ou à deux personnes travaillant en tandem ?

— Eh bien, cela mérite d'être envisagé, répondit Guy

en haussant les épaules, puis il regarda Louisa et lui fit un clin d'œil complice. Deux personnes qui travaillent en tandem, ce n'est pas toujours une mauvaise chose, vous savez.

— Allez, filez maintenant ! lui lança Louisa sans pouvoir retenir un sourire.

50

Louisa dressa la liste des quelques faits qu'elle tenait pour avérés, à savoir : Luke avait apporté les chocolats à Paris ; elle en avait mangé un et avait été malade toute la nuit ; Shaun les avait presque tous mangés, et il était mort le lendemain matin. Or il était peu probable que les chocolats aient contenu du sésame, donc ils devaient être empoisonnés. En outre, ils n'étaient pas destinés à Shaun Mulloney, Luke ayant précisé que c'était un cadeau pour Diana ; une erreur fatale s'en était suivie. Luke n'avait sans doute pas vu Shaun manger les chocolats, cela avait dû se produire pendant qu'il était en bas à la cuisine avec elle. Mais si vraiment son intention était d'assassiner Diana, n'aurait-il pas veillé à ce que tout se passe selon son plan ? N'aurait-il pas insisté pour qu'elle en mange ? Peut-être avait-il trop bu pour s'en soucier.

Diana était-elle bien la cible visée ? Certes Luke ne l'aimait guère, Louisa le savait. C'était d'ailleurs l'un de leurs points communs : ils avaient tous deux besoin d'elle, mais la trouvaient froide et égoïste, ce qui les mettait l'un comme l'autre dans une position assez inconfortable. Mais si Louisa trouvait sa maîtresse antipathique, elle n'avait jamais eu le moindre désir de la tuer. Luke avait-il l'étoffe d'un meurtrier ? Était-il capable d'une pareille ignominie ? Cela ne cadrait pas avec l'homme qu'elle en était venue à bien connaître et à tant apprécier, non sans une certaine réserve toutefois. Une réserve qu'elle avait jusque-là attribuée à ses doutes : se plaisait-il en sa compagnie, ou espérait-il lui soutirer des bruits et des ragots susceptibles d'alimenter sa chronique mondaine ? Et si, d'instinct, elle avait pressenti en lui quelque chose de plus sombre ?

Ces pensées tournaient dans sa tête alors qu'elle vaquait à ses tâches quotidiennes, toujours faciles et monotones. Diana, à mesure qu'elle gagnait en assurance et en maturité en tant que mère et épouse, était devenue un peu plus exigeante qu'au début, quand Louisa était entrée à son service. Pourtant, ces temps-ci, elle était distraite. Elle prenait un livre qu'elle reposait presque aussitôt. Même lorsqu'elle jouait avec ses garçons quand on les descendait à l'heure du thé, ce qui était jusqu'à présent son moment préféré de la journée, elle semblait ailleurs. Et elle était aussi plus cassante que d'habitude envers Bryan, qui se faisait rabrouer, même animé des meilleures intentions du monde.

Quelques jours après l'entretien que Guy avait eu avec Diana et Bryan, et les obsèques de Lytton Strachey étant passées depuis un laps de temps raisonnable, la famille se rendit à Biddesden. Bryan était toujours plus heureux là-bas, et Diana était en général contente d'y aller, mais pas cette fois. Elle s'irritait de quitter

Londres à l'idée des fêtes et des premières qu'elle manquerait, et plaidait plaintivement sa cause pour obtenir de rester seule à Londres. Bryan lui objecta que Dora Carrington venait séjourner à Biddesden, et qu'avec ce qui venait de se passer ils ne pouvaient annuler sa venue.

— D'accord, convint Diana à contrecœur. Elle m'a écrit une si gentille lettre en disant qu'elle me donnerait l'un des gilets de Lytton, en souvenir de lui. Je pourrai le faire reprendre à ma taille et le porter.

Une fois à Biddesden, après avoir installé Diana, Louisa rejoignit sa chambre, une pièce agréable située non pas sous les toits, mais un étage plus bas, non loin de la chambre de Diana. Le décor en était simple et dépouillé, mais elle disposait de cet espace pour elle seule, sans avoir à le partager avec des enfants ou d'autres domestiques : un lit d'une place, une commode, un long miroir, et la reproduction encadrée d'un paysage de Constable. Le principal atout de cette pièce, c'était une grande fenêtre à guillotine qui donnait sur les jardins, et Louisa l'ouvrit en grand pour inspirer à pleins poumons l'air frais du dehors, qui lui fit l'effet d'un nectar bienfaisant. Les arbres étaient encore nus, mais à cause de quelques jours d'une chaleur trompeuse certains prunelliers avaient fleuri précocement, si bien qu'ils semblaient couverts d'une neige duveteuse. En bordure du domaine, Louisa vit trois chevaux montés par des cavaliers. Bryan les avait achetés à une école d'équitation, afin que les invités puissent parcourir la propriété au petit trot. Apparemment, Dora Carrington était arrivée un peu avant eux avec son mari Ralph, et Pam avait dû les emmener faire un tour. Depuis l'âge tendre, c'était la meilleure cavalière de toutes les sœurs Mitford. Louisa s'efforça de distinguer chacun des cavaliers. Pour l'homme, ce fut facile. Et pour les deux jeunes femmes aussi, car sans être ronde Pamela n'était pas aussi élancée que Diana, et l'autre silhouette, petite et fine comme une fourmi, était sûrement Dora. Soudain, Louisa vit avec horreur le cheval de Dora se cabrer et foncer vers la route. Sa cavalière s'efforça de rester en selle, mais les secousses étaient si violentes qu'au moment où le cheval tournait pour s'engager sur la route elle fut désarçonnée et tomba à terre.

Louisa dévala l'escalier pour donner l'alerte et aussitôt Bryan prit sa voiture et fonça jusqu'à la route, en espérant peut-être arrêter le cheval avant qu'il s'enfuie ou cause plus de dégâts. Fort heureusement, Dora fut bientôt ramenée à la maison et allongée sur le divan de la bibliothèque, un plaid sur les jambes. Diana avait demandé à Louisa d'apporter du chocolat chaud ainsi qu'un bol d'eau froide et un gant de toilette.

— Je vais très bien, assura Dora à Diana. J'étais juste un peu sous le choc, mais c'est passé.

— Je vous en prie, faites attention à vous, lui dit Diana tout en lui tamponnant le front avec le gant de toilette imprégné d'eau fraîche. S'il vous arrivait quelque chose à vous aussi, je ne m'en remettrais pas.

Dora n'avait sans doute pas remarqué la présence de Louisa, car elle déclara posément à son amie :

— Si seulement cette chute de cheval m'avait tuée. Tout ce que je désire, c'est rejoindre Lytton.

Louisa quitta la pièce sur la pointe des pieds. Pareil

amour était-il enviable ? Elle l'ignorait, mais elle commençait à trouver sa vie sans attaches bien solitaire.

Pourtant, le lendemain matin, tout cela passa à l'arrière-plan quand Louisa fut convoquée par le majordome, Ellis. C'était un homme jovial et plutôt gentil envers les domestiques tant qu'ils couvraient son penchant pour les grands crus de M. Guinness, qu'il ne se contentait pas de « goûter ». Il invita Louisa à entrer dans son bureau pour prendre un appel. Louisa n'en recevait pratiquement jamais, et comme c'était rarement de bonnes nouvelles, ce fut avec un peu d'appréhension qu'elle saisit le combiné.

— Bonjour, Louisa Cannon à l'appareil.

— Louisa ! Dieu merci, vous êtes là-bas.

C'était Luke, et il semblait à bout de souffle.

— Luke ? Où êtes-vous ?

— Je suis à la gare, à Andover. Je sais, j'aurais dû téléphoner à Diana, mais ce n'est pas elle que je veux voir, c'est vous. Croyez-vous pouvoir me cacher dans votre chambre ?

— Hein ? Non, Luke, c'est impossible. Comment pouvez-vous me demander une chose pareille ?

— Je vous en prie, je vous expliquerai, mais pas ici, dans une cabine publique. Pouvez-vous envoyer Turner me chercher ?

— Pas sans en avertir M. et Mme Guinness.

Elle entendit un grognement de déception.

— De grâce, Louisa, je ne vous le demanderais pas si j'avais une autre solution.

— Prenez un taxi. J'ai un peu d'argent, je réglerai la course quand vous arriverez. Demandez au chauffeur de venir par l'entrée de la ferme. Mlle Pamela vous verra peut-être, mais pas Mme Guinness. Je vous rejoindrai là-bas dans une demi-heure.

Luke Meyer fuyait visiblement quelque chose, et elle venait d'accepter de lui servir de complice. Elle espérait seulement qu'elle ne le regretterait pas.

51

Postée près du portail bleu de la ferme, Louisa frissonnait dans son manteau de drap, malgré un soleil vif. Heureusement, le taxi ne tarda guère à apparaître sur la route. Luke avait eu de la chance, car un seul taxi desservait la gare le matin, et il pouvait être déjà retenu pour une autre course. Pamela n'était visible nulle part, mais il n'était pas encore 11 heures, en général le moment où elle prenait sa pause pour boire une tasse de thé accompagnée d'un biscuit au gingembre. Elle devait être à l'étable afin de vérifier qu'on l'avait bien nettoyée après la traite des vaches.

Le taxi se gara juste devant Louisa, qui régla la course, et Luke en descendit. Il n'y avait plus qu'à espérer que M. Stuggs, le chauffeur, ne parlerait à personne au village de la femme de chambre travaillant à la grande maison et du bel inconnu venu la retrouver en douce. Car les langues allaient bon train et ce serait cette version qui circulerait. Luke avait triste allure : le chapeau cabossé, son costume taché sur un côté, les trois premiers boutons de sa chemise défaits, pas de cravate, et il ne portait même pas de pardessus. À voir sa tête et ses cernes bleuâtres, on aurait dit qu'il n'avait pas dormi de la nuit.

— J'ai besoin d'un remontant, dit-il tout de go.

— Merci pour le taxi, Louisa…

— Mon Dieu, oui. Pardon. Merci pour le taxi, Louisa… J'ai besoin d'un remontant.

— Je ne crois pas que ce soit la priorité. Si vous preniez un bain et que vous vous changiez ? Cela me paraît plus urgent. Mais vous n'avez donc aucun bagage ?

— Non. Entrons et je vous expliquerai.

— Comptez-vous aller voir Diana ?

— Fagoté comme je suis et avec cette tête-là ? Non, pas question.

Louisa estima que le mieux serait de recevoir Luke dans la cuisine de chez Pamela. Elle n'en serait peut-être pas ravie, mais Louisa et elle étaient amies, et il serait plus facile de justifier la présence de Luke en ces lieux que dans la grande maison. Après avoir frappé à la porte pour vérifier que Pamela ne s'y trouvait pas, ils entrèrent. Luke s'affala près du fourneau, dans un fauteuil fatigué mais confortable (où Pam aimait s'asseoir pour lire le soir avec un chien à ses pieds), tandis que Louisa lui préparait une tasse de thé et des tartines grillées. Il les dévora comme un homme privé de nourriture depuis des jours.

— Bon, allez-vous enfin me dire ce qui se passe ?

Luke chassa les miettes tombées sur ses genoux et il avait encore la bouche pleine quand il lui répondit.

— On m'a arrêté hier soir… Non, en fait, il était 1 heure du matin, rectifia-t-il.

— Arrêté ? Mais pourquoi ?

Louisa sentit une boule de panique se former dans sa

poitrine. Y avait-il quelqu'un d'autre sur les traces de Luke, pendant que Guy et elle essayaient de démêler ce qui s'était vraiment passé ?

Mais elle fut vite détrompée, car Luke soupira et répondit en gardant les yeux baissés :

— J'étais dans les toilettes publiques de Covent Garden… À 1 heure du matin. Pas très frais, ajouta-t-il, tandis que Louisa le regardait d'un air ébahi, et il se tourna vers elle en haussant les sourcils.

Apparemment, il attendait qu'elle devine ce qu'il entendait par là sans qu'il ait à l'exprimer à haute voix.

— Vous a-t-on arrêté parce que vous étiez en état d'ivresse ?

— Non, Lou ! Allons, réfléchissez un peu ! Je n'étais pas seul…

Soudain elle comprit.

— Ah, je vois…, dit seulement Louisa en leur servant une autre tasse de thé. Qu'est-il arrivé ? Je ne parle pas de ce qui s'est passé dans les toilettes, mais avec la police.

— C'était abominable, Louisa. J'étais tout seul, un type est entré et il m'a fait… des avances. Nous… vous savez. Inutile d'entrer dans les détails.

— Il vous a fait des avances ?

— Oui ! C'était déjà arrivé. Mais cette fois, ensuite, il m'a passé les menottes. Au début, je n'ai pas compris ce qui se passait, j'ai ri en croyant que ça faisait partie du jeu. Alors je me suis rendu compte que c'était un flic. Ce salaud ne plaisantait pas, et il m'a embarqué.

— Pourquoi n'avez-vous pas menacé de le dénoncer ?

— Parce que la situation n'était pas vraiment à mon

avantage, figurez-vous. Et il m'a prévenu que si jamais je le balançais, il ferait en sorte que j'écope de trois mois de travaux forcés. Pour finir, il m'a gardé en cellule pendant plusieurs heures. Ce matin, on m'a mis en liberté sous caution.

— Qui a payé la caution ?

— Je n'ai pas eu à payer. J'ai dû signer un document où je m'engageais à ne pas prendre la fuite. Mais je passerai au tribunal dans deux semaines.

Louisa le regarda avec compassion.

— Je sais, ce doit être terriblement éprouvant, Luke. Mais ce n'est pas comme si tout le monde ignorait vos penchants. Cela ne va choquer personne.

— Si, ma tante, en l'occurrence. Elle va me couper les vivres, si jamais elle l'apprend, et je n'ai pas d'autres ressources.

Il fondit en larmes et fut bientôt secoué d'affreux sanglots. Au même instant, Pamela entra par la porte de derrière, qui, fort heureusement, grinçait sur ses gonds comme celle d'un château hanté. Au moins, ils furent prévenus de son arrivée.

Louisa se leva et se précipita vers Pam, qui était comme d'habitude en culotte de cheval.

— Je suis désolée, mademoiselle Pamela, dit-elle. Voici Luke Meyer. C'est un ami, et il a besoin de se poser quelque part pour se remettre de l'épreuve qu'il vient de traverser. Or je ne pouvais me permettre de l'emmener dans la grande maison.

— Je vois, dit Pamela en s'avançant vers Luke qui s'était levé en chancelant un peu et essuyait ses larmes du revers de la main. Nous sommes-nous déjà rencontrés ? Votre visage ne m'est pas inconnu.

— Oui, j'étais présent au mariage de votre sœur, répondit Luke. Mais nous avons aussi pu nous croiser lors de soirées à Londres. Je les fréquente assidûment, ajouta-t-il avec un sourire qui tint plus de la grimace.

— J'en doute, car moi, je préfère les éviter, répliqua Pamela, puis elle s'approcha du fourneau, vérifia qu'il y avait de l'eau dans la bouilloire et la mit à chauffer. Allez-vous me dire de quoi il s'agit ?

Luke et Louisa échangèrent un regard. Visiblement, ils n'étaient pas du même avis. Mais Louisa savait Pamela particulièrement douée pour regarder les choses en face et les aborder avec calme, aussi choisit-elle de parler, malgré la réserve de Luke.

— C'est une affaire délicate, commença-t-elle. M. Meyer a été arrêté cette nuit pour trouble à l'ordre public. Il a été libéré sous caution, mais va devoir passer au tribunal.

Luke, qui s'était rassis dans le fauteuil, évitait soigneusement de croiser le regard de Pamela tandis que Louisa entrait dans les détails.

— En fait, il redoute de rentrer chez lui dans ces circonstances, car il habite avec sa tante, lady Boyd, et…

— Le choc pourrait bien lui être fatal ? intervint Pamela.

— Exactement, confirma Luke en tournant vivement la tête vers elle. Comment le savez-vous ?

— Je sais ce qu'on entend par trouble à l'ordre public, et je connais votre tante, dit Pamela. Elle conçoit des menus d'une grande inventivité. Elle a préparé un dîner pour les Harlesden à Mayfair en juin dernier, où je suis allée. En hors-d'œuvre, il y avait des œufs de caille au sel de céleri, puis un bouillon clair où flottaient des rondelles d'oignon caramélisées, suivi d'un canard à l'orange, d'un sorbet à la menthe et, pour couronner le tout, une bombe au chocolat fourrée de crème glacée.

Luke en resta bouche bée.

— Oui, je veux bien vous croire, dit-il enfin.

— Mlle Pamela a une mémoire incroyable des menus, devenue légendaire au sein de la famille, dit Louisa, comme en aparté, ce qui fit sourire Pamela.

— Pour en revenir à ce qui nous occupe, vous avez raison, reprit Pamela. Votre tante ne comprendra pas cette mésaventure. Reste à savoir s'il faut qu'elle l'apprenne.

— Je ne vois pas comment elle pourrait ne pas le découvrir, dit-il d'une toute petite voix. Elle n'est pas toujours commode, mais je n'ai plus qu'elle. Ma mère et moi, nous sommes en froid, quant à mon père, nous ne nous parlons plus du tout. Je n'ai ni frères ni sœurs, et aucun cousin proche. Elle m'a recueilli chez elle et cela fait des années qu'elle veille sur moi. Le délit va figurer sur mon casier judiciaire, et je ne puis garantir qu'il ne paraisse pas dans la presse, sans parler de la perspective qu'on me mette en prison suite à ma comparution. Oh ! Mon Dieu ! Je me demande si je ne ferais pas mieux de tout lui avouer avant qu'elle l'apprenne par ailleurs.

— Ça, vous êtes dans un fameux pétrin, constata Pamela.

Comme la bouilloire sifflait, elle la prit pour remplir la théière. Louisa admira son calme ; elle était depuis toujours l'élément stable de la famille, mais plus encore maintenant qu'elle menait sa barque comme elle l'entendait. Les autres la taquinaient, car ses goûts étaient simples et ses occupations celles d'une femme au foyer :

cuisiner, jardiner, faire son propre ménage. Mais elle était intelligente et comprenait mieux que ses sœurs le besoin de vivre sa vie en préservant son intimité, sans avoir de comptes à rendre.

— Quand aura lieu le procès ?

— Dans une quinzaine de jours.

— Alors je vous suggère de séjourner ici le temps d'y voir plus clair. Il y a une chambre située au-dessus de l'étable, réservée en principe au palefrenier. Or nous n'en avons plus l'usage, car l'aide-jardinier aime les chevaux et s'en occupe très bien. Lui habite dans le cottage du jardinier.

— Et M. et Mme Guinness ? dit Louisa. Qu'en penseront-ils, quand ils verront Luke ici ?

— Aucun d'eux ne descend jamais à l'étable, et si nous vous dégotons un vieux pantalon et une casquette, ils vous prendront pour un garçon d'écurie et ne vous remarqueront même pas. C'est incroyable comme souvent les gens ne voient pas ce qu'ils ont sous les yeux.

— Merci du fond du cœur, mademoiselle Mitford, dit Luke en frémissant de soulagement. Je ne saurais dire pourquoi vous êtes si gentille avec moi, mais je vous en suis très reconnaissant. Comment pourrai-je jamais vous remercier ?

Pamela sirota son thé et le considéra posément.

— Oh, je trouverai bien un moyen, ne vous en faites pas pour ça.

52

Cher Guy,

Ce que j'ai à vous écrire est choquant, et si je m'y emploie, sachez que c'est par souci de coller aux faits autant que possible. LM est ici, à Biddesden. Il a été arrêté très tôt ce matin dans des toilettes publiques de Covent Garden, pour trouble à l'ordre public. On l'a libéré sous caution, et il passera au tribunal dans quinze jours. Si jamais il est déclaré coupable, je suppose qu'il devra purger une peine de prison d'au moins trois mois.

Le pauvre. Je sais les soupçons que nous avions à son encontre, pourtant je n'éprouve pour lui que de la compassion. LM redoute que sa tante découvre les charges qui pèsent sur lui et qu'elle le mette à la porte. LM habite chez elle et elle est la seule famille sur laquelle il puisse compter. Il m'a téléphoné de la gare et je n'ai pas eu d'autre choix que de le ramener au domaine, même si personne ne l'a vu à part Mlle Pamela, qui lui a gentiment proposé de l'héberger dans l'ancienne chambre du palefrenier, au-dessus des écuries et demeurée vacante, à condition qu'il camoufle un peu son apparence pour que M. et Mme Guinness ne le repèrent pas. Ceci juste pour quelques jours. Il ne sait vers qui se tourner et ne veut voir personne. Pourtant ses amis connaissent ses penchants, mais pour lui cette arrestation est humiliante. Tant qu'il sera ici, je pourrai le surveiller de près, et je suis certaine que, dans l'état où il est, il ne présente aucun danger.

Cela dit, j'ai de gros doutes sur notre théorie, à présent. Si seulement vous pouviez voir combien cette mésaventure l'a anéanti... Il n'a décidément pas l'étoffe d'un meurtrier qui tue de sang-froid.

S'il y a quelque chose que je puisse faire durant sa présence ici, faites-le-moi savoir.

En bref : écrivez-moi.

Votre Louisa.

Avant d'avoir eu le temps de regretter cette dernière ligne, Louisa lécha les bords de l'enveloppe et la scella, puis elle déposa la lettre, adressée à Guy au poste de police de Knightsbridge, dans le courrier de la maison prêt à partir. Comme promis, elle surveillerait Luke de près. Jusqu'à présent, elle n'avait rien pu en tirer tant il restait sur la défensive avec elle, mais dorénavant, vulnérable comme il était, elle espérait qu'il serait plus sincère.

Toutefois, Diana étant toujours aussi distraite, l'emploi du temps de la journée s'avéra chaotique et Louisa eut du mal à trouver le temps de s'esquiver de la grande maison pour aller rejoindre Luke. Quand enfin elle y parvint, le lendemain après-midi, ce fut Pamela qu'elle rencontra en premier. Pam sortait de son cottage en brique et ardoise, et elle rejoignit Louisa dans l'allée.

— Mademoiselle Pamela. Est-ce que tout va bien? Pardon de vous avoir imposé M. Meyer. Je vous remercie d'avoir bien voulu l'héberger. Je n'en espérais pas tant.

— Oh, on doit toujours venir en aide à son prochain, répondit Pamela avec un geste désinvolte. Seulement, Dora Carrington est venue ici et elle lui a parlé.

— À votre avis, l'aura-t-elle reconnu? demanda Louisa, en proie à la panique.

— Non, je ne crois pas. Ils sont tous deux dans un tel état de détresse que cela vaut mieux pour eux.

— Mais si jamais elle parle de lui à M. et Mme Guinness?

— Qui sait? En tout cas, vous devriez lui dire d'être plus prudent.

Autrement dit, toute la responsabilité incombait à Louisa.

— Bien, mademoiselle Pamela, je le ferai.

Louisa contourna les écuries en se maudissant de n'avoir pas pensé à enfiler des bottes en caoutchouc, car aussitôt rentrée à la maison elle devrait nettoyer et cirer ses chaussures, puis elle monta à la pièce située au-dessus par un escalier extérieur en bois. Elle frappa à la porte et entendit Luke lancer:

— Qui est-ce?

— C'est moi, dit Louisa en passant la tête par l'ouverture de la porte.

C'était une grande pièce blanchie à la chaux, avec un lit et quelques étagères vides. Assis au bord du lit, Luke était toujours pâle et nerveux, quoique un peu moins fébrile. Pamela avait tenu parole et elle lui avait déniché un vieux pantalon ainsi qu'une blouse de travail en lin, tous deux trop grands pour lui.

— Avez-vous pu dormir un peu, cette nuit ?

— Guère. Ce lit est plein de bosses, il fait froid, et je suis sûr que le foin me fait éternuer. Oui, je sais, je ne suis pas en position de me plaindre.

— Avez-vous parlé à votre tante ?

— J'ai envoyé un mot pour l'informer que je séjournais ici quelques jours, grâce à une invitation imprévue.

— Bien. Avez-vous croisé quelqu'un ? s'enquit-elle, ceci afin de le mettre à l'épreuve.

— Seulement Pamela, et très brièvement. Elle m'a apporté du pain et de la soupe, répondit-il, sans rien ajouter.

Raté.

— Mlle Pam m'a dit qu'elle vous avait vu parler avec Dora Carrington un peu plus tôt, remarqua Louisa, sèchement.

— Ah oui, reconnut Luke en faisant mine de s'en souvenir, du moins ce fut ainsi que Louisa le perçut. Pas longtemps. Elle est venue voir les chevaux. Elle voulait dire à celui qui l'avait désarçonnée qu'elle lui pardonnait. Il émane d'elle une grande douceur, mêlée d'une profonde mélancolie. Comme une marguerite qui a fermé ses pétales et ne se rend pas compte que le matin s'est levé.

— Vous a-t-elle reconnu ?

— Non, j'ai gardé la casquette et j'ai fait profil bas. Je lui ai raconté que j'étais un valet d'écurie, et je dois dire que j'ai su tenir mon rôle. J'ai inventé une histoire à propos d'un blaireau pris dans un piège que j'avais dû achever pour mettre fin à ses souffrances. Pas mal trouvé, non ? Très couleur locale.

Louisa doutait fort que Dora Carrington soit friande de ce genre d'anecdotes et cela semblait bien indélicat, de la part de Luke.

— Bon, je vais devoir rentrer, mais je voulais savoir si vous aviez réfléchi à ce que vous alliez faire.

— Comme si j'avais le choix… Je vais devoir me présenter au tribunal et purger ma peine, s'il y a lieu, répondit-il, puis il se renversa en arrière, s'allongea sur le lit et resta les yeux ouverts à fixer le plafond.

— Vous êtes un adulte, Luke. Vous avez un emploi, vous allez devoir vous assumer et faire votre place, comme tant d'autres. Peut-être devriez-vous repartir de zéro en allant vivre ailleurs, dans une autre ville.

Il se redressa sur les coudes et se tourna face à elle.

— Quelle froideur, constata-t-il. Si vous avez envie de vous débarrasser de moi, il va falloir trouver mieux.

— C'est juste que… Soyez prudent, Luke.

Louisa s'empressa de quitter la pièce avant que la panique l'envahisse.

Elle se hâta de regagner la grande maison et se glissa dans la petite entrée où l'on se déchaussait. Là, elle entendit des voix : Bryan et Dora Carrington étaient dans la pièce à côté. Ils ne pouvaient la voir, et quelque chose dans leur façon de parler l'incita à se coller contre le mur pour écouter sans les déranger.

— Grand merci, Bryan, disait Dora. Le vieux fusil de Ralph a disparu, et nous avons tellement de soucis, avec tous ces lapins qui pullulent à Ham Spray House.

— C'est un calibre 12, de fabrication belge. Il devrait être facile à manier.

Louisa entendit Bryan refermer l'armurerie, et ils s'éloignèrent.

53

Trois jours plus tard, Luke était déjà parti quand Diana et Bryan reçurent un appel téléphonique. C'était Ralph, le mari de Dora. Il s'était rendu à Londres pour la journée et lorsqu'il était rentré, son épouse était morte. Vêtue de la robe de chambre jaune de Lytton Strachey, elle était entrée dans leur chambre et avait posé en équilibre le fusil que Bryan lui avait prêté, la gueule du fusil dirigée sur son flanc, avant d'appuyer sur la détente avec son orteil. C'étaient Virginia et Leonard Woolf, passés prendre de ses nouvelles, qui l'avaient découverte, et elle avait agonisé six heures durant avant d'expirer.

La nouvelle avait fortement ébranlé toute la maisonnée. Dora séjournait souvent à Biddesden, où elle était appréciée aussi bien de la famille que du personnel. Bryan s'en voulait terriblement de lui avoir prêté ce fusil, même si Diana ne cessait de lui répéter qu'il n'y était pour rien. Du fond de son désespoir, Dora aurait de toute façon trouvé un moyen de mettre fin à ses jours.

Louisa en était moins sûre. Elle-même était déchirée par la culpabilité : elle avait appris ce que Dora et Luke s'étaient dit, en particulier cette anecdote imaginaire et malvenue sur un blaireau qu'il aurait achevé. Et comme par hasard, juste après, Dora avait emprunté un fusil. L'effroyable désinvolture dont Luke faisait preuve dans la vie, en était-elle devenue complice ? Dire qu'elle avait écrit à Guy qu'elle avait pitié de lui. Elle se demandait si elle avait bien fait, après tout. Guy lui avait envoyé une brève missive en retour, lui disant qu'il se fiait à son instinct, mais qu'il lui recommandait la plus grande prudence. Il disait aussi qu'il avait enfin eu des nouvelles de la police française concernant Shaun Mulloney, mais qu'il y avait peu de nouveaux éléments : Mme Mulloney avait refusé une autopsie en France, et le corps avait très vite été rapatrié en Irlande. Guy avait pris contact avec les autorités de Dublin, mais un certificat de décès ayant déjà été établi à Paris par un médecin, la famille de Shaun n'avait pas cherché plus loin, et il avait été enterré. Cependant, les services de police n'avaient toujours pas transmis les déclarations qu'ils avaient consignées à l'époque, et Guy allait encore devoir les relancer. Mais il devait faire preuve de circonspection, car il n'avait toujours pas obtenu l'accord de son supérieur pour réexaminer l'affaire.

Lasse de baigner dans cette atmosphère sombre et mortifère, Louisa décida de ne plus différer les choses qui lui tenaient à cœur. Et Diana était dans le même état d'esprit, semblait-il.

Après que la nouvelle de la mort de Dora leur fut parvenue, Diana déclara qu'elle voulait rentrer à Londres aussi vite que possible. Elle laissa les garçons aux bons soins de Nanny Higgs, et Turner les emmena en voiture, Bryan, Louisa et elle. Le trajet prit à peine trois heures, mais sembla beaucoup plus long à cause du silence oppressant qui régnait à l'arrière de la voiture, où le jeune couple n'échangea pas un mot. Louisa aussi avait le cœur gros, mais penser à ses projets la réconfortait.

Une fois à Buckingham Street, Diana disparut dans le petit salon et se mit aussitôt à téléphoner en parlant à voix basse et en passant un appel après l'autre, comme si elle éprouvait le besoin de se relier avec le plus de gens possible. Quant à Bryan, il se rendit à son club, ce qui signifiait qu'il serait sans doute parti pour la journée. Enfin, Diana sonna Louisa.

— Ce soir, je compte me rendre à trois réceptions différentes, déclara-t-elle. Je partirai d'ici à 18 heures, et je ne sais à quelle heure je rentrerai. Inutile de m'attendre. Il faudra préparer ma robe de soie noire, celle avec les manches trois-quarts. Je la porterai avec le manteau de soirée de chez Molyneux, et vous devrez sortir le collier Guinness du coffre-fort. Celui que lady Evelyn m'a donné.

— Bien madame, dit Louisa.

Chouette, une soirée entière pour elle toute seule. Elle savait déjà ce qu'elle allait en faire.

Diana quitta donc la maison sans escorte, en tenue de deuil rehaussée de rubis, l'air non pas triste, mais jeune et excitée, et Louisa ne tarda pas à en faire autant. Elle avait mis sa plus belle robe, une seconde main donnée par Nancy, en soie bleu marine imprimée de grandes fleurs blanches, flatteusement pincée à la taille. Elle marcha d'un bon pas jusqu'à Hyde Park Corner, sauta dans un bus pour effectuer un court trajet jusqu'à l'arrêt situé près du Museum d'histoire naturelle, puis gagna à pied South Kensington, ce qui lui prit moins de dix minutes. Il faisait froid, sous un ciel plombé annonciateur d'orage, pourtant elle marchait comme sur un petit nuage. En tournant dans Pelham Street, elle aperçut l'enseigne rouge du restaurant qu'elle avait choisi, et en dessous, les mains dans les poches de son manteau et l'air un peu nerveux, il y avait Guy, qui ne l'avait pas encore vue.

Louisa courut presque jusqu'à lui. Maintenant qu'elle avait pris sa décision, en le voyant là, elle eut l'impression qu'elle allait exploser de joie, comme un sac en papier rempli de confettis.

— Guy.

Elle lui toucha le bras et il tressaillit un peu, comme s'il n'arrivait pas à croire qu'elle le rejoindrait ainsi qu'elle l'avait promis.

— C'est plutôt mystérieux. Pourquoi n'avez-vous pas voulu me dire de quoi il retournait ?

— Je vous le dirai une fois à l'intérieur.

— Parce que nous entrons ?

— Oui ! Nous entrons, nous allons nous asseoir et dîner ensemble, et nous allons parler... Oh, que de bonnes choses, rassurez-vous ! lui dit-elle en voyant son air de doute.

Visiblement soulagé, il lui ouvrit la porte et la laissa entrer la première.

Alors qu'ils étaient assis l'un en face de l'autre dans le restaurant, il y eut quelques minutes de gêne tandis que le serveur s'occupait de leur table, puis leur apportait le vin et les menus, avant de les laisser seuls. Enfin. Guy se mit à consulter son menu, mais il abandonna vite pour regarder Louisa.

— Je serai incapable d'avaler une bouchée tant que vous ne m'aurez pas mis au courant, Louisa.

— Je sais, dit-elle en proie à un mélange enivrant de certitude et de nervosité, qui lui nouait un peu la gorge.

Elle but une gorgée de vin et craignit de ne pouvoir l'avaler, mais l'effet de l'alcool la détendit. Puis, reposant le menu, elle regarda Guy.

— Cela nous concerne.

— Nous ?

Manifestement, il avait encore quelques appréhensions.

— Oui. J'ignore ce que vous éprouvez pour Sinéad, et je sais que c'est encore très récent. Non, je vous en prie, ne m'interrompez pas, lui intima-t-elle en voyant que Guy s'apprêtait à dire quelque chose. J'ai besoin de tout déballer, comme on dit. Bon, tout ça pour dire que je comprends que vous ayez besoin de temps. Mais je me suis rendu compte que…

Le discours qu'elle avait bien préparé dans sa tête fut soudain réduit en cendres. Il semblait à la fois trop banal et trop sérieux. Et si Guy n'éprouvait pas le même sentiment ? Mais il fallait continuer, maintenant qu'elle était lancée.

— Tout ce qui est arrivé ces derniers temps, ces morts horribles, ces gens malheureux, sans parler de ce qui se passe dans le monde… Voyez-vous, Guy, moi, je n'ai pas envie d'être malheureuse. Je n'ai pas envie de passer à côté de la vie sans avoir su saisir la chance de faire ce que je désire vraiment. Je ne veux pas dire par là que je sais exactement ce que je veux, mais il y a une chose…

Elle était essoufflée et avait l'impression de nager en pleine incohérence. Guy la considérait de son doux regard perplexe, avec ces rides au coin des yeux qu'elle aimait tant.

— J'ai envie d'être avec vous, Guy. Je trouve que nous ne devrions plus vivre loin l'un de l'autre, chacun de notre côté. Mais ce n'est pas la peur qui m'anime. C'est le bonheur.

Elle cligna des yeux, craignant de se mettre à pleurer.

Guy se pencha et lui tendit la main par-dessus la table. Elle posa sa main dans la sienne, tiède et forte, et quand ses doigts se refermèrent sur les siens, elle se sentit envahie d'un sentiment de sécurité et de bien-être comme elle n'en avait jamais connu.

— J'ai envie d'entendre ces mots-là de votre bouche depuis si longtemps, si vous saviez, dit-il posément.

— Je crois le savoir, dit-elle en avalant à moitié ses mots.

Guy se pencha davantage.

— Si nous n'étions pas assis là, je vous embrasserais.

Louisa rit de bon cœur, et la tension qui lui nouait le ventre s'envola d'un coup. Elle regarda la salle autour d'eux. Il y avait un autre couple assis près de la fenêtre et le serveur leur tournait le dos, occupé à servir du vin à une autre table.

— Si nous prenions le risque ?

Guy haussa un sourcil.

— Mademoiselle Cannon. Vous me surprendrez toujours…

— Je l'espère.

Avec leurs menus en guise de paravent, ils échangèrent furtivement un baiser. Ce fut assez pour sentir la douceur de leurs lèvres et les frissons qui les traversaient tous deux dans une même extase.

Les deux heures qui suivirent, Guy et Louisa se parlèrent comme ils n'avaient encore jamais pu le faire. Ils connaissaient déjà une bonne part de leur passé à chacun, mais soudain un avenir commun s'ouvrait à eux, à la fois inconnu et certain. Ils évoquèrent les vacances au bord de la mer qu'ils avaient envie de prendre, se dirent qu'ils aimeraient tous deux vivre à Londres, mais peut-être trouver une maison avec un jardinet dont Guy s'occuperait avec plaisir. Si, par pudeur, ils n'abordèrent pas le sujet des enfants, ils s'amusèrent à évoquer l'image de leur vieux couple, vivant paisiblement dans une maisonnette près de la mer, avec une ribambelle de petits-enfants. Quand ils quittèrent le restaurant, ils marchèrent main dans la main, avec l'aisance d'un couple qui s'aime depuis des années et qui s'aimera toujours.

54

Comme ils n'avaient guère envie de clore une soirée aussi décisive, Guy et Louisa traversèrent South Kensington à pied. Il y avait eu quelques brèves averses pendant qu'ils étaient au restaurant, mais il n'en restait plus qu'un peu d'humidité sur les voitures et les reflets mouillés des réverbères sur les trottoirs. Il n'était pas très tard, pourtant la ville semblait déjà très animée, entre les gens qui rentraient chez eux après leur journée de travail, ceux qui travaillaient de nuit, et les fêtards en goguette.

Incapables de mettre en mots ce qu'ils ressentaient, tous deux continuèrent à marcher en silence pour tenter de calmer un peu leurs émois intérieurs. Ils tournèrent pour s'engager dans Old Church Street. Juste devant eux, sur la droite, il y avait le Chelsea Arts Club, et apparemment un genre de fête venait de se terminer, car une foule de gens en sortait pour se déverser sur le trottoir. Décidément, nous ne sommes pas du même monde, songea Guy. Jamais il ne verrait ces gens-là fréquenter les mêmes rues que lui. Les femmes portaient de longs manteaux luxueux, ouverts sur des robes dont les éclairs rouges, jaunes et orange donnaient l'impression que leurs corps étaient en flammes. En talons hauts, très maquillées, elles s'égosillaient comme si elles devaient encore se faire entendre par-dessus la musique. En manteau sombre et haut-de-forme, les hommes étaient vêtus plus sobrement, mais çà et là les artistes ou prétendus tels se distinguaient des autres par quelques touches d'originalité : cravates, foulards, pipes au coin de la bouche. Craignaient-ils qu'on puisse les confondre avec les ronds-de-cuir de la City ? Guy s'amusait à observer cette faune dont les simagrées lui rappelaient un peu les parades nuptiales des oiseaux, quand il sentit Louisa lui presser le bras. Elle l'entraîna dans l'ombre du mur.

— Qu'y a-t-il ? demanda-t-il, plein d'espoir, quoique un peu choqué.

Voulait-elle qu'ils s'embrassent en pleine rue ?

— Chut, regardez. Ce couple-là, à droite.

Sa vision mit un moment à s'adapter. En fait, le couple n'était qu'à quelques pas, à l'écart des fêtards regroupés devant le club, et si absorbé qu'il ne les aurait sans doute pas remarqués à leur passage. Il reconnut alors Diana Guinness dans la femme blonde à la mince silhouette. Mais son compagnon n'était pas Bryan. L'homme tenait son chapeau à la main, aussi, Guy put le détailler : d'épais cheveux noirs lissés en arrière, un large visage aux pommettes hautes, un nez vigoureux, une moustache noire. Il lui était vaguement familier, pourtant Guy ne parvint pas à l'identifier. Diana levait les yeux vers lui avec une sorte de ferveur en buvant les mots qu'il disait à elle seule, d'un air grave. Leurs deux têtes étaient si proches qu'ils semblaient à tout moment sur le point de s'embrasser, et entre eux l'attraction était si forte qu'elle formait comme un courant magnétique.

— C'est sir Oswald Mosley, murmura Louisa. Je le reconnais pour avoir vu sa photo dans les journaux.

— L'homme politique ?

— Oui. Diana a fait sa connaissance il y a quelques semaines et, depuis cette rencontre, elle n'est plus la même.

— Ah, dit Guy sans bien savoir ce que Louisa entendait par là.

Pourtant, malgré sa mauvaise vue, il voyait bien que ce qui se passait entre Diana et sir Oswald n'aurait pas été du goût de son mari.

— J'espère qu'elle ne va pas se conduire comme une idiote, soupira Louisa, puis elle leva les yeux vers lui.

Nous sommes dans la pénombre, alors autant en profiter, se dit Guy, et il l'attira contre lui pour de nouveaux baisers.

Le lendemain, de retour au poste, Guy s'émerveilla de l'effet que son bonheur tout neuf pouvait avoir sur les détails, même les plus prosaïques. Le thé avait meilleur goût, son entourage semblait plus gai, plus gentil, et si certains ne l'étaient pas, il s'en fichait comme d'une guigne. Pourtant il y avait une petite ombre au tableau, car il lui restait une tâche à accomplir, qui n'avait rien de plaisant. Mais il le fallait, parce que c'était incontournable, et parce que Louisa le lui avait demandé la veille au soir.

En prétextant une course à faire, il saisit au vol manteau et chapeau, quitta le bâtiment et prit la ligne

Piccadilly à partir de Knightsbridge pour gagner la station de métro de Covent Garden. À l'entrée du quai, un musicien de rue jouait du saxophone, et Guy était de si bonne humeur qu'il déposa une demi-couronne dans son chapeau. Une fois sorti du métro, il prit par Long Acre, la grande rue commerçante regorgeant de petites échoppes, et continua son chemin jusqu'au poste de police du quartier, où il demanda à voir l'agent de police Marshall.

— Il est de service aujourd'hui et il est déjà parti faire sa ronde, lui répondit l'agent posté à l'accueil. Mais il vient juste de commencer. En vous dépêchant, vous pourrez le rattraper, car il commence généralement par prendre une tasse de thé chez Jo. C'est un café situé dans la deuxième rue à gauche.

Guy s'empressa de rejoindre le café, et à l'instant où il ouvrait la porte un gars en uniforme s'apprêtait à en sortir. Il était d'un grade inférieur, mais plus âgé que Guy, avec des bajoues et des yeux couleur d'obus.

— Agent Marshall ? demanda Guy.

— Oui, que me voulez-vous ?

— Inspecteur Sullivan, de Knightsbridge. Pourrions-nous échanger quelques mots ?

— Alors il faudra m'accompagner. Je suis en service et je dois faire ma ronde.

— Après vous, lui dit Guy d'un ton désinvolte, peu en accord avec son humeur, car s'il prenait plaisir à arrêter des criminels, il n'appréciait guère les confrontations.

Ils marchèrent sur l'étroit trottoir en fendant le flot des passants qui venaient en sens inverse, pressés de se rendre à leur travail ou à des rendez-vous. Quand enfin

Guy put parler, il était tout essoufflé, ce qui ne l'aida guère à donner à ses propos toute la gravité requise.

— J'ai appris que vous aviez récemment arrêté M. Luke Meyer ?

— Oui, confirma l'agent Marshall sans ralentir le pas.

Guy savait qu'il devait y aller doucement. Il ne pouvait se compromettre en s'ingérant dans une affaire relevant de la justice pénale tant qu'il n'aurait pas réussi à forcer l'agent Marshall à battre en retraite.

— C'est un ami personnel de M. Bryan Guinness.

— Et ça le place au-dessus des lois, d'après vous ?

— Non, mais cela lui assure le soutien d'un très bon avocat.

— Tant mieux pour lui, dit l'agent Marshall en regardant droit devant lui sans jamais se tourner vers Guy.

— M. Meyer a fait une nouvelle déposition sur les événements de cette nuit-là. Chez nous, à la PJ.

— Bon, fit Marshall en ralentissant un peu le pas. Et en quoi ça me concerne ?

— Agent Marshall. Je vous suggère de bien réfléchir avant de reposer cette question. À mon avis, vous savez pertinemment ce que M. Meyer aura pu dire. Soit nous portons ces nouveaux éléments à la connaissance du tribunal et du public, soit vous revenez sur votre procès-verbal en convenant que vous l'avez arrêté à tort et en faisant aussitôt lever les charges qui pèsent sur lui.

L'agent Marshall l'évita encore du regard, mais s'arrêta de marcher.

— Vous et moi connaissons notre boulot et nous savons que c'est comme ça que ça marche. Je ne fais qu'appliquer la loi… Et vous, inspecteur Sullivan, pouvez-vous en dire autant ? insinua-t-il en approchant son visage de celui de Guy, qui ne se laissa pas impressionner.

— Les magistrats ne verront pas les choses du même œil. Auriez-vous envie d'être un nouveau Reginald Handford[1] ?

— Je vois, dit Marshall d'un air sarcastique. C'est ma parole contre la sienne, et comme il a du fric, vous avez décidé de le croire lui. L'argent a toujours le dernier mot, hein ?

— Agent Marshall, conclut Guy sans relever. Je surveillerai de près les arrestations auxquelles vous allez procéder ainsi que vos procès-verbaux. Un conseil : si j'étais vous, je m'en tiendrais aux petits voleurs à la tire.

Sans répondre, l'agent Marshall s'éloigna et disparut au coin de la rue.

1. Fonctionnaire de police compromis dans une affaire similaire ayant suscité de vives controverses en 1927.

55

En avril, les Guinness déménagèrent de Buckingham Street pour habiter au 96 Cheyne Walk. Diana s'appropria les lieux en faisant repeindre murs et boiseries en blanc et badigeonner les chambres de nuances très pâles de bleu, rose et or. La demeure était d'un extrême raffinement, en particulier le salon du premier étage qui donnait sur la Tamise, baigné d'une lumière mêlée de reflets d'eau. Mais au lieu d'y prendre plaisir, Louisa commençait à se sentir oppressée par la deuxième vie que menait secrètement sa maîtresse. C'était un peu dû au fait qu'elle-même cachait ses affaires de cœur. Si elle condamnait la façon dont Diana traitait Bryan, Louisa comprenait dans une certaine mesure ce qu'elle éprouvait et ce qui la poussait à le faire.

Louisa n'avait rencontré Mosley que brièvement, et elle l'avait observé de loin une ou deux fois en attendant Diana tandis que sa maîtresse faisait mine de le rencontrer par hasard et parlait avec lui. Car leurs rencontres étaient rarement fortuites, en réalité. La nouvelle maison de Cheyne Walk se trouvait justement non loin du siège du parti de Mosley, le New Party's Youth

Movement sis dans King's Road. Là, il organisait des séances d'escrime et de gymnastique pour ses jeunes membres. Même si le New Party avait été dissous, le Youth Movement existait encore. Diana évoquait toujours Mosley en l'appelant « le Leader » plutôt que par son nom. Il était facile pour elle de trouver une raison de faire du shopping dans le même quartier, et pour Mosley de la croiser dans la rue par hasard. Plus d'une fois, Louisa avait dû approuver les commentaires élogieux de sa maîtresse sur la forme physique du Leader et sa silhouette puissante ; il avait quatorze ans de plus qu'elle, pourtant la comparaison avec son époux ne jouait jamais en la faveur de Bryan.

Pendant ce temps, Louisa et Guy s'arrangeaient aussi pour se retrouver en douce. Elle n'était pas encore prête à admettre l'idée du mariage et était reconnaissante envers Guy de ne pas l'avoir abordée. Elle pensait que c'était sans doute par égard pour Sinéad, pour éviter qu'elle apprenne qu'il se fiançait deux mois seulement après leur rupture. Du moins espérait-elle que c'était surtout ce qui le retenait. Louisa ne doutait plus de son amour pour Guy, tout en sachant que leur sentiment réciproque était bien différent de ce que Diana et Mosley éprouvaient l'un pour l'autre. Elle-même puisait du réconfort dans la sécurité et le soutien que Guy pourrait lui procurer, tandis que Diana semblait en proie à une sorte de folie douce et ne pensait plus qu'à une chose : savoir où était Mosley et comment elle pourrait le retrouver. Elle se souciait de moins en moins d'être découverte par Bryan, même si Louisa était certaine que Diana n'avait jamais parlé de son amour naissant ni avec Nancy, ni avec Pamela. Et elle ne pensait pas non plus que Diana et Mosley soient devenus amants. Diana était une personnalité très en vue, constamment sous le regard de ses admirateurs et des chroniqueurs mondains. Il eût été dangereux pour elle de violer les codes en vigueur, et elle était encore une mère très dévouée envers ses garçons. Pourtant il n'y avait aucun doute : ce n'était plus qu'une question de temps avant qu'ils franchissent la ligne.

Cependant Louisa trouvait aussi des avantages à cette nouvelle situation, qui l'amenait à passer davantage de temps à Londres, dans la nouvelle demeure. Car Diana préférait laisser les garçons à Biddesden aux bons soins de Nanny Higgs afin de mieux se consacrer à ses « distractions », que ce soit en passant du temps au téléphone pour trouver un événement mondain auquel le Leader et elle pourraient se rencontrer, ou lors des événements eux-mêmes. Cela signifiait que Diana avait moins d'exigences durant la journée et que Louisa était libre de ses mouvements. Elle en profitait pour retrouver Guy à déjeuner, un petit plaisir qu'ils s'offraient à moindre coût en mangeant des sandwichs sur un banc public. Ils parlaient en toute liberté de leur passé, des livres qu'ils aimaient (Louisa lisant davantage, elle conseillait Guy dans ses lectures). Il y avait eu une sortie au cinéma pour voir *L'Adieu aux armes*, ainsi qu'une promenade dans Hyde Park pour admirer les arbres en fleurs. Ils parlaient aussi de choses plus graves ; de meurtres, en l'occurrence.

Guy avait insisté auprès de la police française pour qu'on lui transmette les rapports d'enquête sur la mort de Shaun Mulloney, mais quand enfin ils lui parvinrent, ils étaient très succincts. Le chef du restaurant où les Guinness et leurs amis avaient dîné ce soir fatidique avait été interrogé, et il avait été catégorique : il n'y avait pas un soupçon de sésame dans les plats que M. Mulloney avait commandés. Mais il avait admis qu'il y en avait dans d'autres plats préparés en cuisine, d'où une possible contamination. Le serveur qui avait pris la commande disait qu'aucun des convives n'avait mentionné cette allergie. Étant donné les symptômes qui avaient entouré la mort de M. Mulloney, vomissements, douleurs d'estomac et arrêt cardiaque, le médecin maintenait ses conclusions en attribuant la cause du décès à une allergie. Bref, il n'y avait pas grand-chose à quoi se raccrocher.

À part les chocolats.

Guy et Louisa flânaient dans le parc par une journée claire et venteuse. Le printemps approchait à grands pas, et ils profitaient d'une longue pause déjeuner, une nouveauté pour eux deux.

— As-tu récemment parlé avec Luke ? lui demanda Guy.

— Non, il fait profil bas, depuis son arrestation. Il est rentré chez sa tante, certain qu'elle ne savait rien de sa mésaventure et que les charges qui pesaient sur lui avaient été abandonnées. Néanmoins, il doit accuser le coup. Et Diana n'a pas fait allusion à lui, ces derniers temps. Il faut dire qu'il n'y en a que pour le Leader.

Guy tiqua un peu. Louisa savait ce qu'il en pensait, et elle appréciait son point de vue : ce n'était pas tant au nom de principes moraux qu'il désapprouvait la conduite de Diana que parce qu'il détestait tout ce qui s'apparentait de près ou de loin à une forme de cruauté.

Or la façon dont Diana traitait son mari en courant après un autre en était une.

— Je trouve que tu devrais passer voir Luke, dit Guy. Moi, je ne peux pas. Ce serait trop officiel.

— Jusqu'à présent, je n'ai rien pu en tirer tant il était sur la défensive.

— Peut-être devrais-tu te montrer plus directe. Demande-lui d'où venaient ces chocolats, où il les a achetés. Tant pis s'il se rend compte que tu le soupçonnes. Le jeu en vaut la chandelle.

— D'accord, dit Louisa. Je peux bien faire ça pour toi.

— Comment pourrais-je jamais vous remercier, belle dame ?

— Oh, je connais bien un moyen, lui dit-elle en lui tendant ses lèvres.

Et il s'empressa d'y poser un baiser.

56

Dès le lendemain, Louisa téléphona à Luke et ils convinrent d'un rendez-vous. À la suggestion de Luke, ils se retrouvèrent au Lyons' Corner House du Strand. Quand elle entra, il était déjà assis à une table pour deux, tout au fond de la salle.

Sous l'éclairage électrique du café, Louisa fut choquée par sa mauvaise mine. Il avait les traits tirés, les joues creuses, les yeux un peu exorbités, le teint grisâtre, et même ses beaux cheveux bouclés semblaient moins épais, plus ternes.

— Que vous est-il arrivé ? dit-elle en tirant la chaise pour s'asseoir.

— Bonjour. Moi aussi, je suis ravi de vous voir, ironisa-t-il.

— Pardon, mais vous avez une mine affreuse.

— À ce point-là ? répondit Luke en faisant la grimace. Je me demandais aussi pourquoi personne ne m'avait invité à sa table, là-bas, au Lily Pond[1].

---

1. Détail véridique. Littéralement, « The Lily Pond » signifie « l'Étang aux nymphéas ».

— Au Lily Pond ?

— C'est ainsi que les serveuses appellent cette partie du café.

Louisa jeta un coup d'œil vers la zone indiquée. Effectivement, il n'y avait que des hommes assis aux tables, seul ou par deux, dont certains portaient des tenues assez excentriques. Elle crut même voir que l'un d'eux s'était poudré le visage. Comment cela avait-il pu lui échapper ?

— Quelle triste fin, pour Dora Carrington, n'est-ce pas ? dit-elle, préférant en venir au fait.

— Oui, quelle tragédie. Mais tout le monde s'y attendait plus ou moins, non ? Après la mort de Lytton.

— Vous lui avez parlé, n'est-ce pas ? À Biddesden.

— Un peu, oui, répondit Luke, décontenancé.

— Vous lui avez dit que vous aviez achevé un blaireau pour mettre fin à ses souffrances.

— Et alors ?

— C'était une suggestion dangereuse, non ? Sachant combien Mlle Carrington était malheureuse, après la mort de M. Strachey.

— Insinuez-vous qu'elle s'est suicidée d'un coup de fusil à cause de ce que je lui ai dit ?

— Je ne sais pas, dit Louisa en détournant les yeux.

— Eh bien vous devriez le savoir, dit Luke. C'est vraiment odieux de votre part de me dire une chose pareille.

Il fut pris d'une quinte de toux et Louisa dut attendre qu'elle passe.

Luke poussa un soupir et il allait parler quand une serveuse vint prendre leur commande. Pour Luke, juste du Earl Grey avec une rondelle de citron, et pour Louisa, du thé aussi, accompagné d'un scone et d'un petit pot de lait.

— Je ne peux rien avaler. Tout me soulève le cœur, en ce moment, expliqua-t-il. La police m'a écrit pour m'informer qu'on abandonnait toutes les charges retenues contre moi, mais je dois encore ressentir le contrecoup de cette affreuse période.

La serveuse revint avec leur commande et disposa le tout sur la table, mais heureusement, elle s'en alla vite. Luke faisait la moue. Était-ce parce qu'il était fâché, ou pour se faire remarquer de ceux qui fréquentaient le Lily Pond ? Un peu les deux, sans doute.

Louisa préféra battre en retraite. Elle aurait voulu savoir comment il s'était procuré l'agenda dans lequel Kate Mulloney avait exprimé sa colère contre Clara et Shaun, mais il valait mieux remettre ça à un autre jour.

— Pourriez-vous me servir du thé ? Merci. Bon, dites-moi donc ce qui se passe entre Mme Guinness et le Leader, lui demanda-t-il en changeant habilement de sujet.

— Est-ce pour votre journal ?

— Non, ma chère. Je n'ai même pas la force de tenir un stylo, ces temps-ci. Encore moins de taper à la machine.

Elle le scruta, comme pour vérifier sa sincérité.

— Il n'y a rien à raconter. Qu'avez-vous donc entendu dire à ce sujet ?

— Qu'est-ce que je n'ai pas entendu dire, plutôt ! Londres est submergée de rumeurs nauséabondes. En fait, il y a toujours des tas de choses qui circulent sur lui. À mon avis, personne ne parle de l'épouse de Mosley sans évoquer sa méritante abnégation.

Le fait de débiter ces commérages avait ramené un peu de couleur à ses joues.

— Je ne pense pas qu'ils soient amants, si c'est ce que vous voulez savoir, répondit Louisa. Mais je pense qu'en effet elle est très amoureuse. Elle le prend pour un fin politique à l'esprit brillant.

— Hum. La rumeur dit aussi que son New Party a été dissous parce que certains de ses cofondateurs pensent qu'il a des ambitions fascistes. Il se voit déjà en dirigeant autocratique. Il est allé rendre visite à Mussolini l'an dernier. Ce qui est révélateur.

— Ah, je l'ignorais, dit Louisa avec sincérité, car à part les brefs articles que le correspondant italien avait écrit dans le *Times* elle savait très peu de choses sur Mussolini, sinon que ses idées suscitaient de la crainte chez beaucoup de gens.

En gros, le fascisme construisait des routes, mais toute personne hostile à son idéologie disparaissait de la vie publique, littéralement ou au sens figuré. Voilà qui reflétait mal la liberté pour laquelle tout le monde s'était battu durant la guerre.

Luke but une gorgée de thé, mais cela provoqua une nouvelle quinte de toux, et quand ce fut fini, il était livide.

— À votre avis, Diana connaît-elle ses ambitions? s'enquit Louisa.

— Je ne vois pas comment elle pourrait les ignorer. L'ennui, c'est que les jeunes femmes comme Diana ont été élevées pour tomber amoureuses et se marier. Elles ne comprennent pas les dangers de l'attraction sexuelle, et se laissent emporter quand elle les frappe. Moi, j'ai passé ma vie à réfréner mes pulsions. Diana aurait bien besoin que je lui fasse un cours là-dessus.

Ses yeux s'attardèrent un instant sur un serveur au physique avantageux, qui passait non loin de là.

Louisa comprenait son point de vue, mais elle était aussi terriblement triste, sinon pour Diana, du moins pour Bryan et leurs deux garçons. Si seulement elle pouvait rentrer à la maison et prendre ces gamins dans ses bras pour les protéger du gros chagrin qui se profilait pour eux, aussi sûrement qu'une vague déferlant sur des rochers. Mais elle ne pouvait rien y faire.

57

Les trois jours suivants, Louisa les passa à Biddesden, car Diana était retournée voir Bryan et ses garçons et elle l'avait accompagnée. L'ambiance était calme, Diana passant son temps avec Bryan à faire de longues promenades le long de la rivière et à lire le soir au coin du feu. Quand Louisa lui apportait le plateau du petit déjeuner, elle était moins bavarde qu'à Londres, ayant moins d'anecdotes à raconter et de projets pour la journée. Elle était toujours ravie de recevoir des lettres de ses petites sœurs, Decca et Debo, touchantes de naïveté et d'enthousiasme. Le deuxième matin, elle en rapporta quelques extraits à Louisa, qui mettait de l'ordre sur la table de chevet.

— La cagnotte que Decca met de côté en vue d'une fugue se remplit. Et Debo dit que huit nouveaux poussins sont nés et qu'elle est furieuse contre Muv, qui refuse qu'elle les garde dans le placard des Hons. Le contraire m'eût étonnée, commenta Diana en riant tout bas.

— Le placard des Hons ?

— Oui, Hons pour Honorables. C'est une petite

pièce au dernier étage où on range le linge. Les filles y tiennent leurs rendez-vous secrets en formant un club très privé. Elles ont pris l'habitude d'y passer des heures parce qu'il y fait meilleur que dans le reste de la maison, qui est glaciale. Asthall Manor avait tellement plus de charme.

Diana ouvrit une autre lettre.

— C'est lady Evelyn qui m'écrit, marmonna-t-elle en parcourant les feuillets. Oh, ils envisagent de vendre Grosvenor Place, dit-elle, puis elle reposa la lettre et regarda dans le vague. C'est sûrement à cause de cette horrible soirée. Vous savez, quand les servantes…

Louisa hocha la tête. Oh oui, elle s'en souvenait, et pour cause. Elle travaillait aux cuisines de Grosvenor Place, cette nuit-là.

— C'était juste avant que Bryan me fasse sa demande, reprit Diana. Il m'a dit qu'à cause de ce terrible accident il avait pris conscience que la vie était brève et infiniment précieuse, ajouta-t-elle avant de tourner vers Louisa ses yeux d'un bleu de glacier. C'est vrai, elle est brève, et on ne doit pas en perdre une seconde, n'est-ce pas ? On devrait vivre sa vie le plus pleinement possible, sans rien faire de fastidieux, mais en s'entourant d'amour et de beauté.

Louisa, qui pliait et rangeait la lingerie de Diana dans la commode, ne put s'empêcher de sourire, même si cette déclaration n'était pas de bon augure pour Bryan. Repenser à cette soirée fit soudain remonter autre chose, une chose que Louisa avait laissée de côté et qui maintenant refusait d'être ignorée.

Le troisième jour, Diana voulut rentrer à Londres. Tandis que Louisa faisait les bagages de Diana, celle-ci se disputait avec Bryan sur le fait qu'elle préférait rentrer seule.

— Tu t'ennuierais à mourir, plaidait-elle. Une suite sans fin de cocktails et de déjeuners avec Nancy et Tom. Il ne rentre de Berlin que pour quelques jours, et nous allons avoir droit à ces épouvantables réunions de famille. Je crois que Nanny Blor va peut-être même descendre les petites pour l'occasion.

— J'aime voir ta famille, dit Bryan. Tu sais que Tom et moi, on s'entend vraiment bien.

— Oui, mais chéri, ne complique pas les choses, s'il te plaît. Tu passeras de bien meilleurs moments ici, à écrire. Et c'est tellement mieux pour les garçons que tu sois là.

Comme toujours, Diana eut le dernier mot.

58

Comme prévu, dès leur retour à Londres, Diana fut de sortie presque tout le temps. Louisa avait pour consigne d'être là le matin, à son réveil, et en fin d'après-midi, quand elle se reposait avant de se préparer pour les festivités du soir. Mais elle n'avait pas à attendre le retour de Diana plus tard dans la nuit. Louisa savait que c'était parce que Diana espérait toujours « tomber sur » le Leader, et qu'elle n'avait pas envie de courir le risque de quitter une réception trop tôt.

Cela convenait parfaitement à Louisa. Guy avait reçu un coup de téléphone de Rose Morgan disant qu'elle voulait le rencontrer. Il lui avait fait savoir que Ronan était sous les verrous, et elle s'était dit qu'elle pouvait maintenant revoir sans risque Muriel Delaney, la petite fille qu'elle regrettait tant d'avoir laissée tomber. Guy avait proposé à Louisa de l'accompagner et elle avait accepté, par curiosité, mais aussi parce qu'ils profitaient de toutes les occasions d'être ensemble.

Rose les attendait dans un salon de thé de Knightsbridge, non loin du poste de police. Dès leur entrée, Louisa se demanda comment elle avait pu l'oublier, même si, visiblement, ces années passées à Paris avaient donné à Rose un style qu'elle n'avait pas quand elle travaillait comme servante. La jeune femme les accueillit avec un sourire un peu crispé, et ils s'assirent face à elle à la petite table.

— Voici Louisa Cannon, dit Guy, mais Rose l'interrompit aussitôt.

— Oui, je me souviens de vous. En fait, je ne connaissais pas votre nom, mais je vous ai vue deux fois, n'est-ce pas ?

Louisa le confirma et lui serra la main.

— C'est curieux comme les choses nous reviennent en mémoire.

Ils commandèrent du thé et Rose se mit à parler, en un torrent de mots teintés de l'accent du Yorkshire qu'elle n'avait pas perdu, malgré les années passées à l'étranger. Louisa eut l'impression que Rose, n'ayant rien pu dire de ce qui lui était arrivé à sa famille, comptait sur Guy pour lui procurer le soutien dont elle avait besoin. En premier lieu, Rose s'assura que Ronan croupissait bien en prison, ce que Guy put lui assurer.

— Il va y rester plusieurs mois.

— Et il ignore que c'est moi qui vous ai mis sur sa piste ? s'enquit-elle en fronçant les sourcils.

— Oui. Ce genre de gars essaie toujours de rouler ses complices, et il pensera sûrement à une vengeance. Vous pouvez être tranquille, la rassura Guy.

Louisa leur servit du thé tandis que Rose s'adressait à elle.

— Je vous ai vue à la soirée où Dot a eu cet accident, n'est-ce pas ? À Grosvenor Place.

— Oui, j'ai ouvert la porte de service à un homme

qui s'est présenté comme un ami de Ronan, et vous avez accouru, confirma Louisa tout en revoyant la scène en pensée. J'ai remarqué qu'il vous avait donné un petit paquet, sans savoir ce qu'il pouvait contenir.

— Oui, c'est pour ça que je me suis inquiétée et que j'ai paniqué plus tard, quand je vous ai revue à Paris.

— Avez-vous jamais fourni de la drogue à un certain Luke Meyer ? lui demanda Louisa.

Ce n'était pas vraiment son affaire, mais elle avait besoin d'être fixée.

— Non, je ne crois pas, répondit Rose après un petit temps de réflexion, mais je ne peux me rappeler les noms de tous ces gens.

— Non, évidemment, admit Louisa, déçue, car cette réponse ne suffisait pas à lever ses doutes. Avez-vous raconté à M. Sullivan que vous aviez vu Dot tomber ?

— Oui, répondit Rose en reposant sa tasse. Ce fut un tel choc. Elizabeth et Dot avaient passé la grille et elles étaient penchées sur le verre, mais elles se cramponnaient à la rambarde derrière elles. Tout allait bien quand Dot…

Rose s'interrompit et cligna des yeux en se rappelant ce terrible moment.

— …elle a soudain perdu conscience, reprit-elle. Je l'ai vu. Ses yeux se sont révulsés et sa main a lâché prise. C'est pour ça qu'elle a basculé en tombant lourdement sur le verre et qu'elle est passée à travers. C'est ce qui m'a fait si peur, ajouta-t-elle en se tournant vers Guy. Je me suis dit que j'étais tout près du lieu du drame et que j'avais de la drogue sur moi, sans parler du fait que vous m'aviez vue parler avec Ronan. Il fallait que je disparaisse au plus vite.

Tandis que Guy la rassurait à nouveau, Louisa se remémora cette soirée dans les cuisines, et la dernière fois où elle avait vu Dot et Elizabeth. Elle se rappela un détail auquel elle n'avait plus repensé, ce qu'elle regrettait vivement, à présent. C'était Dot, chapardant quelques pruneaux au lard sur un plateau, et l'aide-cuisinière protestant haut et fort qu'ils étaient spécialement pour le jeune M. Guinness, qui en raffolait. Quelqu'un dans ces cuisines avait tenté d'empoisonner Bryan Guinness, mais c'était Dot qui en avait fait les frais. Se pouvait-il que ce soit la même personne qui avait tué Shaun Mulloney par accident, avec les chocolats destinés à Diana ?

59

Quand ils eurent pris congé de Rose, Louisa raccompagna Guy à pied jusqu'au poste tout en lui exposant son plan, et ils convinrent de se retrouver avec Mary Moon à Grosvenor Place le lendemain matin, à 11 heures.

Le reste de la journée, Louisa vaqua à ses tâches habituelles en s'efforçant de ne pas penser au lendemain, mais quand vint le matin, elle se réveilla toute frémissante avec la chair de poule, alors qu'elle était bien au chaud, dans sa chambre de Cheyne Walk. Il était tôt, mais le soleil s'était levé, et elle en profita pour descendre à la cuisine prendre son petit déjeuner avant que la maisonnée se réveille. Il y avait peu de personnel quand seule Diana habitait là : Mme Dudley, la cuisinière à demeure, ainsi qu'une fille de cuisine et une bonne qui venait la journée. Un jardinier venait aussi une ou deux heures par jour, surtout pour arroser les plantes que Diana avait disposées un peu partout dans la maison, tandis qu'une équipe était par ailleurs chargée de l'entretien du grand jardin tout en longueur situé à l'arrière de la maison, qui arrivait presque au bord de la rivière. Cheyne Walk était une oasis de tranquillité où il faisait bon vivre, avec des étagères remplies de livres, une collection de disques à écouter sur le gramophone, et une radio dans le petit salon. Mariée très jeune, Diana avait pris de l'assurance en quelques années, assez pour s'approprier les lieux et en faire son domaine.

Après avoir rempli ses devoirs et accompagné Diana à son rendez-vous avec lady Halifax chez Peter Jones avant un déjeuner à Mayfair, Louisa s'empressa de se rendre à Grosvenor Place. Elle n'était pas en retard, mais son exaltation, plus la brise fraîche qui soufflait, semblaient lui donner des ailes.

Juste au moment où elle passait le coin de la rue, Louisa vit Guy et Mary qui s'approchaient de la maison, mais alors elle faillit s'arrêter, car ils n'étaient pas seuls. Avec eux, il y avait un homme grand et élégant, vu de dos, mais au moment où il se retourna en parcourant la rue du regard, elle reconnut l'inspecteur qui l'avait interrogée après qu'on eut découvert le corps de Mme Mulloney. Ce n'était guère un bon souvenir, car elle avait passé un sale moment tant il s'était montré soupçonneux à son égard. Elle espérait qu'il n'allait pas contrarier ses plans. Mary la vit la première et lui fit signe, puis elle laissa Guy et l'autre homme pour aller au-devant de Louisa. Elle commença par la remercier d'avoir suggéré à Guy de la prendre avec lui en tant qu'escorte en uniforme, mais Louisa l'interrompit.

— C'est l'inspecteur principal Stiles, n'est-ce pas ?

— Oui, d'où le connaissez-vous ?

— Il m'a interrogée quand… peu importe. Pourquoi est-il là aujourd'hui ?

— C'est lui qui était chargé de l'enquête sur la mort de la servante, à l'origine. Guy ne pouvait la rouvrir sans son autorisation, expliqua Mary en manière d'excuse. Il a insisté pour venir. Mais je suis certaine que tout va bien se passer.

— Pas moi, dit Louisa en sentant son ventre se crisper. Je ne suis pas sûre qu'il me fasse confiance.

— Il va sans doute devoir vous interroger, en tant que nouveau témoin dans l'affaire.

Sachant qu'elle ne pouvait rien y faire, Louisa rejoignit Guy et Stiles avec Mary. Ils échangèrent les politesses d'usage en se serrant la main. Stiles regarda Louisa sans rien laisser voir de ce qu'elle lui inspirait.

— Nous nous connaissons déjà. Je suis prêt à écouter ce que vous avez à dire, mais je ne puis m'empêcher de penser que tout cela est une perte de temps.

— Monsieur, intervint Guy. Tant que nous n'aurons pas posé les questions nécessaires, nous ne serons sûrs de rien, mais il est très possible que Mlle Cannon ait rassemblé divers morceaux d'un puzzle bien plus complexe qu'aucun de nous ne l'avait prévu.

— Mais pourquoi ne pas procéder à cet interrogatoire au poste de police ?

— Parce que cela risquerait d'alerter le suspect principal, monsieur. Ainsi, nous pouvons mener discrètement notre enquête sans alarmer personne.

— Très bien, Sullivan. Je vous laisse l'initiative, mais si jamais cela tournait mal, sachez que je m'en souviendrai, dit Stiles, puis il se tourna vers Louisa. Mademoiselle Cannon, vous et moi aurons une petite conversation en privé.

— Bien, monsieur, dit-elle.

Comme convenu, Louisa les conduisit à l'entrée de service et frappa à la porte. La servante qui leur ouvrit reconnut Louisa, mais elle fut sidérée de la voir entourée de deux hommes et d'une femme agent de police en uniforme.

— Que se passe-t-il ?

— Rien d'inquiétant, répondit Louisa. Je sais, nous sommes venus en groupe, mais j'ai appelé hier pour obtenir un rendez-vous avec Mme Norris, et elle attend notre venue. Enfin, ma venue.

— Je comprends. Bon, vous feriez mieux d'entrer. Elle doit être dans son salon, je pense.

Ils attendirent dans le vestibule et, bientôt, Mme Norris arriva, avec l'allure vive et efficace qu'une bonne intendante se doit d'adopter.

— Mademoiselle Cannon, dit-elle, attendant que Louisa lui présente les autres personnes. Puis-je savoir de quoi il s'agit ? Vous êtes venus en nombre.

— Pardon, madame, dit Stiles respectueusement. Nous n'abuserons pas de votre temps, je vous le promets. Nous avons seulement besoin de vous poser quelques questions. Comme vous vous le rappelez sans doute, j'ai mené l'enquête peu après le drame qui a frappé cette maison, mais de nouveaux éléments sont intervenus que nous devons prendre en compte, et il nous faut donc revoir ce qui s'est passé cette nuit-là. Cela vous dérangerait-il de passer à nouveau en revue le déroulement de cette soirée avec nous ?

— Vous feriez mieux d'entrer dans la cuisine. Suivez-moi.

Avec l'impression de participer à une visite guidée, ils longèrent l'étroit couloir jusqu'à la cuisine, une grande pièce en sous-sol avec d'étroites fenêtres en haut des murs par lesquelles on pouvait évacuer vapeur et chaleur quand de grandes réceptions se préparaient. Aujourd'hui, l'ambiance était calme, car en l'absence de la famille il n'y avait que le personnel à nourrir. Deux filles de cuisine étaient debout devant la table en bois qui occupait le centre de la pièce, tandis qu'une troisième remuait le contenu d'un faitout sur le fourneau. La cuisine avait trois dépendances : un cellier, une arrière-cuisine pour la plonge, et le bureau du cuisinier. À peine plus spacieux qu'un placard, il était bourré de livres de recettes, et devant le secrétaire jonché d'un tas d'anciens menus, un homme d'une stature prodigieuse, assis sur une étroite chaise en bois, se balançait.

— Monsieur McCaffrey, lança l'intendante.

Le cuisinier se leva aussi vite que lui permettait son imposante silhouette, en s'essuyant machinalement les mains sur son tablier.

— Que puis-je faire pour vous ? dit-il d'un air jovial, mais son sourire s'effaça quand il vit Mary en uniforme.

— La police est là, dit Mme Norris. Ils s'excusent de vous interrompre dans votre travail, mais ils ont des questions sur la nuit où la servante est morte.

— Je n'étais pas présent cette nuit-là, précisa M. McCaffrey. J'ai été embauché peu après, mais on m'a tout raconté. Les mois suivants, le personnel ne parlait pratiquement que de ça.

— Quelles jeunes filles travaillaient ici la nuit de l'accident ? demanda Mme Norris.

Louisa vit le dos de celle qui remuait le contenu du faitout se raidir, tandis que les deux autres, qui épluchaient les légumes à la table, levaient furtivement les yeux pour jeter un coup d'œil dans leur direction.

— Meg, dit le cuisinier. Meg, approche un peu.

La fille au fourneau reposa lentement sa cuillère en bois et les rejoignit. Elle semblait du même âge que Louisa et avait l'air plutôt maussade.

— Avant de poursuivre, dit Guy, je me demande si quelqu'un pourrait montrer à l'agent Conlon, ici présente, l'escalier menant au palier où Elizabeth et Dot se sont avancées sur la verrière.

— Oui, répondit Mme Norris. Je vais m'en charger.

— Prends des notes, murmura Guy à Mary. Il est toujours possible que quelque chose m'ait échappé, à l'époque. Un loquet mal fermé sur la rambarde, par exemple.

Mary acquiesça et suivit l'intendante. Quant à Stiles, il se tourna vers Louisa.

— J'aimerais que vous nous attendiez ici. Monsieur McCaffrey, pourriez-vous avoir l'amabilité de permettre à Mlle Cannon de s'asseoir dans votre bureau pendant que nous interrogeons Meg ?

Le cuisinier accepta de bon gré, et Louisa fut donc contrainte de rester consignée, tel un cancre qu'on envoie au fond de la classe. Mais elle avait bon espoir que Guy, assistant à l'interrogatoire, lui transmettrait ensuite toutes les informations dont elle avait besoin… pour savoir si, oui ou non, elle avait raison.

60

Guy et Stiles étaient convenus d'avance de mener ensemble cette étape officieuse de l'enquête. Cela signifiait que Stiles serait déchargé de toute responsabilité si elle s'avérait infructueuse. De même, si elle débouchait sur de nouveaux développements, Stiles devait être présent. Guy était conscient du fait que son supérieur l'avait à l'œil, et il voulait lui faire bonne impression en lui démontrant qu'il ferait un bon inspecteur principal. Ce genre d'opportunité ne se présentait pas souvent.

Tous les trois s'installèrent à l'autre bout de la grande table en bois, loin des filles de cuisine qui, bouche bée, hachaient des légumes, et dans l'attente que M. McCaffrey vaque à une autre tâche. Meg se tenait debout devant eux, l'air renfrogné, les cheveux attachés et glissés nettement sous une charlotte, vêtue d'une blouse unie et d'un simple tablier blanc. On aurait dit qu'elle sortait d'une pièce de Shakespeare, songea Guy.

— Pourriez-vous nous décliner votre nom en entier, s'il vous plaît ?

— Margaret Hawkins, mais tout le monde m'appelle Meg. De quoi s'agit-il ?

Guy reconnaissait cette défiance. Pour Meg comme pour d'autres, la police n'était au mieux qu'un tas de fouineurs se mêlant de ce qui ne les regardait pas, au pire, de sales gens qui vous accusaient injustement.

— Mademoiselle Hawkins, nous avons des raisons de croire que la mort de votre amie Mlle Martin n'était peut-être pas complètement accidentelle. Nous devons revenir sur les événements de la soirée du 15 juin 1928.

Meg se contenta de hausser les épaules, et Guy sut qu'il n'obtiendrait rien de plus coopératif. Quant à Stiles, il haussa les sourcils et consulta l'heure à sa montre.

— M. McCaffrey n'était pas présent, mais vous l'étiez, et nous vous avions interrogée, à l'époque.

— En effet, dit Meg. D'ailleurs, je ne vois pas pourquoi nous avons à revenir là-dessus.

— Ce n'est qu'une question de procédure, précisa Guy en tentant de la rassurer. Au cas où un détail, même anodin, vous reviendrait en mémoire, auquel vous n'auriez pas pensé sur le moment. Pouvez-vous nous dire qui était chef de cuisine, ce soir-là ?

— Une dame de la haute était là pour tout superviser… Lady Boyle ? Un nom de ce genre. Elle nous disait ce que nous avions à faire.

Il sembla à Guy qu'elle avait fait exprès de ne pas prononcer le nom exact, et il le nota sur son calepin. Cela pourrait s'avérer important, même s'il ne voyait pas comment pour l'instant.

— Je sais que cela remonte à loin, mais pouvez-vous vous rappeler qui était aux fourneaux ce soir-là, et ce qu'on avait préparé ?

— C'étaient les corvées habituelles. Chaque servante

était affectée à une tâche particulière, légumes ou pâtisserie. En tant qu'aide-cuisinière, je m'occupais des plats principaux servis au dîner, et je supervisais le *breakfast* qui serait proposé plus tard, durant la réception, expliqua-t-elle avec une pointe de fierté dans la voix.

— En résumé, c'est vous et les autres servantes qui avez tout préparé. Et cette lady Boyle n'a rien cuisiné elle-même ?

— Non, elle s'est contentée de remuer et de goûter les plats, en nous donnant des consignes.

Quelqu'un toussa à l'autre bout de la table. C'était la fille qui épluchait les carottes, et Guy remarqua que les frisottis qui sortaient de sa coiffe étaient de la même couleur. Elle avait posé son couteau et les regardait.

— Oui ? demanda Stiles.

— Pardon, monsieur, je ne voulais pas vous interrompre, mais je n'ai pas pu m'empêcher d'entendre ce que vous disiez.

— Ne l'écoutez pas, monsieur, intervint Meg en tournant le dos à la rouquine pour s'adresser à Guy. Elle est simplette.

— Non, je ne suis pas simplette !

Meg écarta les mains comme pour dire « vous voyez ? ». Mais Guy longea la table pour rejoindre la fille de cuisine et lui parla avec gentillesse.

— Que vouliez-vous nous dire ?

— Cette lady Boyle, monsieur, elle a cuisiné quelque chose, c'est elle qui a préparé les pruneaux au lard spécialement pour le jeune M. Guinness, monsieur.

Guy sentit des picotements dans la nuque, une sensation qui ne trompait pas et lui mettait la puce à l'oreille.

— Vous étiez de service ce soir-là, n'est-ce pas ?

— Oui monsieur, j'étais dans l'arrière-cuisine, à faire la plonge. Personne ne m'a remarquée, mais j'y étais. Depuis, j'ai un peu progressé. Maintenant, je m'occupe des légumes, monsieur.

— Félicitations, dit Guy. Et vous avez donc vu lady Boyle préparer quelque chose elle-même ?

— Oui, monsieur. Il y avait d'autres plateaux de pruneaux au lard, mais elle en avait fait quelques-uns à part, pour M. Guinness.

— M. Guinness les a-t-il mangés ?

— Ça, je ne sais pas, monsieur. Mais Dot en a mangé.

— Dot Martin, la servante qui est morte ?

— Oui, monsieur. J'étais dans l'arrière-cuisine, mais à un moment j'ai fait une petite pause, et j'ai vu cette dame de la haute poser le plateau. Après, Dot en a pris quelques-uns en passant, monsieur. C'étaient de tout petits amuse-gueules, comme on dit.

— Des pruneaux enrobés d'une fine tranche de bacon, c'est ça ?

— Oui. Meg lui a crié dessus, monsieur. Je me rappelle, ça m'a fait sursauter et je suis vite retournée à la plonge.

— Merci, dit Guy. Vous nous avez été d'un grand secours, mademoiselle.

61

Une fois dehors, Stiles s'excusa en invoquant comme d'habitude une invitation à déjeuner et il laissa Guy, Mary et Louisa faire le point sur ce qu'ils venaient d'apprendre. Comme il faisait beau et clair, ils décidèrent de rejoindre à pied le poste de police, tout en parlant. Mary confirma qu'elle n'avait rien trouvé qui contredise les notes prises par Guy ni le rapport d'enquête. Le puits de lumière à travers lequel les servantes étaient tombées était bien entouré d'une balustrade et d'une grille de sécurité. On y accédait seulement pour nettoyer le verre opaque, l'avait informée Mme Norris. Et la tâche était effectuée par une seule personne à la fois, qui se penchait, munie d'un balai à long manche. D'où l'on avait conclu que c'était le poids des deux jeunes filles qui avait fait exploser le verre.

— Mais c'est parce que leurs mains ont glissé de la rambarde qu'elles sont tombées à travers, c'est ce qu'a rapporté l'autre servante, celle qui se contentait de les regarder, intervint Mary, qui avait elle aussi parcouru les notes.

— Oui, et cela corrobore ce que Rose nous a dit,

même si elle a cru voir Dot s'évanouir. Telle est la question : Dot avait-elle mangé quelque chose qui ait pu causer son malaise ? Quelque chose qui ait affaibli sa prise sur la rampe ?

C'était Guy qui posait la question, mais il savait déjà à quoi s'en tenir.

— Tu penses aux pruneaux au lard ? dit Louisa. Je l'ai vue en chiper au passage, mais je n'y avais pas pris garde avant que nous rencontrions Rose.

— Eh bien, il semble que tu aies raison. Tu as vu Dot en prendre quelques-uns, ce que Meg et la servante rousse ont elles-mêmes confirmé. De plus, poursuivit Guy, nous savons que ce plateau était destiné en particulier à M. Guinness. Mais qui est cette lady Boyle qui supervisait les préparatifs, et pourquoi aurait-elle voulu empoisonner M. Guinness ? s'étonna Guy.

En entendant ces derniers mots, Louisa tressaillit.

— Ce n'est pas lady Boyle, mais lady Boyd, s'écria-t-elle. La tante de Luke Meyer. Ils habitent à Wilton Crescent, la rue où Rose travaillait. Lady Boyd devait engager Rose dès qu'on faisait appel à ses services pour superviser des grands dîners ou des réceptions.

Guy la regarda, sidéré.

— Tu es sûre ?

— Sûre et certaine ! Je l'ai croisée à Venise, et son visage m'était familier, sans que je parvienne à la remettre. Sans doute parce que je l'avais déjà vue dans les cuisines de Grosvenor Place. Elle n'y était pas en permanence, vous comprenez. C'était l'aide-cuisinière qui veillait à la préparation du *breakfast*... Il y avait un valet de pied qu'on avait envoyé à l'étage avec le plateau de pruneaux au lard, sans doute pour trouver

M. Guinness. Lady Boyd avait dû lui en donner l'ordre, mais l'intendante l'a remarqué, et elle m'a demandé de le rattraper car il était trop tôt pour les servir.

— Mais pourquoi cette dame aurait-elle voulu empoisonner Bryan Guinness ?

— Peut-être que cela n'avait rien de personnel, dit Mary.

— Ce plateau-là était destiné à M. Guinness..., insista Louisa, pourtant elle sentait que les morceaux du puzzle n'étaient pas encore assemblés comme il le fallait. Je crois que je vais devoir parler à Luke, lui demander si sa tante a jamais exprimé de l'antipathie envers M. Guinness.

— D'accord, dit Guy. Moi, je vais m'entretenir à nouveau avec Meg Hawkins. À mon avis, elle en sait plus qu'elle veut bien nous le dire. Il est possible que lady Boyd lui ait parlé après l'accident, peut-être pour la dissuader de mentionner ce plateau...

Guy repoussa un peu son chapeau en arrière et leva les yeux vers le ciel.

— Il va falloir bien nous y prendre, reprit-il. Si lady Boyd est coupable, nous aurons besoin ou de ses aveux, ou d'une preuve irréfutable. Nous ne pouvons prendre le risque qu'elle découvre que nous la soupçonnons. Et nous ignorons toujours quel pourrait bien être son mobile. Sans cela, nous ne pouvons être sûrs de rien.

— Et si c'était elle qui avait envoyé ces chocolats à Paris ? En prenant encore Bryan pour cible ? Nous avons cru que ces chocolats venaient de Luke, mais si lady Boyd les avait achetés pour que son neveu les offre aux Guinness ? Elle aurait pu y mettre du poison.

— Comment ça ? dit Mary. Shaun Mulloney n'est-il

pas mort d'une réaction allergique au sésame ? Il n'y avait sûrement pas de sésame, dans ces chocolats.

— Peut-être est-il mort empoisonné, et non à cause de son allergie. Comment savoir, puisqu'il n'y a pas eu d'autopsie ? Craignant que sa famille découvre qu'il prenait de l'opium, sa femme s'y est opposée, expliqua Louisa.

Alors elle s'arrêta net et saisit Guy par le bras.

— Oh ! mon Dieu. Luke.

— Quoi ?

— Rachel... c'est le prénom de sa tante. R pour Rachel. C'était sûrement avec elle que Kate Mulloney avait rendez-vous.

— Parce qu'elles se connaissaient ?

Louisa s'efforça d'extirper de sa mémoire tout ce qu'elle y avait enfoui en essayant d'établir des liens.

— Je pense que c'était Rose, leur relation commune. Rose et lady Boyd habitaient l'une comme l'autre à Wilton Crescent. Rose a dit qu'elle était employée par une dame qui supervisait des réceptions mondaines : lady Boyd. Et Rose fournissait Kate en opium..., dit Louisa, puis elle s'interrompit et ferma les yeux. Luke. J'ai cru que c'était lui, mais non. La dernière fois que je l'ai vu, il avait une mine affreuse. Émacié, le teint terreux... il m'a fait penser à Clara Fischer, au point que je me suis demandé s'il n'était pas devenu toxicomane comme elle. Et si je m'étais trompée ? Si sa tante essayait de l'empoisonner ?

— C'est bien possible, convint Guy en faisant la grimace.

Alors Louisa sentit des gouttes de sueur perler sous la bordure de son chapeau.

— Il faut faire vite. Je dois rentrer à Cheyne Walk au cas où Diana m'aurait laissé un message pour me dire à quelle heure elle compte rentrer pour se changer en prévision de la soirée. Ensuite, je filerai directement chez lui.

— Moi, je vais rester au poste, dit Guy. Si tu as besoin de moi, tu pourras m'y joindre.

Ils se séparèrent, et Louisa s'empressa de regagner Cheyne Walk. Mais le message qu'elle trouva là-bas n'était pas de Diana. Il était de Luke, et lui signifiait qu'elle arrivait trop tard.

Chère Diana,

Pardonnez-moi cette missive, mais je n'avais pas envie de partir sans dire au revoir. J'espère que vous me jugerez avec votre cœur et comprendrez pourquoi j'ai agi ainsi. Vous avez été pour moi une amie, et je déteste l'idée que je vais vous causer de la tristesse et des ennuis. Mais on ne m'a pas laissé le choix. Ma tante a découvert la vérité à mon sujet et qui je suis vraiment. Vous savez ce que cela signifie pour moi. Si je ne puis vivre en étant moi-même, autant ne pas vivre du tout. Moi qui me suis trouvé pris au piège, je vous souhaite de faire ce que vous devez avec le Leader. J'ai écrit un dernier article pour le journal sur votre liaison : quand le monde l'apprendra, vous serez libre !

Avec amour,
Luke.

62

Le mot n'avait pas été glissé dans une enveloppe, mais seulement plié en deux. Donc Luke l'avait laissé pour qu'il puisse être lu par d'autres. Louisa n'irait sûrement pas le montrer à Diana. Cette menace à propos de l'article était-elle réelle ou en l'air ? Kate Mulloney avait elle aussi écrit un mot avant de se suicider : et si ce n'était pas une simple coïncidence ? En tremblant, Louisa lut et relut le mot, puis elle se rendit compte qu'elle perdait un temps précieux. Après l'avoir fourré dans sa poche, elle quitta précipitamment la maison et connut un instant de panique aveugle. Comment se rendre à Wilton Crescent ? Ce n'était pas loin, mais quel était le moyen le plus rapide d'y parvenir ? En taxi, évidemment. Se maudissant, elle rentra dans la maison par l'entrée de service et monta l'escalier jusqu'à sa chambre pour prendre de l'argent. Chaque mois, après avoir reçu sa paie, elle retirait un peu d'argent liquide à la banque afin d'en envoyer une partie à sa mère et d'en mettre de côté, à disposition, dans un vase qui ne servait qu'à cela. En fait, à cause de ses habitudes de frugalité et de son enfance vécue dans la pauvreté, elle n'était pas du genre à faire des folies, à part s'offrir du savon parfumé à la rose, il devait donc y en avoir assez au fond du vase. Elle prit l'argent en sentant monter en elle un afflux d'adrénaline. Une vague de nausée la submergea, comme si le sang lui était monté trop vite à la tête. Vite, il fallait faire vite.

En ressortant, dans la cuisine, elle croisa Tess, la jeune bonne de dix-sept ans.

— Tess, c'est vous qui avez pris ce mot pour moi ?

— Oui, mademoiselle. C'est un garçon à vélo qui est venu le déposer, il a dit qu'il fallait vite le faire parvenir à notre maîtresse, comme on le lui avait recommandé.

— Quand était-ce ?

— Il n'y a pas une demi-heure, mademoiselle.

Louisa devait réagir sans tarder. Si Luke avait fait déposer ce mot tout récemment, il y avait une petite chance pour qu'il n'ait pas encore mis son funeste projet à exécution. Elle rendit le mot à Tess.

— Je voudrais que vous alliez de toute urgence au poste de police situé dans Pavilion Road et que vous demandiez à voir l'inspecteur Sullivan.

— Je suis censée rester ici, mademoiselle, lui fit remarquer Tess d'un air contrarié. Et si Mme Dudley me réclame ?

— Ne vous en souciez pas, ceci est bien plus important. Je l'expliquerai plus tard à Mme Dudley si besoin est. S'il vous plaît, Tess. Donnez ce mot à l'inspecteur Sullivan et dites-lui de se rendre au 31 Wilton Crescent en précisant que j'y serai.

— Inspecteur Sullivan, 31, Wilton Crescent, répéta Tess.

— Mettez votre manteau et partez tout de suite. Il

n'y a pas de temps à perdre, dit Louisa en se ruant vers la sortie.

Le long de l'Embankment, la Tamise coulait, froide et grise. Louisa ne put regarder vers Albert Bridge, le pont où un passant marchait lentement, tandis qu'un autre contemplait l'eau en dessous, sans se demander quel moyen Luke avait choisi pour mettre fin à ses jours. Et si elle avait tiré des conclusions hâtives ? songea-t-elle en un éclair. S'il était juste à bord d'un train en partance pour quelque part ? Mais elle en doutait fort, hélas. Avec soulagement, elle vit passer un taxi et le héla en agitant la main avec frénésie.

— Où allez-vous, mademoiselle ? demanda le chauffeur.

— Au 31, Wilton Crescent.

Elle monta dans le taxi, mais au lieu de démarrer il resta à l'arrêt.

— Qu'est-ce que vous attendez ? lança-t-elle au chauffeur en se retenant pour ne pas crier.

— Désolé, mademoiselle, répondit-il, l'air déconcerté. J'ai supposé que vous me reteniez en attendant que votre patronne nous rejoigne.

— Non, c'est pour moi et je suis pressée, rétorqua-t-elle, furieuse qu'il l'ait prise pour une domestique incapable de se payer une course en taxi, comme si elle n'y avait pas droit.

Le trajet lui sembla aussi interminable qu'une expédition du capitaine Scott, mais en réalité, une demi-heure plus tard, le taxi se garait devant la maison de lady Boyd. L'église attenante se dressait, toujours aussi imposante et isolée du reste du monde. Jetant presque l'argent de la course au chauffeur sans attendre sa monnaie, Louisa gravit le perron du 31 et poussa sur la porte d'entrée, mais elle était verrouillée. Elle n'avait guère envie de frapper, craignant d'alerter Luke : ou il n'avait pas encore agi et risquait de précipiter son geste, ou il refuserait délibérément de répondre aux coups frappés à la porte. Elle remarqua alors qu'il y avait une fenêtre sous le niveau du trottoir, un peu entrouverte. Elle descendit le petit escalier en fer qui menait à l'entrée du sous-sol et poussa sur la fenêtre qui s'ouvrit aussitôt. Après avoir vérifié dans la rue que personne ne l'observait, elle s'y engouffra.

À l'intérieur régnait une forte odeur de renfermé et d'humidité, même si la pièce elle-même avait l'air propre. C'était sans doute autrefois le domaine des domestiques, rempli d'ustensiles et d'outils convenant à leur charge à chacun, mais à présent elle ne contenait plus qu'un évier, avec un paquet de lessive en paillettes. Des vêtements sombres y trempaient, et une chemise de Luke, sèche mais non repassée, pendait d'un séchoir installé au plafond. Il y avait une table en bois brut avec deux chaises dépareillées, et le sol en carreaux de brique était usé et patiné par le temps. Sur les étagères, des boîtes de nourriture pour chat non ouvertes avoisinaient un sachet de mort aux rats et divers flacons de produits ménagers, ainsi que des brosses à récurer. Louisa ôta ses bottines et sentit aussitôt le froid du sol traverser ses bas en laine. La porte était fermée, mais elle l'ouvrit facilement, sans faire de bruit, et monta l'étroit escalier, tandis que la peur lui serrait la gorge telle une main froide et moite. La porte du haut était tapissée de feutre vert usé et, avant de tourner la poignée, elle y colla son oreille, mais n'entendit qu'un épais silence.

Lentement, elle l'entrouvrit et regarda dans le vestibule. Il faisait sombre, avec juste un rai de lumière provenant de la vitre en ogive au-dessus de l'entrée. Les portes des pièces qu'il desservait étaient toutes closes, étouffant les sons et masquant la lumière. Une main sur la rampe, elle avança pas à pas, ni trop lentement, ni trop vite, en redoutant ce qui l'attendait et avec l'espoir tenace de s'être fourvoyée.

63

Déchaussée, Louisa monta l'escalier sans faire de bruit, mais à vive allure. À chaque pas, elle revoyait les événements, tel un album de photographies dont on tourne les pages, et chaque image lui sautait aux yeux, narquoise : comment cela avait-il pu lui échapper ? La servante Dot mangeant les pruneaux au lard préparés par lady Boyd et destinés au seul Bryan Guinness. La chute mortelle de Dot. Les chocolats apportés par Luke à Paris. La mort brutale de Shaun Mulloney. Cette même nuit où elle avait été si malade. Le regard scrutateur de lady Boyd, à Venise.

Le cadavre frêle et exsangue de Clara Fischer.

Le filet de sang qui avait coulé du cœur de Kate Mulloney.

Et chaque image enfonçait un peu plus le clou.

Louisa croisa au passage le salon plongé dans l'obscurité, avec le portrait austère de sir William. Puis elle gravit une autre volée de marches et vit une porte close. Elle tourna la poignée et l'ouvrit à tout hasard, sans même savoir si c'était ou non la chambre de Luke. Cette pièce aussi était sombre, mais on avait dû tirer les rideaux un peu hâtivement, car ils ne se rejoignaient pas tout à fait et le rai de lumière qui filtrait à travers lui suffit pour qu'elle saisisse la scène dans toute son horreur. Un lit d'une personne était poussé contre le mur loin de la fenêtre, avec, sur une table de chevet, une pile de livres et une lampe éteinte. Et sur ce lit gisait Luke, tout habillé, allongé sur les draps. Le col de sa chemise était défait, il avait un bras posé sur la poitrine, tandis que l'autre pendait mollement par-dessus le bord du lit. Respirait-il encore ? On n'entendait aucun bruit dans la pièce. Autour du corps inerte de Luke, le lit était jonché de flacons de médicaments, dont plusieurs étaient ouverts.

Dans le coin le plus éloigné de la porte, le visage noyé dans l'ombre, les mains posées à plat sur ses genoux, lady Boyd était assise. À l'entrée de Louisa, elle leva les yeux, mais ne bougea pas.

— Luke ! s'écria Louisa en se précipitant sur lui, effrayée de voir combien il était pâle.

Mais avant qu'elle ait pu se rapprocher de lui, une poigne puissante la saisit par le bras pour la retenir.

— Il n'y a plus rien à faire, dit sa tante. Laissez-le.

Louisa essaya de se dégager, en vain, tant les doigts qui enserraient son bras en meurtrissaient la chair.

— Il est en paix, maintenant, déclara lady Boyd d'un air impassible, une formule qui sonna creux, comme une prière ânonnée machinalement.

— Qu'avez-vous fait ? s'enquit Louisa en suffoquant presque au contact de cette présence monstrueuse, impitoyable.

— Moi ? dit lady Boyd. Je n'ai rien fait.

— Ces pilules…

Lady Boyd relâcha son emprise sur Louisa et lissa les plis de sa jupe.

— Luke les a trouvées dans l'armoire à pharmacie. Elles datent du temps où j'étais infirmière. Hélas, il en a fait un malheureux usage.

Louisa la regarda et se rendit compte qu'elle parlait à une folle. Peut-être pourrait-elle insuffler un peu de bon sens dans cette situation démente et ramener la tante de Luke à la raison, si c'était encore possible.

— Nous devons appeler une ambulance. Il a besoin d'aide. Peut-être pouvons-nous encore le sauver.

— Impossible, répondit lady Boyd d'un ton glacial. Mon neveu est au-delà de toute rédemption.

— Pourquoi ?

— Mettre fin à ses jours est le crime ultime contre Dieu.

— Mais il n'a pas mis fin à ses jours, n'est-ce pas ? lança Louisa, tout en sachant qu'elle ne pouvait pas encore prendre le risque de l'accuser.

Elle devait d'abord sortir pour appeler une ambulance, en priant pour qu'il ne soit pas trop tard. Guy arriverait bientôt, et il pourrait l'aider.

Le souffle court, mais décidée, Louisa quitta la chambre et dévala l'escalier en se tenant fermement à la rampe de peur de glisser sur les marches à cause de ses bas. Elle entendait lady Boyd descendre derrière elle. Une fois au bas de l'escalier, Louisa se rua vers la porte d'entrée et tourna la poignée, en vain. Impossible d'ouvrir la porte, qui était verrouillée en haut et en bas. Louisa tira le verrou du haut, à bout de souffle. Mais lady Boyd se dressait derrière elle, l'air parfaitement calme.

Un calme qui donna à Louisa la chair de poule. Si elle avait été un chat, ses poils et sa queue se seraient hérissés. Elle songea à la mort aux rats, dans le sous-sol. Et Guy, que faisait-il ?

— C'était vous, n'est-ce pas ? Depuis le début, dit Louisa.

Puisqu'elle ne pouvait tirer le deuxième verrou, il fallait continuer à lui parler en essayant de gagner du temps. Jusqu'à ce que Guy arrive.

— Que voulez-vous dire, ma chère ? répondit lady Boyd, impassible.

— Vous avez tenté d'empoisonner Bryan Guinness lors du bal, mais vous avez échoué, alors vous avez réessayé en envoyant des chocolats empoisonnés à Paris, pour que Luke les offre aux Guinness. Mais par erreur, c'est Shaun Mulloney qui en est mort. C'est vous qui avez donné de l'opium à Clara. Et Kate Mulloney a été sacrifiée pour empêcher la police de s'intéresser à vous… Qu'avez-vous fait à Luke ?

Passant une main derrière son dos, Louisa s'accrocha à la poignée pour retrouver un peu de force et de confiance. Oui, Guy ne tarderait plus, maintenant, la porte s'ouvrirait, et elle serait saine et sauve. En attendant, il fallait qu'elle sache.

— Que lui avez-vous fait ? lança-t-elle d'un ton accusateur.

À la seconde suivante, elle vit la seringue hypodermique que lady Boyd tenait dans sa main droite.

64

Louisa gardait la main sur la poignée de la porte en priant pour que Guy arrive. Était-il seulement au poste quand Tess avait transmis le mot ? Comment en être sûre ? Elle ne pouvait que l'espérer.

Tenant toujours la seringue remplie d'un liquide sombre, lady Boyd semblait presque paisible. Un léger sourire flottait sur ses lèvres, pourtant ses yeux étaient vides d'expression.

— Ce n'étaient qu'une bande d'impies sans foi ni loi. Des païens, des fornicateurs, des drogués vivant dans le péché, déclara-t-elle en crachant presque les mots. Je devais accomplir Sa volonté.

— Même contre Luke ?

— Luke m'a brisé le cœur. Il m'a trahie quand il s'est révélé être…, commença-t-elle, mais elle s'interrompit, et une vive répugnance déforma ses traits un bref instant. J'ai vu cette lettre de la police. Luke a essayé de me le cacher, mais personne ne peut rien cacher à Dieu.

Continue de parler, ne lui laisse pas le temps d'agir, s'exhorta Louisa.

— Qu'avez-vous fait à Luke ? Lui avez-vous donné du poison ?

Une fraction de seconde, lady Boyd parut affligée, mais cela passa.

— Lentement, mais sûrement, confirma-t-elle. S'il avait montré du remords, s'il s'était repenti et confié à Dieu, j'aurais pu arrêter. Mais il ne l'a pas fait.

— Non, c'est vous qui n'avez pas pu vous arrêter. Et c'est vous qui avez envoyé ce mot, je le comprends maintenant. Pourquoi avoir mêlé Mme Guinness à tout ça ?

— Cette sorcière. Pourrie, gâtée jusqu'à la moelle. Elle a tout, mais ça ne lui suffit pas, hein ? Non, il fallait qu'elle déshonore les vœux sacrés du mariage en commettant le péché mortel d'adultère. C'est elle qui devrait être ici, pas vous. Mais vous ferez l'affaire. Dieu me dicte ce que je dois accomplir, comprenez-vous. Il me parle, ma chère, dit-elle en avançant vers Louisa qui se colla contre la porte en se raidissant de tout son corps, comme si elle pouvait l'endurcir assez afin que l'aiguille ne puisse pénétrer dans sa chair.

Comme elle serrait encore plus fort la poignée, elle la sentit qui résistait un peu. Quelqu'un la tenait de l'autre côté. Guy, songea-t-elle, mais profitant de sa distraction, lady Boyd fit un dernier pas. Au même instant, il y eut du mouvement dans l'escalier. Dans sa confusion, Louisa crut voir Luke, et elle allait crier son nom quand une douleur fulgurante l'en empêcha. Portant ses mains à son ventre, elle s'empressa d'en arracher l'aiguille.

— Je l'ai fait pour Lui, s'écria lady Boyd, puis elle tomba à la renverse, tirée en arrière par son neveu qui lui criait d'arrêter, que c'était fini, maintenant.

Quel tapage, songea Louisa en faiblissant, sombrant peu à peu dans l'inconscience. Les sons qui lui parvenaient étaient à la fois plus insistants et plus distants. Elle sentit plus qu'elle n'entendit la volée de coups sur la porte et la voix étouffée qui l'appelait, elle, qui appelait Luke. En chancelant, elle se retourna, tira le deuxième verrou. La porte s'ouvrit enfin et Guy entra, venu la sauver.

65

Ensuite, tout s'était passé très vite, quoique dans une sorte de brouillard. Guy n'était pas venu seul, mais avec Mary, en voiture de police suivie d'une ambulance. Louisa et Luke furent tous deux emmenés à l'hôpital, accompagnés d'un agent. Une fois qu'on eut donné à Luke des émétiques, il fut presque tiré d'affaire, et à son réveil il supplia pour qu'on le laisse aller voir Louisa. Il la trouva alitée, mal en point, mais ne souffrant pas. Lady Boyd n'avait pas réussi à planter la seringue assez profondément pour causer de vrais dégâts. Avec du repos, Louisa serait vite rétablie. Pour le moment, elle était reconnaissante d'être couchée dans un lit propre, sous l'œil vigilant d'une infirmière, et de regarder par la fenêtre un coin de ciel bleu. C'était le printemps. Tout semblait plus lumineux, et de nouveau plein d'espérance.

Luke s'approcha du lit en hésitant un peu, mais elle fut contente de le voir. Ils s'étreignirent, et Luke sanglota presque de soulagement : c'était fini. Mais il y avait beaucoup de points à éclaircir.

— Comment avez-vous eu l'idée de venir me trouver ? demanda-t-il.

— Votre tante a envoyé un mot à Diana en faisant croire qu'il était de vous, disant que vous alliez mettre fin à vos jours, répondit-elle, puis elle lui pressa la main. Je suis désolée, Luke.

— Mais non, je vous suis si reconnaissant d'être venue. J'aurais dû le voir venir. Je savais qu'elle n'était pas vraiment d'aplomb, mais j'ai préféré ne pas le voir. Je n'avais plus qu'elle, vous comprenez.

— Oui, on ne voit que ce que l'on veut voir. Je comprends très bien.

Luke cligna des yeux pour chasser ses larmes.

— Peut-être. Mais je crois que j'en savais plus que je n'ai jamais voulu l'admettre. Y compris à moi-même.

— Qu'entendez-vous par là ? Que vous saviez ce qu'elle avait fait ?

— Non, je ne savais rien de ces pruneaux au lard destinés à Bryan. Ni que la servante en avait mangé par erreur. Mais je me suis posé des questions sur ces chocolats. Et quand il y a eu confirmation que quelqu'un avait bien donné de l'opium à Clara, oui, j'ai eu de forts soupçons à son égard, parce que j'avais remarqué que Tante n'était pas présente, quand nous étions tous à l'église, à Venise. Elle avait dû suivre Clara, et c'est sans doute elle qui lui a volé son sac. Tout comme elle a volé l'agenda de Kate. Mais quand je l'ai compris, la curiosité l'a emporté ; je me suis dit que je pourrais en tirer un ou deux articles juteux, avoua-t-il d'un air honteux, et Louisa n'eut pas le cœur de lui faire des remontrances.

Son sentiment de culpabilité et la découverte de la vraie personnalité de sa tante suffisaient en guise de châtiment.

— Croyez-vous qu'elle vous ait rendu malade ? lui demanda-t-elle.

— Il n'y a pas d'autre explication. Oui, elle m'empoisonnait pour me faire mourir à petit feu.

— Elle m'a dit qu'elle avait vu une lettre de la police, sûrement celle vous informant qu'on abandonnait les charges retenues contre vous.

— Oui, elle l'a ouverte en douce avec de la vapeur et elle l'a lue avant de me la donner. J'ai cru que je pourrais lui cacher cette mésaventure, mais c'était idiot de ma part. Elle voulait contrôler tous les éléments de ma vie, et ce depuis toujours, sauf que cela avait empiré, ces derniers mois. Mais que serais-je devenu sans elle ? Je sais, cela va vous sembler ridicule, mais personne d'autre ne s'est jamais soucié de moi. À sa façon perverse, Tante semblait se préoccuper de mon sort, elle.

Louisa prit la main de Luke dans les siennes.

— Il ne faut pas vous en vouloir, vous n'aviez pas la vie facile.

— Sauf que je me suis complètement trompé sur son compte.

— Oui, mais pas sur nous, remarqua Louisa. Regardez : Guy, Mary et moi, nous avons volé à votre secours aussi vite que nous le pouvions.

Cela le fit sourire.

— Alors vous croyez qu'il me reste une chance ?

— Tout le monde mérite d'avoir sa chance, dit Louisa. Même nous.

Deux ou trois heures plus tard, Guy vint à l'hôpital avec un sac en papier brun contenant du raisin, un délice exotique. Il avait l'air aussi épuisé qu'euphorique, grâce au travail qu'il avait accompli ce jour-là.

— Elle a fait des aveux complets, dit-il. C'était une croisade morale. Pour elle, Bryan Guinness était un être corrompu qui offensait l'œuvre de Dieu, parce que la fortune de sa famille s'était construite sur la vente d'alcool.

— Et puis selon elle, Bryan avait fait obstacle à Luke. Sans lui, il aurait pu épouser Diana, intervint Louisa.

— Une chance pour Luke d'y avoir échappé, remarqua Guy. Sa tante a dit qu'elle avait regretté la mort de la servante, sans savoir à l'époque que c'était parce qu'elle avait mangé de ces pruneaux empoisonnés. Les chocolats étaient destinés à Bryan et à Diana, mais quand Shaun est mort à leur place, dans sa logique, elle a pensé que si Dieu avait changé de cible, c'était qu'Il avait ses raisons. Découvrir que Shaun s'était rendu coupable d'adultère n'a fait que confirmer sa conviction.

Éberluée, Louisa ne put que secouer la tête.

— Pour Clara, elle a estimé que c'était l'aider à en finir plus vite et mieux, puisqu'elle allait de toute façon vers la mort, et qu'une droguée comme elle méritait d'aller en enfer. Elle l'avait vue quitter l'église et prendre de l'opium. De retour à l'hôtel, elle a intercepté la servante qui allait porter à Clara le thé que tu avais commandé, et elle y a mis de l'opium.

— Voilà pourquoi la servante n'avait pas envie de parler à la police, intervint Louisa. Et Kate Mulloney ?

— Lady Boyd savait que les policiers enquêtaient sur la mort de Clara, et donc elle devait les mettre sur une fausse piste. Quand Luke a été convoqué par la police, elle a craint qu'il soit arrêté. D'abord, elle a empoisonné Kate, puis elle s'est servie de l'arme de Kate pour maquiller sa mort en suicide. C'était elle, le fameux « R » dans le carnet de rendez-vous de Kate. Elles s'étaient retrouvées à déjeuner le midi, et avaient convenu que lady Boyd se rendrait chez Kate un peu plus tard. Cela a été facile pour lady Boyd de contacter Mme Mulloney afin de lui témoigner une compassion toute chrétienne dans l'épreuve qu'elle traversait, étant donné qu'elles avaient fait connaissance à Venise. C'est aussi ce soir-là que lady Boyd a volé l'agenda que Mme Mulloney avait laissé sur son écritoire. Cette liaison entre Clara et Shaun faisait d'elle une victime facile.

— Et puis est venu le tour de Luke, dit Louisa. Elle a cherché à l'empoisonner petit à petit.

— Apparemment, c'est ce qui a été le plus dur pour elle. Sans doute est-ce pour cette raison qu'elle ne lui a pas administré une dose mortelle. Je crois même que dans sa démence elle l'aimait, mais pas autant que Dieu. Elle s'est efforcée de voir en ce geste l'ultime sacrifice, à l'image d'Abraham et de son fils.

— Et que va-t-elle devenir, à ton avis ?

— Difficile à dire, mais je pense qu'on va l'interner à l'asile de Broadmoor. Et il est peu probable qu'elle en sorte un jour.

Louisa resta un instant silencieuse.

— Nous devons aider Luke à repartir du bon pied, dit-elle, songeuse.

— Je suis certain qu'il y arrivera. Il a un avenir devant lui, maintenant. Sa tante ne l'aurait jamais laissé vivre à sa guise. Il pourra dorénavant être lui-même sans crainte.

— Oui, c'est vrai.

Guy regarda Louisa, et elle éprouva alors une sensation agréable au creux du ventre, qui n'avait rien à voir avec la douleur qu'elle avait ressentie plus tôt.

— Peut-être que nous aussi, nous avons un avenir devant nous, maintenant ? dit-il doucement.

— Oh oui, dit Louisa en tournant son visage vers le sien. Oui, nous avons un avenir.

66

Une fois guérie et sortie de l'hôpital, Louisa reprit le travail. Il fut convenu qu'elle servirait Diana quand celle-ci serait à Londres, mais ne ferait plus le trajet jusqu'à Biddesden. On prétexta que Louisa avait besoin de repos, mais en vérité toutes deux savaient à quoi s'en tenir : Louisa ne serait bientôt plus au service de Diana, et elle devrait trouver du travail ailleurs. Ainsi, les choses se passeraient en douceur, et elle aurait le temps de se retourner. (Parallèlement, il devenait de plus en plus évident que, de son côté, Diana aussi réfléchissait à son devenir.) Louisa avait toujours envie de travailler, et Guy la soutenait dans cette voie, la difficulté étant qu'elle ne voulait être ni domestique ni serveuse, mais n'avait par ailleurs aucune qualification ni diplôme à faire valoir. En fait, d'une façon générale, il était difficile de trouver du travail, mais apparemment le pire de la dépression qui avait frappé l'Amérique et de ses effets désastreux en Europe était peut-être passé, et l'on espérait que la situation s'améliorerait bientôt en suscitant de nouvelles opportunités. En quoi l'on se trompait.

Toute à son idylle avec Guy et nageant dans le bonheur, Louisa n'en était pas moins gênée par la tournure que prenait la relation de Diana avec Mosley. Chaque jour, il lui envoyait une lettre que Louisa repérait maintenant sans mal et qu'elle apportait à Diana sur le plateau du petit déjeuner. Ouverte avec fébrilité, la lettre obtenait aussitôt une réponse qui partait par le second courrier. Diana dévorait tous les jours les journaux de la première à la dernière page « pour se tenir informée », disait-elle, et Louisa l'entendit par mégarde raconter à plusieurs de ses amis que le Leader était appelé à devenir Premier ministre. « C'est ce que tout le monde dit à la Chambre », concluait Diana. Bryan, qui préférait parler du roman qu'il lisait ou d'une pièce qu'il avait vue la veille au soir, était tenu à l'écart des discussions politiques sur la mauvaise gestion du pays par son actuel gouvernement. S'ils partageaient le même amour pour leurs enfants, Diana, lorsqu'elle était à la maison, était dans un état d'agitation fébrile tant qu'elle ignorait à quel moment elle pourrait retrouver Mosley. L'ambiance générale en souffrait, mais le tourbillon de mondanités ne se calmait pas pour autant. Diana devenait de jour en jour plus ravissante, et elle avait servi de modèle à plusieurs portraitistes en vue. On lui avait même proposé d'interpréter le rôle de Perdita dans une production du *Conte d'hiver*, mais le projet n'avait pas eu de suite.

Dans ce climat fiévreux, entre angoisses intimes et vie sociale trépidante, il était prévisible que Diana tienne à fêter dignement ses vingt-deux ans en juin. Bryan et elle donneraient une immense fête à Cheyne Walk. Louisa, qui pressentait que la rupture était imminente, vit cette intuition renforcée quand elle découvrit que Mosley et son épouse figuraient sur la liste des trois cents invités. Elle-même n'était pas conviée à la fête, mais Diana lui demanda si elle pourrait y assister en tant que chaperon de Decca, qui avait à présent quatorze ans.

— Selon l'usage, elle est trop jeune, mais ce serait tellement dommage pour elle de rater ça, dit Diana. J'ai pensé que si vous étiez avec elle, vous pourriez l'emmener se coucher à une heure raisonnable. Ainsi, Muv sera rassurée, et Decca aux anges.

Louisa accepta, elle était donc présente quand Tom et ses sœurs se réunirent en début de soirée pour souhaiter un joyeux anniversaire à Diana avant que la fête commence officiellement. Tous ensemble, ils formaient un groupe d'une exceptionnelle beauté, où leurs caractères à chacun et chacune ressortaient. Nancy, avec ses cheveux noirs et ses yeux verts, qui avait pris de l'assurance depuis qu'on la considérait comme un écrivain plein d'esprit, même si elle souffrait qu'Hamish et elle n'aient toujours pas convolé ; Pamela, aux belles joues roses, heureuse de sa vie de campagnarde ; Unity, qui faisait son entrée dans le monde, avec de grands yeux aux paupières tombantes et des lèvres d'un bel incarnat naturel ; Tom, grand et séduisant ; Decca, celle des sœurs qui ressemblait le plus à Nancy, en plus gentille, le front haut et un petit menton décidé, une fillette curieuse de tout. Et celle dont on fêtait l'anniversaire. Ce soir-là, quand Diana parut dans une longue robe vaporeuse de mousseline de soie et de tulle gris pâle, ses sœurs et son frère se pâmèrent d'admiration.

— Comme vous voyez, je n'ai pas lésiné sur les diamants, ironisa-t-elle.

— Oh, ça ne tient pas qu'à ça, dit Nancy d'un air soupçonneux. On dirait que tu as mangé des ampoules électriques. Tu es si radieuse que c'en est écœurant. Que se passe-t-il ?

— Rien du tout, répondit Diana en rejetant la remarque d'un geste désinvolte. Je suis heureuse de vous voir tous là. Nous allons passer une merveilleuse soirée.

Intimidée, Decca s'était assise avec Louisa dans le jardin tout en longueur dont les roses étaient en pleine floraison. Un orchestre russe jouait dehors pour ceux qui préféraient danser en plein air plutôt que dans la salle aux boiseries. Toutes deux regardaient les invités arriver par vagues. Louisa en connaissait certains, Decca quelques autres : Winston Churchill, Augustus John, Robert Byron, Evelyn Waugh. Au lieu d'uniformes, les servantes étaient vêtues de robes à fleurs blanches et vertes, et le champagne coulait à flots. C'était un spectacle enivrant qui excitait tous les sens, pourtant il avait quelque chose d'irréel. Comme le tableau d'une vie idéale mais mensongère, une toile peinte dissimulant des silhouettes monstrueuses et des cieux assombris.

À 23 heures, Louisa emmena Decca à l'intérieur et la mit au lit. Les accords de musique leur parvenaient par les fenêtres ouvertes. Decca n'était pas le moins du monde fatiguée et elle se mit à lui poser une foule de questions : qui étaient ces gens, ce qu'ils faisaient, pourquoi il y avait tant de pauvres dans le monde, et ne pourraient-ils partager avec eux les restes du festin, quand la fête serait finie ? Questions auxquelles Louisa ne sut que répondre. Elles restèrent un peu songeuses, et quand Decca lui demanda d'aller chercher Unity pour qu'elle monte lui souhaiter bonne nuit, Louisa accepta.

Elle erra donc dans la maison en quête de Unity, mais en vain. Elle vit Nancy tenter d'entraîner dans la danse un Hamish qui lui résistait en riant, sans se fâcher pour autant. Tom enchaînait valse sur valse avec des beautés en boa et robe en lamé argent. Assise sur un banc, Pamela était en grande discussion avec un homme à l'air grave et au teint basané. À l'intérieur, l'air était saturé de parfums, de fumée de cigarette et de cigare. Louisa sortit dans le jardin à la recherche de Unity, mais en chemin elle croisa Luke. Remis de son empoisonnement à l'arsenic, comme les analyses l'avaient confirmé par la suite, il avait retrouvé son teint frais et ses beaux cheveux bouclés. Il était dans un cercle de trois ou quatre personnes qu'il quitta pour accueillir son amie. Luke avait récemment été engagé comme correspondant à Londres d'un journal berlinois.

— Bonjour, vous, dit-il à Louisa, qui lui sourit.

— J'essaie de trouver Unity. Decca voudrait qu'elle monte lui souhaiter bonne nuit.

— Je l'ai vue qui parlait avec Diana et cet affreux bonhomme, lui dit Luke en faisant la grimace. Je croyais que Diana était sa plus fervente admiratrice, mais Unity la bat à plates coutures. Elle était bouche bée devant lui.

— Vous ne pouvez jamais résister à un bon petit commérage, hein ? lui dit-elle en le taquinant gentiment. Où sont-ils ?

— Au fond du jardin, je crois. Cachés dans les arbres.

Louisa déambulait discrètement entre les invités qui parlaient et buvaient. Il n'y avait toujours pas trace de

Unity, aussi continua-t-elle jusqu'à l'arbre qui marquait la limite du jardin. Sous son feuillage, deux silhouettes s'abritaient, toutes proches l'une de l'autre. Malgré elle, Louisa ne put y résister et elle se glissa dans le noir derrière un buisson de roses, pour écouter ce que les amoureux se disaient. Elle savait qu'écouter une conversation privée ne rapporte jamais rien de bon, mais en cette soirée mémorable tant de choses en dépendaient qu'elle ne pouvait se permettre de laisser passer l'occasion.

Diana et le Leader se déclaraient leur amour.

— Chéri, je vais quitter Bryan, vous le savez. Étant donné ce que nous éprouvons l'un pour l'autre, je ne puis rester plus longtemps son épouse.

Mosley l'embrassa.

— Je crois que vous le devriez en effet. Du moment qu'il est entendu que je ne pourrai jamais quitter Cimmie.

— Oui, je le comprends, dit doucement Diana. Voyez-vous, l'idée de vivre seule le reste de ma vie ne m'effraie pas. Pas si je sais que vous m'aimez. Pour moi, vous passez avant tout.

— Avant tout, ma chérie ?

Diana hocha la tête et Louisa se détourna, incapable d'en supporter davantage. Elle retraversa le jardin, puis la maison, et sortit par la porte principale, dans la rue où les gens se pressaient chacun vers leur destination. Parmi les milliers d'êtres vivant à Londres, un seul comptait vraiment pour elle, et Louisa allait le retrouver. Cette fois, elle tenait son bonheur et ne le lâcherait plus.

POSTFACE / NOTE HISTORIQUE

Si ce roman se fonde sur un certain nombre d'événements réels et de personnes ayant existé, il faut néanmoins préciser que les intrigues concernant les meurtres ainsi que toutes les conversations sont le seul fruit de mon imagination. (Hormis quelques phrases, lorsque Bryan demande Diana en mariage et que Diana s'entretient avec Tom à Venise à propos des nazis, citées avec l'aimable autorisation d'Anne de Courcy.)

La mort accidentelle de Dorothy Martin lors du bal chez les Guinness au 10, Grosvenor Place en juin 1928 est effectivement survenue. Dorothy et son amie Elizabeth Tipping étaient deux jeunes soubrettes que l'intendante avait envoyées se coucher à minuit. À l'étage des domestiques, elles avaient tenté d'observer la fête en s'avançant sur la verrière, qui s'est rompue. Tombée de dix mètres de haut, Dorothy mourut sur le coup, tandis qu'Elizabeth fut gravement blessée. L'enquête conclut à une mort accidentelle.

L'amour que l'artiste Dora Carrington portait à l'écrivain Lytton Strachey était de notoriété publique ; elle était mariée à Ralph Partridge, qui lui aussi avait une liaison avec Lytton. Tous les trois vivaient à Ham Spray House, près de Biddesden. Après la mort de Lytton, Dora demanda à Bryan de lui prêter un fusil, mais au lieu de tuer des lapins comme elle l'avait prétexté, elle s'en servit contre elle-même. Bryan fut très éprouvé d'avoir joué ce rôle malgré lui dans le suicide de Dora. Il est aussi avéré que Diana avait été très malade le premier week-end où elle avait séjourné à Ham Spray House, et que des rumeurs avaient couru disant que Dora l'avait empoisonnée par dépit (Lytton aimait beaucoup Diana), mais Diana a toujours nié cette hypothèse.

Evelyn Waugh, à l'origine un grand ami de Nancy, devint très proche de Diana après que lui-même eut divorcé. Il dédia son roman *Ces corps vils* à Diana et Bryan. Hélas, après la naissance de son fils Jonathan, Diana et Evelyn se brouillèrent, et leur amitié en pâtit.

L'incident de l'arrestation de Luke s'inspire des troubles événements qui entourèrent Reginald Handford, un policier en civil soupçonné, en 1927, de recourir à des pratiques de manipulation pour arrêter des homosexuels dans les urinoirs publics. Après un procès, il fut finalement déclaré non coupable, mais cette affaire suscita une condamnation tacite de ces opérations de police dans les vespasiennes et des méthodes employées par des agents provocateurs. Avant le procès, Handford avait procédé à quinze arrestations en dix-huit mois ; durant les cinq mois suivants, il n'en fit aucune et prétendit qu'il concentrait ses efforts sur des suspects et des pickpockets.

L'histoire de Rose Morgan, la jeune domestique qui projetait de s'enfuir avec la petite Muriel, s'inspire de l'amitié entre Rose O'Grady et Muriel Dunsmuir, âgée de onze ans, qui disparurent de Lytton Hall, à Putney, en 1929. Le père de Muriel était mort trois semaines plus tôt, et toutes deux décidèrent de s'enfuir pour monter un numéro de danse. Elles furent retrouvées trois jours plus tard, en Irlande. Quant à la tante de Muriel, elle avait en effet été l'épouse du couturier Molyneux.

C'est le conflit de générations survenu après la Première Guerre mondiale qui m'a inspiré le personnage de lady Boyd. Celles et ceux qui avaient grandi aux époques victorienne et édouardienne furent pour le moins déconcertés par ce qu'ils considéraient comme un grave relâchement moral chez les hommes et les femmes qui s'étaient adaptés aux changements apportés par les années 1920. Ces heurts entre les classes sociales, les sexes ou les idéologies politiques, qu'ils s'expriment sur le plan théorique ou avec violence, eurent d'autant plus de mal à se résoudre dans un climat général de tension croissante due à de fortes pressions économiques. Les rapides évolutions dans les domaines de la mode, de la technologie et de la culture influèrent également sur la politique, et de chaque côté du spectre les extrêmes se durcirent. Nous savons toutes et tous comment cela finit…

En juin 1932, Diana et Mosley se déclarèrent leur amour lors de la fête d'anniversaire de Diana, même si Mosley lui précisa qu'il ne quitterait jamais sa femme. En octobre 1932, Mosley fonda la British Union of Fascists, dont il prit la tête. Le mois suivant, Diana annonça à Bryan qu'elle le quittait, et en janvier 1933, elle s'installa dans un appartement avec ses deux garçons. Mosley resta marié à sa femme Cimmie jusqu'à la mort de son épouse en mai 1933, peu avant que Diana obtienne le divorce. En octobre 1936, Mosley et Diana se marièrent dans le salon de Goering, en présence d'Hitler.

REMERCIEMENTS

Ma profonde gratitude à Anne de Courcy et sa biographie *Diana Mosley*[1], écrite après de longs entretiens avec lady Mosley, qui lui donna accès à son journal. Ce fut pour moi une source précieuse d'informations qui m'aida à mieux cerner la personnalité de Diana. Je vous en recommande vivement la lecture. Je ne pourrais écrire ces livres sans la compétence et les conseils généreux de Sue Collins, Celestria Noel et David Strang. S'il subsiste des erreurs, elles sont entièrement de mon fait. Je suis aussi extrêmement reconnaissante envers Mindy Stubbs et Lucie Dutton pour leurs apports personnels sur la vie de Diana.

Comme il se doit, je remercie tous les jours le soutien chaleureux de la brillante équipe de Sphere, chez Little, Brown. Merci à Ed Wood, mon guide éclairé. À Steph Melrose, Gemma Shelley et Laura Vile pour la promotion de cette série, à Andy Hine et Kate Hibbert pour sa fantastique diffusion à travers le monde. Et à Catherine Burke et Charlie King d'avoir su manœuvrer cet immense vaisseau pour l'amener à bon port, à travers les tempêtes du monde éditorial, jusqu'à ses lecteurs !

---

1. Parue sous le titre *Diana Mosley, née Mitford* aux Éditions du Rocher en 2006.

Un immense merci à Catherine Richardson et à la merveilleuse équipe Minotaur de chez St Martin's Press, ainsi qu'à Hope Dellon, toujours présente à mon esprit, et à Sally Richards pour ses chaleureux encouragements tout au long de ce périple.

Merci à ma fabuleuse agente, Caroline Michel de PFD, et à son assistante infatigable, Laurie Robertson.

Enfin, merci à ma famille. Je le fais pour vous, mais je ne saurais le faire sans vous et votre soutien aimant, votre créativité et, surtout, votre fantastique sens de l'humour et de l'absurde. Merci mes chers Simon, Beatrix, Louis, George et Zola.

De la même auteure
aux éditions du Masque :

L'Assassin du train, 2018
Le Gang de la Tamise, 2019
Une funeste croisière, 2021

PAPIER À BASE DE FIBRES CERTIFIÉES

Le Livre de Poche s'engage pour l'environnement en réduisant l'empreinte carbone de ses livres. Celle de cet exemplaire est de :
700 g éq. CO_2
Rendez-vous sur www.livredepoche-durable.fr

Composition réalisée par SoftOffice

Achevé d'imprimer en France par
CPI BUSSIÈRE (18200 Saint-Amand-Montrond)
en décembre 2021
N° d'impression : 2061632
Dépôt légal 1re publication : juin 2021
Édition 02 - décembre 2021
LIBRAIRIE GÉNÉRALE FRANÇAISE
21, rue du Montparnasse – 75298 Paris Cedex 06

87/1082/2